dj 著

寒假

每個學生，都曾有過寒假。
那麼，你的寒假，曾發生過什麼故事？

當我們還是學生時，都曾有過寒假。

那麼，你的寒假，曾發生過什麼樣的故事？

　　大二那年寒假，我回台南，在成大附近找了家飲料店打工，記得好像叫做快可立（quickly）的樣子，跟我一起排班的 partner 是位大一學妹，一個外表很可愛的女孩。

　　是的，「外表」很可愛。

　　當時我擔任班上公關，總忙著辦聯誼，但卻沒什麼人參加，這真的很奇怪，班上男同學明明看到我時，都會對我說著：「dj，怎麼都不辦聯誼呢？」

　　這話總會激起我的使命感，然後，我就會非常有效率的在幾個禮拜內生出聯誼，但……卻沒人參加。

　　「我剛好要回家。」（幹嘛挑辦聯誼時回家？）

　　「我要去打球。」（打球什麼時候都可以呀！）

　　「我得去陪女朋友。」（都有女朋友了，還吵著辦聯誼幹嘛？）

　　「我要帶小逼去看醫生。」（等等，小逼是誰？同學曰：我家的狗；dj：#$%^&*）

　　「算命的說，我明天不適合聯誼。」（你乾脆去跟算命的聯誼好了！）

　　「我突然得了一種不能參加聯誼的病……」（……你海賊王看太多了吧！）

　　反正那些吵著要聯誼的同學，都能找到頗具創意的理由，在聯誼當天，跑得不見人影，害得我還得去外系找傭兵來幫忙撐場面。

　　期末考後，我照例辦了個聯誼，但依然被同學打槍，當我灰心喪志回到台南，跟我 partner 抱怨時，她只是微笑不語。

　　「妳別只是笑，表示點意見？」我要求的說。

「可是，若狗狗生病了，帶牠去看醫生，真的很重要呀！」她神情認真的說。

「……學妹，我是想請您針對我同學，老在聯誼時放我鴿子這行為表示意見……」我強調的說。

「學長，剛不是跟你說過，叫我小冰就好了嗎？」她有些不快的說。

「呃，是，小冰學妹，關於我同學……」我想繼續我關心的主題。

「學長，叫我小冰！」她原本溫柔的眼神，瞬間變得非常銳利。

「是，小冰！」我野性的本能察覺到危險的氣息，馬上妥協的說。

「這樣才對嘛！不過你同學怎麼會相信算命的呢？而且，算命的會算到聯誼這事嗎？」她疑惑的問，而且是很認真的在疑惑。

「……」我無言了，誰都聽得出來，這是我同學因為不想去信口胡謅，她居然認真了！

「你怎麼不說話呢？女生問你問題，你卻不理人家，這樣很沒禮貌耶！」小冰的眼神像刀一樣銳利。

「啊！有客人！歡迎光臨！今天茉香綠茶特價喔！」幸好剛好來了客人，我才能全身而退。

「還有學長，你為什麼要叫 dj 呀？」小冰邊熟練的弄著飲料，邊好奇的問。

這就是我和小冰的初次相遇，完全招架不住的我，做了個重大的決定。

「店長，我想改一下排班表。」我說，店長是位三十出頭的女性，容貌秀麗，動作迅速，臉上總掛著微笑的她，很是迷人，或許這也是這家店人氣居高不下的原因之一。

「為什麼？」店長困惑的問。

「那是因為⋯⋯」我一時想不出理由。

「小冰已經在這兒工作好幾個月了，你才剛來，有她跟著你，我比較放心。」

「但我⋯⋯」

「還有，人家小冰有男朋友的，你可別動人家腦筋喔！」店長交代的說。

「⋯⋯」這家飲料店的女性總能使我無言。

晚上 10 點左右，我高中同學一行六人殺到店前，吵著要我算他們便宜點，但當他們見到小冰走到飲料吧前時，一半露出驚為天人的表情，另一半則用鄙夷的眼神望著我，好似我做了什麼見不得人的事一樣。

「難怪你會離開溫暖的家園，捨棄米蟲的悠閒生活，跑來這打工了⋯⋯」同學甲說。

「是呀，人在溫柔鄉嘛！」同學乙說。

「⋯⋯」我不曉得該怎麼回答才好。

「dj 學長，你朋友嗎？」小冰笑著問。

「嗯，都是我高中同學。」我回答說。

然後，我那些像是一輩子沒見過正妹的同學們，開始對小冰猛獻殷勤，奇怪的是，才一下子，小冰居然就和我同學混熟了，而且這時的小冰感覺溫柔嫻淑、討人喜歡，難道剛剛小冰眼裡露出的銳利殺氣，只是我的錯覺而已嗎？

「小冰，下回一起打保齡球吧！」同學丙提議的說。

「呵，好呀。」小冰笑著答應了。

「呃，這樣好嗎？」我提出質疑，一瞬間，我突然感到身旁有股寒

氣，正前方有六道殺氣朝我射來。

「打保齡球好！我最喜歡打保齡球了！」我立即改口的說。

「dj 學長，難得你同學來，不請他們喝飲料嗎？」小冰微笑的說。

「為什麼我要請他們……」我反射性的說，但話還沒說完，我瞥見身旁小冰燦爛的微笑，感到很不對勁。

「有朋自遠方來，不亦樂乎呀！」我說。

於是，第一天打工的薪水，全都貢獻給這群高中同學了。

「dj 學長，真是個好人呢！」小冰讚賞的說。

或許，該找別的工作才是。

當時，我是這麼想的，而且，我也試了，只可惜，除了少女服飾店外，沒人要我，而雇用我的少女服飾店，原本指望我能當門面吸引無知少女，但在發現我連衣服的 size 大小都搞不清楚後，很快的捨棄了我。

為了新機車，我只好認命地在快可立展開寒假打工生涯。

當時，我為了快點湊足錢，所以我的打工時段從早排到晚，除了小冰外，我也跟其他工讀生一起值班。

一個禮拜下來，店裡工讀生們的個性，我大致了解，也懂得怎麼跟他們相處，只有小冰，我總猜不透。

「小冰呀，是個活潑可愛、討人喜歡的女生呀，不過你為什麼這樣問呢？」貝兒笑著對我說，在那之前，我問她對小冰的觀感。

貝兒是個秀氣的女孩，皮膚很白，戴了副眼鏡，使她看起來更有書香氣質，但她念的是建築系。

「所以，妳喜歡小冰？」我問，評估貝兒成為盟友的機率似乎不高。

「呵，小冰這麼可愛，喜歡她很正常呀，難道，你討厭她？」貝兒皺起眉頭，困惑的問。

「呃，也不是討厭啦，只是小冰她真的像外表看起來這麼可愛嗎？」我暗示的問。

　　「呵，你想太多了吧！」貝兒笑了笑，接著說：「你對小冰好像很有興趣……雖然她有男朋友了，但也不是沒機會啦……」

　　「啊？我沒那意思……」我解釋的說。

　　「別害羞嘛！我會找機會幫你的，因為呀，說老實話，我不是很喜歡小冰的男朋友。」貝兒意味深長的對我眨了眨眼後，開始調起剛剛電話預訂的飲料。

　　看來，想拉攏貝兒是沒希望了。

　　「阿誠學長，你覺得小冰如何？」我問，阿誠學長目前就讀資工系大三，是個秀才型的高材生，人還算好相處，不過稍嫌自負了點。

　　「小冰如何？什麼意思？」阿誠學長反問，明顯的拉起了警戒線。

　　「就是，你覺得小冰是個怎麼樣的女孩？」我更加清楚的問。

　　「小冰嗎？她是個像天使般的女孩。」阿誠學長回答，我望見他眼中有著深深的眷戀。

　　難道，連阿誠學長也……

　　後來，我才聽貝兒說，阿誠學長是為了接近小冰，才來飲料店打工的，想來個「近水樓台先得月」，跟我這種為了買部拉風的機車，才被迫出賣勞力的人不同。

　　「天使!?不管怎麼說，天使這形容也太……」我欲言又止的說。

　　「太貼切了是嗎？不過，你問這個幹嘛？難道你對小冰……」阿誠學長說到這兒停了下來，凝視我幾秒鐘後，對我說：「那麼，以後我們就是敵人了，像個男子漢一樣，公平競爭吧！」

　　「學長，你誤會了……」我解釋的說，但全身放出鬥氣的學長，已經聽不進我說的話了。

這下子不僅沒有盟友，還多了個敵人，我在店裡的處境愈來愈艱難了。

一個禮拜下來，我發現小冰的工作能力很強，她接訂單和製作飲料既正確又迅速，很少出錯，不像我，在家裡養尊處優慣了，老是出槌，還得小冰替我收尾，難怪店長要她跟我一起值班了。

「dj 學長，你一定很少做家事吧？」小冰這樣問我。

「也不是很少啦⋯⋯」我不好意思的回答。

「喔？」小冰質疑的望著我。

「是幾乎沒做過。」我難為情的說。

「呵，原來是位大少爺呀，那我以後稱呼你 dj 少爺好了。」小冰有些諷刺的說。

「呃，別這樣，我會改進的。」我陪笑的說，難道這就是阿誠學長心目中的天使嗎？

「回家後，要幫媽媽作家事，才是乖小孩，知道嗎？」她訓斥的說。

「是，我知道了。」我連忙點頭，並表現出誠懇的態度，以免再橫生枝節。

這天晚上，我和小冰一直值班到 11 點多，整理完東西，準備關店門時，已經接近凌晨了。

小冰說她要先走，我回了聲再見，但心裡覺得這麼晚一個女孩自己騎車回家，好像有些危險，之前小冰的班都只到八點，今天特別晚，沒問題吧？

但看小冰沒說什麼，我也就此作罷，因為若我主動表示關心的話，搞不好她會以為我對她有不良企圖，那就不妙了。

我丟完垃圾後，緩步走向我停機車的地方時，見到了小冰的身影。

「小冰，妳還沒走？怎麼了嗎？」我關心的問。

「我的車發不動……」小冰皺著眉頭，神情悽苦的說，看來她已經跟她的小五十奮鬥一段時間了。

「這樣呀，我來試試看。」我自告奮勇的說。

「學長，你行嗎？」她懷疑的問。

「再怎麼說，我也是學理工的呀。」我回答。

十分鐘後，證明我是完全不行，沒辦法，我才唸到大二，而且課程裡也沒教怎麼修理機車。

「對不起，我也搞不定。」我歉疚的說。

「呵，我猜中了吧。」小冰居然得意的說，怪了，我修不好的話是她要傷腦筋耶，幹嘛這麼高興？

「那小冰，妳要怎麼辦？這麼晚，也沒得修理了，得等到明天早上，還是妳打電話叫家人來載妳？」我提議的問。

「喂，我家在台北耶！」她沒好氣的說。

「那找妳朋友？或妳男朋友？」

「……」小冰沉默了一會兒，回答說：「我男朋友他已經不在了……」

「啊!?已經不在了!?」我驚訝的說。

「他回家了，已經不在台南了。」小冰補充的說。

「呼，嚇我一跳，麻煩下回一次說完。」我鬆了一口氣的說。

小冰不以為然的扁了扁嘴，接著，她睜大眼睛望著我，沒再搭話。

「小冰……怎麼不說話了？」我困惑的問。

「雖然很不願意，不過看狀況，只好搭你便車了……」小冰看起來很無奈的說。

「啊!?這樣好嗎？」我驚訝的問。

「我也不想呀！難道你叫我走回去，還是去搭計程車？」小冰沒好

氣的說。

「不行！那太危險了！」我馬上搖頭，接著說：「但妳也才認識我沒多久，不怕我是壞人嗎？」

「你是壞人嗎？」小冰馬上問。

「當然不是！」我很快的否認。

「對嘛！那我們走吧。」小冰逕自往我的機車走去，我搔了搔頭，也跟了上去。

印象中那年寒假很冷，寒流像是接力賽一樣，一波波接著來。

「今天真冷呢！」啟動機車後，我找了個天氣的話題，聽戀愛專家說，要是聽見一對男女在聊關於天氣的話題，那表示他們之間絕對沒什麼搞頭。

「啊！忘記把手套從機車裡拿出來了，手好冰喔。」小冰說。

「呵，『小冰』的手很『冰』，真有趣……」我隨口的說，回想起來，我是因為真的不曉得說什麼，才會說出這麼無聊的話。

「……」小冰沒有回答，但我立即感受到背後有股寒氣。

「呃，我只是開玩笑……那，要不要繞回去拿？」我立即見風轉舵的說，並試圖彌補自己的過錯。

「繞回去又得花不少時間，已經很晚了……」機車後座的小冰這樣回答。

「那我的手套給妳好了。」我說完，準備停車，把手套脫下來給她。

「不用了……」小冰說完，頓了頓，接著問：「dj學長，我可以把手放在你外套的口袋裡嗎？」

「啊？放口袋裡？」我有些驚訝的問。

「這樣就不會冷了，而且你也不用把手套給我，是兩全其美的辦

法。」小冰說。

　　當時，我的心情很複雜。

　　因為小冰是個很可愛的女孩，可愛的女孩要求要把手放在自己外套的口袋裡取暖，真是莫大榮幸！但問題是，我才剛認識小冰一個多禮拜，而她又是一個完全摸不透的女孩，心情忐忑的我，是又期待、又怕受傷害。

　　「若妳不嫌棄的話，請放吧。」在回答完的瞬間，小冰就把手放進外套的口袋裡，放開後座把手的她，整個人也靠了上來，但中間還是隔著她的包包。

　　之後，小冰一直沉默著，除了要轉彎時，小冰才會給我指示。所以，我也安靜的騎著車，只想快些把自己的任務完成。

　　話說回來，我的機車後座，也很久沒載過可愛女孩了，這下子在它退役前，我也算對得起它了。飲料店離小冰的住處，騎車只需要幾分鐘，一下子就到了。

　　「dj 學長，謝謝你送我回來。」小冰道謝的說。

　　「不客氣，已經 12 點多了，房東有門禁嗎？」我關心的問。

　　「算有，也算沒有，但以後大概就不會有了。」小冰給了我一個完全聽不懂的回答，果然是個莫測高深的女孩。

　　「那早點睡吧。」我選擇不再回應，以免節外生枝。

　　「dj 學長，你有手機嗎？」她有些突然的問。

　　「嗯，有。」我回答，那時候手機不像現在這麼盛行，不過在那之後沒多久，手機就變成必備品了。

　　「給我你的號碼。」小冰命令的說。

　　「啊？」

　　「手機拿來。」小冰伸出手，我只好乖乖的將手機擺在她手心上。

小冰按了幾個號碼，沒多久，她的包包響起了音樂，應該是手機響了。

　　「這樣就可以了，明天修車的事，還得麻煩學長幫忙了。」小冰說。

　　「喔，好呀。」我回答，原來如此，小冰明天還是需要司機來幫她處理修車的事。

　　「還有……」小冰用銳利的眼神望著我。

　　「嗯？」

　　「聽貝兒學姐和阿誠學長說，你暗地裡在調查我？」小冰問完，瞄了瞄我。

　　「哈、哈，只是閒聊而已啦！結果大家都對小冰讚譽有加呢！」我馬上奉承的說，唉，我真是個沒用的男人。

　　「dj學長，我可是有男朋友的人，你還是別和我太過親近才好，知道嗎？」小冰提醒的說。

　　「呃，是的，我知道了……」雖然我這樣回答，但現在到底是誰親近誰呀？我真被搞糊塗了。

　　「那如果我沒男朋友呢？」小冰又突然的問。

　　「啊？沒男朋友？」我愣了一下，因為沒想到她會這樣問。

　　「就算是那樣，學長你也不會有機會的，明白了嗎？」小冰強調的說。

　　「……是的，我完全明白了。」我無奈的說，為什麼我非得在這麼冷的深夜，瑟縮的站在街角，被剛認識沒多久的女孩，莫名其妙的嚴詞拒絕呢？

　　重點是，我根本沒那樣想過呀！

　　那時，寒假剛過一個禮拜。

隔天，小冰在接近中午時打電話給我，要我去住處載她。

　　「啊？為什麼？」剛睡醒的我，搞不清楚狀況的問，心想，不是要我別太接近她嗎？

　　「去修車呀！你忘記了嗎？不然今天下午怎麼去打工？」電話那頭的小冰沒好氣的說。

　　「喔，我馬上過去。」我掛上電話後，略為梳洗了一番，跟老媽打了聲招呼，便出門了。

　　附帶一提，老媽見我居然沒到中午，便自己起床，感到很驚訝，便問我是不是要和女孩子約會，我想了想，回答說：「要去載個學妹，但不是約會。」

　　「喔，原來要去約會呀！那大概不會回來吃了吧？」老媽似笑非笑的說。

　　「我不是說，『不是約會』嗎？」我強調的說，但因為小冰限我二十分鐘內抵達她的住處，無法和老媽多做口舌之爭的我，只好抱憾離開。

　　「約會順利，要加油喔！」老媽替我打氣的說。

　　真搞不懂，為什麼我的身邊的女性，都喜歡把我說的話聽成她們想聽的那樣。

　　面對在時間內抵達的我，小冰學妹沒多說什麼，只是問我：「你今天幾點的班？」

　　「今天比較晚，下午四點。」我回答。

　　「我也是，得在那之前把車修好才行。」小冰說完點了點頭。

　　接著，我載著小冰在飲料店附近找尋最近的機車行，之後，機車行老闆開著小卡車，把小冰的車載回店裡修理。

　　「小姐，妳這是二手車吧？」機車行老闆問。

「嗯。」小冰點了點頭。

「因為電瓶已經相當老舊了，火星塞也該換了，若只是換火星塞大概可以撐段時間，但這電瓶遲早要換，要不要這回順便換？我可以算妳便宜點。」機車行老闆建議的說。

我剛要跟小冰說，這社會人心險惡，機車行老闆搞不好會趁這機會，收取偏高的修理費用，但小冰已經以迅雷不及掩耳的速度答應了。

「好呀。」小冰很快的點頭說，而且，連價錢都沒問。

「呃，可以問一下，包括電瓶一共多少錢嗎？」我忍不住的問。

「連火星塞一起，算你們一千五好了。」機車行老闆很快的回答。

記得上回我的車光換電瓶就一千五了，看來是我想太多了，這社會老實人還是不少。

「喂，dj 學長，你有錢嗎？」小冰悄聲問我。

「啊？錢，有呀。」我有些困惑的回答。

「我錢帶的不夠，等會兒先借我一些，之後再還你，可以嗎？」小冰央求的問。

「喔，好呀。」我很快的答應。

接著小冰在知道可能要修上一段時間後，便提議先去吃午餐。我依照小冰的指示，去到一家頗有特色的餐廳，叫做「古典玫瑰園」，現在回想起來，就是因為小冰，才養成了喝下午茶的習慣。

「這邊看起來不便宜呢！」我說。

「嗯，算中高價位吧，所以，我才需要打工呀。」小冰隨口的說。

店裡的服務生見到小冰，很自然的領著我們到一個靠窗的位置，然後微笑的對小冰說：「今天比較早呢！這時間來是要用餐嗎？」

「嗯，是呀。」小冰也溫柔的笑著說，就在那一瞬間，小冰成了個溫柔討喜的可愛女孩，我不禁感到毛骨悚然。

不過，看來小冰應該是這家店的常客。

　　「小冰，妳常來嗎？」我好奇的問。

　　「嗯，是呀，我很喜歡這家店，雖然古典玫瑰園是從東海大學藝術街發跡的，台北也有分店，但我還是最喜歡東豐路旁這家。」小冰神采飛揚的說。

　　小冰點了個香草紅酒牛肉飯附水果茶，我點了檸檬酸辣雞腿排附花草茶，餐點和茶都不錯，餐廳的氣氛也很棒，但要價將近四百元，實在超出窮學生負荷，要是常來的話，荷包可受不了。

　　「小冰既然這麼喜歡這兒，為什麼不乾脆來這工作？」我問。

　　「我也想呀，但這邊目前並不缺人手。」小冰的神情有些遺憾。

　　「這樣呀，那小冰都跟誰一起來？都什麼時候來呢？」我又問。

　　「你幹嘛問這麼多呀？」我過多的問題，喚起了小冰的警戒心。

　　「呃，我只是好奇，妳當我沒問過好了……」我打退堂鼓的說。

　　「也不是不能告訴你啦……有時跟男朋友一起來，不過更多時候是自己一個人，大概都是一點多來，若下午有打工，就快四點時離開，若沒打工，就會待到五、六點。」小冰很詳細的跟我報告，這有些出乎我預料之外，或許她並不是那樣討厭我。

　　「一個人來？做什麼呢？」我困惑的問，照我的理解，這種店應該是聚會時才會來的，目的應該是聊天或談事情，自己一個人的話，能做些什麼呢？

　　「很多呀，看書、看雜誌、寫東西、觀察人們、發呆、想事情、思考未來……」小冰很快的說了一堆，但除了發呆之外，沒有一項是我擅長的，看來小冰和我是完全不同類型的人。

　　在古典玫瑰園的小冰，跟平常有些不同，好像整個人都放鬆了，臉部神情也比平常柔和許多，我是指對我的神情，小冰對其他人的神情，

都是溫柔討喜的，唯獨對我常露出銳利的眼神。

在古典玫瑰園裡，我和小冰一起度過了第一次下午茶時光，說真的，感覺還挺不錯的，唯一美中不足的是，帳單是我付的……

接近四點時，我們回到機車行時，車已經修好了，老闆還說他順便把車的電路和相關零件都檢查、調整了一番，說這樣以後騎起來會比較順，看來這回我們是遇到好人了。

「那我先回店裡，你去附近繞繞，十分鐘後再過去。」小冰交代的說。

「為什麼？」我困惑的問。

「要是現在我們一起騎車過去店裡，大家見到我們兩個一起出現，一定會覺得很奇怪。」小冰解釋的說。

「嗯，有道理。」我同意的說，要是被貝兒看到，只怕又要勉勵我一番，若是被阿誠學長看到，那更慘，可能會直接找我單挑。

結果，為了不和小冰同時出現，那天我遲到了，在貝兒和阿誠學長挖苦我沒時間概念時，小冰居然充當起好人，要大家別太苛責我了。

「你們別這樣了，我想 dj 學長，一定有他的苦衷吧。」小冰以同情的語氣這樣說著。

貝兒微笑，接著望了望我，好像在對我說：「看吧！小冰就是這麼一個善良可愛的女孩，別再懷疑她了。」

阿誠學長呆望著小冰，想必小冰在他心中的天使形象，更加牢不可破了。

我則是瞠目結舌的望著小冰，一句話都說不出來，心想，這女孩果然深不可測呀。

隔天，我和阿誠學長一起值班時，他主動和我談起小冰，但我很怕小冰知道後，又說我在暗地裡調查她，一定是對她有什麼不良企圖，所

以，我總是避重就輕的回答，想趕快結束這話題，但阿誠學長似乎很是熱衷。

「你不覺得，最近小冰臉上的笑容多了些嗎？」阿誠學長問。

「我認識小冰也沒多久，問我不準吧？」我敷衍的說，何況小冰面對我時，是很少有笑容的。

「一定有什麼好事發生吧？」阿誠學長猜測的說。

「我說阿誠，人家小冰已經有男朋友了，你還不打算放棄嗎？」一旁的店長提醒的說。

原來小冰是到店裡和阿誠學長一起工作一段時間後，才交男朋友的，這樣也才交往幾個月而已，應該還處於熱戀期。

「聽小冰說，她跟男友最近好像有些摩擦，像是處不來，而且我也不喜歡她男朋友。」阿誠學長說，一瞬間從單純的仰慕者，變回腦筋清楚資工系的秀才。

「呵，只要是小冰的男朋友，你都不會喜歡吧？」店長挖苦的說。

「不，若他是個人品高尚的好男生，那我會祝福小冰的，我不是那樣心胸狹窄的男人。」阿誠學長說。

聽他這樣說，店長有些驚訝的點了點頭，沒再說下去，回頭繼續忙她的事情，讓場面變得有些冷，我只好趕快轉移話題。

「除了小冰之外，貝兒也很不錯呀。」我說。

「嗯，我認識貝兒也滿久了，她一直有不少追求者，但都大二了，到現在都還沒有男友，這倒是有些奇怪。」阿誠學長沉吟的說。

「或許已經有心儀的對象了？」我猜測的說。

「嗯，有可能喔！但會是誰呢？是建築系的同學嗎？」

「有機會，我來套一套她話。」我說。

「嘿，那就交給你了。」阿誠學長拍了拍我的肩膀。

下午，輪到我和貝兒值班，今天不用和小冰一起，感覺輕鬆不少。貝兒和小冰不同，她是個容易親近的女孩，不管何時見到她，嘴角都帶著微笑，好像從來不會有什麼令她困擾的事情，或者不管什麼問題，遇到她都能迎刃而解。

簡單的說，她給人種舒服又安心的感覺，若以花草茶來說，她就像是喝了之後能安定心神的百合花茶，芳香滋味能留在嘴裡，細細回味。

小冰是個令我猜不透的女孩，比較像是香氣濃郁，又帶點神祕芬芳的紫羅蘭，因為香氣太過芬芳，反而讓人無福消受。

不過，若是阿誠學長，應該就沒問題吧？

那天晚上，我發現貝兒是個非常聰明的女孩，因為值班時，我怎麼套她話，她都不會上當，而且總是以有趣的回答和美麗的微笑帶過。

下班回到家後，老媽關心我的打工狀況，問我一天工作這麼久，會不會受不了？或是我的工作環境和夥伴如何等等的。

「你兒子可是受過鍛鍊的男人，不會因為這點小事就受不了，至於工作環境還不錯，工作夥伴也都還算好相處……」說到這兒時，我想到小冰，除了她比較特別之外，其他的工作夥伴真的都滿不錯的。

隔天上班時，店長問我適應了嗎？有沒有什麼問題時，我回答：「多虧大家的照顧，我大概適應了，目前沒什麼問題。」

「呵，看來安排小冰和你一起值班是對的。」店長笑著說。

「店長，妳很喜歡小冰嗎？」我好奇的問。

「當然囉，小冰既可愛又有工作能力，有禮貌又不任性，真希望以後生個這樣的女兒。」店長讚賞的說。

看來在店裡，我註定要孤軍奮鬥了。

「dj 學長，這兩張訂單麻煩你外送，可以嗎？」小冰微笑的問我。

「啊？」我感到有些詭異。

「看吧，多有禮貌和教養呀。」店長微笑的對我說完，然後轉過身去，原來是店長在看呀。

「可以嗎？dj 學長？」小冰強調的問，聲調上揚，杏眼圓睜，銳利的殺氣朝我射來。

「是的，我明白了。」我立即點頭答應，提著剛做好的飲料，跨上機車，迅速離開這是非之地。

八點時，正當我想打卡下班時，小冰突然出現在我面前。

「dj 學長，下班了？」小冰問。

「嗯。」我點點頭。

「我也下班了呢。」小冰說。

「喔。」我又點點頭。

「我呀，身為一個新時代女性，最不喜歡欠人家人情了。」小冰意有所指的說。

「啊？」但我完全聽不明白。

「dj 學長，先到停車的地方等我吧，我整理一下再過去。」小冰命令的說。

「咦？啊？喔。」雖然滿腦子問號，但小冰銳利的眼神讓我不敢不從。

在停車處等了幾分鐘後，小冰踩著輕快的步伐朝我走來，換下工作服的小冰看來格外輕鬆，神情也變得柔和。

「那我們走吧。」小冰從她車上拿了頂安全帽，這樣對我說。

「呃，雖然有些失禮，但我可以問一下，是要去哪兒？」完全搞不清楚狀況的我這樣問。

「逛街、吃宵夜。」

「啊？這麼突然？」我困惑的問。

「dj 學長上回幫我處理修車的事，為了表示感謝，決定請你吃宵夜，但現在還太早，所以，先到市區逛逛。」小冰回答。

上回不是才警告我，別太親近她嗎？現在是哪招？

不過，對於小冰「命令式的邀請」，我也只能遵從。

往市區的路上，後座的小冰很是安靜，幾乎沒說什麼話。

「到市區了，想上哪兒逛？」我問。

「嗯，先繞一繞吧。」小冰回答。

「喔。」

若想讓一個不熟的男生載著自己，只為了在市區兜風，而且還不發一語，那麼這女孩有心事的機率，應該高達 99％。

小冰，妳有什麼心事嗎？

「今天好像沒昨天那麼冷呢。」受不了異樣沉默的我，隨便找了個話題。

「嗯，但過幾天有寒流要來。」小冰回答，語氣聽起來心情低落。

「是喔，又有寒流呀……那可真是傷腦筋……」我無奈的說。

「寒流怎麼就傷腦筋了？」小冰問，語氣轉為好奇。

「因為我很怕冷呀，每回寒流來時，我都恨不得整天躲在被窩裡，哪也不去。」我老實回答。

「呵，還整天躲在被窩裡咧，虧 dj 學長是個大男人，怎麼比我還怕冷？」小冰挖苦的說。

「沒辦法，可能是因為太瘦，身上沒有油脂的原因。」我推測的說。

「……dj 學長，你難道是在諷刺我不怕冷，是因為身上油脂很多嗎？」小冰說，我感覺到身後有股異樣的殺氣。

「沒有！我絕對不是這個意思！」我連忙澄清的說。

「呵，逗你玩的啦，dj 學長你的反應好大喔！真有趣！」後座的小

冰似乎笑了。

「呃，別嚇我嘛，老人家心臟不好。」我鬆了一口氣的說。

「dj 學長，好像很怕我？」小冰好奇的問。

「沒有呀，小冰這麼可愛，一般男生想親近都來不及了，有什麼理由害怕呢？」我回答。

「所以，dj 學長，不是一般男生囉？」小冰下了個奇妙的結論。

「呃，是嗎？」

「呵，我突然想好好逛逛，那邊停車吧！」小冰的語氣變得飛揚起來。

但說想「逛逛」的小冰，其實，並不只是逛逛……我強烈懷疑她正在進行全面掃貨的行動，從衣服、配件到飾品，無一不逛，無一不買。難怪，這兩個禮拜從沒見過小冰穿過一樣的衣服，戴過一樣的配件和飾品。

不過，這也是小冰會這麼可愛的原因之一。

「說要請 dj 學長吃宵夜，卻讓你替我提這麼多東西，真是不好意思呢。」小冰歉疚的說。

「沒關係啦，只是小冰，妳很久沒逛街了嗎？」我問。

「對呀，都一個多月沒逛了。」小冰回答。

「……」我無言了，才一個多月，就買成這樣？

「還有，我發覺 dj 學長是個很好的逛街咖喔！既沒有不耐煩的神情，也不會催促我，還會給我建議呢。」小冰說。

「呃，是嗎，感謝妳的稱讚。不過，小冰妳很缺抱枕嗎？」我問。

「為什麼這樣問？」

「因為光今天抱枕就買了三個。」

「呵，我很喜歡收集可愛的抱枕，住的地方有很多喔！」小冰回答。

「原來是這樣。」我回答。

小冰的男友和未來的老公，你們辛苦了，因為今天光抱枕，就花了一千五。

不過，小冰開心逛街的側臉很是迷人，當她問我「dj 學長，我穿這件衣服好不好看？」或「dj 學長，我戴這條手環可不可愛」時，在我眼中的小冰簡直就像動畫裡的女神一般奪目耀眼，令人無法抗拒。

「那時間差不多了，我們去吃宵夜吧！」小冰微笑的說。幸好時間到了，因為我的手，已經沒有任何提東西的空間了。

依照小冰的引導，我們到了小冰口中很好吃的滷味店。

「這人也太多了吧！」我說。

「經常都這麼多人的，那我們先找位置吧。」小冰說。

繞了一圈，卻找不到任何位置，通通客滿了。

「這可真是傷腦筋了。」我說。

「嘻，我有個好方法。」小冰微笑的說。

「喔，有什麼方法？」我好奇的問。

「dj 學長你看，那桌不是快吃完了，我們就站在這裡，一直死盯著他們，意思是說『既然吃完就快走吧！還有人在等呢！』這樣，他們一定很快就會走。」小冰說。

「啊!?這樣不好吧？」我為難的說。

「不會啦！這招很好用喔！來、來，團結力量大，我們開始吧！」小冰興沖沖的說。

原來，小冰不只是可愛，還有點……嗯，該說是小心機吧！

果然，那幾個男生，在小冰銳利眼神的注視之下，很快的把剩餘的滷味嗑光，接著落荒而逃，在他們離開時，我給了他們一個歉疚的眼神，他們則對我無奈的聳聳肩。

沒辦法，男生對於可愛女孩總是沒轍。

　　「呵，有位置了！」小冰開心的說。

　　識途老馬的小冰，熟練的點了許多滷味後，才發現一件事。

　　「咦？怎麼沒錢了？」小冰驚呼。

　　很明顯，剛剛逛街的成果，已經將小冰的銀彈消耗殆盡。

　　「那我先付吧。」我微笑的說。

　　「可是，說好今天請你吃宵夜的……」小冰有些失望的說。

　　「沒關係啦，以後還有機會的呀，寒假還很長嘛！」我安慰的說。

　　「嗯，好吧……」小冰像個小女孩般的扁著嘴說。

　　小冰這模樣，實在太可愛了，令我有點招架不住。不行！不行！人家已經有男友了，我要 hold 住！

　　這家的滷味果然很好吃，難怪人會這麼多。

　　「小冰怎麼知道這家滷味店的？」我問。

　　「是我男友帶我來的。」小冰回答，說完神情變得有些不自然。

　　難道小冰的心事，是因為男友嗎？

　　「這樣呀……果然很好吃呢！尤其是這滷汁……」我轉移話題的說。

　　「嗯嗯，我也這樣覺得！」小冰笑著說。

　　接下來，我和小冰吃著滷味，隨意聊著。

　　「dj 學長，你剛剛說寒假還長著，是什麼意思？」小冰問。

　　「喔，我是指在寒假結束前，我都還會待在台南打工，小冰還有機會請我吃宵夜的。」

　　「所以，寒假結束，dj 學長就不在台南了嗎？」小冰問。

　　「這樣說好像有點奇怪，因為我家在台南。應該是說，寒假結束後，我總得回學校繼續念書吧。」

「這樣呀……」小冰若有所思的說。

「怎麼了嗎？」我問。

「沒什麼啦！」小冰笑著搖搖頭。

愉快的宵夜時間結束，我載著小冰回到飲料店附近停車的地方，與去程時不同，回程時小冰不停說著許多話題，甚至還哼起歌來。

「今天沒請 dj 學長吃到宵夜，真是不好意思，下次一定補請你。」小冰這樣對我說。

「呵，我很期待喔。」我微笑回答。

「那我先走了喔。」小冰跨上小五十，微笑的對我說。

「有點晚了，路上小心。」我有些擔心的說。

「擔心我在路上遇到壞人呀？」小冰似笑非笑的看著我說。

「呃……」

「別看我外表這樣，我可是很凶悍的喔。」小冰笑著說，然後舉起她纖細的手臂用力的擠出二頭肌，但隔著厚外套，根本看不出有任何變化。

「嗯，看得出來……」我隨口的說。

「dj 學長，看得出來……是什麼意思？」小冰說，這時周圍的氣溫好像突然降低了。

「呃，我是指……看得出來外表很可愛，但卻不是好欺負的。」我解釋的說。

「哼，勉強接受。」小冰說完，我鬆了口氣。

「那我走了，明天打工可別遲到了。」小冰微笑的朝我揮了揮手後，便騎著車離開了，留下悵然若失的我。

為什麼，我有種被拋下的感覺？而且這悵然若失的感覺是什麼？為什麼，我腦海裡，還一直浮現著小冰的的笑臉呢？

像是要把困擾拋開一樣，我飛也似的騎車飆回家裡，口袋裡的手機傳來簡訊聲。

　　「我已經到家了，沒遇到壞人。」是小冰傳來的簡訊，她是怕我擔心嗎？

　　我望著簡訊，心裡有種踏實的感覺，嘴角也不知不覺上揚了起來。

　　隔天中午，我到店裡時，見小冰還沒來，突然鬆了口氣。

　　怪了，我這麼緊張幹嘛？

　　「你幹嘛突然鬆了口氣呀？」貝兒冷不防的問，貝兒真厲害，連我鬆了口氣都看得出來。

　　「因為，剛剛出門時有點晚了，所以能準時趕到真是萬幸。」我瞎掰的說。

　　「喔，是這樣呀……」貝兒饒是興味的望著我。

　　我幫著貝兒和阿誠學長整理訂單時，突然有人拍了拍我的肩膀，我回過頭去。

　　「dj學長，今天真早，沒遲到呢！」小冰眼帶笑意的說。

　　「呃……是……是呀……」在見到小冰那瞬間，我感到心跳加速、呼吸困難、緊張的不得了。

　　「dj學長，你講話怎麼結結巴巴的？」小冰困惑的問。

　　「是呀，為什麼呢？」貝兒回過身來，滿臉笑意的問。

　　「啊？那是因為……」

　　慘了！照我心頭小鹿亂撞的程度，我好像真的喜歡上小冰了。

　　這下子，該怎麼辦呢？

　　雖然自己並非天真爛漫、對愛情充滿幻想的人，但我也曾想像過，自己會喜歡上什麼樣的女孩，是溫柔嫻靜、活潑大方或是氣質出眾的，不過，我卻怎麼也沒想到，自己會喜歡上名花有主的女孩。

怎麼辦？我強烈的道德感，不容許自己成為第三者，更不容許自己橫刀奪愛去搶人家的女朋友，況且，就算我想橫刀奪愛，還不一定能搶得到……

照現在的局勢看來，最可能發生的是，我跟小冰表白，結果被小冰毫不猶豫的三振出局，不僅女朋友沒搶成，還背上第三者的惡名，若我是精明的生意人，怎麼樣都不該做這筆交易，因為怎麼想都太不划算了。

我深思熟慮後，決定趁自己喜歡小冰的心情，還沒到無法自拔之前，悄悄的將喜歡心情整理掉。小冰都鄭重的警告過我了，我還這麼不爭氣的喜歡上她，真是太丟臉了……

所以，我首先該做的，就是減少與小冰的接觸，包括對話、眼神交會和肢體碰觸。因為，不管再怎麼喜歡一個人，只要一段時間不見面、不說話，沒了交集，剩下的就只有共同擁有的回憶，隨著時間逝去，就連回憶也會逐漸淡去，最終如一縷輕煙飄散在風中，再也不會有人記得。

但我和小冰一起值班的時段實在太多，想盡各種理由更改值班表的行為，引起了美麗店長的關注。

「你……就這麼不喜歡跟小冰一起值班嗎？」店長問。

「啊？沒這回事呀。」我裝傻的說。

「喔？還是說，你喜歡跟貝兒一起值班呢？」店長又問。

「呃，也不是那樣……」我苦笑的回答。

「好吧，希望你知道自己在做什麼。」美麗的店長說完，對我笑了笑。

值班時段更改後，每個禮拜，我只剩兩個時段會和小冰一起值班，但矛盾的是，我卻變得期待和小冰一起值班的日子到來。

在狹窄的店裡，一不小心，就會跟小冰發生肢體碰觸，而且點單和製作飲料時，對話也是不可避免的，唯一能做的，就是避免和小冰的眼神接觸了，而且我也很怕被小冰發現我喜歡她，該怎麼說呢？感覺若被她發現的話，就會發生不得了的事情，但究竟會發生什麼，我也說不上來。

「dj 學長，你這陣子好像怪怪的？」趁著沒客人的空檔，小冰這樣問我，一旁的貝兒聽到，立刻微笑的湊了上來，一副想看好戲的樣子。

「怪怪的？沒有吧？」我不置可否的回答。

「以前你很愛聊天的，像是學校發生的事情和不好笑的冷笑話，但這些天，你突然變得安靜，發生什麼事嗎？」小冰困惑的問。

「沒呀，我想妳好像不喜歡聽，所以就不說了。」我回答。

「我沒說不喜歡呀……」小冰回答。

「是嗎？」我沉吟的說，之前，我為了炒熱店裡的工作氣氛，總喜歡說些趣事和笑話，貝兒常饒是興味的聽著，阿誠學長更是捧場的大笑，只有小冰總是冷冷的，偶爾還會射出殺氣，我猜想，她真的不太喜歡我這個人。

「還有，原本五個一起值班的時段，換到只剩下兩個……」小冰說到這兒，望了望我，從她的眼中，我似乎見到了失落，是錯覺吧？

「那是因為……」在我不知道怎麼回答時，櫃檯前出現的客人及時解救了我，小冰微笑的詢問客人需要什麼飲料。

我望著小冰美麗的側臉，突然感到很幸福，不禁想像著，若哪一天，這微笑能屬於我，那自己一定會成為全世界最幸福的人。

只是，大概不會有那一天了。

「齁～～偷看小冰被我發現了。」貝兒在我耳邊輕聲的說。

「我……我沒有呀！」我很快的否認。

「嘻，開個玩笑而已，你幹嘛這麼緊張呀？」貝兒微笑的說。

「貝兒，妳很想看好戲，是吧？」我問。

「其實，人家也很矛盾呢⋯⋯」貝兒皺眉的說。

「矛盾？」我困惑的問，會有誰比現在的我更矛盾？明明想見到小冰，卻刻意減少跟她一起值班的時間，想把喜歡她的心情整理掉，卻在望著她的身影時，感到無比的幸福。

「時候到了，你就會明白的。」貝兒深不可測的說。

時候到了？寒假一結束，我就會回到學校，繼續我的大學生活，跟小冰、貝兒和阿誠學長一起度過的寒假打工時光，也會成為回憶的一部分，經過一段時間後，便會逐漸淡忘，埋藏在記憶深處，或許，再也不會想起了。

所以，何時，貝兒口中的「時候」才會到來？

而距離寒假結束，也剩下不到一個月了，想到這點，我感到既慶幸又哀傷，慶幸的是，寒假結束後，回到學校的我，便不會再見到小冰，這樣一來，要淡忘她就容易多了，但一想到再也見不到小冰，我便想嘆氣，哀傷與遺憾在心中不斷的蔓延，這就是註定得不到回應的暗戀心情嗎？

「不過，你要知道，寒假永遠不如你想像中那麼長，若有什麼想要做的事情，一定把握時間，否則一旦時間逝去，寒假結束了，一切也都將歸零。」貝兒說，學建築的她說起話來，比學哲學的還難懂。

隨著我擺盪不定的心情，寒假一天天的逝去⋯⋯

「若我跟小冰表白，你覺得會成功嗎？」幾天後，阿誠學長這樣問我。

「跟小冰表白？但她不是有男友？」我驚訝的問，阿誠學長明知道

小冰有男友，還是要表白嗎？

「我第一次見到小冰時，就喜歡上她了，後來她有了男友，我沒辦法改變這事實，也無法不去喜歡小冰，這樣的我，能怎麼辦呢？」阿誠學長無奈的說。

「即使得花點時間，但阿誠學長可以試著慢慢把喜歡小冰的心情整理掉，這樣對彼此都好，不是嗎？」我建議的說，這也是我正在做的。

「把喜歡小冰的心情整理掉……你覺得真的做得到嗎？」阿誠學長問。

「是呀，真的做得到嗎？」我喃喃的說，像在問自己。

「我做不到，也不想那樣做。」阿誠學長篤定的說。

「不想那樣做，為什麼？」我問，同樣喜歡小冰的阿誠學長，似乎有著與我不同的想法。

「因為那只是逃避而已，男人不管遇到什麼事，都必須勇往直前，就算後來弄得遍體鱗傷，那也沒關係，至少比開戰前，就先舉白旗投降的懦夫要好的多。」阿誠學長正色的說。

「那樣做……是懦夫嗎？」我喃喃自語的說。

那天，阿誠學長告訴我，在愛情裡，我是個懦夫。

但我告訴自己，明知道不可能有結果，還讓自己奮不顧身的撞得傷痕累累，那才是種愚蠢的表現，理智的我，不該這樣。沒錯，只打有把握的仗，才是聰明人的作法，但身為資工系秀才的阿誠學長，為何會這麼不理智？

或許，喜歡超過某種程度後，就會戰勝理智吧？

「你覺得，上回我們去的那家古典玫瑰園如何呢？」過了幾天，禮拜五晚上值班時，小冰這樣問我。

「嗯，還不錯呀。」我簡單的回答。

「明天是星期六，我想去喝下午茶……」小冰說到這兒，停了下來，似乎猶豫著該不該繼續說下去。

「喔？小冰要找男友一起去嗎？」我問，但說到男友這兩個字時，我的心情直往下沉。

「……他現在不在台南。」小冰回答，神情有了些變化。

「上回妳說過，是我忘了，那小冰要自己去？像之前那樣，一個人去那看書、發呆、想事情？」我問。

小冰望著我好一會兒，才回答：「嗯，或許吧……」

接下來，小冰一整個晚上都沒再跟我說話，關店時，連聲招呼都沒打，就逕自離開了。我知道自己惹小冰生氣了，但小冰在生什麼氣呢？

「你是真不明白嗎？」店長微笑的問我。

「嗯。」我點了點頭。

「唉，年輕真好呀！」店長感嘆了一下後，什麼也沒說，便帶著她的『明白』離開了。

我真的徹底敗給這家飲料店的女性了，個個不是莫測高深，就是難以捉摸，但卻都長得美麗動人，讓人很想一探究竟。

隔天我醒來時已接近中午，老早放棄叫我起床的老媽，問我要不要直接吃午餐，後來老媽弄了些水餃，午餐便解決了。

一點了，這時候，小冰應該準備到玫瑰園去了吧，她今天會是什麼樣的打扮？會坐哪個位子？點什麼飲料？做什麼事情呢？是自己一個人還是和朋友一起？是看書還是發呆、想事情？

在這一刻，我變得很想見她，就算只看一眼也行，只要能在遠處望著她的身影，就不用再承受這樣的相思之苦了。

不行！這是種考驗！我不能去看她，若我連這一關都過不了，又怎

麼能度過往後見不到她的每一天呢？

　　寒假，為什麼這麼短呢？為什麼讓我在寒假一開始時與小冰相遇，又讓我喜歡上她，最後我們卻因為寒假的結束而分離，若是這樣，寧願一開始就不要相遇。

　　明明要自己把喜歡小冰的心情整理掉，卻滿腦子都是她的身影，為什麼事情沒辦法照我想的那樣呢？

　　「就看一眼，一眼就好，只看一眼應該沒關係吧？」我自言自語的說。

　　「嗯，沒關係的，反正寒假也快結束了，到時候想看也看不到了。」我安慰自己的說。

　　想到這兒，我覺得豁然開朗，根本沒必要讓自己逃避小冰的，因為我和小冰的緣分就只有這個寒假，我就默默把小冰放在心上，好好珍惜與小冰相處的時間，等到時間的巨輪轉動到分離的那一刻，就瀟灑的說再見吧！

　　「去見她！現在就去見她！」我心裡有個巨大的聲音這樣說著。

　　我跨上機車，以飛快的速度趕往東豐路上的古典玫瑰園，停好機車，往店門走去時，瞥見了窗邊那日思夜念的俏麗身影。

　　然後，我不自覺的微笑了。

　　因為，我見到了小冰，更因為，店裡的小冰，只有自己一個人。

　　小冰呀，若我遇見妳時，妳就像現在一樣，只有自己一個人，那就好了，為什麼，我沒能更早遇見妳呢？

　　丘比特呀，若你想讓小冰一箭射中我的心，為什麼不在她還沒男朋友時，射出這支箭呢？現在才讓小冰拿箭到處亂射，被射中的人，會像我一樣，不知如何是好。

　　不過，或許是我自己瞄準小冰的箭，然後自個兒衝過去的吧？

在這一刻，苦笑的我，明白了自己喜歡小冰的那分情愫，已經沒辦法輕易收回了。

明明告訴自己，只看一眼就好，但一見到她的美麗倩影，卻怎麼樣也捨不得離開，原本想走進店裡，假裝與小冰不期而遇，然後，自然的在她前方的空位坐下，享受屬於倆人的下午茶時光。

不過，若我真那樣做，敏銳的小冰一定會察覺我喜歡她的心思，那時，或許連話都不再跟我說，也不再瞧我一眼了吧？

一這樣想，我就沒有勇氣走進店裡。

我跟小冰相距不過十幾公尺，但卻感覺她離我好遠，像是一輩子都無法追趕上的距離，或許，我註定只能像現在這樣，在不遠處默默注視著她的身影，直到拋開對她的眷戀為止。

於是，在店門前佇足的我，就那樣呆望著窗邊小冰的身影，想像著自己就坐在小冰對面的空位上。整個下午，小冰有時望著窗外發呆，有時翻閱店內的雜誌和書籍，有時把玩著手機和包包內的小飾品，手邊無意識攪拌著玫瑰花瓣圖案的漂亮瓷杯，神情看起來像在等人，也像在思考著什麼，因為她偶爾會皺起眉頭……

小冰在五點時離開，離開前，她嘆了口氣。小冰，妳為什麼嘆氣呢？是因為喜歡的人不在身邊嗎？沒關係的，小冰，寒假結束後，他就會回到妳身邊，那時，妳就不會露出寂寞的表情了吧？不過，那時，我也已經離開這裡，見不到妳幸福的模樣了。

五點過後，天色漸漸暗了下來，我心裡滿是蕭瑟與孤寂。不就喜歡的女孩不喜歡自己而已嗎？又不是世界末日，幹嘛把自己搞得這麼哀戚呢？

這時，手機響起，是沒見過的號碼，我隨手按了通話鍵。

「嘿，猜猜我是誰？」電話那頭傳來個熟悉的好聽聲音。

「這聲音是……貝兒？」我不太確定的說。

「呵，恭喜你答對了，有機會參加待會兒舉辦的活動。」貝兒用愉快的聲音說。

「喔？這樣說，如果沒答對的話，就不能參加嗎？」我好奇的問。

「這個嘛……因為你答對了，所以沒答對的狀況就不存在了，因此，我也不用傷腦筋想答案，這樣不是很好嗎？」貝兒回答。

「呃，好像是那樣……」憑我的智慧是鬥不過貝兒的，我頓了頓後問貝兒：「那麼，是什麼活動？」

「店裡的工讀生，每隔一段時間會聚聚，聯絡一下感情，你要來嗎？」貝兒問。

「好呀。」我沉吟了一會兒後，這樣回答。

我不能讓自己一直沉浸在悲傷的氛圍裡，參加聚會轉換一下心情也不錯，而且，既然是工讀生聚會，那麼，小冰她……或許也會去吧？

「你喜歡唱歌嗎？」貝兒問。

「因為不大會唱，所以還好。」我回答。

「是嗎？那真是可惜呢！」貝兒惋惜的說。

「可惜？」我疑惑的問。

「因為我很喜歡呀！」電話那頭的貝兒輕快的說。

抵達聚會地點時，我打開包廂門，正好聽見貝兒的歌聲，果然有喜歡唱歌的資格，貝兒輕柔的歌聲甜甜的非常悅耳，專注歌唱的模樣，有種異樣的魅力，這樣的貝兒在男生眾多的成大，到現在居然還單身，令人難以置信。成大的男生們到底在做什麼呢？要是我唸成大的話，絕不會錯過像貝兒這樣的女孩。

「你來了呀，點歌吧！」阿誠學長把歌本拿給我。

「呃，等會兒再點好了。」我推辭的說，聰明人不會自曝其短。

我掃視整個包廂，一共有六個工讀生來，但沒見到小冰的身影，我頓時有些失望。

　　「東張西望的，找誰呢？」剛演唱完的貝兒湊到我身旁問。

　　「呵，在找妳呀，想不到眾裡尋她千百度，驀然回首，那人卻在燈火闌珊處。」我很快的回答說。

　　「哇，好有文學氣質喔！」貝兒假裝驚訝的說。

　　「好說、好說，請不要告訴別人，我想低調一點。」我瞎掰的說。

　　「讓我不告訴別人，那我有什麼好處呢？」貝兒微笑的問。

　　「呃，最近我手頭比較緊，可否寬限幾天？」我開始扯了起來。

　　「可以，等你領薪水那天，我再跟你要好處吧！」貝兒笑著說，說完她眨了眨明亮的雙眼，接著問：「那你找到我了，有什麼想跟我說的嗎？」

　　「有什麼想跟妳說的……喔！貝兒妳唱歌很好聽呢！有練過喔！」我稱讚的說。

　　「剛剛只是暖身而已，精彩的還在後面呢！」貝兒有些神氣的說。

　　「那麼，請務必讓在下見識一下，何謂『天籟』。」我附和的說。

　　「呵，人家會努力的。」貝兒開心的說。

　　我和貝兒閒聊著，直到貝兒點的歌出現，我才起身準備去拿些飲料和食物。

　　「能幫我倒些熱烏龍茶嗎？」貝兒央求的問。

　　「OK呀。」我回答。

　　「那我要檸檬紅茶。」阿誠學長要求的說。

　　「嗯，好的。」

　　等我像服務生一樣，端著整盤食物和飲料回到包廂時，裡頭多了一個人。

「小冰，妳要點歌嗎？」阿誠學長拿著歌本問。

「等一會兒好了。」小冰微笑婉拒。

小冰坐的位置，剛好在我旁邊，我頓時感到心花怒放，現在的我，只要能多接近小冰一點，我都會感到很幸福。

但端著餐盤的我，回到我的位置坐下來後，小冰立即起身，坐到點歌的電腦螢幕前去，我的心直往下沉。

是小冰剛好想點歌，還是她根本不想坐我旁邊呢？

小冰果然不喜歡我，但我卻愈來愈喜歡她，這種完全沒有投資報酬率的投資，我應該盡快中止才對，但為什麼就是做不到呢？

「幹嘛一副苦瓜臉呢？」貝兒問。

「沒辦法，天生就長這副模樣呀。」我苦笑的說。

「好可憐呢，貝兒姐姐秀秀。」貝兒輕拍我的頭說。

貝兒貼心的小動作，讓我覺得好過多了。

若我喜歡上的女孩是貝兒，或許比較有機會吧？

可惜的是，在愛情中，要喜歡上誰，從來不是我們能夠控制的。

整個晚上，小冰有意無意的避開自己，卻跟其他男生聊得很開心，尤其是阿誠學長，讓我心裡很不是滋味，我想，這就是傳說中的吃醋吧？

明白自己居然這麼小家子氣的亂吃飛醋後，我苦笑了一下。為了不讓自己變得更加不堪，我編了個理由，想先離開。

「不好意思，我還有事，得先走了。」我對大家說。

「要走了？但你一首歌都沒唱呢！」阿誠學長說。

「沒關係，反正我光吃大概就回本了，那錢我先擺這兒，多退少補，先走了！」我說完，朝大家揮了揮手，眼角餘光瞄向小冰，發現她依然

不為所動，感到很洩氣。

「哼！男人也有男人的志氣！既然妳一點也不在意我，那我也不要再喜歡妳了！等著吧！我很快就會把妳忘記！」我在心裡對自己說。

出包廂往外走了幾步後，身後響起了貝兒的聲音。

「嘿，等一下。」

我回過身去，微笑的問：「是貝兒呀，怎麼跑出來了？」

「你要走了呀？」貝兒問。

「嗯，因為有事，而且我也不太會唱歌。」我回答。

「但你還沒聽見『天籟』就走了，不覺得很可惜嗎？」貝兒一副惋惜的表情，讓我覺得很有趣。

「呵，哪有人說自個兒的歌聲是天籟的，也不害臊。」我笑著說，打從心裡覺得貝兒真的很可愛。

「嘿，天籟可是你說的喔，人家只是引用而已。」貝兒推的一乾二淨。

「是、是，今天不能聽到貝兒姑娘的『天籟』之音，令人遺憾，希望下回有機會聆聽。」我煞有其事的說。

「呵，有機會的，那你等我一下喔！」貝兒說完走進包廂，正當我覺得疑惑時，她拿著小外套和包包踩著輕快的腳步從包廂走了出來。

「好了，那我們走吧！」貝兒對我說。

「啊？去哪？」我有點搞不清楚狀況。

「回家呀。」貝兒回答。

「回家？貝兒不唱了嗎？」我問。

「懂得欣賞天籟的人都走了，我還留著幹嘛？」貝兒一副理所當然的樣子。

「啊？那妳的車怎麼辦？」我困惑的問。

「今天是阿誠學長載我來的，我剛已經跟他說，你要送我回家了。」貝兒回答。

「那阿誠學長……」

「他好像要載小冰吧？」貝兒回答，像是知道我想問什麼。

「但我有點事……」我裝出為難的樣子，但其實我根本沒事要處理。

「是嗎？好失望喔……」貝兒皺眉的說。

貝兒失望的模樣，讓我感到有些不忍，於是我改口說：「其實，也不是非今晚處理不可……」

「真的嗎？不會太麻煩你吧？」貝兒立即微笑了起來。

「不會。」我回答，但剛剛貝兒不都已經自己決定好了嗎？

「呵，那等一下你就可以好好欣賞天籟了喔！」貝兒說。

「什麼意思？」我問。

「時候到了，你就會知道。」貝兒說。

又是時候到了，貝兒好像很喜歡來這套。

不過，這回「時候」很快就到了。

「你的車好像有些歷史了呢。」貝兒見到我的車後，這樣對我說。

「嗯，本來是我老爸在騎的，有十年吧？所以，我才來打工賺錢，打算買部新的。」我據實以告。

「所以，是因為它，我們才會認識的囉？」貝兒望著我的老爺機車，眼睛眨呀眨的。

「嗯，可以這樣說。」我點了點頭。

「呵，其實它也挺可愛的。」貝兒輕輕撫摸著機車坐墊，微笑的說。

「哈，它聽妳這樣說，一定會很高興。」我笑著回答。

我發動機車，載著貝兒緩緩往目的地駛去，自備安全帽的貝兒，頭

微微靠在我肩上問：「那你準備好了沒？」

「準備什麼？」

「聆聽『天籟』呀！」貝兒提高語調的說。

「喔！原來如此！」我這時才會過意來。

「有沒有特別想聽的歌呢？」貝兒又問。

「還可以點歌呀？」

「可以呀，但我不一定會唱。」貝兒耍賴的說。

「啊？哪有這樣的……」我被貝兒搞糊塗了。

「嘻，女孩子有任性的權利嘛！」貝兒有如銀鈴般的笑著。

「這樣的話，那貝兒就任性的唱妳最喜歡的歌曲吧。」我說。

「哇，好體貼呢！」貝兒說完，頓了頓後，接著說：「那我唱囉，你要仔細聽喔！」

「嗯。」

我載著貝兒在夜色中緩緩前進，身後飄來貝兒獨特的香氣和輕柔悅耳的歌聲，讓我有種這世界只剩下我和貝兒倆人的錯覺，很是奇特。

有人在自己身後唱著歌，是種奇妙的感受，因為她的歌聲只有我能聽見，她在歌曲中表達出的喜怒哀樂、悲傷或喜悅，也只有我感受得到。

這是貝兒一個人的演唱會，聽眾，也只有我一個。

貝兒唱了戴愛玲的《對的人》、S.H.E. 的《戀人未滿》，有幾首聽起來很耳熟，但我卻不知道歌名。貝兒也唱了首英文歌，剛好是我知道的歌曲《似曾相識》，而貝兒的演唱會，也在這首《似曾相識》終曲時，畫上句點。

「到了呢……」貝兒說，表情有些悵然若失。

「是呀。」我回答。

「好聽嗎？」貝兒問。

「嗯，很好聽。」我笑著回答。

貝兒笑了笑，接著說：「那麼，晚安囉，回家路上小心騎車。」

「我會的，晚安。」

望著貝兒走進屋子裡的優雅身影，深深覺得她是個奇妙的女孩，只是，永遠猜不透她的想法。

隔天，我一到飲料店，就發覺有些不對勁。平常總對小冰噓寒問暖的阿誠學長，今天在小冰面前，顯得異常沉默，看起來心事重重，不時還會搖頭嘆氣，而小冰也完全表現出與她名字相互輝映的冰冷，連個微笑都吝於給阿誠學長，當然，也沒給我。

但昨天晚上，小冰不是和阿誠學長聊得很開心嗎？我就是因為小冰和阿誠學長聊天的愉快模樣，才決定提早離開，而現在這情況，究竟是怎麼回事？

「聽說，阿誠學長昨晚好像跟小冰表白了。」一旁的貝兒，像是看穿我心中困惑似的，主動跑到我身旁來，悄悄的告訴我第一手消息。

「阿誠學長他……真的表白了!?」我驚訝的問。

「嗯。」貝兒點了點頭，接著說：「我也是聽其他工讀生說的，好像就在我們離開不久之後。」不過說來奇怪，貝兒今天早上並沒有排班，這麼早就來店裡做什麼呢？

「沒想到他真的告白了……」我喃喃的說，打從心裡佩服阿誠學長，他真是個男子漢。

「『沒想到』是什麼意思？」貝兒困惑的問。

「其實，阿誠學長他曾告訴我，他想跟小冰告白，還問我覺得怎麼樣？」我回答。

「原來是這樣呀，那你怎麼回答呢？」貝兒問。

「我說最好不要，因為小冰已經有男朋友了，介入小冰和她男友之間成為小三，是很不好的。」我回答。

　　「變成小三當然不好，但阿誠學長大概也很無奈吧？因為他喜歡小冰很久了，若能選擇的話，沒人想在愛情中當第三者的。」貝兒望著阿誠學長，有些哀傷的說。

　　「是呀，要喜歡上誰，真的無法選擇，因為人的感情太過複雜，複雜到我們根本無法駕馭，只好順其自然，但等到發覺自己喜歡上某人時，卻已經無法回頭了……」我有感而發的說。

　　「瞧你這麼感同身受的，該不會有過經驗吧？」貝兒睜大眼睛，好奇的問。

　　「哈、哈，那怎麼可能嘛！」我笑著說。

　　「不認真工作，還在那邊笑？沒見到點單很多嗎？還不快來幫忙！」小冰回過身來，神情不悅的對我說。

　　「對不起！我馬上過去。」我立即道歉的說，貝兒吐了吐舌頭，馬上笑臉盈盈的說：「那我也來幫忙好了。」

　　「不麻煩貝兒學姐，讓領了薪水的人做他該做的事就好了。」小冰先是微笑的對貝兒說，接著斜眼睨了睨我。

　　「呃，貝兒，我看還是我自己來，妳就優雅的坐在一旁，欣賞男人認真工作的模樣吧。」我輕聲的對貝兒說。

　　原本還想問貝兒，阿誠學長告白的結果如何，但瞧這情形，一定是被小冰打槍了。

　　若告白的人不是阿誠學長，而是我，結果會不會有所不同呢？

　　「這些就麻煩你外送了。」小冰將飲料遞給我，正眼也沒瞧的對我說。

　　是的，結果可能有所不同，小冰現在只是不太搭理阿誠學長而已，

換成是我，搞不好會揍我一頓。

　　雖然這樣想很過分，但我有些慶幸阿誠學長身先士卒，用他的慘痛教訓來告訴我，跟小冰告白有多不智，讓我趕快打消這愚蠢的念頭。

　　但傷腦筋的是，告白的念頭可以打消，但喜歡的心情，卻是無法輕易拋開的。

　　尷尬的氣氛一直持續到小冰和阿誠學長下班，眾人才得以解除警報。

　　「究竟發生什麼事？沒見過阿誠這麼消沉，也沒看過小冰這麼生氣的樣子。」店長不明就裡的問。

　　「那是因為……」貝兒簡單的把昨晚發生的事告訴了店長。

　　「阿誠那小子，還是告白了呀……」店長喃喃的說。

　　「店長，妳好像不是很驚訝？」我好奇的問。

　　「嗯，我想他早晚會告白的。」店長回答。

　　「妳知道阿誠學長喜歡小冰？」我再問。

　　「你們這些小男孩、小女孩的心事，還逃得過我的法眼嗎？我呀，還知道小冰為什麼生氣呢！」店長說。

　　「不就因為阿誠學長嗎？」我困惑的問。

　　「別傻了！有哪個女孩會因為有人對她表白而生氣的？」店長回答。

　　「那小冰在生什麼氣？」原本在櫃台忙的貝兒，這時也加入了談話。

　　「剛剛說過了，女孩子不會因為有人告白而生氣，但若情況相反，可能就會生很大的氣。」店長回答。

　　「啊？情況相反，什麼意思呀？」我問。

　　「吧檯有客人在等了，快過去吧，有機會再告訴你，趁這段時間，

好好思考一下，你唸書是個資優生，不過在談戀愛方面，還停留在幼幼班呀……」店長取笑的說。

「講這樣……」我有點不服氣的說，但從未談過戀愛的我，在這方面的確很嫩。

我的值班時間在三點結束，當我準備離開時，貝兒叫住了我。

「怎麼了嗎？」

「還沒謝謝你，昨晚特地送我回家。」貝兒說。

「小事，我也還沒謝謝妳，昨晚讓我聽了場好聽的演唱會。」我微笑的說。

「呵，你喜歡就好。」貝兒笑了笑，接著說：「還有，小冰很快就會消氣的，你不用太擔心。」

「呃，我沒擔心呀，我幹嘛擔心呀？」我否認的說。

「呵，是這樣嗎？」貝兒給了我一個好看的微笑後，便回到吧檯繼續工作了。

貝兒的洞察力真是驚人，該不會我喜歡小冰的心情，也被她看穿了吧？

離開飲料店後，我騎著車到處晃悠，腦海裡盡是小冰的身影，想著能與她共事的時間已經不多了，卻還無法扭轉她對自己的印象，至少想在離開前，留給她一個好印象，否則自己喜歡的女孩，卻這麼討厭自己，實在太令人哀傷了。

想著、想著，等到我意識到時，自己已經來到東豐路上，古典玫瑰園的附近了。

接著，我自然的將車停下，走進了玫瑰園，見到上回我和小冰共進下午茶的桌子空著，便坐了下來。

昨天，我佇立在店外，呆望了小冰一整個下午，腦中盡是小冰的事

情，而在店裡，一個人的小冰，她在想些什麼呢？

　　喜歡一個人，似乎就會想知道她的種種。像現在，我就很想知道，小冰為什麼會喜歡一個人喝下午茶，難道不感到寂寞嗎？

　　於是，我讀著印象中小冰翻閱過的雜誌，點了小冰喜歡的飲料，坐在小冰坐過的位置，透過窗外，看著小冰曾見過的風景……

　　一下子，寂寞的感覺便油然而生，是因為小冰不在我身邊的緣故嗎？昨天下午，獨自一人的小冰，也和我有類似的感覺嗎？她思念起人在台北的男友了嗎？小冰的男友，為什麼不留在台南陪她呢？而小冰，又為什麼要一個人留在台南打工呢？

　　我見到窗外那株昨天自己一直倚著的樹，不禁苦笑，昨天躲在那兒的自己，一定顯得怪異又可憐吧？為什麼喜歡小冰，會把自己搞得這麼不堪呢？

　　我呆望著窗外的風景，想像著小冰的心情，雖然註定只能在遠處望著她的身影，獨自神傷，不過，若能多明白她一點，就能多靠近她的心一些。現實中，無法靠近小冰的我，只能夠用這種方式接近她了。

　　但不久後，窗外出現了一個令人驚訝的熟悉身影，而在我發現他的同時，他也察覺到了我，然後緩緩朝我走來。

　　「阿誠學長！？」我驚訝的說。

　　「我該說很巧嗎？」阿誠學長爽朗的笑了笑，指著我對面的位置問：「有人坐嗎？」

　　我搖搖頭，阿誠學長便坐了下來，一時間，我們都沒說話。望著阿誠學長沉默而略帶憂傷的側臉，我發覺阿誠學長其實長的挺好看的，剛才爽朗的笑容也很討喜，這樣的阿誠學長都出局了，我的話，就更不用說了。

　　「阿誠學長，你怎麼會來這兒？」我打破沉默的問。

阿誠學長聽完，環顧整家店後，才回答：「因為，這是小冰最喜歡的店。」

　　「嗯，是呀。」

　　「你知道昨晚⋯⋯我跟小冰表白的事情了？」阿誠學長問。

　　「嗯，貝兒告訴我了。」我點頭的說。

　　「果然還是被拒絕了⋯⋯」阿誠學長嘆氣的說。

　　「阿誠學長，你早就知道，自己會被拒絕嗎？」我有些驚訝的問。

　　阿誠學長望著我，緩緩點了點頭。

　　「既然如此，為什麼還要告白呢？」我不解的問，明知道會失敗，為什麼還要去做呢？那不是太傻了嗎？

　　「或許，是想給那個喜歡了小冰半年多的阿誠一個交代，不然，就太對不起他了⋯⋯而且，昨天晚上，小冰對我比平常都要親切，有一瞬間，我以為自己會成功的，大概就因為這樣，我才會在毫無計畫下，腦充血的對小冰說：『小冰，我喜歡妳很久了，希望妳能給我一個靠近妳、守護妳的機會。』小冰聽完後，驚訝的望著我，接著悲傷的別過臉去，然後，世界末日一下子就到了⋯⋯」阿誠學長憂傷的說。

　　「世界末日嗎？」我喃喃的說。

　　「是呀，就是那種感覺，一下子沒了任何希望，生命也失去了光亮，不曉得之後該怎麼過下去，對失戀的人來說，一段世界末日般的日子，大概是必須的吧？」阿誠學長說，經過這一席話，我才驚覺，原來阿誠學長是個很有深度的人。

　　「阿誠學長，你真的很了不起。」我佩服的說。

　　「告白被拒絕的人，哪有什麼了不起的？還是你覺得我像古羅馬時代的三百壯士，明知道此行必死無疑，卻仍選擇勇往直前、壯烈犧牲？」阿誠學長自嘲的說。

「至少，阿誠學長，你知道你自己在做什麼。」我肯定的說。

「是呀，我一直知道自己在做什麼、該做什麼。但被小冰拒絕後，一時間，我卻不知道往後該做些什麼了⋯⋯今天打工結束後，我原本打算到圖書館唸書，但卻怎麼也唸不下，跑出來透透氣，卻莫名其妙晃到這裡來，看來，我還是惦記著小冰，沒辦法太快忘了她吧？」阿誠學長無奈的說。

是呀，一旦喜歡上了，要拋開哪這麼容易呢？

「阿誠學長，跟小冰一起來過這兒嗎？」我好奇的問。

「嗯，來過幾回，不過都是跟其他人一起來的，像是貝兒、店長還有其他工讀生。我約過小冰幾次，但小冰都沒答應，我猜這家店對她有特別意義。因為小冰喜歡這兒，感覺上只要來這兒，就能多接近她一點⋯⋯」阿誠學長說完，淡淡的笑了笑。

「嗯，是呀。」我心有戚戚焉的說，想起自己曾與小冰在這兒度過的美好時光，為何那時，自己不懂得珍惜呢？

「你⋯⋯好像很能體會？」阿誠學長好奇的問。

「呃⋯⋯沒有啦。」我否認的說。

阿誠學長狐疑的打量著我，看來失戀的悲傷，並沒有埋葬掉他聰明的頭腦與過人的洞察力，我很擔心自己的心情被他察覺，所以拚命掩飾。

「你會出現在這裡，只是巧合嗎？」阿誠學長好奇的問。

「呃，其實小冰曾帶我來過這家店。」我老實的說，要掩蓋真相，不能只有謊言，必須七分真相加上三分謊言，方能使人信服，所以，我說出曾與小冰一起來過這兒的實情，否則，一定無法逃過阿誠學長的法眼。

「小冰帶你來這兒！？單獨兩個人嗎？」阿誠學長驚訝的問。

「呃……是呀。」我回答，對於阿誠學長的驚訝，感到有些不解。

阿誠學長不可置信的望著我，一會兒後，才開口說：「這跟我想的有些不一樣，不過，不按牌理出牌才是小冰吧？」

「什麼意思？」我問。

「單獨跟小冰來這家店的男生，除了小冰的男友，就只有你了。」阿誠學長鄭重的說。

「咦!?是嗎？」我驚訝的說，我還以為，那天只是因為修車得等很久，小冰無奈之下，才帶我來這兒打發時間而已……

「看你這麼驚訝，我想你會出現在這兒，應該不只是個巧合……」阿誠學長眼神銳利的說。

我望著阿誠學長，無奈的嘆了口氣，最後，只剩沉默。

過幾天就是年假，店長正調查著年假時能留下來的工讀生，因為年假的時薪是平常的兩倍，見錢眼開的我，吃下了為數不少的值班時段，還被貝兒嘲笑，說我完全是個向「錢」看的男生。

「別這樣嘛！我也是為了新車呀。」我無奈的說。

「呵，也是啦！不過，我覺得你現在的機車，舊舊的很可愛呢！不一定要喜新厭舊，狠心的買新車拋棄它呀！」貝兒為我的老爺車請命。

「不會啦，我沒喜新厭舊，而是『喜新念舊』，即使換新車了，還是會記得舊車的好，不會拋棄它的。」我解釋的說。

「那好，到時候記得找我，我還想坐著它去兜風呢！」貝兒笑著說。

「好呀，到時候一定帶上妳，不過，沒想到妳對它這麼有感情呀？」我應承的說，但那時，寒假已經結束，我和貝兒或許不會再見面，這大概是個永不會兌現的承諾吧？

「嗯，雖然人們大多喜歡新事物，但我比較喜歡舊東西，舊的東西

因為歲月留下了痕跡，有種不一樣的美感。」貝兒神采奕奕的說。

　　「那貝兒，妳可以開當鋪呀，大家都會把舊東西拿來給妳呢！又能賺錢，多好呀！」我開玩笑的說。

　　「喂！人家在跟你講正經的，你卻在那亂說……」貝兒雙手插腰，嘟起嘴來，那模樣真是可愛。

　　「對不起嘛！我還以為是個好建議呢……」我陪罪的說。

　　「哼，再這樣，下回可不饒你。」

　　「不然，骨董商怎麼樣？」

　　「喂！」貝兒賞了我個肘擊，接著說：「本來過年時還打算陪你一起值班的，但你這麼調皮，貝兒姐姐可要好好考慮一下了……」

　　「呃，貝兒姐姐大人有大量，請別跟小的計較了……」我求饒的說。

　　「へ，氣氛真是融洽呀……不過，請看在客人太多，我一個人忙不過來的分上，快點過來幫忙吧！」阿誠學長暗示的說。

　　「好的。」貝兒愉快的說。

　　「真不好意思。」我抱歉的說。

　　「你應該知道，自己在做什麼吧？」當我走向吧檯時，阿誠學長低聲對我說。

　　或許是為了避免尷尬，現在，阿誠學長和小冰幾乎不再一起值班了，雖然我知道阿誠學長還是很想見到小冰，但這是他的體貼，因為他不想讓小冰為難，所以，當他來找我換班時，我略為考慮後，便答應了。

　　「青春真好呀！」店長只說了這句話，便同意了我和阿誠學長換班，而這也代表，我和小冰以後每個禮拜有五天要一起值班了。

　　我憶起了幾天前和阿誠學長在玫瑰園巧遇的事。

　　「你打算怎麼辦？」阿誠學長問。

　　「我也不知道……」我老實的說。

「寒假結束後，你就會回學校了吧？」阿誠學長問。

「嗯。」我點點頭。

「而寒假，就快結束了。」阿誠學長提醒的說。

「是呀。」

「你有想過，你為什麼會來到這兒嗎？」阿誠學長問。

「什麼意思？」我不解的問。

「若不是因為你想買新車，你就不會來這兒打工，也不會認識小冰，然後喜歡上她，這是一種緣分，一個契機，難道你不這麼覺得嗎？」阿誠學長問。

「緣分……契機……」我覆誦的說。

「一旦寒假過完，一切都結束了，所以，在結束之前，讓她了解你的心意吧！別擔心，你沒什麼好損失的，頂多……世界末日罷了……」阿誠學長語重心長的說。

「世界末日……那痛苦會消失嗎？」我問。

「或許會，也可能不會。不過，那時，你已經變得堅強，足以承受了。」阿誠學長說。

望著眼前微笑替客人服務的阿誠學長，他現在是否變得堅強足以承受了呢？

「阿誠學長，會不會太勉強自己了？」貝兒輕聲的問。

「……阿誠學長雖然被拒絕了，感到悲傷、痛苦，但他還是要讓自己看起來很好，告訴大家自己沒事，可以挺過去，這是屬於男人的志氣。」我解釋的說。

「那不就是勉強了嗎？」貝兒皺眉的說。

我沉默，沒有回答。

為了男人的志氣，有時必須勉強自己，那也是沒有辦法的事情。

告白事件一個禮拜後，來到小年夜前一天，小冰對我的態度漸漸好轉，但卻不曾再見到小冰請吃宵夜那晚的迷人微笑。事實上，當小冰知道我和阿誠學長調換值班時間時，曾問過我為什麼。

　　「因為阿誠學長來找我換……我想他，大概是怕妳尷尬吧？」我回答。

　　「只有這樣？」小冰神情漠然的問。

　　「還有就是……」我支吾的說。

　　「是什麼？」小冰語氣冰冷的追問。

　　「那個……其實跟妳一起值班……也是挺好的……」我拚著被小冰討厭的危險，不管三七二十一的說。

　　「……是嗎？我以為你比較喜歡跟貝兒學姐一起值班……」小冰說，臉部表情似乎柔和了一點。

　　「貝兒是個可愛的女孩，不過小冰妳在我眼裡……」說到這兒，我深吸了一口氣，打算說出「比貝兒更加迷人」這話，但是……

　　「齁～～躲在這兒說悄悄話，貝兒也要聽！」貝兒突然出現，微笑的說。

　　於是，我沒把話說出口。

　　「dj 學長，你明天有空嗎？」小冰在工作的空檔，這樣問我。

　　「明天，應該沒事。」我回答，心跳開始加速，因為這種問句，通常是約會的起始句，難道小冰想約我嗎？

　　「有事想請你幫忙，可以嗎？」小冰語氣柔和的問，這樣的柔情攻勢，相信任誰都無法拒絕，何況是對她眷戀已深的我。

　　「可以呀，什麼事？」我答應的說。

　　「來幫我搬家吧。」小冰說完，微笑了。

　　我望著小冰的微笑，不禁看的呆了，終於又見到了小冰彷彿可以融

化一切的迷人笑容，小冰呀，只要能讓我一直見到妳的笑容，別說搬家這種小事，就算赴湯蹈火，我也不會皺一下眉頭。

「dj 學長，你發什麼呆？不 OK 嗎？」小冰皺起眉頭的問。

「當然 OK 呀，別看我這樣，搬家可是我的強項呢！」我拍胸脯的說。

「呵，是嗎？那明天就拜託你了！」小冰又笑了。

小冰，雖然不能成為妳的男友，但至少，讓我成為妳心中那值得依靠的朋友吧。

但當我來到小冰住處，見到小冰可愛的閨房時，何止想皺眉頭，只怕整個五官都糾結在一起了吧！

「dj 學長，你怎麼了？」小冰好奇的問。

「小冰……妳不是才來台南半年而已嗎？」我反問。

「是呀。」小冰點了點頭。

「那……這麼多的東西是打哪來的？居然有兩個衣櫃？而且滿屋子全是抱枕!?」我驚訝的說。

「是呀，所以我一個人搬會很辛苦，才找學長幫忙的。」小冰理所當然的回答。

「小冰，妳真的很喜歡抱枕呢！」我說，上回逛街時也買了三個。

「嗯，只要逛街時看到可愛的抱枕，就很想買，久而久之，就變這麼多了，我台北的家更多喔！」小冰有些驕傲的說。

「不過小冰需要用到兩個衣櫃嗎？」

「因為衣服太多，一個裝不下，才又買一個，不過第二個也快裝滿了……」小冰回答。

「哈、哈，是這樣呀。」我乾笑的說，印象中，好像沒見過小冰穿

著相同的服飾，這兩個衣櫃，就是答案吧！但這也是我每天都能見到賞心悅目的小冰的原因。

「那我們開始吧。」小冰說。

「嗯。」我點了點頭。

說要開始，但我望著幾乎被雜物塞滿的房間，一時之間不知道從何著手。印象中，所謂的搬家，好像先得把東西整理好，然後裝成一箱箱的，再用大卡車或貨車什麼的運送到新家去，接著把東西搬進新家，全部拆開後，擺放到該放的位置，就算完成了，光想就是件很累人的事情。

而現在，小冰連東西都還沒開始整理，我很懷疑她根本就沒有所謂「搬家」的概念，這下子看來有得忙了。

「小冰，妳有紙箱嗎？」我問。

「紙箱？沒有呀，要那個做什麼？」小冰疑惑的問。

「呃，得有紙箱先把分類整理好的東西裝起來，才方便搬運，到時候也比較容易整理呀。」我解釋的說，小冰果然沒有任何概念，我猜想她上回搬家，一定有人從頭到尾幫她打點好。

「這樣呀……紙箱的話，店裡有很多呢。」小冰回答，雖然她對搬家沒概念，不過她仍是個聰明的女孩，立刻想到了店裡有很多紙箱。

「那我去店裡載些紙箱過來，小冰妳先把東西整理一下，方便待會兒裝箱用。」我說。

「嗯，好呀。」小冰用愉快的聲音回答。

今天早上值班的工讀生，是阿誠學長和貝兒。

「咦？你怎麼來了？不是說今天有事？」貝兒困惑的問，因為要幫小冰搬家，所以我請貝兒替我值班，貝兒吊了吊我的胃口，便答應了。

「是呀，真感謝妳幫我值班。」我感恩的說。

「呵，不用謝啦！反正這恩情你以後得還的。」貝兒嘴角神祕的微

笑，讓我感到有些不對勁。

「啊？什麼意思？」我問。

「呵。」貝兒笑了笑，沒回答我的問題，反倒問起我來。

「那你來店裡幹嘛？」貝兒問。

「我來搬些紙箱。」我說。

「要紙箱幹嘛？」貝兒好奇的問。

我考慮了一會兒，便實話實說，把要幫小冰搬家的事情告訴了貝兒。

「原來是這樣呀……」貝兒略有所思的說。

「嗯，可是大工程呢，小冰住處的東西，可真是超乎想像的多。」我形容的說。

「呵，可以想像。」貝兒笑了笑，接著說：「上回好像是小冰的男友幫她搬的，聽她說，載了好幾趟才載完呢！以小冰的購物能力，現在東西一定更多了吧？」

「貝兒對小冰很了解呢！」我稱讚的說。

「嗯，原先我也這樣以為，不過現在，開始有些不確定了……」貝兒回答。

「怎麼說？」我好奇的問。

「你不覺得奇怪嗎？明明該讓男友幫忙的事，卻找你幫忙？」貝兒說，臉上的神情很是困惑。

「這個……聽小冰說，她男友現在人在台北，好像有些忙，所以，才沒空幫她吧。」我推測的說。

「或許吧……」貝兒不置可否的說。

「那我去搬紙箱了。」我說。

「要我幫忙嗎？」貝兒熱心的問。

「這種粗重的工作，怎敢勞煩貝兒小姐呢？還是讓在下來吧！」我微笑的說。

「嘻，想不到你還是個憐香惜玉的男生呢！」貝兒開心的說。

過了貝兒這關，接著還有阿誠學長那關。

「小冰找你幫她搬家!?」阿誠學長驚訝的問。

「是呀，怎麼了？」我問，心想阿誠學長幹嘛這麼驚訝。

「你準備什麼時候告訴小冰？」阿誠學長反問。

「告訴小冰？」我疑惑的問。

「告訴小冰，你喜歡她呀！」阿誠學長直接了當的說。

「噓～～阿誠學長，小聲一點啦！」我情急的說，然後張望四周，貝兒和另一個工讀生都離得挺遠，應該沒聽到阿誠學長剛剛說的。

「你這好命的傢伙，小冰不僅帶你去她最喜歡的店，又讓你幫她搬家，你還在猶豫什麼？」阿誠學長有些生氣的說。

「讓我幫她搬家，這件事有這麼重要嗎？」我問。

「當然！一個女孩，是絕對不會讓她討厭的人幫她搬家的，更確切的說，女孩子只會找她信任、甚至有好感的男生替她搬家。」阿誠學長十分篤定的說。

「是嗎？為什麼？」我困惑的問，內心充滿期待。

「因為女孩子要讓男生幫她搬家，就一定得讓那男生知道她的新、舊住處，若她對那男生沒一定程度的信任，就不會找他來了，而且，還得讓他進自己房間，整理自己的東西，這就好像……」阿誠學長說到這兒，停了下來。

「就好像什麼？」我很快的問。

「就好像……想藉這機會，告訴那男生關於自己的一些事情。」阿誠學長說。

「告訴……關於自己的一些事情……」我喃喃的說。

「雖然，我現在妒忌的快要發瘋，恨不得把你這個好運的傢伙扁一頓！但我還是要告訴你，照現在的情況看來，小冰她……或許對你也有好感……」

「小冰對我……有好感？這可能嗎？感覺上，她對我不太友善……」我既驚且困惑的問。

「……問題的答案，只有小冰知道了，在寒假結束前，找機會問她吧！記得，你沒什麼好失去……」

「萬一……我是說萬一，事情不是學長想的那樣呢？」我擔心的問。

「……在愛情中，本來就不存在安全地帶。」阿誠學長語重心長的說。

心事重重的我，載著紙箱回到小冰的住處時，只見到滿地都是雜物，將換上家居服的小冰團團圍住。

「你回來啦，去好久呢。」小冰說。

「嗯，店裡有點事，稍微耽擱了一下……不過看起來，好像沒什麼進展？」我說。

「有些東西平常沒用到，久了就忘了，因為搬家得整理東西才翻了出來，有些從台北搬到這兒之後，就從沒動過，像這些相片，還挺令人懷念的。」小冰邊翻著照片，邊對我說。

「是呀，不過若小冰妳一直懷念下去的話，只怕天黑我們都還沒整理完……」我暗示的說。

「好啦，我知道了。」小冰心不甘情不願的把相本闔了起來。

「那我們開始裝箱吧。」我說。

除了大型物品，和一卡車的抱枕外，我和小冰將東西分門別類，裝

進箱子裡，用膠帶封起來。

「那抱枕怎麼辦？」小冰慎重的問，彷彿抱枕是我們的搬家事業中，唯一值得關注的主角。

「我看拿大垃圾袋裝好了。」我提議的說。

「怎麼可以!?人家心愛的抱枕，怎麼能用垃圾袋裝？」小冰立即駁斥我的提議。

「小冰，我能體會妳的心情啦！但垃圾袋在還沒裝垃圾之前，搞不好比妳的包包還要乾淨，用來裝抱枕，不會有問題的。」我解釋的說。

「可是……」小冰依然有些不放心，彷彿垃圾袋會汙染她心愛的抱枕，使其陷入萬劫不復之地。

當我終於說服小冰，已經是半個小時後的事情。

「肚子餓了……」小冰突然蹦出這句話來。

「啊？都一點多了，難怪肚子會餓……」我看了手機後，這樣說著。

「那我們去吃午餐吧！你等我一下。」小冰說完，在衣櫃裡挑了套衣服，然後拿著包包走進洗手間。

「吃個飯而已，還得換衣服嗎？」我問。

「當然，要不是沒時間，我還想洗個澡呢！」小冰回答。

聽到小冰說出洗澡這字眼時，我頓時臉紅了起來，幸好已經進洗手間的小冰沒有看到。小冰怎麼能輕易的在男生面前說出洗澡這件事呢？難道她不知道這樣會引人遐想嗎？

不，小冰應該沒想太多，是我想歪了，唉，我真是個心術不正的男生呀。這樣的我，怎麼配得上小冰？小冰她，又怎麼可能對我有好感呢？

不曉得過了多久，小冰才打開洗手間的門，從裡頭緩緩走出，就像變魔術一樣，從洗手間走出的小冰，讓我眼睛為之一亮。

「幹嘛呆看著我？」小冰問。

「因為，變得很好看……」我愣愣的說。

「那是說，剛才不好看囉？」小冰質疑的問，漆黑明亮的雙眼射出凌厲的殺氣。奇怪？她怎麼能從這麼美麗的眼眸，發射出這麼強烈的殺氣呢？這一點都不協調呀。

「呃，剛才也很好看，我的意思是……變得更漂亮了……」我解釋的說。

「呵，原來你也覺得我漂亮呀。」小冰笑著說，感覺上很是開心。

「我想不管哪個男生，都會覺得妳是個漂亮可愛的女孩，而我也只是個一般男生嘛！」

「所以，你也跟其他男生一樣，喜歡可愛的女孩囉？」小冰問。

「嗯，正妹人人愛嘛。」雖然覺得這樣有些膚淺，但我還是老實承認的說。

「若你已經有個漂亮女友，但有一天，你遇上了個更正的女生，你怎麼辦？」小冰提出了個假設性的問題。

我沉吟了一會兒後，才回答：「完全無法相像妳描述的情景，會在我身上發生，不過，小冰怎麼突然想問這問題？」

「……我只是覺得，若男生們老是執著於女生的外表，那女孩們為了喜歡的人，只好不停的妝扮自己，但我們不可能永遠都是最美的那一個……」小冰說完，望向一旁愣愣出神。

「雖然剛剛那問題，我沒辦法回答，但我覺得，若我喜歡上某個女孩，她在我眼中，永遠會是最美的一個。」我說完，望向小冰，但她卻陷入沉思，似乎沒聽見我說的。

之後，我和小冰一起到附近的速食店用餐，雖然只是段小小的距離，但載著小冰的我，感到心跳加速，完全無法集中注意力，見到紅燈

也恍神的騎了過去⋯⋯

「你幹嘛闖紅燈呀？」小冰這樣問我。

「呃，我剛剛沒注意到⋯⋯」我抱歉的說。

「這樣很危險呢！你要記得，你可是載著我喔！」小冰強調的說。

「是、是，我會加倍小心，以維護小冰姑娘的安全。」

「也要注意自己的安全呀。」小冰糾正的說。

將近三點時，我們回到小冰的住處，開始將抱枕裝袋，其他雜物也繼續裝箱，這期間，小冰對我頤指氣使，彷彿我是她雇用的搬家工人一樣，但要命的是，我居然一點也不在意，還因為能幫小冰的忙而感到很開心。

只要能讓我見到小冰，讓我做什麼都沒關係，大概是這樣的心情吧？

唉，我身為男人的志氣，上哪去了？

接近傍晚時，我和小冰總算整理好大部分的東西，只剩下衣櫃裡的衣服，和大型傢俱。

「dj 學長，你有車嗎？」小冰問我。

「怎麼可能會有!?」我苦笑回答，小冰到底是生長在什麼樣的世界，才會煞有其事的這樣問我？難道在她身邊打轉的男孩，都屬於有車階級嗎？想到這兒，感覺自己好像矮了一截⋯⋯

「那你會開車嗎？」小冰再問。

「不會⋯⋯」我洩氣的說。

「那就沒辦法了⋯⋯」小冰露出失望的神情。

該死！沒車就算了！為什麼去年暑假，老爸建議我去學開車時，我要拒絕呢？明明整個暑假閒得要命，要是那時學會開車，現在就不會見到小冰失望的神情了⋯⋯

「看樣子，只好交給貨運公司了。」小冰說。

「真抱歉，沒法幫上忙……」我歉疚的說。

「怎麼會呢？」小冰微笑的搖了搖頭，接著說：「學長已經幫我很多了，若只有我一個人的話，可能要整理好幾天呢！」

「有幫上忙就好。」我笑著說。

「有啦！改天再好好答謝學長。」小冰說完，望向衣櫃，呆了呆後，回過臉來對我說：「木頭衣櫃是房東的，不用搬走，剩下的衣服……我自己整理就好。」

「時間還早，我可以繼續幫忙。」我自告奮勇的說，但其實只是想再多待在小冰身邊一些時候。

「……還是不了，讓學長幫忙整理我的衣服，感覺上有些……」小冰說到這兒，停了下來。

我突然意會到，小冰沒說出口的話是什麼，我怎麼這麼遲鈍呢？女孩子私密的貼身衣物，怎麼能讓我這種臭男人碰呢？

「那這塑膠布的簡易衣櫃呢？不是才新買沒多久嗎？」我立刻轉移話題的問。

「才幾百塊，拆拆裝裝很麻煩，乾脆到新住處再買一個好了。」小冰回答。

「這樣呀……」已經沒自己能幫得上忙的事情了，是該離開的時候嗎？在我的心底，似乎存有某種期待，但我究竟在期待些什麼？

我很清楚，橫刀奪愛這事，我是做不來的，況且，人生中的第一場戀愛，我不想從別人的手中搶來……

是了，小冰，假如喜歡上妳是個開始，我無法選擇，但至少，我可以選擇怎麼結束。小冰，上天安排讓我在寒假遇見妳，然後喜歡上妳，我只能接受。

不過，我決定，只在寒假喜歡著妳，一旦寒假結束，我會回到熟悉的校園，繼續過著愉快的大學生活，一段時間後，我就會將這分情愫深埋心底，或許，不會再想起了。

　　因為，人們是很善忘的。

　　「dj學長，你在想什麼？」小冰問，用好奇的神情望著我。

　　「我在想，別離總使人傷感，就像小冰要離開這住了半年多的地方……」我心中想著即將和小冰分離，於是這樣說。

　　「嗯，是呀……」小冰說完，環顧了整個房間，輕嘆了口氣，接著說：「尤其是即將離別的人、事、物，載滿了太多的回憶，但又能怎麼辦呢？下定決心離開，是因為想拋開那個活在過往回憶中的自己……」

　　小冰說完雙眼無神的望著前方，彷彿憶起了些什麼，難道，我隨口說出的話，觸動了小冰內心深處的某個部分嗎？

　　「好像讓妳不開心了，抱歉，我並不想那樣的……」我抱歉的說。

　　「dj學長，今天很謝謝你……但我現在很累……」小冰無精打采的說，不過，我明白她下了逐客令，我果然說錯話了，但，我說錯了什麼呢？

　　「嗯，我知道了。」我點了點頭，接著說：「那麼，晚安了，小冰。」

　　「晚安。」小冰微笑的說，一個勉強擠出的微笑。

　　我離開小冰的住處，跨上機車，接著回頭望了望小冰的房間，燈還亮著，但不久之後，小冰就會離開那房間，搬到一個我不知道的地方。

　　我想，這就是我和小冰即將分別的前奏曲吧？

　　懷著淡淡惆悵的我，迎來人生中的第二十個除夕夜。

　　「嘿！新年快樂！」一大早，當我著手進行開店前的準備時，一個熟悉的聲音在我耳邊大聲的說。

　　我回頭一看，是貝兒討喜的笑臉，頓時心情好了不少。

「呵，今天才除夕而已，說新年快樂，早了點吧？」我笑著說。

「不會呀！因為今天大家都開始放年假了。」貝兒說。

「是呀，只有苦命的我們還得工作……」我神情悲苦的說。

「呵，明明是自己愛賺錢，自願留下來值班的！還苦命呢！」貝兒嘲諷的說。

「呃，被識破了嗎？」

「那當然囉！你心裡在想些什麼，都逃不了貝兒姐姐的法眼喔！」貝兒用指尖輕點我的胸膛。

真的嗎？那麼，我喜歡小冰的心思，會不會也被貝兒看穿了呢？

「嗯？怎麼了？」貝兒輕拍了拍我的肩膀。

「沒什麼，那貝兒怎麼還沒回家呢？」我轉移話題的問。

「要呀，我買好下午的票了。」貝兒回答。

「那貝兒小姐是特地來陪在下值班的嗎!?」我假裝驚訝的問。

「是呀！看貝兒姐姐對你多好，好好感謝我吧！」貝兒邀功的說。

「大恩不言謝，所以，請把這桶剛煮好的紅茶抬到裡面去吧！」我說。

「齁～～你不僅沒有一顆感恩的心，還要一個弱女子抬這麼重的東西，貝兒姐姐真是看錯你了！」貝兒兩手抱胸，兩頰鼓了起來，頭一甩轉身就要離去。

「貝兒！等一下！我是開玩笑的……」我暗叫不妙，玩笑開得太過火了，連忙追上貝兒，準備道歉。

「嘻，嚇到你了吧！」貝兒突然回過身來，微笑的對我說。

「啊!?」我頓了頓後，才會過意來的說：「原來是假裝的，真被妳嚇了一跳……」

「呵，我的演技不錯吧？」貝兒笑著說。

「呃，麻煩以後別這樣了，我心臟不好，受不了太大的刺激。」我求饒的說。

「這個嘛，得看你以後的表現了。」貝兒回答。

以後的表現？所謂的「以後」，對我和貝兒來說，就只剩兩個禮拜，既然幾乎沒有「以後」，我，還需要什麼表現嗎？

不要緊，和貝兒的相處是很愉快的，一切就順其自然吧。

年假開始後，原本會到店裡來的學生族群客人，幾乎全部消失，取而代之的是路過店前的遊客，他們臉上洋溢著喜悅，或許正想像著未來幾天的旅行，將會如何美好吧？

「年假不打算出去玩嗎？」趁著空檔，貝兒這樣問我。

「應該會吧，值班只到初三，剩下的幾天或許會出去晃晃。」我不大確定的說。

「到初三呀……」貝兒喃喃的說。

「貝兒呢？有什麼計畫嗎？」我隨口的問。

「到親戚家拜完年後，可能會到東部走走吧？」貝兒不很篤定的回答。

「東部呀，很不賴呀！我去過一次花東，那兒步調緩慢悠閒，整個人自然而然的就放鬆下來了。」我回答，憶起高中時代的花東行。

「那貝兒準備跟誰去呢？」見貝兒沒回答，只是微笑，我接著問。

「跟幾個要好的朋友吧……」貝兒說完，看了我一眼，然後笑了笑。

「怎麼了？」我好奇的問。

「你……現在有女朋友嗎？」貝兒有些突然的問。

「啊？問得真突然……」我頓了頓，接著回答：「其實也不怕妳知道，不只現在，我呀，從沒有過女朋友。」

「咦？真的嗎？感覺上你不像沒異性緣的人呀？」貝兒好奇的問。

「是呀，雖然這樣說好像在自誇，但相對來說，我更偏向有異性緣那頭，不過，就是找不到女朋友，或許跟我高中唸男校，清華又是個男生遠多於女生的學校有關吧？」我猜測的說。

「呵，我看你只是懶吧？」貝兒笑著說。

「呃，這個嘛……」我搔了搔頭。

「別太懶了……要不一起到花東來玩呀，介紹很棒的女孩給你認識喔！」貝兒提議的說。

「很棒的女孩，真的假的？」我好奇的問。

「你來，不就知道了。」貝兒回答。

「常言道：『物以類聚』，看貝兒姑娘的資質，妳的朋友應該也都在水準之上才是……」我很快的做出邏輯推理。

「所以呢？」貝兒問。

「我會認真考慮妳的提議。」我說。

「有空就來吧，要是我朋友剛好都不是你的菜，至少還有貝兒姐姐和花東美麗的好山好水喔。」貝兒微笑的說。

「聽起來真不錯！」說完，我突然想到個問題：「不過，我去的話，要跟誰住呢？有男生同行嗎？」

「呵，不要緊的，若你想去，會替你找個男伴的。」貝兒笑著說。

「哈，感覺有點像相親呢！」我說。

「對呀，若成了要包紅包給我喔！」貝兒伸出手，掌心朝上的說。

「那有什麼問題！一定包個大紅包給妳！」我拍胸脯保證的說。

和貝兒一起愉快的值完早班後，下午貝兒便搭車回家過年了。年假的後幾天，沒值班的我，原本打算待在家裡睡大覺，現在有了貝兒的花東行邀約，倒可以好好考慮一下。

但如果我到東部去旅行，與小冰同在一個城市的時間，又會少上幾

天，這樣好嗎？

　　還是趁這機會到東部散散心，整理一下喜歡小冰的心情，或許開闊的東部，能讓我的心胸變得寬廣一點，不再執著於小冰了。

小冰

　　雖然貝兒學姐花東行的邀請來的突然，但我沒考慮太多便答應了，因為我真的很需要出去走走、散散心，好讓自己別再胡思亂想。

　　而且，只要跟貝兒學姐說說話，聽著她輕柔的聲音，看著她甜美的笑容，心情就會好上許多，真不曉得這樣的貝兒學姐，為什麼到現在都還沒男朋友？

　　「小冰，妳到了呀！」不遠處的貝兒學姐，揮著手微笑的對我說。

　　「嗯，剛到。」我點了點頭。

　　「和在店裡一樣準時呢！」貝兒學姐稱讚的說。

　　「貝兒學姐也一樣呀，不像某人，交班時老喜歡遲到，還找一大堆藉口來搪塞。」我突然想到的說。

　　「呵，但『某人』找的藉口，其實還挺有創意的，當他遲到時，我就會想，今天不曉得又有什麼藉口了。」貝兒學姐滿臉笑意的說，看來，貝兒學姐並不討厭他。

　　「感覺上，貝兒學姐好像很期待？」我好奇的問。

　　「呵，是嗎？好像有一點啦！但這樣想好像很對不起他呢！因為他一直強調那是真的，不是亂編的⋯⋯」貝兒學姐說完，沉思了一會兒，接著問：「小冰，妳覺得他遲到的理由，哪個最有創意？」

　　我聽完愣了愣，因為沒想到貝兒學姐會突然問這樣的問題，因為一時想不到，所以，我反問貝兒學姐：「那學姐覺得呢？」

　　「有一次我問他為什麼遲到，他回答：『因為有個正妹的機車拋錨了，我為了拯救正妹，載她去修理機車，想不到修好之後，她過河拆橋，棄我於不顧，所以才會遲到的。』呵，聽起來像是偶像劇會發生的劇情，套用在遲到的理由上，還挺有創意的。」貝兒學姐微笑的說。

咦？這敘述的場景，怎麼跟那回我請他載我去修車的情況很像？

「我倒覺得有一回他說他的三個鬧鐘同時沒響，比較扯一點。」我說。

「喔？這個理由我沒聽過，快說、快說。」貝兒學姐很感興趣的樣子。

「他說，他的三個鬧鐘分別是床頭上的蘋果鬧鐘、媽媽和隔壁鄰居家的小白，每天早上這三者都會在固定的時間叫醒他，但有一天，鬧鐘沒電沒有響、媽媽出國人不在、小白生病沒亂叫，所以，他才會遲到的，呵。」我說完，笑了起來。

「呵，現在這理由榮登第一名了！」貝兒學姐開心的笑著說，一會兒後，貝兒學姐看了看錶，喃喃的說：「哎呀，看來他又遲到了，等會兒不曉得有什麼理由呢！」

「又遲到了？對了，貝兒學姐，到底是誰要一起去呢？」我好奇的問，之前問貝兒學姐，她總是故作神祕。

「呵，就某人呀！」貝兒學姐笑著回答說。

「啊？」貝兒學姐說的某人，指的是他嗎？

我和貝兒學姐繼續聊著，貝兒學姐的兩個女生朋友不久後也到了，貝兒學姐介紹她們，比較小巧可愛的叫小可，看起來很文靜的鄰家女孩叫做小藍。

緊接著出現的是阿誠學長，他見到我時，驚訝的合不攏嘴，接著望向貝兒學姐，貝兒學姐只是微笑的聳了聳肩。

「小冰，我不知道妳也要去……呃，有我在好像不太好，我想我還是別去好了……」阿誠學長有些慌張的說。

「阿誠學長，我沒關係的……」我勉強擠出微笑的說，那天拒絕了阿誠學長，他一定很難過吧？為什麼原本可以當好朋友的阿誠學長，要

跟我表白呢？這樣一來，或許連朋友都當不成了，而我，很喜歡阿誠學長這朋友。

「我在，小冰不會覺得尷尬嗎？」阿誠學長擔心的問。

我搖頭，回答說：「阿誠學長，能不能把那天發生的事暫時先放在一旁？就像遊戲存檔一樣，等哪一天，我們都想清楚了，再叫出存檔繼續，在那之前，我們就跟以前一樣，好嗎？」

阿誠學長聽完，迷濛的眼神漸漸變得澄淨，神情也變的堅定，回答說：「我明白了。」

告白後的阿誠學長，或許怕我尷尬，一直避著我，讓我感到有些無奈，但聽了阿誠學長的回答，我鬆了口氣，瞥見一旁的貝兒學姐，正望著我們微笑……

難道，這才是貝兒學姐的真正用意嗎？讓我和阿誠學長和好？

我還沒來得及細想，馬上有個更讓我驚訝的人出現。

「dj 先生，你又遲到了！這回是什麼理由呀？」貝兒學姐臉帶笑意的問。

「呃，那是因為剛剛加油時，工讀生不小心把油加到我的牛仔褲上，所以才……」他說到這兒時，瞥見了我，聲音嘎然而止。

「小冰！妳怎麼會!?貝兒，小冰她、她、她……」dj 學長不知所云的說。

「呵，剛剛編理由時還很順呢！現在是怎麼了？突然連話都不會說了？」貝兒學姐嘲諷的說。

「我真的是因為加油才遲到……但現在重點不是那個，貝兒，妳怎麼沒告訴我……」dj 學長著急的望著貝兒。

「呵，沒告訴你幾點集合，所以，才害你遲到嗎？」貝兒回答，dj 學長張大嘴巴支支吾吾的說不話來，看來不止是我，在貝兒學姐面前，

dj 學長也是毫無招架之力，見到他那想反抗又無力反抗的無辜模樣，還真是有趣。

「那麼人都到齊了，我們出發吧！」貝兒學姐發號施令的說。

原本想到花東散心的我，卻意外的和阿誠學長和 dj 學長同行，阿誠學長才剛跟自己告白沒多久，而 dj 學長幫自己整理完搬家的東西後，直到現在都沒跟他聯絡，雖然那天 dj 學長沒做錯任何事，但他的話卻讓我想起了男友的事情，心裡難過的我趕走了 dj 學長……

dj 學長，也是貝兒學姐找來的嗎？貝兒學姐，在想些什麼呢？

伴隨著我不解的心情，花東行，啟程。

花東六人行才剛開始就陷入了意外的沉默，在火車上的我、dj 學長和阿誠學長全都一言不發，像在參加場「誰先開口誰就輸了」的比賽似的，深怕先開口說話而遭到淘汰，相較於前方座位的小可和小藍學姐興高采烈的聊著天，我們這邊明顯籠罩著低氣壓。

「唉，我到底是為了什麼才來玩的？」我喃喃的說。

「啊？小冰，妳在跟我說話嗎？」一旁的 dj 學長疑惑的問。

若真有比賽，算我輸了吧？

「沒，我只是自言自語而已……」我回答。

「喔，這樣呀……」dj 學長說，神情看起來很失望。

「小冰，我在想……」dj 學長欲言又止的說。

「嗯？」我困惑的皺起眉頭，dj 學長想說什麼呢？

「搬家那天，我是不是做了什麼讓妳不開心的事？或是說了讓妳不開心的話？」

dj 學長表情歉疚的問。

「……」我聽完，沉默了一會兒。

「雖然我不曉得小冰妳為什麼不開心，不過我想一定是我的錯，我跟妳道歉，別再生氣了，好嗎？」dj 學長可憐的說。

　　「呵。」望著 dj 學長楚楚可憐的無辜模樣，我忍不住笑了出來。

　　「啊？笑了？」dj 學長困惑的說。

　　「呵，明明就不關 dj 學長的事，卻在那可憐兮兮的道歉，不知道的人看了，會以為我在欺負你耶！」我又好氣又好笑的說。

　　「但一直以來，的確都是我被欺負……」說到這兒的 dj 學長，見到我的神情後，立刻把後面的話吞了回去。

　　「dj 學長，麻煩你再說一遍，我剛剛沒聽清楚呢……」我睜大雙眼，語帶威脅的說。

　　「呃，我的意思是，原來不關我的事，那真是太好了！」dj 學長立刻見風轉舵，陪笑的說。

　　「呵。」之所以喜歡逗弄 dj 學長，大概就因為他這副有趣的模樣吧。

　　「那麼……小冰那天晚上，為什麼難過呢？」dj 學長問。

　　我聽完別過臉去，沒有回答。來花東，就是為了暫時忘掉難過的事情，dj 學長，為什麼你還要提呢？

　　「阿誠學長，你該不會是得了失語症吧？」一旁的貝兒學姐終於按耐不住的問。

　　「失語症？什麼跟什麼呀？」阿誠學長一副驚訝又想笑的樣子。

　　「喔，原來會說話呢！我還以為你告白被拒絕，受傷太深，所以暫時失去了說話能力。」貝兒學姐煞有其事的說，但這話也太直接了吧？

　　「喂！在人家傷口上灑鹽，這是溫柔體貼的女孩該做的事情嗎？」阿誠學長質問。

　　「人家也不想呀，誰叫你都不說話，我只好灑點鹽，才會有反應。」貝兒學姐委屈的說。

「男人偶爾會想一個人獨處，好好思考一下事情。」阿誠學長回答。

「唉呦，那個回去再想啦！既然來了，就把煩心的事情丟在一旁，好好玩一玩，搞不好三天後，煩心的事情就消失了呢！」貝兒說。

「呵，哪那麼容易呀。」阿誠學長笑著說，但看得出來，心情已經好了不少。

不愧是貝兒學姐，三兩句話就搞定了阿誠學長，仔細一看，阿誠學長和貝兒學姐還挺登對的。

從台南搭火車時，天氣還陰陰的，火車沿南迴線繞經屏東，抵達台東時，太陽已經探出頭來，下車後，望著明亮的湛藍晴空，整個人也開朗了起來。

「天氣真好呢！」dj 學長笑著對我說。

「嗯，是呀！」我也微笑回答。

「好的太過頭了，我會被烤焦的。」貝兒學姐愁眉苦臉的說。

「呵，貝兒不管怎麼曬，很快就會白回來，不是嗎？」小可學姐笑著說。

「真令人羨慕。」小藍學姐微笑的說。

「怕被烤焦的話，就躲在我強壯體格，所製造的陰影下吧！」阿誠學長做了個大力士的動作。

「那這幾天，我不就要一直活在你的陰影下了嗎？」貝兒學姐委屈的說。

「我也可以躲嗎？」dj 學長冷不防插話的說，大家聽完全都愣了一下。

「身為男人！躲什麼太陽!?」阿誠學長立即斥責的說。

對嘛！這樣可一點都不 Man ！

「這不公平！難道男人就命賤？被曬死了也沒人理？」dj 學長抗議

的說。

接下來大家你一言我一語的開始討論起，男人是否命賤的問題？因為內容太沒建設性，所以，我沒能記得太多。

「接下來呢？」小藍學姐問，總算有人提出有建設性的問題了。

「去租機車吧！今天要在台東市郊附近逛逛。」貝兒學姐說完，逕自朝車站對面的租車店走去。

「什麼!?被租光了!?」阿誠學長驚訝的說。

「因為過年，太多人來台東玩了。」租車店老闆解釋的說。

「那我們該怎麼辦？」貝兒學姐問。

「等到傍晚就會有車了。」老闆回答。

「那整個下午不就泡湯了，天氣這麼好耶！老闆～～拜託替我們想想辦法嘛！」貝兒學姐撒嬌的說。

「對呀，老闆你這麼帥，想必心地也跟外表一樣美好。」dj 學長也加入了灌迷湯的行列。

接下來，除了我和小藍學姐，其餘四人無所不用其極的討好老闆，甚至連老闆長得像金城武加黃立行這種漫天大謊都扯出來了，總算突破老闆的心防。

「這三輛本來是下個月才開始要出租的新車，就租給你們吧！但你們一定要小心愛惜喔！」老闆交代的說。

「耶～～老闆你比金城武還帥！」貝兒學姐開心的說。

我們租完車後，花了些時間找到了預訂的民宿，民宿主人要我們叫她「溫媽媽」。

「哇！你們這團是怎麼回事？女孩子都這麼漂亮，男生也都是帥哥。」溫媽媽讚嘆的說。

「是妳不嫌棄啦！哈哈！」阿誠學長高興的說。

「溫媽媽，妳真是有眼光呢！」dj 學長也開心的回應。

「沒被稱讚過呀？瞧你高興的樣子⋯⋯」我沒好氣的說，沒人教過他被稱讚時，只需要微笑就可以了嗎？

「是很少呀⋯⋯」dj 學長委屈的說。

「是嗎？但要說 dj 學長不帥，也說不過去吧⋯⋯」我喃喃的說。

「咦？是這樣嗎？」dj 學長聽了，雙眼閃著異樣的光彩，我別過臉去，假裝沒發現。

我是不是說了什麼，會讓 dj 學長誤會的話？

「那我帶你們去房間吧。」溫媽媽說。

「嗚，太陽真的好大喔！」坐在機車後座的我，抱怨的說。

「那請躲在我強壯身軀的陰影下吧。」dj 學長依樣畫葫蘆的說。

「呵，學阿誠學長，真沒創意呢！」我微笑的說。

「沒辦法，創意都被太陽曬乾了。」dj 學長回過頭來，瞇著眼睛說。

「你沒帶墨鏡來呀？」我問。

「我忘記了。」

「陽光這麼強，不會很難騎車嗎？」我問。

「有一點，但請相信我的技術，我號稱『台南車神』，台南市區沒有我 15 分鐘到不了地方。」dj 學長語氣上揚，充滿自信的說。

「這麼厲害!?請問祕訣是？」我好奇的問。

「祕訣就是⋯⋯不停紅燈。」dj 學長回答。

「那不是很危險嗎!?」我驚訝的說。

「所以，才需要磨練技術。」dj 學長理所當然的說。

「dj 學長，麻煩你把這墨鏡戴上，還有，見到紅燈一定得停，好嗎？」我要求的說。

「啊？戴妳的粉紅邊框墨鏡？一定要嗎？」dj 學長為難的說。

「一定要！你現在可是載著花樣年華的美少女耶！」我說。

「花樣年華……的美少女……」dj 學長一副受到驚嚇的樣子。

「怎麼？有意見嗎？」我質問。

「呃，沒有，很中肯……」dj 學長回答，默默的戴上了我給他的墨鏡。

「呵，很適合你呢！」望著他戴上墨鏡後的無辜模樣，我微笑的說。

像是跟團出遊的我和 dj 學長，完全聽從貝兒學姐的安排行事。

「那你就載小冰吧！」貝兒學姐這樣對 dj 學長說，dj 學長聽了，臉上閃過一絲欣喜，這反應讓我覺得挺開心的。

「載到正妹，賺到了你……」阿誠學長似笑非笑的對 dj 學長說。

「呃，是不錯啦，但其實不管載到誰，全都是正妹呀。」dj 學長補充的說，不曉得為什麼，聽完這話，心裡有些不是滋味。

「對嘛！眼裡就小冰一個正妹，究竟把我們擺在哪？」貝兒學姐諷刺的問。

「當然是擺在心裡囉。」阿誠學長回答。

「真的嗎？」貝兒學姐臉上有著懷疑的神情，但阿誠學長微笑的攤了攤手，沒再答話。

大家鬧過一陣後，我們便前往花東行的第一站 ---- 台東森林公園。

「在市區居然有這麼大的公園，不愧是好山好水的東部。」我喃喃的說。

「是呀。」dj 學長滿意的點了點頭，接著說：「去年寒假，我跟幾個朋友一起到東京自由行，特意去找石田衣良小說中描寫的『池袋西口公園』，結果，妳猜猜那公園有多大？」

「很大嗎？」我問。

dj 學長笑了笑，回答：「那是個直徑不到二十公尺的圓形廣場，周圍種了幾棵樹，就這樣的地方，居然也可以稱為『公園』！真是嚇壞我了！」

　　「真的這麼小呀！」我笑著說，心想 dj 學長好像去過不少地方，連東京也去過了。

　　跟 dj 學長所描述的「池袋西口公園」剛好相反，又稱為黑森林的台東森林公園，比我想像的還大，裡頭有好幾個湖。

　　「聽說這湖叫做活水湖喔！」貝兒學姐介紹的說，果然是有做功課的盡責導遊，讓跟團的我們輕鬆不少。

　　「為什麼叫活水湖呢？」小藍學姐發問。

　　「呵，這我也不知道呢！」貝兒學姐毫不遲疑，立刻舉白旗投降。

　　「我記得，好像是湖底下有湧泉不斷湧出的原因吧。」dj 學長回答。

　　「哇！連這個你也知道呀？」貝兒學姐讚嘆的說。

　　「呃，剛好有聽人說過……」dj 學長不好意思的說。

　　「謝謝，我知道了。」小藍學姐對 dj 學長微笑的說，這下子，dj 學長在小藍學姐心中應該加分不少吧。

　　接著貝兒學姐告訴我們，森林公園裡有一條自行車道，長約 3500 公尺，可以邊騎腳踏車，邊欣賞公園裡的景色。

　　「那邊有租腳踏車的店，要租嗎？」小可學姐雀躍的問，任誰都看得出來她很想租來騎。

　　大家很快的通過小可學姐的提議，但在租車時，小藍學姐才害羞的對大家說，她不會騎腳踏車。

　　「因為一直搭捷運或公車上學，所以……」小藍學姐不好意思的說。

　　「沒關係，可以騎協力車。」dj 學長微笑的說，一個令人看了很安

心的微笑。

「那小藍妳就和 dj 一起騎協力車吧。」貝兒學姐說。

「啊？」dj 學長好像有些驚訝，看來他只是建議小藍學姐騎協力車，卻沒想到這分工作會落到自己身上。

「這樣會不會太麻煩他了？」小藍學姐抱歉的說。

「不會啦。」dj 學長體貼的說，然後望著我笑了笑，那瞬間，我心裡升起一股淡淡的失落感。

除了 dj 學長和小藍學姐外，其餘四人都各租了部腳踏車，貝兒學姐騎在我身旁，興味盎然的看著不遠前騎得跌跌撞撞的 dj 學長和小藍學姐。

「乍看之下，還真像對情侶呢。」貝兒學姐望著前方，這樣對我說。

「嗯。」我應了應，但心裡不大認同，dj 學長今天才剛跟小藍學姐認識，怎麼會看起來像情侶呢？再怎麼說，也是我認識 dj 學長比較久……咦？我幹嘛這樣想？他又不是我的誰……

想到這兒的我，用力的甩了甩頭。

「怎麼了？」貝兒學姐困惑的問。

「沒什麼。」我硬是擠出笑容的回答。

「貝兒學姐，妳為什麼會想找大家到花東來玩呢？」見貝兒學姐沒回答，我開口問。

「因為呀，我想弄清楚一些事情。」貝兒學姐笑著說。

「弄清楚什麼事情？」我疑惑的問。

「嗯……大概是男孩和女孩之間的事情吧。」貝兒學姐回答。

「……」我沉默，沒有答話。

「小冰，妳覺不覺得，人們有時會連自己的心意都弄不明白？」貝兒學姐有些突然的問。

「或許吧？」我不確定的回答，因為現在我最想明白的，是台北男友的心意。

當我說要留在台南打工時，為什麼你沒選擇留下來陪我呢？

「小冰，跟上吧，我們好像落後了。」貝兒學姐說完，奮力踩起踏板，開始加速前進。

後來發生的種種，大概也從此刻開始，不斷的往某個方向加速前進吧。

離開森林公園，貝兒學姐開始按圖索驥的領著大家到台東有名的小吃店。

「林臭豆腐、蕭家肉圓、老台東米苔目、卑南包子店、卑南豬血湯、楊記家傳地瓜酥……有好多小吃呢！」小可學姐看著琳瑯滿目的美食地圖，高興的說。

「說到小吃，台南小吃才是第一把交椅喔！」dj 學長自豪的說，身為台南人的他，對自己家鄉遠近馳名的小吃，似乎感到很光榮。

「是啦！但偶爾換換口味也不錯，聽人家說台東小吃很有特色，而且很美味呢！」貝兒學姐說。

「dj 呀，男人不該一成不變，要勇於追求新事物，懂嗎？」阿誠學長說教似的說。

「既然台南小吃這麼好，也沒見你買來請我們吃過。」我情不自禁的也加入了數落 dj 學長的行列中。

「是呀，小藍最喜歡小吃囉，若你買來請她，她一定會很高興的。」小可學姐對 dj 學長說。

「小可！」小藍學姐對小可學姐使了個眼色，小可學姐吐了吐舌頭。

不過，才抵達第一站的卑南包子店，我們就被排隊的人潮嚇著了。

　　「這是排免錢的是吧？」dj 學長自言自語的說。

　　「那怎麼可能。」在機車後座的我，否定的說。

　　「我知道不可能，但這也排太長了吧！誇張耶！」dj 學長說完，立刻拿出相機把排隊的盛況拍了下來，那還是他今天第一次拿出相機，看來比起美麗的景色，他更喜歡這種奇妙的狀況。

　　「真的要排嗎？」dj 學長問，看來他不喜歡排隊。

　　「都來了，怎麼能空手而歸呢？」貝兒學姐回答。

　　「對呀！對呀！」小可學姐附和的說。

　　「聽說來台東不來這兒吃個包子，等於沒來過。」阿誠學長說。

　　「看大家，我都可以。」小藍學姐微笑的說。

　　接著，大家一致望向還沒發表意見的我。

　　「雖然看起來好像排很長，但其實前進的速度挺快的，應該不會等太久的，dj 學長，難得來一次台東，就等等看吧。」我說。

　　「嗯，好吧。」dj 學長點頭同意。

　　「呵，不愧是小冰。」貝兒學姐笑著對我說。

　　20 分鐘後，終於輪到我們，但在這 20 分鐘內，一些人氣商品像是芋頭紅豆包、香鹹花捲被一掃而空，幸好肉包還有剩，否則就只能吃饅頭了。

　　「哇靠！這肉包咬下去，汁多到用噴的耶！」阿誠學長讚嘆的說。

　　「好大一顆呢！」小可學姐說。

　　「台南小吃不流行肉包，不過這肉包還算不賴。」dj 學長評論的說。

　　「呵，挺好吃的，不過整顆吃完，等會兒就沒肚子吃其他東西了。」貝兒學姐有些苦惱的說。

　　「是呀，還想再吃點其他的呢。」小藍學姐望著還剩半顆的肉包這

樣說。

　　後來，阿誠學長和 dj 學長挺身而出，替貝兒學姐和小藍學姐解決掉吃不下的肉包。

　　「小冰，妳吃得完嗎？」dj 學長問我。

　　「我吃不完，你要幫我吃嗎？」我問。

　　「是呀。」dj 學長回答。

　　「為什麼呢？」我問。

　　「啊？為什麼？」dj 學長似乎不明白為什麼我會這樣問。

　　「先是幫小藍學姐吃，又來幫我吃，難道學長的興趣是幫女生吃包子嗎？」我挖苦的說。

　　「怎麼可能是興趣……」dj 學長苦笑的說。

　　「那就是看小藍學姐漂亮，故意獻殷勤，對吧？」我諷刺的說。

　　「呃，我只是單純想幫忙……」dj 學長表情無辜的說，望著他的神情，我心底升起一股惡作劇的快感。

　　「呵，開玩笑的啦！瞧你那委屈的模樣，好像我在欺負你一樣。」說完，我把包子遞給 dj 學長，接著對他說：「那就拜託你囉！」

　　「沒問題，交給我吧！」dj 學長神情愉悅的說。

　　之後的臭豆腐和米苔目也比照包子辦理，吃不完的都交給學長們處理，但在吃完臭豆腐後，dj 學長似乎已經笑不出來了。

　　「dj 學長，你還好吧？」我關心的問。

　　「沒事、沒事。」

　　「是嗎？但你的臉色不太好？」我懷疑的問。通常「沒事」連說兩次，就等於有事。

　　「那我們接著去吃蕭家肉圓吧！」貝兒學姐高興的說，但另外兩位男士聽完，一個臉色瞬間有如槁木死灰，另一個只能搖頭嘆氣。

「dj，這都是命呀。」阿誠學長語重心長的對 dj 學長說。

奇怪，老實說吃不下不就好了，真搞不懂這兩個男人幹嘛要硬撐呢？

所以，當他們見到店門緊閉的蕭家肉圓，甚至還惺惺相惜的彼此拍了拍肩膀，讓我差點笑了出來。

「真可惜呢……」貝兒學姐失望的說。

「是呀！但沒開也沒辦法嘛，下次再來吧！」阿誠學長說完，便發動機車，一副想快點逃離現場的模樣。

「那時間也差不多了……我們去吃晚餐吧！有家海濱餐廳很有名喔！用完餐之後，我們到知本去吧，聽說那邊有個知本夜市，有很多好吃的東西喔！」貝兒學姐宣布之後的行程。

「什麼!?」男士們聽了異口同聲的說。

「怎麼了嗎？」貝兒學姐用溫柔的語氣問。

「沒事！」阿誠學長很快的回答，然後拍了拍 dj 學長，朝他低聲的說：「dj，我們要堅強！」

dj 學長苦著臉回望阿誠學長，但瞧見阿誠學長堅毅的神情，他無奈的回過頭來，對我說：「小冰，問妳一件事。」

「什麼事？」

「妳……有帶胃藥嗎？」

真搞不懂這兩個人到底在堅持什麼，不過，卻讓我覺得很有趣，心情也好上不少，似乎有餘力能面對男友的問題了。

不曉得這時候的他，在台北做些什麼呢？是不是像我想著他一樣，也正思念著我呢？

隔天一大早集合時，只剩下 dj 學長遲遲未到。

「不管做什麼，有人就是喜歡遲到呢。」貝兒學姐意有所指的看著

阿誠學長，但臉上卻滿溢著微笑，看樣子，貝兒學姐對 dj 學長遲到這件事一點也不以為忤。

「我剛出門時，他已經醒了呀，難道……又昏睡在床上了？」阿誠學長居然用「昏睡」來形容，讓我覺得很有趣。

「可能有什麼事耽擱了吧？」小藍學姐緩頰的說。

「呵，小藍真體貼呢！」小可學姐微笑的說。

「嗯，那再等等看吧。」貝兒學姐說。

「要不我回去看看。」阿誠學長說完便要走回民宿。

「不用了，dj 學長已經來了。」我指著不遠處剛出現的 dj 學長，對大家說。

匆忙趕到集合地點的 dj 學長，臉上堆滿了歉疚的笑容。

「這位公子，為何姍姍來遲呢？」貝兒學姐微笑的問。

「呃，那是因為……」dj 學長欲言又止，一副有難言之隱的樣子。

「唉，你這遲到大王，哪天才能不遲到呢？」貝兒學姐聲音輕柔的說，聽起來不像在怪罪。

「很抱歉，耽擱大家時間了。」dj 學長道歉的說。

「我沒關係的。」小藍學姐微笑的搖搖頭，接著問：「不過，你還好嗎？好像有些沒精神呢。」感覺上，小藍學姐好像很關心 dj 學長。

「我沒事。」dj 學長搖了搖頭。

「時間也不早了，出發前，玩一次抽鑰匙的遊戲吧！」貝兒學姐對大家說。

結果，dj 學長和小藍學姐一起，阿誠學長和我一起，貝兒學姐和小可學姐一起，不知道為什麼，我感覺有些失望，看來，我好像比較喜歡跟 dj 學長一起，但這樣的我，卻老跟 dj 學長強調自己有男朋友了，為什麼呢？

唉，真是不明白呀。

昨天晚上，dj 學長載著我在台東街頭找藥局買胃藥，讓我覺得又好氣又好笑。

「dj 學長，你這樣會讓我以後跟人提起，來台東旅行的記憶時，只剩下陪你到藥局買胃藥了啦！」昨天晚上，我抱怨的說。

「很抱歉，我不是故意的，那妳別跟人說買胃藥，說買暈車藥好了，聽起來比較正常。」dj 學長提議的說。

「齁！是哪個人騎機車會暈車的啦！」我又好氣又好笑的說。

昨天晚上逛完知本夜市後，男士們只能彼此攙扶、步履蹣跚的跟在我們身後，因為女士們買了太多食物，卻又吃得太少。

「小冰，我有個請求。」dj 學長臉色發白的對我說。

「什麼請求？」我好奇的問。

「等會兒陪我去買胃藥，但別跟其他人說，好嗎？」dj 學長用哀求的眼神望著我。

我考慮了一會兒，回答說：「看在你幫我搬家的分上，我就陪你去，不過，為什麼不告訴其他人？」

「我怕破壞大家的興致。」dj 學長回答。

「學長還真體貼呢！」

但昨晚逛完夜市已經很晚了，藥局幾乎都關門了，dj 學長載著我在市區繞來繞去，總找不到還在營業的藥局，最後我們找到一家已經關門但店裡還有燈光的藥局。

「這可真是傷腦筋了……」dj 學長無奈的搔了搔頭，這動作讓他看起來很可愛。

「很難受嗎？」我問。

「……有一點。」dj 學長含蓄的回答，但我看他的臉色很差，不禁

感到有些擔心，我望著還亮著燈光的藥局，心裡有了決定。

「學長，你要記得，讓像我這樣的可愛女孩，不顧形象幫你的大恩大德喔！」

「啊？」在 dj 學長的困惑中，我逕自走向藥局，開始拍打鐵門，直到有人開門為止。dj 學長怕我惹上麻煩，一開始還試圖阻止我，但看我意志堅定的樣子，後來也就由著我。藥局來開門的藥師原本老大不高興，但在我軟言相求後弄清楚了狀況，開給了 dj 學長一些消除胃脹和幫助消化的藥。

「小冰，昨晚真是多虧妳了。」dj 學長走近我身邊，低聲的對我說。

「是呀，這輩子我可是第一次做這種事情呢！」我說，不過，自己為什麼會想那樣做呢？

「真是謝謝妳。」dj 學長道謝的說。

「學長，你早上遲到，不會是因為……」

「嗯，早上要出門時，突然肚子痛，又回去拉了一下，現在舒服多了，藥好像滿有效的。」dj 學長說。

「那就好……dj 學長，以後吃不下，就別硬撐了，那樣對健康不好。」我說。

「嗯，我只是不想掃大家的興，尤其……」dj 學長欲言又止，他好像挺喜歡這招的。

「嗯？」我詢問式的「嗯」了一聲，雖然覺得這樣好像如了他的意，不過我還是很好奇他接下來想說什麼。

「小冰，上回……妳不是心情不好嗎？我只是希望這樣做，妳能開心一點。」dj 學長溫柔的說。

「這樣呀，但如果你不幫其他學姐，我會更開心喔！」我惡作劇的說。

「啊!?」dj 學長有些手足無措的望著我。

「呵,開玩笑的啦!若 dj 學長那樣的話,就不像你了,對吧?」我微笑的說。

他只是望著我苦笑,沒有回答。

「學長,你對每個女孩都很溫柔,是嗎?」我問。

他略想了想,接著回答:「大概是因為我不善於拒絕女孩子的請求吧?」

「這是你最大的優點,但也可能是最大的缺點。」我說。

「什麼意思?」

「以後,你會明白的。」我微笑的說。

後來,我才知道,原來當時不明白的人,是我。

「小冰,這是我第一次載妳吧?」出發前,阿誠學長對我說。

「是呀,所以學長你要心懷感激喔!」我說。

「哈,回去後我會燒香拜拜,感謝上天讓我有機會能載著自己喜歡的女孩走過一段路。」阿誠學長爽朗的說。

「阿誠學長……」

「雖然……那女孩心裡沒有我,不過沒關係,經過一段時間的沉澱,我會把喜歡那女孩的心情整理掉的。」阿誠學長說。

初鹿牧場,出發。

往初鹿牧場沿途風光明媚,阿誠學長和我邊騎邊聊,心情輕鬆愉快,想到前些天一直苦惱著男友的事情,感覺就像傻子一樣。大概二十多分鐘後,我們便抵達離台東市區不遠的牧場。

「好像跟之前不大一樣了……」阿誠學長喃喃的說。

「阿誠學長來過嗎?」我問。

「嗯，高中時來過一次，可能為了因應愈來愈多的觀光客，所以做了些改變。」阿誠學長回答。

「我第一次來。」我說。

「但小冰不是喜歡自然的田野風光嗎？沒讓男友陪妳來嗎？」阿誠學長問。

「他……比較不喜歡到處跑。」我回答。

「小冰，妳跟他在一起，快樂嗎？」阿誠學長問。

我猶豫了一下，點了點頭。

「那，幸福嗎？」阿誠學長又問。

我猶豫了一會兒，點了點頭。

「既幸福又快樂，那麼，為什麼猶豫呢？」阿誠學長問。

我愣了愣，沒有回答。

「若總遷就著自己喜歡的人，久了只怕會失去自我，小冰，妳覺得失去自我的人，真的能幸福快樂嗎？」阿誠學長問。

「阿誠學長……」我輕嘆了嘆。

「小冰，我很抱歉，我只是覺得，妳值得更好……」阿誠學長說完，轉過身去，不曉得為什麼，阿誠學長的背影看起來令人神傷。

大家停好車後，在貝兒學姐的號召下，我們和寫著「初鹿牧場」的字樣合照了幾張相片，證明我們來過這兒。合照時，我注意到 dj 學長的臉色看起來好多了，但載著小藍學姐的他看起來很高興這點，倒是讓我有些不太開心。

dj 學長得在意我比在意小藍學姐更多才對，何況我昨晚還那樣幫他。

「小冰，妳在偷看 dj 嗎？」阿誠學長冷不防的靠過來問。

「阿誠學長……你嫌這兩天我對你太好了，是嗎？」我沒好氣的

說。

「別這樣，我只是假設一下。」阿誠學長陪笑的說。

「你的假設嚴重錯誤！」我強調的說。

「是、是，不過……dj 是個不錯的男生呢。」阿誠學長望著 dj 學長說。

「就算那樣，也不關我的事。」我很快的說。

「是嗎？我還以為你們很要好呢……不過 dj 是個不錯的男生這件事，除了我，好像有其他人發現了。」阿誠學長說。

「誰呢？」我問。

「她呀。」阿誠學長指著前方正和 dj 學長說說笑笑的小藍學姐說，頓了頓後，接著說：「妳覺得，貝兒為什麼要策畫這次旅行呢？」

「阿誠學長知道？」我好奇的問，又瞄了一眼小藍學姐，她不僅外貌出色，舉手投足間散發出種高雅氣質，這對男生來說有著致命的吸引力。

「貝兒真正的用意，應該是要介紹她朋友和 dj 認識，與其說是旅行，不如說是聯誼或許會更加恰當吧。」阿誠學長說。

「……是這樣嗎？」聽完我心底升起一股不愉快感，對 dj 學長來說，這次旅行，我是多餘的嗎？哼！早知道昨晚就讓他自生自滅了！

「對貝兒來說，或許是那樣，不過，對 dj 來說，那就不一定了。」阿誠學長說。

「嗯，什麼意思？」

「妳不覺得，dj 對妳很有好感嗎？」阿誠學長直接的問。

「有嗎？」我故作姿態的問，但心裡挺高興的。

「妳的心裡有一把尺，我也不必多說，但我想告訴妳，dj 是個值得依靠的男生。」阿誠學長說完，爽朗的笑了。

「阿誠學長，我有男友的……」我強調的說。

「我知道，但若有一天，妳無法再依靠他時，dj 會是個值得信賴的男生。」阿誠學長說到這兒，頓了頓後，接著說：「當然，還有我。」

說著要很快將對我的感情整理掉的阿誠學長，似乎也沒什麼把握。

原本我們想去 DIY 冰淇淋，但詢問後，要等到 10 點半才能做，可能會影響接下來的行程，我們只得忍痛放棄。

「但人家真的很想做耶！」貝兒學姐撒嬌的說。

「妳不是說若沒在中午前抵達鹿野高台，可能就來不及到關山騎腳踏車嗎？」阿誠學長疑惑的問。

「是沒錯啦！但人家來之前很期待呢！」貝兒學姐像個小女孩任性的說，完全不像這次旅行的策劃者。

「不然我去問問，看能不能找個老師先教我們做。」dj 學長自告奮勇的說。

「嗯，我也一起去好了。」說完，我跟了上去，dj 學長用驚奇的眼神望著我。

「幹嘛這樣看我，我是怕你罩不住才來的。」我解釋的說，但這彆腳的解釋連我自己都不相信，對呀，自己幹嘛跟過來呢？

「是呀，比起半夜拍鐵門叫醒店家，我的確是自嘆不如。」dj 學長笑著說。

「嘿！我那樣做都是為了誰呀？」我沒好氣的說。

dj 學長傻笑了笑，傻笑的模樣倒是很討喜，奇怪了，這樣的他，為什麼沒女孩喜歡呢？照理說，應該會受歡迎的。

在我印象中的 dj 學長，總三兩句就被我說的啞口無言，但去 DIY 中心找人商量的他，簡直可以用舌燦蓮花來形容，說的好像若中心不派個老師來幫我們，對牧場的聲譽將會有非常深遠的影響，接著又說我們

有多期待這回的初鹿牧場之旅，如果沒能做成冰淇淋，將會有多遺憾如何如何的，明明臨時才被貝兒學姐抓來的……

於是，中心接受了我們的提議。

「原來你這麼能扯呀。」我低聲的說。

「不、不，我這叫先動之以情，再曉之以理，是用非常真誠的態度來打動他們的。」dj 學長回答。

「最好是啦！」我又好氣又好笑的說。

能 DIY 冰淇淋，最高興的莫過於貝兒學姐了，整個製作冰淇淋的過程，貝兒學姐一直很 High，讓跟她一組的我和 dj 學長有些不知如何是好。

「貝兒姑娘，請問妳到底有沒有用力攪呀？」dj 學長望著正攪拌著鮮奶油、雞蛋與牛奶混合液的貝兒學姐說。dj 學長好像滿喜歡叫貝兒學姐「姑娘」，但卻沒這樣叫過我，不曉得姑娘這稱呼，對他而言，代表著什麼？

「人家已經很用力了耶！你一個大男人見到我這種楚楚可憐、手無縛雞之力的弱女子，做著這種粗重的工作，不趕快來幫忙，還在那邊說風涼話，這是一個紳士該有的態度嗎？」貝兒學姐控訴的說。

「這位姑娘，剛剛我說這種粗重的讓我來就好，是妳搶著要做，我才讓給妳的，現在怎麼怪起我來了？」dj 學長無辜的說。

「但人家現在累了呀，你應該要注意到我已經累了，然後馬上接手，等我休息夠了，再讓給我做，這樣才體貼呀！而且，不管女孩子怎麼任性，你都不可以跟她計較，那才是有風度的男生，小冰，妳說對嗎？」貝兒學姐突然徵求我的意見，讓我嚇了一跳。

來不及反應的我，不置可否的笑了笑。

「你看，人家小冰也這樣覺得！」貝兒學姐說。

「呃……我以後會改進。」dj 學長有些無奈的說，看來他也拿貝兒學姐沒轍。

貝兒學姐回過臉來，微笑的朝我比了個「YA」的勝利手勢，好似我們的共同戰線，戰勝了 dj 學長。不過我想，只要是女孩，都可以輕易戰勝 dj 學長吧？

我們的 DIY 事業在 11 點半結束，大家有吃有玩的，都感到很開心，dj 學長還特別感謝了抽空幫忙的老師，好似她做了什麼福澤蒼生的好事一樣，讓我在一旁聽了覺得很想笑。

之後，我們買了一些牧草去餵小牛和小羊。除了阿誠學長之外，其他人都餵的很開心，尤其是小可學姐，看來她很喜歡可愛的小動物。

「這些人實在太會做生意了，讓我們花錢買牧草高高興興的幫他們餵，不僅飼養的人事費省了，還賺了我們的錢，連牧草費都讓我們出，真是高明的生意手腕呀。」阿誠學長分析的說，仔細一想，還真有道理。

「唉呦，玩電腦的都這麼會計算嗎？很煞風景呢！來玩高興就好了，大家不都餵得很開心嗎？你學學人家 dj 啦！」貝兒學姐有些不高興的說。

「啊？什麼？」dj 學長似乎是聽見有人叫他的名字，所以回過頭來，但見大家都沒反應，便繼續餵食，只見他拿著牧草揮來揮去，讓小羊的頭跟著轉來轉去，玩的不亦樂乎。

「你不要捉弄牠啦！」我對 dj 學長說。

「小冰，妳看牠這樣傻傻的，感覺很可愛呢！」dj 學長像個孩子般的笑著說。

「沒想到你是個幼稚鬼呀……」我回答，dj 學長聽了，不以為意的笑了笑，我想，他應該有顆赤子之心。接著，我也學起他來，雖然小羊

們有些可憐，但真的挺有趣。

　　我突然想到，如果今天我是跟男友一起來，以他嚴謹的個性，應該不會這樣玩，或許就沒辦法這樣開心了……

　　把牧草餵光後，我們在初鹿牧場的餐廳吃了個有些貴的午餐，便火速趕往鹿野高台，這回，輪到小藍學姐載我，dj學長載貝兒學姐，阿誠學長載小可學姐。

　　「小冰學妹，你和dj認識多久了呢？」小藍學姐問。

　　「還不到一個月，因為打工才認識的。」我回答。

　　「不到一個月呀，但你們看起來很熟呢。」小藍學姐說。

　　「是嗎？因為我和dj學長經常得一起值班，所以才會變熟吧。」我回答，心裡想著自己和dj學長在旁人眼裡，感覺很熟絡嗎？

　　「喔，是這樣呀……」小藍學姐說。

　　「不只是我，他跟剛認識不久的貝兒學姐也很熟呀，這是他的特性吧，我敢說只要再見個幾次，他就會跟小藍學姐裝熟的。」我說。

　　「呵，是這樣嗎？但願如此呢！」小藍學姐語氣裡有著笑意。

　　但願如此？這話什麼意思？好像很期待dj學長跟她裝熟似的。

　　抵達鹿野高台時，我仰頭看見有人在玩飛行傘，覺得很是新奇。

　　「鹿野高台最有名的就是飛行傘了，玩一次大約1500～2000元，有沒有人想玩玩看呢？」貝兒學姐介紹的說，一路上見到她跟dj學長有說有笑，好像很開心。

　　包括我在內的女孩們，馬上搖頭說不敢，男人們臉色凝重的往高台底下望了望，阿誠學長開始評論起鹿野高台上，放眼望去的美景，dj學長則說價錢實在太貴，不是窮人能負擔得起。

　　「dj學長，你該不會是怕高吧？」我吐槽的問，因為我覺得他明明就是不敢。

「不，小冰，我並非怕高。」dj 學長回答。

「是嗎？」我懷疑的問。

「我是怕死。」dj 學長冷不防的回答。

大家聽了，全都笑得亂七八糟的，dj 學長這也太誠實了吧！

「笑什麼啦？命只有一條耶！」dj 學長抗議的說。

「呵，你真的很可愛耶！」貝兒學姐笑著拍了拍 dj 學長的肩膀。

「其實，我也很怕的。」小藍學姐微笑的說，像是要替 dj 學長找台階下。

「喔，怕的真有默契呢。」小可學姐說，小藍學姐聽完白了她一眼。

「我們還是看別人玩就好。」阿誠學長說。

「我想，很少人敢下去玩吧？」我說。

大家開始你一言我一語的討論起，到底是什麼樣的人才會跑來玩飛行傘。大家邊欣賞高台上的風景，邊聊著許多無關緊要的事情，貝兒學姐和 dj 學長有段時間一起不見，不曉得跑到哪去。

「接下來，我們要到關山去囉！各位紳士淑女們，要儲備好體力騎腳踏車喔！」貝兒學姐對大家說。

「小冰，這回輪到我載妳了。」dj 學長這樣對我說，我感到有些開心。

「我想，你比較喜歡載小藍和貝兒學姐吧！載我真是委屈你了呢！」我挖苦的說。

「沒有，其實我……」dj 學長說到一半把話吞了回去。

「沒有嗎？但看你剛剛好像很開心呢。」我說，但我幹嘛這麼說？

「但其實我……更喜歡載小冰。」dj 學長還真的回答。

「呃……那個……到關山要騎多久呀？」我轉移話題的問，dj 學長

幹嘛說讓人這麼尷尬的話。

「嗯……大概要一個小時。」dj 學長回答。

「感覺上都是山路，你要小心點騎喔。」我叮嚀的說，不過聽到要騎一個小時，我卻沒感到半點不耐。

「我會的，因為我載著一個花樣年華的美少女嘛！」dj 學長笑著說。

「呵，知道就好。」我微笑回答。

印象中稍嫌瘦弱的 dj 學長，肩膀感覺上卻挺寬的，是因為很靠近的關係嗎？

「小冰，妳心情好些了嗎？」dj 學長稍稍回過頭問。

「怎麼？我看起來像心情不好嗎？」我反問。

「這幾天看起來還好，但……搬家那天……」dj 學長說到一半，便沒再說下去。

「那是因為想到了……」

「想到了什麼？」dj 學長追問。

「想到了……我男朋友。」我回答。

「是嗎？」dj 學長的語氣變得有些飄忽。

「嗯。」

「吵架了嗎？」

「也沒有……」

「那為什麼不開心呢？」dj 學長問，從語氣裡可以感受到他的關心。

為什麼不開心嗎？是因為擔心，我和他的愛情即將逝去，而我卻不曉得該怎麼辦，只能暫時拋開一切，跑來這兒散心。

「小冰，其實妳很希望，現在載著妳的人，是妳男朋友吧？」dj 學

長說，語氣裡帶著一絲憂傷，我聽了感覺有些不捨。

　　我沒有回答，機車繼續在蜿蜒的山路中奔馳著，但我和 dj 學長卻只能沉默。

　　dj 學長，是不是喜歡我呢？

　　然後，關山到了。

　　雖然年假已經結束，但關山的遊客還是很多，腳踏車滿街跑的景象，讓我覺得很新鮮，從沒見過這麼多大人、小孩一起騎腳踏車的情景，以前在台北唸書時，不是搭捷運就是公車，學校裡騎腳踏車上學的同學也不多，那時，有個要好的男生朋友，他家明明很遠，但還是每天騎四十分鐘的腳踏車來上學，我曾問他，為什麼不搭公車就好。

　　「因為騎腳踏車，可以自己決定想去的地方。」當時的他這樣回答，高二時，他轉到私立學校去，後來就沒再聯絡了，不曉得他現在是不是還繼續騎著他心愛的腳踏車。

　　「在想什麼？這麼入神？」我回過神來，才發現阿誠學長微笑的望著我。

　　「想到個以前的朋友，他很喜歡騎腳踏車。」我回答。

　　「是嗎？」阿誠學長笑了笑，沒再說什麼。

　　大家找了家腳踏車出租行，開始商議價錢。

　　「漲價了呢，以前只要 100 元而已……」dj 學長喃喃的說。

　　「你以前來過呀？」貝兒學姐問。

　　「嗯，對呀，那時單人的一部 100 元，協力車 200 元，現在要 150 元了。」dj 學長回答。

　　「物價上漲嘛！」阿誠學長說。

　　「那大家自己開始挑選喜歡的腳踏車吧！」貝兒學姐對大家說。

　　跟台東森林公園那兒不同，這邊的腳踏車選擇較多，還有兩部坐墊

超高的奇妙腳踏車，我很懷疑要怎麼騎上去，就算騎得上去，會不會下不來呢？

「妳想騎呀？」dj 學長走近我身邊，這樣問我。

我搖搖頭，微笑的說：「我騎不上去的。」

「是呀，騎腳踏車該是件輕鬆寫意的事，所以，不管有什麼煩心的事，暫時拋在一旁，輕鬆的騎著腳踏車，享受關山美麗的自然風光吧。」dj 學長對我說，接著朝我笑了笑。

「好的。」

聽腳踏車店的老闆說，關山的自行車道全長 12 公里，騎完全程大約需要 40 分鐘到 1 小時。

「12 公里，好像很長呢。」小藍學姐說，不會騎腳踏車的她，這回跟小可學姐共乘一部協力車。

「呵，愈長愈好，這樣才能騎久一點。」小可學姐開心的說。

「那我們出發吧！」貝兒學姐充滿活力的說。

貝兒學姐和阿誠學長好像參加環法自行車大賽一樣，一下子就互不相讓的全力衝刺，很快的領先我們一大截，而小藍學姐和小可學姐則出現了嚴重的配合問題，不過兩人看起來倒是玩得很開心。

dj 學長則默默的和我並肩騎著，倆人都沒開口說話。

「dj 學長，說些什麼吧，這樣怪尷尬的。」受不了沉悶氣氛的我，要求的說。

「說些什麼呀……」dj 學長苦笑的說。

「不是說要輕鬆的享受關山的美麗風光嗎？這樣可一點都不輕鬆。」我說。

「說的也是。」dj 學長搔了搔頭。

「dj 學長，沒女朋友嗎？」我想找個話題，沒想到問出口的居然是

這話。

「沒有。」dj 學長搖搖頭。

「為什麼？不想找嗎？」我好奇的問。

「呃，應該是找不到吧。」dj 學長尷尬的笑了笑。

「找不到，dj 學長不受女生歡迎嗎？」我問。

「除了這個，還有別的答案嗎？」dj 學長似乎有些無奈。

「不會吧，我覺得不是那樣，你應該挺有異性緣的，不是嗎？」我說，因為小藍學姐、貝兒學姐對 dj 學長好像都挺有好感，連我都覺得 dj 學長是個很好的男生，不過就是因為太好了，所以，會想捉弄他一下。

「我也不知道，但我到現在，都還沒交過女朋友。」dj 學長自然的說，有些男生會覺得這樣說很丟臉，不過 dj 學長顯然不這麼覺得。

嗯，dj 學長是個很真實的男生。

「那麼，以後哪個女孩成了你的女朋友，她就是你的初戀囉。」我說。

「或許吧。」

「嗯？難道不是？」我有些困惑。

「誰是自己的初戀，完全是自己認定的，可能是第一個交往的人，但也可能是第一個喜歡的人，或者是暗戀到最後依然沒有結果的對象。」dj 學長說。

「嗯……」聽 dj 學長這樣一說，我開始思考，我的初戀是誰。

「我想，我的第一個女朋友，應該不會是我的初戀了。」dj 學長轉過頭來望著我說。

「為什麼？」我問。

「因為，我已經有很喜歡的女孩了，她，才是我的初戀吧。」dj 學長望著我，然後微笑。

不曉得是因為不習慣騎腳踏車，還是 dj 學長說的話的關係，我覺得呼吸有些急促。

　　「小冰，妳還好嗎？要不要休息一下？」dj 學長體貼的問。

　　「我沒關係的。」我回答。

　　「嗯，還是休息一下好了。」說完，dj 學長停了下來，然後把車牽到一旁。

　　我只好跟著把車停在路旁，蹲了下來，dj 學長也在離我不遠處席地而坐。

　　「好開闊的地方呢。」我說。

　　「嗯，是呀。」dj 學長附和的說。

　　「台北是個狹小的盆地，周圍被群山圍繞，生活在那步調緊湊的都市，就像被框住了，哪都去不了。」我喃喃的說。

　　「客觀來說，台北盆地並不小，花東也是個被高山包圍的縱谷，妳會感覺台北狹小，是因為高樓林立吧，小冰，不喜歡台北嗎？」dj 學長問。

　　「不喜歡嗎？」我無法回答，畢竟是自己生長的家鄉，而且是個方便、現代化的地方，但感覺卻不自由。

　　「其實，只要小冰想去，哪兒都能去的，決定自不自由的，不是生活在哪個都市，而是小冰自己的心態，不是嗎？」dj 學長微笑的說。

　　原來，dj 學長不只有著不錯的外表，似乎也是個有內涵的人。

　　「我很喜歡台南。」dj 學長說。

　　「為什麼？」我問。

　　「或許有人說，台南比較缺乏藝文活動、現代化建設、沒有捷運、公車經常脫班、台客很多等等，但我看到的都是台南的優點，像是文化古都、有人情味、小吃著名、生活步調悠閒、房價、物價比較低這些，

只因為台南是我的家鄉，我覺得不管是誰，都該喜歡自己的家鄉。」dj
學長說。

「嗯，你說的對。」我認同的說，dj學長對我笑了笑，接著兩人都
沉默了一會兒。

「小冰，這回來花東，沒讓男友陪妳來？」dj學長問，他好像很關
心我男友的事。

「他人在台北，沒空。」我簡單回答。

「難得放假，為什麼他不陪在妳身邊呢？」dj學長問。

是呀，為什麼呢？為什麼你忍心讓我自己一個人呢？回台北也快一
個月了，就算我賭氣不打電話給你，但你怎麼能對我不理不睬？你到底
怎麼了？我們沒辦法再繼續下去了嗎？

「其實……寒假前，我們有了些不愉快，我為了測試他，跟他說寒
假我要留在台南打工，看他會不會留下來陪我……」我說到這兒停了下
來。

「那他……」

「但他沒有，自己一個人回台北去了。」我回答。

「妳有問過他為什麼嗎？」dj學長關心的問。

我搖搖頭，回答：「沒有，因為我既難過又生氣，直到現在都沒跟
他聯絡。」

「那他呢？有打電話給妳嗎？」

我別過臉去，沒有回答。

「小冰，其實妳一直在等他電話吧？」

「我才沒有！」我很快否認的說。

「好、好，妳沒有，是我猜錯了。」dj學長輕聲的說。

小藍學姐和小可學姐的協力車在不遠處出現，看來她們終於能和協

力車和平相處了。

　　「有些事物，經過一段時間的等待，就能如願，像是日升月落、四季交替，但有些東西，光等待是改變不了什麼的，更可能到最後，什麼都沒有發生。所以，若小冰還珍惜妳們之間的情愫，就應該找他問清楚，或許事情不是妳所想像的那樣，不是嗎？」dj 學長柔聲的說。

　　「萬一，結果並不如我所願呢？」我問。

　　「那我……」dj 學長本來好像想說些什麼，但最後他說出口的是：「不會的，妳別想太多了。」

　　我真的，該打電話給他嗎？但結果，會讓我們更快邁向結束，還是重新開始？我真的已經有足夠勇氣，能面對即將發生的一切了？

　　「妳可以的，小冰。」dj 學長說。

　　我想，應該可以了。

　　花東行回來過了兩天，我在飲料店的值班也只剩一個禮拜，這禮拜結束，我就得回清華，展開大二下學期的生活。

　　但我卻一點也不期待，因為回去之後，就再也見不到小冰了。

　　花東行第三天，我們去了蝴蝶谷、三仙台、八仙洞，因為風景很漂亮，所以大家拍了許多相片，而在相片裡的小冰，也開心的笑著，但明白她心裡掛念著在台北的男友後，看著她的笑容，卻感覺有些勉強，令人不捨。

　　在車站分別時，我和小藍、小可留了彼此的聯絡方式，貝兒問我，比較喜歡誰，我只是微笑，因為我喜歡的女孩是小冰，而她心裡思念的人卻不是我。

　　「不管你喜歡的是誰，你都得拿出勇氣。」貝兒這樣對我說。

　　「拿出勇氣嗎？」我覆述的說，明知道拿出勇氣，只會換得傷心難過，值得嗎？

　　「傷心難過，能被時間撫平，但遺憾，就只能永遠留在心底了。」貝兒幽幽的說，貝兒明白我心裡有喜歡的人了嗎？

　　「寒假，就快結束了。」貝兒最後是這麼說的。

　　而我和小冰的邂逅，也進入尾聲了。

　　「好玩嗎？」回到店裡第一天，店長這樣問我。

　　「嗯，挺不錯的。」我回答。

　　「你們這些小朋友，要一起去玩，也不先知會我一聲，一下子四個工讀生一起請假，要我到哪找人頂替呢？這幾天可真是忙死我了。」店長抱怨的說。

「抱歉，因為是臨時決定的……」我道歉的說。

「是我臨時約他們一起去的，店長姐姐，你就原諒我們吧！」貝兒撒嬌的說。

值班第一天，小冰沒有出現，是去台北找男友了？還是去了古典玫瑰園？小冰，寒假就快結束，我們見面的時間不多了。

現在，我真的很想見妳。

如今，我心裡滿滿的都是妳的身影，我的心太小，已經逐漸無法負荷了。

值班第二天，小冰出現了，這讓我很開心，現在，只要能見到她，我就感到心滿意足。

「什麼事這麼開心呀？」貝兒笑盈盈的問。

「賺錢嘛！當然開心囉。」我隨口回答。

「是嗎？但昨天臉明明很臭，不一樣都在賺錢？」貝兒質疑的問。

「我天生這副長相呀。」我辯解的說。

「最好是啦！我看是因為今天某人有來的關係吧？男生喔！都一個樣。」貝兒雙手叉腰的說。

「哪有，其實我只要和貝兒姑娘一起值班，就會感到很開心呢！」我開玩笑的說。

「喔，我好像無意間發現了不得了的八卦。」小冰冷不防的出現，這樣說著。

「呃，小冰，我……我是開玩笑的。」我連忙解釋的說，要是被小冰誤會我喜歡貝兒，那就糟了！

「嗚，貝兒好傷心喔……原本人家很高興的，想不到你居然拿人家開玩笑，玩弄人家的真心……」貝兒嗚咽的說，但看得出來是假裝的。

「dj 學長，你把貝兒學姐弄哭了，還不快道歉！」小冰氣勢很強的說。

「貝兒姑娘，對不起啦！其實，我真的很喜歡跟妳一起值班的。」我邊說，邊注意小冰表情的變化。

但小冰的神情，卻沒有任何變化。是了，因為她根本沒把我放在心上，就算她誤會我和貝兒很要好，或者我喜歡貝兒，對她來說，根本就無關緊要。

「看在你這麼誠心誠意道歉的分上，如果你今天請我吃晚餐，我就原諒你。」貝兒笑著回答。

「啊!?」貝兒這簡直是趁火打劫。

「dj 學長，這可是你的榮幸喔。」小冰冷冷的說。

「對呀！想請我吃晚餐的人還不少呢！」貝兒有些神氣的說。

「那妳怎麼不答應他們？」我好奇的問。

「因為……跟他們比起來，我比較喜歡和你在一起呀！」貝兒直接了當的說。

「我好像真的發現了不得了的八卦呢！」小冰再次強調的說。

「呵，真令人害羞呢！」貝兒微笑的說，但那笑容靦腆得可愛。

不曉得小冰找她男友談過了沒？感覺上，小冰還很喜歡她男友，但她男友的心，卻似乎有了些變化……

若她男友真的變心，那我就有機會了？想到這兒，我突然覺得人生充滿希望。但那樣小冰一定會很傷心，我不想見到她悲傷的模樣，那會讓我覺得很心疼。

「dj，去撕一下日曆。」店長對我說。

「好。」我應了應，立即執行任務。

「啊!?」在我撕下昨天的舊日曆時，才猛然發現，一個重要的日子就快到了。

「怎麼了？」小冰好奇的靠過來問。

「2月14日就快到了……」我指著日曆，這樣對小冰說。

小冰望著日曆呆了一會兒，什麼話也沒說，就那樣轉過身去，埋頭繼續工作。

情人節快到了，對從未與喜歡的人共度情人節的我來說，這天不算什麼，但對小冰來說，卻是意義重大，若小冰現在和男友的感情穩定，那麼，這是一個值得好好慶祝的日子，但現在，卻只會讓小冰獨自神傷。

我該怎麼幫助她？要怎麼做，才能讓她好過一點？

「小冰，妳打過電話了嗎？」我走近她身邊，低聲的問。

小冰沉默的做著事情，沒有回答。

「我覺得，情人節或許會是你們的契機。」我對小冰說。

小冰聽完，抬起臉來看了我一眼，又低下頭去繼續擦拭桌子，看她一直擦著同一個地方，我想，她一定在想著我剛剛說的話。

「就當我多管閒事吧，我只是希望妳能開心一點。」我說。

「嗯，我知道。」小冰最後，給了我個有些勉強的微笑。

晚上，我和貝兒來到了約定的晚餐地點，比我先到的貝兒，雙手抱胸，笑盈盈的站在店門口望著我。

「呃，我應該沒有遲到吧？」我說，連忙看了看錶。

「沒有啦！但不知道為什麼，我還挺期待你會遲到，現在我有些失望呢！」貝兒微笑的說。

「抱歉讓貝兒姑娘失望了，以後，請別有這種奇妙的期待好嗎？」我說。

「好啦，那我們進去吧！」貝兒說，接著我和貝兒相偕走進了古典玫瑰園。

要來玫瑰園吃晚餐是貝兒決定的，我除了感到有些巧，更多的是心痛，因為玫瑰園的餐點要 300 元起跳，一餐下來，我今天打工就白忙一場了，看來我的新機車離我愈來愈遠了。

「嗯，我們坐那邊。」貝兒選了小冰最喜歡的位置，而且還是預約的，這也是巧合嗎？

「貝兒，也喜歡玫瑰園嗎？」點完餐後，我這樣問貝兒。

「『也喜歡』是什麼意思？」心思縝密的貝兒，馬上察覺我的語病。

「呃……這個……」

「一般說來，會問人家『你也喜歡某某事物嗎？』，那代表他知道有人很喜歡某某事物，才會這樣問，不是嗎？」貝兒不愧為成大建築系的高材生，邏輯觀念相當清楚。

「嗯，因為小冰很喜歡這裡，我陪她來過一次。」我老實交代的說。

「原來如此，不過，我是第一次來喔！」貝兒說完，環顧了四周後，對我說：「感覺上氣氛還挺棒的。」

「但這裡消費不低呢！」我說。

「沒關係，有人請客嘛！」貝兒笑著說。

「……」

「唉呦，臉別那麼臭嘛！大不了下次我請你就好了，乖駒～～」貝兒拍拍我的頭說。

再次來到小冰最喜歡的古典玫瑰園，但她卻不在我身邊。再和小冰一起到玫瑰園喝下午茶的時光，只怕再也不會有了。

雖然我有著心事，但和貝兒在一起，想要沉浸在感傷中是很困難的，因為貝兒總能帶來愉快的氣息。

這樣看來，貝兒真的是個很棒的女孩，若我喜歡的是貝兒，或許就不會這麼辛苦了。

　　「寒假結束，你就會回學校了吧？」貝兒問我。

　　「是呀。」

　　「準備哪天回學校？」

　　「禮拜六、日吧？」

　　「這麼快呀，以後要見面就不容易了呢⋯⋯」貝兒喃喃的說。

　　「每隔一、兩個月，我還是會回台南的。」我微笑的說。

　　「但那時我也不一定會在台南呀⋯⋯」貝兒說完頓了頓後，接著問：「那你回台南時，會到飲料店晃晃嗎？」

　　「或許會吧。」我不確定的說，曾告訴過自己，一旦寒假結束，我便要拋開對小冰的眷戀，回學校過自己的生活，這樣的我，是不能再回飲料店的。

　　但即使無緣，我還是很想看看小冰，這樣的心情，又該如何撫平呢？

　　「那⋯⋯我可以到清華找你玩嗎？」貝兒又問。

　　「呵，當然可以呀，隨時歡迎貝兒妳來。」我笑著說。

　　「那就這樣說定了喔！若你不來找我玩，我就會去找你喔。」貝兒微笑的說。

　　「若貝兒來找我，我同學一定會很羨慕的，因為在清華像貝兒這樣的女孩，實在不多見呀！」

　　「呵，聽了真讓人開心，那你得好好把握和我相處的時光喔！和我在一起時，就別再想別的了。」貝兒說完，用著澄澈的雙眼望著我。

　　「嗯。」我應了應。

　　貝兒她，發現什麼了嗎？

「對了！你還沒告訴我，你比較喜歡小可還是小藍呢！」飲料送上來時，貝兒邊喝她的英式奶茶，邊這樣問我。

「她們都很不錯呀。」我不置可否的回答。

「據我側面了解，小藍對你很有好感喔！」貝兒提高語調的說。

「嗯……」我沉吟著。

「怎麼了？」貝兒奇怪的問。

「其實我……」

「你怎樣？」

「謝謝妳介紹小藍這麼好的女孩讓我認識，但我……」心裡有個聲音對我說，就告訴貝兒吧，貝兒是值得信賴的女孩。

「我在聽。」貝兒突然靜了下來。

「我……已經有喜歡的女孩了。」終於說出口了，喜歡滿溢的心，總算有了出口。

「……」貝兒聽了，靜靜的望著我。

「貝兒？」我喚了喚她。

貝兒回過神來，笑了笑，接著開口問我：「是誰呢？」

我望著貝兒，欲言又止，不曉得該不該告訴她。

「是小冰嗎？你喜歡的女孩，是小冰嗎？」貝兒柔聲的問。

我聽完，別過臉去，一會兒後視線又回到貝兒身上，發現貝兒依然平靜的望著我，貝兒果然看穿了我的心思。

「這裡是小冰最喜歡的位子，上回我和她來時，就坐這位子，那時，我還不明白自己的心情。」我說。

「是什麼時候明白的？」貝兒問。

「有一回在店裡，小冰突然拍了拍我的肩膀，我回過頭見到她那一刻，突然緊張到喘不過氣來……」我回答。

「嗯。」貝兒應了應。

時間在沉默中度過了幾分鐘，我和貝兒都沒再開口。

「那你打算怎麼辦？小冰有男朋友，而且寒假也快結束了。」貝兒問。

「其實，我也不知道。」我回答。

「不打算告訴她嗎？」貝兒問。

「告訴她，妳覺得我有機會嗎？」我反問。

「一定要有機會才告訴她嗎？」貝兒再反問。

我愣了愣，沒有回答。

「就像阿誠學長，單純的傳達喜歡的心情讓她知道，那樣不好嗎？」貝兒質疑的問。

「明知道不會有回應，卻還那樣做，不是太傻了嗎？」我困惑的問。

「或許吧，但至少能讓她明白你的心情，不會留下遺憾。」貝兒說完頓了頓，接著說：「愛情，永遠計算不來的。」

「嗯。」

「而且，小冰最近跟男友好像不是處得很好。」貝兒說。

「嗯，我知道。」

「你知道？」貝兒困惑的問，接著我把小冰告訴我，最近她男友的情況簡略的告訴了貝兒。

「既然如此，你更應該讓小冰知道你的心意，不是嗎？」貝兒奇怪的問。

「我擔心擾亂她的心情，她已經很辛苦了。」我說。

「所以，寧願自己辛苦嗎？」貝兒問。

我苦笑，沒有回答。

「你該找小冰問清楚，她跟男友談得如何，再決定要不要告訴她。」

貝兒建議的說。

「找小冰問清楚……」我喃喃的說。

「這樣對大家都好。」貝兒說。

「大家？」我疑惑的問。

「是呀，大家。」貝兒再次強調的說。

貝兒的「大家」，指的是哪些人呢？若指我和小冰，應該說「你們」就好了，大家，表示至少有三個人，那麼第三個人，是誰呢？

一時之間，我和貝兒都不曉得該說什麼好，我搜索枯腸，想說些話來化解這尷尬的氣氛。

「貝兒……」

「嗯？」

「到時候，若我被小冰拒絕了，能來找妳嗎？」我問。

「被小冰拒絕了，來找我做什麼？」貝兒反問。

「找妳訴苦呀。」我回答。

「你當我是資源回收桶呀，專門接收負面情緒的呀？還有，說的好像你一定會被拒絕似的。」貝兒臉上有了笑意。

「因為每回跟貝兒在一起，都感到很愉快，被小冰拒絕，我一定會很難過，想來想去，只能來找妳了，若是貝兒的話，一定能使我忘掉難過的事。」我說。

「你還真會打如意算盤，好吧，若到時候你真的被小冰狠心拒絕了，貝兒姐姐的肩膀就借給你哭吧，這可是你才有的特別待遇喔！」貝兒微笑的說。

貝兒說完，高舉她的繡花瓷杯，用眼神示意讓我也舉起自己的杯子。

「願我們都能幸福，乾杯。」貝兒說完，碰了一下我的杯子，發出

了清脆的聲響。

「奶茶和花茶乾杯，這樣也行？」我疑惑的問。

「貝兒姐姐說行就行。」

「貝兒，妳什麼時候看出我喜歡小冰？」乾杯後，我好奇的問。

「你到店裡的第一天。」貝兒回答。

「真的、假的？」我驚訝的說。

「你說呢？」貝兒微笑的望著我。

「那貝兒邀大家到花東旅行的真正目的，真的是要幫我和小藍牽線嗎？」我再問。

「呵，你說呢？」貝兒不置可否的回答。

看來，在寒假結束前，貝兒的心思，我是沒辦法弄清楚了。

這兩天，我一直考慮著，該不該問小冰，她和男友究竟談的如何？但又覺得那樣問她，似乎有些不妥。一個月前，我和小冰只是陌生人，沒想到一個月後的現在，我卻為了小冰心煩意亂、患得患失。

「你這兩天，好像很煩躁？」阿誠學長關心的問。

「有嗎？」我裝傻的反問。

阿誠學長不置可否的看著我，接著笑了笑。

「怎麼了？」我困惑的問。

「我只是突然明白了。」阿誠學長回答。

「明白什麼？」我更困惑了，我什麼都沒說，阿誠學長就明白了？

「因為寒假就快結束，而情人節也要到了。」阿誠學長回答。

難道，阿誠學長真的明白我的心思嗎？

「我說過，其實你沒什麼好失去的，不是嗎？」阿誠學長說。

「……」我沉默，沒有回答。

「你什麼都沒說、什麼都沒做,她什麼都不會知道,倘若你就這樣離開了,日後想起,一定會覺得非常遺憾,後悔為什麼當初不傳達你的心意讓她明白。」阿誠學長侃侃而談,像在說自己的事情。

　　「因為不想留下遺憾,阿誠學長才選擇表白?」我問。

　　阿誠學長搖搖頭,神情愁苦的說:「不是的,我之所以表白,是因為我喜歡小冰,想陪伴在她身邊,照顧她、守護她,成為她生命中的另一半,不過……我想是無法如願了……」

　　「阿誠學長……」見到這樣的阿誠學長,我感到有些不捨。

　　「我想,自己並沒有想像中那樣拿得起、放得下,要完全拋開對小冰的眷戀,大概還需要點時間吧。」阿誠學長說完,頓了頓後,接著說:「說真的,我有一部分的私心,是希望你別告訴小冰你喜歡她的。」

　　「為什麼?」我問。

　　「因為,我覺得,你可能會成功。我表白失敗了,所以自私的希望其他人都不會成功,我居然這樣想,很糟糕吧?」阿誠學長苦笑的說。

　　「要是我被小冰拒絕了,或許也會那樣想吧?」我回答。

　　「聽你這樣說,我覺得好過多了。」阿誠學長微笑說完,接著說:「要是我們再早一點認識小冰,那就好了……」。

　　「是呀。」我認同的說。不過,若我和小冰相遇時,她身旁是空著的,我就一定能鼓起勇氣對她表白嗎?

　　「在聊什麼呀!?我也要聽!」貝兒突然竄進我和阿誠學長中間,好奇的問。

　　「這是男人間的對話,女生不宜,妳還是迴避一下。」阿誠學長回答。

　　「一定在聊什麼見不得人的事,才怕我聽到,對吧?」貝兒猜測的說,然後開始打量著我。

「呃，沒什麼見不得人的事啦。」我解釋的說。

「沒錯！大丈夫，無事不可對人言！」阿誠學長很有氣勢的說。

「那就告訴我呀！」貝兒要求的說。

「不告訴妳勒！」阿誠學長頑皮的說。

「齁，你很幼稚耶！都幾歲的人了！」貝兒又好氣又好笑的說。

「堂堂 21 歲！未婚、無不良嗜好、女友募集中。」阿誠學長回答。

「明明才剛被小冰拒絕，還女友募集中呢！還想被拒絕呀？」貝兒毫不留情面的說。

「妳!?難道沒有一點所謂的同情心嗎？」阿誠學長質問。

「沒有勒！」貝兒吐了吐舌頭，然後朝我笑了笑，之後便開心的走到裡頭去了，我和阿誠學長微笑的望著貝兒，直到她身影消失為止。

「貝兒真是個可愛的女孩，為什麼她會沒男朋友呢？」我好奇的問。

「嗯，我也不清楚，不過，貝兒曾告訴過我，她需要很長時間，才能真正喜歡上一個人。」阿誠學長回答。

「那追貝兒的人應該不少吧？」我問。

「嗯，好像是有一些。」阿誠學長點頭的說。

「裡頭都沒喜歡的嗎？」我問。

「應該沒有吧？其實我也不清楚，既然你這麼關心貝兒，怎麼不自己問她呢？」阿誠學長疑惑的問。

「呃，這個……」

「你這傢伙，該不會想腳踏兩條船吧？」阿誠學長質問。

「我沒有啦！」我連忙撇清的說。

「那樣最好，不然，我可是會把你揍飛喔！」阿誠學長舉起拳頭在我面前晃呀晃的。

這時來了一組客人，中斷了我和阿誠學長的對話，等客人離開之後，阿誠學長突然沉吟了起來。

「不過，去花東玩時，我發現了一件事。」阿誠學長自顧自的說。

「什麼事？」

「貝兒她……」

「我怎樣？」貝兒又神不知鬼不覺的冒了出來，嚇了我和阿誠學長一跳。

「妳怎麼又出現了？」阿誠學長問。

「怎麼？不行呦？」貝兒反問。

「行、行，只要貝兒姑娘喜歡都行。」我連忙回答。

「是呀，阿誠學長，你要多跟人家學學啦！」貝兒對阿誠學長說。

「dj 呀，我說你還有沒有一點身為男人的志氣呀？」阿誠學長語重心長的問。

「有呀，不過志氣是要看情況的。」我回答。

「呵，要那東西做什麼呢？」貝兒笑著問。

「要成就一番大事業，志氣是絕對不能少的呀！」阿誠學長回答。

接著，阿誠學長和貝兒開始東拉西扯，只在客人上門時才暫時停止，我則在一旁看好戲，雖然阿誠學長被小冰拒絕了，但這裡不就有個更適合他的貝兒嗎？

阿誠學長，你發現了嗎？

不過，因為小冰而心煩意亂的我，大概也沒有餘力再操心別人的事情了。

距離寒假結束，情人節到來，只剩下幾天。

今天店長找我面談，確定我要工作到哪一天。

「禮拜六。」我回答。

「確定的話，今天就發給你到禮拜六的薪水。」店長說。

「嗯。」我點了點頭，終於領到錢了，這一個多月來的辛苦，總算有了代價。

「你點點看。」店長將薪水遞給我後，這樣對我說。

「嗯。」我開始數了起來。

「加上你的存款，夠買新機車嗎？」店長問。

「店長怎麼會知道？」我略為驚訝的問。

「小冰告訴我的，貝兒好像也說過。」店長回答。

「原來如此。」

「什麼時候回新竹？」店長又問。

「禮拜天。」

「禮拜天，剛好是情人節呢。」店長略感驚訝，接著問：「趕在情人節回新竹，那邊有女朋友嗎？」

「我沒女朋友的。」我回答，感到有些窘。

「在回新竹前，不是有什麼事情還沒做嗎？」店長問。

「啊？還沒做的事情？」我困惑的問。

「是呀，有些事情現在不做，以後再做也沒意義了。」店長回答。

「我不太明白。」

「假如你什麼都沒做的離開，之後自然會明白，但到那時候，一切都來不及了。」店長說。

「……」我沉默的看著店長，不明白店長究竟想告訴我什麼。

「這段時間，辛苦你了。」這是店長說的最後一句話。

發覺自己喜歡上小冰後，的確是辛苦了，不過，喜歡一個人的心情，卻也很甜蜜，即使，只是個不會有結果的單戀。

只要想到自己所期盼的幸福，必須建立在小冰與男友分手的前提下，我就感到很沮喪。

喜歡一個人，會希望她幸福無憂，但我卻期盼藉由小冰和男友的分手，來獲得幸福，分手後的小冰，得度過一段傷心難過的歲月，難道我真的願意見到小冰傷心的模樣？這樣想的我，還有喜歡小冰的資格嗎？

為了讓自己幸福，卻希望小冰承受痛苦，我不能這樣自私。

小冰，妳打過電話給男友了嗎？我真心希望，你們能幸福的走下去，那樣我便能把對妳的情愫深埋心底，妳永遠不會知道。

我想，不管未來如何，小冰都將會是我的初戀。

在離開前，還是問問，小冰和她男友的狀況吧。若一切順利，我便能帶著祝福的心情離開，一段時間後，便會漸漸淡忘，因為人們，比自己想像的還要善忘。

但若情況並不順利，我又該怎麼做呢？

到時再說吧，已經顧不了這麼多了，現在，我只想和小冰多相處些時候。

「小冰……」在店裡值班時，我喚了喚小冰。

「嗯？」小冰轉過頭來望著我。

「……沒事。」

「dj 學長，你今天是怎麼了呀，叫了我好幾次卻老說沒事？」小冰困惑的問。

「呃，對不起。」我道歉的說，想問小冰男友的事，卻怎麼也開不了口，真是太沒用了。

「不過，dj 學長，你也快回學校了吧？」小冰問。

「嗯，是呀。」我點頭。

「什麼時候回去呢？」小冰問。

「禮拜天。」我回答。

「這麼快呀，以後大概很難見到面了。」小冰說。

「嗯。」我微微點頭，但心中卻無來由的充滿悲傷，為什麼一定要回去呢？不能就這麼待在這裡嗎？

「寒假，還真短呢⋯⋯」小冰喃喃的說。

「這一個月來，多虧小冰照顧了。」我說。

「呵，不會啦，我也覺得很開心。」小冰笑著說。

「很開心？」我疑惑的問，原來小冰跟我在一起時，感到開心嗎？

「嗯，因為你總是一副無辜神情，讓我感到很有趣。」小冰微笑的說。

「因為，我是真的很無辜呀。」

小冰和我很自然的聊著許多，感覺今天的她特別溫柔，以往常在我面前顯露的犀利眼神，也沒出現，是因為我即將離開了，所以給我特別優待嗎？

但小冰，這樣只會讓我對妳的眷戀愈深，更捨不得離開。

「dj 學長，在回去之前，能不能再陪我一次呢？」小冰問我。

「陪妳一次？」

「禮拜六，我想到玫瑰園去，能陪我嗎？」小冰央求的問。

「好呀。」我很快答應的說。

「呵，我開始期待起禮拜六了。」小冰笑著說。

小冰，對我來說，只要能跟妳在一起，能見到妳，每一天都值得期待。

「你，準備告訴她了？」阿誠學長趁著小冰到裡面拿東西，走近我身旁這樣問。

「其實，我也不知道。」我回答。

「你會知道的。」阿誠學長說完,便輕輕的走了。

我會知道?我只知道,小冰在我心中的身影,隨著離開的日子愈來愈近,變得愈來愈清晰了。

「你問小冰了嗎?」晚上貝兒來換班時,這樣問我。

「還沒,不過,我會問的。」我回答。

「若小冰和男友並不順利呢?你打算怎麼辦?」貝兒問。

「會順利的。」

「沒勉強自己嗎?」

我笑了笑,沒有回答。

「希望你知道自己在做什麼。」貝兒神情平靜的說。

「我知道,只要寒假結束,我就得離開。」

因為如此,我曾無數次的祈禱,寒假不要結束。不過,不管寒假再長,總有結束的一天。

正如小冰說的,寒假,感覺還真短。

值完禮拜六的午班後,我的寒假打工生涯,宣告結束。

「結束了呢。」貝兒對我說。

「是呀,就這樣結束了,有些感傷呢。」我說。

「一定是因為以後不能常見到我了,所以感傷吧。」貝兒笑著說。

「呵,是呀。」我笑著回答。

「沒關係,我有空會去找你玩的。」

「嗯,我很期待。」我說,心想若貝兒來找我,要帶她去哪玩呢?

「那我就不跟你說再見了,因為我們還會再見面的。」貝兒微笑的說。

「嗯。」我點了點頭。

原本沒班的阿誠學長,在我快下班時,也跑到店裡來。

「要閃了？」阿誠學長問。

「嗯，是呀，責任已了，錢也領到手了。」我回答。

「我會懷念你的，dj 學弟。」阿誠學長說。

「說什麼懷念呀，好像我已經掛掉了一樣。」我抗議的說。

「祝你一切順利。」阿誠學長笑著說。

「謝謝。」

步行到停車的地方，我跨上機車，回頭又望了飲料店一眼，當初因為想買新機車，才會到飲料店打工，沒想到會遇見心儀的女孩，短短一個寒假，真的發生了許多事情。

「咦？手機呢？」跨上機車後，我想看看時間，卻怎麼也找不到手機。

這樣說來，今天出門打工前，好像也沒把手機帶出來的印象⋯⋯

那麼手機是到哪去了？才剛領到打工的薪水不久，不會得花在手機上吧？更糟的是，我還沒跟小冰約好時間呀！等一下小冰會不會因為打電話找不到我，生氣就不去了呢？

想到這兒，我又回到店裡，阿誠學長已經離開，但貝兒對於我去而復返又東翻西找的行為感到很好奇。

「你怎麼又回來了？在找什麼呢？」貝兒問。

「呃，因為想念貝兒，所以回來了。」我隨口胡謅的說。

「呵，你逗我開心的吧！看你的樣子，應該是忘了什麼？」貝兒笑著說。

「嗯。」

「忘了什麼呢？」貝兒問。

「我找不到手機。」我回答。

「喔，那我幫你找找。」貝兒說。

「謝謝。」我微笑的說。

十分鐘後，我和貝兒找遍整間飲料店，就是不見手機的蹤跡。

「好奇怪，找不到呢……」貝兒皺眉的說。

「或許是放在家裡，沒帶出來吧？」我猜測的說。

「呵，或許吧？」貝兒微笑的說。

「我回家找找看好了，謝謝妳幫忙找。」我對貝兒說。

「呵，沒幫上忙呢。」貝兒笑了笑。

告別貝兒之後，我火速回到家裡，開始在房間裡翻箱倒櫃，展開地毯式的搜索，但就是不見手機的蹤影。

「到底跑哪去了？該不會弄丟了吧？」我自言自語的說，但糟糕的是，我連可能在哪弄丟的印象都沒有。

上天真的很愛跟我作對耶！明明跟小冰相約玫瑰園，卻在這麼重要的時刻搞丟手機，這下子該怎麼辦？

我氣急敗壞在房間裡生了一會兒悶氣，才意識到生悶氣根本解決不了問題，應該想想接下來該怎麼辦才好。

小冰說要我陪她到玫瑰園，但並沒有說要喝下午茶還是用餐，不過既然知道在玫瑰園見面，那麼，只要我先到玫瑰園等，小冰若打電話找不到我，應該會自己先過去，到時我再解釋一下原因就好了。

完成沙盤推演後的我，毫不猶豫的跨上機車，飛快的趕往玫瑰園，深怕小冰已經先我一步抵達，那我可就慘了。

不過，當我走進玫瑰園時，並沒有見到小冰的身影，讓我鬆了口氣，不過卻也有些失望，因為我已經超過一天沒見到小冰了，很希望能立刻見到她。

「先生，一位嗎？」玫瑰園的服務生問我。

「兩位，她待會兒就到。」我回答。

「那這邊請。」服務生示意為我帶位。

「我可以坐那邊嗎？」我問，望著小冰最喜歡的位子。

「嗯，可以呀。」服務生確定沒人訂位後，點頭的說。

「那先生要等另外一位客人來了之後再點，還是先點呢？」服務生問，她有雙澄澈的明亮雙眼，即使戴著眼鏡依然閃耀動人，不過，還是差小冰一點。

「嗯，等一下好了。」我回答。

「好的，那我先幫您倒水。」

「謝謝妳。」我微笑回答。

喝了口水後，我環顧玫瑰園四周，憶起上回和小冰一起在這兒享用下午茶的情景，想來才是不久前的事情，但不知為什麼，感覺上卻已經是遙遠的記憶，為什麼呢？

因為，我心裡隱約明白，今天之後，和小冰一起在玫瑰園享用下午茶的時光，可能再也不會有了。

「沒關係，至少還有今天。」我安慰自己的說，其實上天對我不錯了，至少祂成全了我最後一次想與小冰獨處的願望。

仔細想想，在與小冰相遇後，我就一直在等待。

等著和小冰一起值班，等著小冰回頭看我、等著小冰對我微笑、等著小冰把我放在心上。在等待中，寒假一天天逝去，期盼或許在寒假結束前，我和小冰之間，會有什麼不一樣。

不過，什麼都沒有發生。

今天，寒假結束了，而我，也失去了等待的理由。

也好，在等待中度過的人生，一個寒假就夠了。

小冰

　　不曉得為什麼，dj 學長的電話從早上開始就一直沒人接，不是說好了今天要一起去玫瑰園？忘記了嗎？

　　印象中他今天值午班，是工作太忙，沒注意到手機？要不要去店裡找他呢？以他的記性，或許真的忘記了。但若讓貝兒學姐或阿誠學長知道我特地去找他，一定會取笑我的……

　　正當我躊躇不決時，手機響了。

　　「呵，dj 學長，你終於發現手機有一堆未接來電了吧？」我自言自語的說，突然發覺自己接到 dj 學長來電時，是這麼開心的。

　　不過，來電的人並不是 dj 學長，而是我這些天來，一直等待的人。

　　花東行後，我一直想打電話給男友，問他為什麼留我一個人在台南？為什麼整個寒假對我不聞不問？為什麼連一句關心的話都沒有？

　　「小冰，我考慮了很久，最後還是決定告訴妳。」我高中時的好友，前些天在電話中這樣對我說。

　　「什麼？」我感到有些不安，因為這樣的開頭，通常不是好事。

　　「前幾天，我在 101 附近見到妳男友……他跟一個我不認識的女孩在一起，而且……」好友欲言又止，似乎不曉得該不該繼續說下去。

　　「……」我沒有回答，時候到了嗎？該是我明白真相的時候了？

　　「妳還好嗎？」朋友問，語氣顯得很擔心。

　　「嗯，妳繼續說。」我假裝鎮定的說。

　　「他和那女孩……手牽著手……」好友這樣告訴我。

　　「因為她在台北，所以你才回去的，是嗎？你在她和我之間，選擇了她嗎？」我在心裡輕輕問著。

　　之後，我連詢問男友的勇氣都失去了，因為，我還喜歡著他呀！只

要別問，隨著時間逝去，一切都會好轉的。或許他只是一時迷惑，就像大孩子拿到新玩具一樣，一時覺得新鮮好玩，一段時間後就會厭倦，然後，回到我的身邊。

是的，只要乖乖等著，他就一定會回到我身邊的。

「是我。」電話那頭的他，簡短的說。

「嗯。」我感到很緊張，一個月沒通電話了，在情人節的前夕，他打電話給我做什麼？

「我人在台南，能見個面嗎？」他問。

「你回來了？」我反問。

「嗯，快開學了，而且我有事情想對妳說。」他語氣平靜的說。

「什麼事情？」我問。

「電話裡說不清楚，我們見了面再談。」他回答。

「嗯，好吧。」

到底有什麼事要對我說呢？是跟那女孩有關的事情嗎？要告訴我這一個月來，因為那女孩一時糊塗而冷落了我，感到很抱歉嗎？要告訴我，他以後不會再去找那女孩，以後都會一直待在我身邊嗎？

但萬一，事情無法如我所願呢？

『妳可以的，小冰。』、『別想太多了，小冰。』我想起 dj 學長對我說過的話。

是呀，凡事往好的方面想，一切都會順利的，先聽聽他想說什麼，再去告訴 dj 學長我和他已經沒事了的好消息，他一定會為我感到開心的。

「對不起，我想……我喜歡上其他女孩了。」與男友見面時，在我

提出問題前，他就這樣告訴了我，然後，所有的問題都有了解答。

但，並不是我想要的解答。

「是那個和你在 101 旁牽手的女孩嗎？」我冷冷的問，奇怪，為什麼感受不到應有的悲傷呢？

「……」他看起來有些驚訝，然後嘆了口氣。

「整個寒假沒任何消息、整個寒假留我一個人在台南、整個寒假連一通電話都沒有，一見面，卻告訴我，你喜歡上了別的女孩嗎？」我問，心裡有種酸酸的感覺。

「對不起。」他又說。

「那女孩是誰？你喜歡她哪一點？她哪裡比我好？我哪比不上她？」我質問，感覺一股氣往上衝，我是好多男生追求的小冰，我在許多男生之中選擇了你，而你……你怎麼能這樣對我!？

「小冰，妳很好，而且妳們是沒辦法比較的……」他回答。

「那為什麼？為什麼要這樣對我？要這麼殘忍的告訴我，你喜歡上別的女孩了！」我感覺自己逐漸失去控制。

「因為，我覺得很痛苦、很愧疚，整個寒假有多少次想打電話給妳，想跟以前一樣陪妳說笑聊天，告訴妳我並沒改變，我依然會待在妳身邊……」

「那就這樣告訴我呀！為什麼不這樣對我說，為什麼要讓我整個寒假都等著你的電話！你知道嗎？有時我望著一直不響的手機，寂寞到想哭，好想打電話給你，卻又告訴自己不能認輸，因為拋下我的人是你！」我控訴的說。

「但我做不到，已經沒辦法那樣說了，因為我明白自己的心已經不在妳身上，不想再對妳說謊了……」他神情掙扎的說。

「不！你只是一時迷惑，只是對她有新鮮感而已！等你厭倦了她，

你就會回到我身邊的！」我說，激動的情緒不自覺的讓我提高了音量。

「我，已經回不去了……」他回答。

「不是那樣！你是喜歡我的！你只是一時被沖昏了頭……」我幾乎是喊叫的說。

「小冰！人一旦變心，便再也回不來了……我們，已經結束了……」他對我說。

突然間，我所編織的一切全都土崩瓦解，我的世界變的分崩離析，我的心碎成好幾萬片，感覺再也拚湊不回來了……眼前的他今天離去後，不會再回到我的身邊了嗎？

我感覺自己幾乎要暈厥過去，但在他面前，我要撐住！

「小冰，我送妳回去吧。」他對我說。

「我……已經搬家了，離開了那個與你有太多回憶的地方。」我回答。

「是嗎？那……妳搬到哪了？」他問。

「你……還有知道的必要嗎？」我嘲諷的問。

「……」他沉默的望著我，沒有回答。

「你走吧，我會自己回去的。」我逞強的說。

「小冰，妳一個人……沒問題嗎？」他關心的問。

「別再假裝關心我！就算是真的關心我也不要！男女間給予彼此的情愫不是全部，就是零！既然打算拋開我，就不要再對我好！也不要再對我微笑！」我激動的說，期望我這樣說，或許能讓他回頭。

「我……明白了，小冰，是我虧欠了妳。」他說完，轉身，然後離開。

他的背影告訴我，他的心裡除了虧欠，已經沒有任何留戀。

然後，再也抑制不住悲傷的我，趴在桌上嚎啕大哭了起來……

「先生，不好意思，我們快打烊了，需要先結帳。」服務生神情歉疚的對我說。

「嗯，我知道了。」我微笑的說，這時候，我居然還笑得出來，我想，自己應該沒想像中在意小冰。

「等的人沒來嗎？」她問，一整晚她替我加了好多次水。

「嗯，臨時有什麼事吧。」我笑了笑，但感覺自己的笑容有些僵。

「一定是的。」她微笑的說，或許，是想安慰我吧。

雖然我已經想清楚了，但小冰卻沒有出現。

小冰，我明天就要離開了，妳知道嗎？以後，或許很難再見面了，妳明白嗎？即使這樣，妳還是沒來，這代表我在妳的心中，其實一點都不重要吧？所以，妳才會隨口的要我陪妳，又隨便的忘記我們的約定，是嗎？

是我被愛情沖昏了頭，太過一廂情願，明知道妳心有所屬，沒把我放在心上，明知道妳整個寒假痴痴的等著男友電話，我卻以為我還有機會，傻乎乎的跑來玫瑰園從下午等到打烊。

而碰巧遺失手機的我，連通電話都沒辦法打給妳，不曉得妳今天為什麼沒來？不知道妳到底發生了什麼事？小冰，妳是忘了來、不想來、還是沒辦法來？

小冰，我連妳的聯絡方式都一起失去了，不曉得妳的手機號碼、不曉得妳搬到哪兒，不僅是見面，連妳的聲音，我都聽不到了。

我走出店外，呆望著東豐路上的街景，心裡只想再見小冰一面，但小冰，妳現在人在哪呢？我又要到哪去找尋妳呢？

上天讓我這時遺失了手機，沒了小冰的電話號碼，是想告訴我，其

實我和小冰並沒有緣分嗎？

　　既然如此，當初又為什麼要讓我和小冰相遇？

　　我跨坐在機車上，默默望著路上逐漸稀少的人車，期望小冰或許會突然記起，她忘了一個很重要的約會，然後匆匆忙忙的跑來找我。

　　「小冰，妳讓我等的好苦呀！都快變成化石了耶……」到時候，我一定會這樣對她說。

　　時間在等待中緩慢流逝，雖然緩慢，卻不會回頭。

　　那天晚上，在我離開玫瑰園前，始終沒見到小冰。

　　於是，在離開前，我沒能對小冰說出任何話語，包括喜歡與別離。

　　『10：45分開往台北的自強號在第一月台已經進站，請搭乘該班列車的旅客準備上車……』車站大廳響起了熟悉的廣播聲，我聽完，背起稍嫌沉重的行李，起身準備搭車。

　　不過，比起行李，更加沉重的是心情。

　　明知道小冰根本不會出現，但我還是每走幾步就回頭張望，深怕看漏小冰的身影。阿誠學長說的對，雖然已經對自己說，從此要忘了小冰，但要放棄小冰，說來容易，卻是難以做到。

　　我要花多少時間，才能真正忘了小冰呢？

　　然而，不管我回頭多少次，終究還是沒能見到小冰的身影。

　　不過，倒是看見了另一個熟悉身影。

　　「呵，你東張西望的，在找誰呢？」女孩微笑的問。

　　「貝兒!?妳怎麼來了？」我驚訝的問。

　　「怎麼？這可是車站，每個人都能來的。」貝兒回答。

「話是沒錯……我是指，妳怎麼會在這時候來車站？」我好奇的問。

「來見你最後一面呀！」貝兒回答。

「喂！什麼最後一面……很不吉利耶！」我沒好氣的說。

「離開前最後一次見面，簡稱最後一面呀！」貝兒笑著解釋說。

「請別亂用簡稱，好嗎？」我要求的說。

「嗚……人家好心為你送行，你居然這樣對人家!?」貝兒表情無辜的說。

「呃，謝謝貝兒姑娘，我知道妳是好意啦，是我嘴笨，不會說話。」我道歉的說。

「對嘛！你看！整個飲料店，只有我專程來送你耶！」貝兒強調的說。

「是嗎？看妳的樣子，應該是替店裡外送飲料時，順便過來的吧？」我猜測的說。

「咦？你怎麼知道？」貝兒看起來很驚訝。

「如果妳把工作服脫掉再進來，我可能就不會知道了。」我回答。

「啊，我忘記了。」貝兒沮喪的說。

「沒關係，我還是很感動，謝謝妳來送我。」我笑著說。

「那以後我去找你玩時，要好好招待我喔！」貝兒要求的說。

「一定的。」我爽快的答應。

我和貝兒又稍微說了一會兒話後，我問貝兒：「小冰，今天有到店裡上班嗎？」

「不知道呢，因為她今天是午班，等一下才會來，怎麼了嗎？」貝兒好奇的問。

「喔，我只是問問。」我回答。

「你⋯⋯告訴她了嗎？」貝兒問。

我搖了搖頭。

「那你問了嗎？她和男友的情況？」貝兒又問。

「沒有。」我回答。

「就這樣離開，真的可以嗎？」貝兒問。

「嗯，我已經決定了。」我說。

「不打算回頭了？」貝兒問，感覺上貝兒好像很關心我和小冰的事情。

「已經走得太遠，回不去了⋯⋯」我遺憾的說，有些事情一旦過了某個時間點，就再也回不到從前了。

『10：45分開往台北的自強號在第一月台快要開了，還沒上車的旅客請趕快上車。』廣播再次響起。

「那麼，我該走了。」我對貝兒說。

「因為以後還會見面，所以，我就不跟你說再見了。」貝兒微笑的說。

「嗯。」我對貝兒也回以微笑。

我背起行李準備進月台搭車，突然感覺行李好像沒那麼沉重了。過了剪票口，我從月台往大廳張望，見到貝兒笑盈盈的朝我揮手，我也朝她揮手致意。

「我一定會去找你的喔！」貝兒大聲的叫道。

「嗯，等妳來玩喔！」我也喊著說。

「還有⋯⋯」

「什麼？」

「情人節快樂！」貝兒說完，笑著用力的朝我揮手。

直到現在，我還沒跟任何女孩共度過情人節，哪來的情人節快樂

呢？但以前沒有，以後，會不會有呢？

　　當列車緩緩起動，我才更強烈的感受到，自己是真的要離開了。

　　小冰，雖然才短短一個月，但我真的很高興能與妳相遇，然後喜歡上妳，即使直到最後，仍無法讓妳明白我的心意，但那不要緊，我會把喜歡妳的心情，深埋在心底，成為我這輩子最美麗的回憶。

　　「小冰，再見了。」我喃喃說著。

　　我想，快樂的情人節，大概暫時不會有了。

　　在那瞬間，巨大的悲傷突然朝我席捲而來，我努力抑制自己的情緒，但卻已經超過了我所能承受的程度，於是，我別過臉望向窗外，不想讓人發現，在我臉頰上緩緩滑落的淚水……

　　寒假，在這一刻，結束了。

小冰

當我從睡夢中醒來，整個人還是昏昏沉沉的。

昨天，我到底是怎麼回到住處，又是怎麼入睡的？

只記得自己哭得很傷心，或許是哭累了，昏昏沉沉的睡了過去吧？

雖然剛剛醒來的自己，腦袋還有些混沌，不過一下子就想了起來，然後，悲傷也隨之而來。昨天他親口告訴我，他喜歡上別的女孩，不會再回到我身邊了，還告訴我，我和他已經結束了。

「昨天發生的事情，是真的嗎？會不會只是個夢呢？」我喃喃的說。

我起身看了一下床頭櫃的鬧鐘，已經是下午三點多了，我走向書桌，在包包裡找出自己的手機，發現有許多通未接來電，是誰打的呢？今天又是什麼日子呢？

手機上顯示著今天是二月十四日，啊，對了！今天是情人節！

但今天卻是我單身的第一天，我居然在情人節前夕被男友甩了，這真是諷刺，我可是好多男生追的小冰呢！這種事情怎麼會發生在我身上？

但其實，我之前就有了不好的預感，也隱約知道他的心已經不在我身上了，只是不願面對，還傻傻的告訴自己，只要乖乖等著，他就會回到我的身邊，但現在看來，他是不會回來了……

所以，對於今年的情人節，我本來就沒有太大期望，甚至還在店裡排了班……等等！排了班!?

「啊！慘了！今天我得到店裡值午班，居然忘了！還睡到現在!?」我驚呼，隨即看見，手機上的未接電幾乎全是店裡打來的，除了貝兒學姐和阿誠學長各打了一通之外，但他們可能也是因為我沒去值班才打的。

「怎麼連我也有了遲到的毛病，到底被誰傳染的？」我喃喃的說，接著想起了 dj 學長。

昨天，dj 學長一直沒接電話，也找不到他，後來，發生了令我傷心欲絕的事情，我也沒氣力再思考其他事情了。

聯絡不上的 dj 學長，昨天上哪去了呢？是不是忘了要陪我一起去玫瑰園的約定呢？本來還猜想他是不是喜歡我，是自我感覺太過良好了吧？其實他根本沒把我放在心上，才連答應我的事情都能輕易忘記，見到手機裡那麼多通我的未接來電，卻到現在都還沒回電給我。

「小冰呀，妳好像漸漸變得不受歡迎了呢……」我對自己說。

想起昨天的情景，我幾乎又要掉下眼淚，我甚至連那女孩是誰、叫什麼名字都不知道，就輕易的被打敗了，除了悲傷之外，還很不甘願，我怎麼能輸給一個連見都沒見過的情敵呢？

我這麼傷心難過，為什麼還得到店裡上班呢？既然值班遲到了，乾脆不去算了，反正少我一個，應該也不會有什麼差別，男朋友說變心就變心，dj 學長也忘了和我的約定，我是個可有可無的存在，沒人會在意我的。

這時，手機的簡訊聲響起，我把簡訊打開來看，是阿誠學長傳來的。

「小冰，突然沒來值班，手機也不接，發生了什麼事嗎？妳從來不會這樣的，很讓人擔心！看到簡訊請馬上回電給我，好嗎？」

讀完阿誠學長的簡訊後，我才發現，原來稍早，貝兒學姐也傳了簡訊給我。

「小冰，怎麼沒來上班呢？身體不舒服嗎？我和阿誠學長兩個要同時負責內外場，實在忙不過來呢！不過要是妳真的身體不舒服，就告訴我吧，我幫妳跟店長請假，妳就在家好好休息吧！」

阿誠學長和貝兒學姐的簡訊，為我冰冷的心，注入了一股暖流，其

實，還是有人關心我的。

　　店裡若只有兩個工讀生，那一定忙不過來的，我得趕快過去幫忙才行，而且，一旦忙碌，就暫時不會想起傷心的事情，一個人待在家裡，我一定會亂想，然後變得鑽牛角尖吧。

　　不過，怎麼只有兩個人，dj 學長呢？

　　『什麼時候回去呢？』我問。

　　『禮拜天。』dj 學長回答。

　　『這麼快呀，以後大概很難見到面了。』我有些感嘆的說。

　　我想起了幾天前跟 dj 學長的對話，而禮拜天的話……就是今天。

　　這麼說來，dj 學長今天就要離開台南，回學校去嗎？以後，見不到他了嗎？話說回來，dj 學長唸哪呢？一起工作了一個月，對他的了解居然這麼少？

　　前幾天，dj 學長告訴我，他禮拜天要回學校時，我只是有些感傷，但卻沒什麼真實感，但現在，好像漸漸能感受到，dj 學長是真的離開了。

　　想到這兒，我拿起手機，撥了電話給 dj 學長，不過，一連撥了三通，dj 學長還是沒接，奇怪？ dj 學長到底在做什麼呢？為什麼從昨天都現在都不接電話？

　　但依照 dj 學長的好人性格，要離開前，應該會到飲料店跟大家道別吧？想到這兒，我突然覺得該快些到飲料店去，或許還來得及見到 dj 學長。

　　「呵，小冰妳來了呀！」貝兒學姐一見到我，便笑盈盈的對我說。

　　「對不起，我忘了今天要值午班了。」我道歉的說。

　　「比起那個，小冰，妳沒事吧？妳的眼睛看起來又紅又腫……」阿誠學長走近我們，關心的問。

　　「對耶！阿誠學長真細心，小冰，妳還好嗎？看起來好像哭過

了？」貝兒學姐也關心的問。

「嗯……是呀，因為昨天晚上熬夜看了部很感人的韓劇，讓我哭得稀里嘩啦的，然後累的起不了床，連值班都忘記了。」我編了個藉口。

「哪部韓劇這麼感人？告訴我，我也要看。」貝兒學姐雙眼一亮的問。

「原來是這樣，我還擔心妳怎麼了？因為妳一向準時，排班時間連一次也不曾臨時更換，何況是突然沒來上班呢？不過，韓劇一部不都十幾、二十集，小冰妳不會一天看完吧？」阿誠學長問。

「呵，是呀。」我回答，既然要扯謊就扯得專業點，dj 學長編遲到藉口時，應該也是真心相信自己的藉口吧。

「真有這麼好看嗎？」阿誠學長似乎也被挑起了好奇心。

「我先換個衣服來幫忙吧。」我笑著說，說完我走進了店裡更換工作服。

換工作服時，我在店裡、店外四處張望，但沒有見到 dj 學長的身影。

「那個……dj 學長今天沒來嗎？」我假裝不經意的問。

「咦？dj 他只打工到昨天呀，小冰不知道嗎？」貝兒學姐回答。

「他是有告訴過我，還說今天要回學校……那他回去前，有沒有來店裡跟大家說再見呢？」我很自然的問。

「他今天沒來呢。」貝兒學姐搖了搖頭。

「他昨天已經跟店長、我們和其他工讀生說過再見了，昨天妳剛好沒值班，所以，沒機會跟妳說吧？」阿誠學長這樣對我說。

「所以，dj 學長，不會再來店裡了嗎？」我有點失望的問。

「嗯，他今天早上搭車回學校去了，而且，店長也徵了新的工讀生。」貝兒學姐回答。

「離開前，他沒打電話給妳嗎？」阿誠學長問。

我搖了搖頭。

「也沒告訴妳些什麼嗎？」阿誠學長又問，表情有些困惑。

我又搖了搖頭。

「是嗎……」阿誠學長靜靜的望著我，一會兒後，對我說：「若真是這樣，那麼，我想，他應該不會再回來了。」

說完，阿誠學長逕自往吧檯走去。

「小冰，dj 他只是寒假打工而已，寒假一結束，他當然就得離開這兒，回學校去呀。」貝兒學姐對我說。

「嗯，是呀。」我點點頭。

在我還沒意識到之前，寒假匆匆的結束了，dj 學長也隨著寒假結束而離開，回到屬於他的校園。

不過在這一刻，我才突然察覺，自己對於 dj 學長的離開感到很不捨，因為，猜想著他是不是喜歡我的同時，自己好像也被他所吸引，在剛失戀的現在，更能強烈感受得到。

不過，對 dj 學長來說，我只是他寒假打工時，遇見的工作夥伴而已吧？

一直認為自己很特別，但遺憾的是，在 dj 學長心中，我並不特別。我和 dj 學長從相遇到分離，不過短短一個月，都還來不及更瞭解彼此一些，緣分就這樣消失了嗎？

幾天後，寒假結束，同學們一個個回到學校，準備迎接開學，能見到他們，讓我感覺好多了，也比較不寂寞了。

但最近，我總望著手機發呆，期待著它會響起。

「小冰，妳又在發呆呢。」我系上的好姊妹，小淇，這樣對我說。

「是嗎？」我不置可否的說。

「是呀，妳最近經常看著手機發愣，在等誰打電話來嗎？」小淇問。

我微笑，沒有回答。

　　「難道，妳還在等他回來？」小淇問，她見我沒有反應，接著說：「他已經變心喜歡上別人了，小冰，妳就把他忘了，別再把寶貴的青春浪費在那種人身上，不值得的。」

　　「我也想……我也想說愛就愛，想忘就能忘，但好像不是這麼容易做到的，我對他還沒辦法完全死心，還期望他有天能再回到我身邊，我這樣想，是不是太傻了？」我問。

　　「不，小冰，妳不傻！傻的是他，居然不懂得珍惜這麼好的妳，以後就不要讓我在學校遇見他，否則一定有他好看！」小淇氣鼓鼓的說。

　　「可別太為難他了……」我央求的說。

　　「放心，我有分寸的。」小淇不懷好意的笑了笑。

　　「或許，就像妳以前跟我說過的，我和他本來就不適合吧？」我感嘆的說。

　　「是呀，他理性、嚴謹，妳感性、浪漫，你們倆本質上就有很大的不同，每到特別日子時，他常不當一回事，但妳在意的不得了，卻要勉強自己不去計較。妳喜歡跑來跑去、到處旅行，他卻喜歡靜靜的待在家裡看書、欣賞音樂，假日約會時，妳雖然不感興趣，卻還是要陪他去聽音樂會、看畫展，但因為妳很喜歡他，所以，我也不好多說什麼，但其實我一直想告訴妳，憑什麼都是妳配合他，他就不能為了妳而改變他的原則嗎？現在，往好的方面想，妳自由了，以後可以不用再勉強自己了。」小淇連珠炮似的說，看來，她想告訴我這番話已經很久了。

　　「小冰，妳值得找個更好的男生，談一段更棒的戀愛。」小淇握著我的手，微笑的對我說。

　　「謝謝妳，小淇。或許還需要一段時間，但我會努力忘掉他的。」

　　除了前男友，我還等著另一個男生打電話來，但一個月過去了，每

回電話響起，我總滿懷期待，但手機螢幕上卻從未出現我所期望的來電顯示，直到期中考前的某天下午。

　　那天下午，我為了準備考試，一大早便到圖書館唸書，我唸的很專心，直到手機突然響起，我才從專注中驚醒，想起自己今天進圖書館前，忘了調成振動模式了。

　　我慌忙的從包包裡找出手機，但見到來電顯示時，我卻愣住了，一時之間，沒有勇氣按下通話鍵。不是一直等著的嗎？怎麼真打來時，卻不敢接了？我究竟在想什麼呢？

　　因為我猶豫了，所以手機又多響了幾聲，引起周圍學生側目，或許該說白眼會更適當，於是我迫不得已的按了通話鍵。

　　「……是我。」

　　「我知道。」我邊低聲回答，邊走向洗手間。

　　「妳最近……過的好嗎？」他問，語氣裡有著虧欠。

　　「你說呢？你覺得一個被劈腿男友甩掉的女生，能過得很好嗎？」我回答。

　　「是我不好。」他道歉的說。

　　「還打電話來做什麼？我們已經沒任何關係了。」我冷冷的說。

　　「……我只是想知道，妳過得好不好……也希望，妳能過得好……每當我和她在一起並感到幸福時，我就會想起妳，然後，感到非常不捨與歉疚……我現在能做的，只有盡量別出現在妳眼前，但我卻……」電話那頭的他說到這兒，停了下來。

　　「既然，你給不了我想要的，那就什麼都不要給我，我不需要你的關心與歉疚，請從此消失，別再來打擾我的生活，也不要在我身邊出現了。」我說，出乎意料之外的，原本略為激動的情緒，卻在說這些話之後，平靜了下來。

「……我答應妳，不在妳身邊出現，不過……我會在妳看不見的地方默默望著妳，直到妳獲得幸福為止。」他說。

「那就隨便你了。」說完，我掛了電話。

我以為，當他打電話給我時，會對我說，他已經想清楚了，其實，他還是比較喜歡我，想再回到我身邊。

我以為，我是因為還期待他回來，所以，才等著他的電話。

我以為，我會很高興，然後，對他說著要他回到我身邊之類的話。

然而，當接起電話，聽到他的聲音那瞬間，我便明白，自己對他已經沒有任何感覺，既沒有愛，也沒有恨了。

然後，我也明白了另一件事情，其實，我真正期待的，是另一個男生的來電。

我打開手機的電話簿，找到那男生的手機號碼，然後撥了通話鍵。

「您撥的號碼，已暫停使用……」

寒假結束後，我打過幾次電話給 dj 學長，一開始只是無人接聽，但後來卻變成了暫停使用。

他停用手機後，為什麼不告訴我新號碼呢？難道他一點都不想跟我聯絡嗎？我在他心中，連普通朋友都不是嗎？我們不是曾一起工作、一同旅行，還共度了下午茶時光，為什麼他能這麼快將一切遺忘呢？

人們，真的這麼善忘？還是，dj 學長他根本就不曾把那些回憶放在心上，又何來遺忘？

他現在，一定正盡情的享受著多采多姿的大學生活，或許還辦著沒人參加的聯誼，不曉得他換新車了沒？

如今，失去了找尋 dj 學長所有線索的我，只能等他來找我了，但若他根本不在意我，那麼，想再見到他，恐怕很難了。

後來，dj 學長的身影，從此不再出現了。

回到學校後，依然忘不了寒假的事。

上禮拜，我回台南時，一直想著回飲料店看看，但卻一直猶豫著，因為就算回去，見到了小冰，又能如何？小冰的心裡根本沒有我，即使我整顆心都被小冰占據，也沒辦法讓小冰多看我一眼，回飲料店找小冰，只是讓自己愈陷愈深而已……

還是趁著沒到無法自拔的地步，趕快抽身吧。

我只是需要點時間，來忘記小冰，只要別去找她、別再見面，像我這種沒有定性的人，很快就會移情別戀，我想，這應該不難做到，因為喜新厭舊是人們的天性。

手機遺失後，我辦了個新門號，然後發簡訊給所有能連絡得上的朋友，告訴他們我換門號了，但卻沒能發給小冰，因為小冰的號碼，跟著手機一起消失了。

不過，就算我有小冰的手機號碼，也發了簡訊給小冰，我想，也不會有什麼不同，我和小冰依然各過各的，不會有任何交集。

對小冰來說，我只是寒假開始時出現、寒假結束後消失的工讀生而已吧？以後，若小冰偶然在花東行的照片見到了我，能不能想起我是誰呢？她會記得我叫 dj 嗎？

算了，別再想了！明知道再怎麼思念，都不會有結果，卻還一直想，那就太愚蠢了。

「dj 呀，期中考後不辦聯誼嗎？」我大學裡要好的朋友，阿勝，這樣問我。

「辦了又沒人要參加。」我抱怨的說，剛開學時，才又辦了一次，結果只有八個男生參加，讓我顏面盡失。

「這次不同，我一定會號召班上所有男人參加的。」阿勝說。

「你還敢說!?上回是誰拍胸脯跟我保證，說他會負責找五個男人來撐場面，結果，連那個人自己都沒來！」我指控的說。

「那是因為小玟突然說要來找我，我也很無奈呀……」阿勝聳了聳肩。

「你都已經有小玟那麼漂亮的女朋友了，幹嘛還這麼熱衷聯誼？」我疑惑的問。

「身為男人，可不能永遠綁死在同一顆樹上，我以為你能瞭解的。」阿勝微笑的說。

我搖搖頭，回答說：「我瞭解的是，若你剛剛說的話被小玟聽到，可能見不到明天的太陽了。」

「呵，她在台北，我在新竹，她怎麼聽得到呢？」阿勝有恃無恐的說。

「其實，剛才我正在跟小玟講電話，手機都還沒掛掉，你就剛好過來問我聯誼的事……」我不懷好意的笑著說，馬上從懷中拿出手機，偷偷撥給了小玟。

「什麼!?你說的是真的嗎!?」阿勝臉色丕變的說。

「喏，不信你自己聽。」我說完，將剛好接通的電話拿給阿勝。

只見到他用顫抖的雙手接過手機，然後畏畏縮縮的對手機說了聲：「喂，是小玟嗎？」

「我對天發誓！我剛剛說的話絕對是開玩笑的！」阿勝突然的說。

「啊!?我剛剛說了什麼!?妳說妳才剛接到電話而已？」阿勝聽完愣了愣，恍然大悟的望向我後，很快轉為憎惡的表情。

「是呀，是呀，我也很想妳呀，不然怎麼會手機沒電了，還拜託 dj 打電話給妳呢？啊？喔，對呀，dj 他當然是個好……人……呀！」阿勝

惡狠狠的看著我。

　　甜言蜜語五分鐘後，阿勝掛掉了電話。

　　「dj，我錯看你了，原來你這麼邪惡！你怎麼能做出這令人髮指的事情!？」阿勝悲痛的說。

　　「開個玩笑而已，幹嘛這樣，而且，是你邪惡在先呀，明明有了漂亮女友，還想騎驢找馬的找備胎，這可是非常不道德的行為。」我正氣凜然的說。

　　「道德!？沒搞錯吧？你要不要乾脆把論語和道德經拿出來唸給我聽？」阿勝說。

　　「朽木不可雕也，糞土之牆不可杇也……」

　　「Stop！靠！你還真唸呀！」阿勝驚訝的望著我。

　　「請注意水準，我們可是具有高質素的大學生。」我回答。

　　阿勝是最喜歡和我瞎扯淡的朋友，同時也是大學裡，我最要好的朋友，每回和他扯完總能感到心情愉快，關於情情愛愛什麼的，也就暫時拋開了。

　　「反正，期中考後，你就辦次聯誼吧！」最後他以命令式的語氣這樣對我說。

　　也好，專心忙於某些事情，就比較不容易亂想了。

　　小冰，妳就暫時從我腦海裡離開一下，好嗎？

　　這回的期中考長達兩個多禮拜，考完最後一科時，我有種浴火重生的感覺。

　　「終於考完了，什麼時候聯誼？」阿勝跟我勾肩搭背的問。

　　「才剛考完耶，太快了點吧？」我不以為然的說。

　　「你不曉得，我就是靠著這信念，苦苦支撐到現在嗎？」阿勝煞有其事的說。

「真是怪了，就算我辦了，你也不一定參加，幹嘛這麼愛讓我辦聯誼呢？」我好奇的問。

「因為，這樣才有多采多姿的大學生活感呀！」阿勝回答說。

讓大學生最傷腦筋的只有兩件事，第一件是學業，另一件就是愛情。

剛考完期中考，沒學生會為第一件事情煩惱，所以，現在該來想想第二件事情了。

從我當公關到現在，也已經辦過五、六次聯誼，但經由聯誼催生出的情侶，竟然連一對都沒有，我不禁懷疑聯誼真正能發揮的功效有多少。

剛考完試，心情輕鬆的我，信步穿過成功湖畔、溜冰場，走進了水木咖啡廳。

這時，突然有人從背後拍了拍我的肩膀，於是，我轉過身去。

「呵，真巧，在這裡遇見你。」女孩微笑的望著我。

「小璇，是妳呀。」我微笑的說。

「考完了嗎？」我和小璇幾乎是異口同聲的問，接著彼此都愣了一下，然後相視而笑。

「剛考完。」我笑著回答。

「我昨天就考完了，那你來這兒？」

「最近一直忙著唸書，所以，今天下午想在這兒悠閒的喝杯咖啡。」我說完，頓了頓，接著問：「那小璇呢？」。

「我來租書和VCD的。」

「這樣呀，都遇上了，要一起嗎？」我邀約的問，心裡想著小璇答應也好，不答應也OK。

「嗯，好呀。」小璇微笑的答應了。

若是以前，一定會因為今天的巧遇，和小璇答應陪我一起喝咖啡，而感到非常開心。

　　小璇是我第一次辦聯誼時，認識的經濟系女孩，雖然不是我的學伴，但卻意外的合得來，加上剛好參加同一個社團，所以，很快的熟絡了起來。

　　小璇的外貌在經濟系的女孩們中，不算特別出色，但她皮膚白皙，戴著副很有造型的眼鏡，讓她看起來充滿個性美，眼睛大又明亮，印象中，她常眨著她的大眼睛，興沖沖的跟我說著許多趣事。

　　認真算來，我應該喜歡過她吧？以前是這麼覺得的，但遇見小冰之後，我才發現，喜歡小璇的心情若和小冰比起來，似乎就不算什麼了，或許欣賞的心情更多上一些。

　　但大一時，還沒遇見小冰的我，曾對小璇展開過追求，最後以失敗告終，小璇在還來不及知道我的心情之前，就已經有了男友，為此我曾難過了一段時間，不過我很快就打起了精神，漸漸的，也不把小璇的事情放在心上了。

　　我跟有了男友後的小璇，偶爾還是會見面、吃飯、聊天，或是一起看電影，不過，只要我沒問，小璇很少會主動提起她男友的事情。

　　「說起來，最近我們很不熟呢。」小璇啜了口摩卡後，這樣對我說。

　　「因為準備期中考，大家都忙吧。」我回答。

　　「大一時，還常一起出去玩呢，升上大二後就變少了，而從寒假到現在，你簡直對我不聞不問呢！」小璇神情輕鬆的說。

　　「拜託，這位小姐，是誰沒經過我同意，就擅自交男朋友的？害我想追求都沒機會了，要怪誰呀？」我假裝不高興的說。

　　「太多人追求也很傷腦筋呢！一不小心就被追上了，沒辦法，誰叫你動作這麼慢？在我們學校動作慢的男生，就註定得孤單的度過情人節

喔。」小璇聳了聳肩。

「我那叫做慎重好不好？因為，我可是對感情很負責任的男人。」
我假裝驕傲的說。

小璇後來是從朋友口中知道，我喜歡過她，這證明我的追求行動實
在太不明顯了，居然讓她一點也感受不到。

「那你從寒假到現在，在做些什麼呢？怎麼連通電話都沒打給我？
也沒在社上出現？簡直跟人間蒸發一樣。」小璇好奇的問。

「寒假我回台南打工，挺忙的，而且寒假妳我分隔兩地，就算打電
話給妳，也見不了面，徒然兩地相思，不是更糟嗎？」我說。

「呵，還兩地相思呢！不過你幹嘛打工，缺錢嗎？」小璇問。

「想換新車呀，只差一點點了，要不是去了趟花東，應該就夠了。」
我說。

「原來如此，但你的車坐起來還不錯呀，等等，你說你去了趟花
東!?怎麼沒找我一起去呢？我寒假悶在家裡，覺得很無聊呢！而且以前
我們不是說好，有機會要一起去的嗎？」小璇問。

「那是朋友臨時決定要去，我只是跟團而已，而且說好要一起去花
東，是在妳有男朋友之前的事了……」我說到這兒，望了小璇一眼。

「嗯，是呀，有了男友之後，我們要一起去花東玩，也就不方便
了。」小璇喃喃的說。

「寒假快結束時，我的手機不見了，現在換了新門號，我有給妳
嗎？」我問。

「沒有呀，難怪我都打不通，還以為你真的人間蒸發了呢！快把你
的新號碼給我吧！」小璇拿出了她的手機，大一時，我送給她當生日禮
物的手機。

「這手機，妳還在用呀？」我問。

「嗯，是呀，又沒壞，也很好用呀。」小璇回答。

「但妳不是說，妳男友知道這手機是我送妳的，有些不高興嗎？我還以為妳會換掉呢⋯⋯」我給了小璇我的新號碼後，這樣問她。

「他是有些不高興，不過，現在已經沒關係了。」小璇回答，然後微笑的望著我，不過，她的微笑不太自然，感覺上有些不對勁。

「小璇⋯⋯有事發生，是嗎？」我問。

「呵，你總能察覺我的心事。其實，我們現在若要一起去花東玩，已經不會不方便了，我要用誰送我的手機，也不會有人有意見了。」

「難道⋯⋯妳和男友⋯⋯」

「是呀，我和他在寒假時分手了，大概就在情人節前幾天吧？」小璇說。

「⋯⋯」我望著小璇，一時間說不出話來。

小璇低頭攪拌著摩卡，我用力思索著該跟小璇說什麼才好。

安慰她嗎？但小璇跟男友分手都已經兩個月了，這段時間她應該平靜多了，我再舊事重提，會不會反而使她難過呢？

但若什麼都不說，那我又怎麼配當小璇的好朋友？

「對不起，我都不知道。」我道歉的說。

「所以，我才說你對我不聞不問呀。」小璇微笑，看來心情好像不是很糟。

「我寒假是真的很忙，回學校後，剛好又有許多事情，所以才⋯⋯不過，寒假時，妳怎麼不告訴我呢？」我有些心虛的說。寒假時，我忙著喜歡小冰，寒假後，忙著忘記小冰。

「難道要我跟你說：『嘿，dj，我已經分手了喔！』這樣嗎？而且，寒假快結束時，我有打過電話給你，但你沒接，後來再打，就暫停使用了。」小璇抱怨的說。

「那時我的手機已經不見了，所以，才沒能接到電話。」我解釋的說。

「嗯。」她點了點頭，笑了笑，接著說：「分手後，我傷心難過了好幾天，之後第一個想到的人居然是你，真不明白為什麼。」

「當然，我們可是知心好友，想到我是很正常的，如果我被女生甩了，第一個想到要訴苦的人，也一定是妳。」我說完後，突然想起自己好像也跟貝兒說過類似的話，若被貝兒知道，我居然這樣對其他女孩說，她一定會很不高興吧？

「那妳現在……沒事了嗎？」我問。

「看起來像有事嗎？」小璇反問。

「那就好。」我鬆了口氣，在小璇需要我時，我正為了自己的愛情故事煩惱著，沒幫上她任何忙，對此，我感到很抱歉。

「笨蛋，心裡的傷能從外表看得出來嗎？」她又說。

「啊!?心裡的傷？」我驚訝的問。

「但幸好我心裡沒受傷，不然以你的智商一定看不出來。」她馬上又轉了個彎。

「好吧，妳就直說，我要怎麼做，妳才會原諒我？」我直接了當的問。

「禮拜五晚上，社上要一起去看螢火蟲，你知道嗎？」小璇問。

「不知道，我最近比較少去。」我回答。

「我想去看，你陪我去吧！」小璇命令的說。

「突然想看螢火蟲，為什麼？」我問，記得以前曾約小璇一起去大山背看螢火蟲，但卻被小璇以她會怕黑拒絕了，阿勝當時就告訴我，若我被女生以這麼離譜的理由拒絕，那代表我絕對沒希望了。

「聽說滿山遍野的螢火蟲就跟天空中的銀河一樣美麗，傳說中看到

銀河的人，能許下幸福的願望。」小璇說。

「可以呀，就這樣嗎？」我問。

「當然不只，這只是第一個願望。」小璇回答。

「啊，難道還要三個願望!?我又不是神燈巨人。」我抱怨的說。

「在我心目中，你一直都是神燈巨人呀……」小璇微笑的說，稍微打量了我一番後，接著說：「除了瘦了點之外……」

若說的是兩個人的故事，那故事裡會發生的，不外乎是相遇、喜歡，然後在一起，或是分離。但若說的是好幾個男孩和女孩間的故事，那麼故事裡會發生的狀況就多上許多，有些意料之外的插曲，是一開始都想像不到的。

星期五，我上完下午一、二節課後，準備回住處補眠，以應付晚上的螢火蟲探險，但就在我從電機系館走出，要往圖書館的方向走去時，在圖書館前，我見到了個熟悉的身影，那人正拿起手機，微笑的在上頭按了幾下，接著，我的手機剛好就響了。

「喂？」我接起了手機。

「呵，是 dj 嗎？」電話那頭傳來熟悉的好聽聲音。

「是啊。」我回答。

「我是貝兒！猜猜我現在在哪裡!?」貝兒用興奮的聲音問。

「妳……該不會在新竹吧？」雖然明知道貝兒就在眼前，但我還是很配合的陪貝兒玩問答遊戲。

「咦!?你怎麼知道？」貝兒很是驚訝。

「我猜妳現在搞不好就在我們學校裡，對吧？」我說。

「為什麼你會知道，我有告訴過你，我今天要來嗎？」貝兒驚訝的問。

「沒呀，不過妳要來為什麼不告訴我呢？還躲在圖書館前打電話，

是想給我個驚喜？還是想嚇嚇我？」我邊說邊朝貝兒走過去。

　　貝兒聽完，四處張望，見到我後，便掛上電話，開心的對我微笑著。

　　這下子，我的補眠計劃，被迫取消了。

　　「怎麼突然來了？」我載著貝兒，找了家學校附近的下午茶店坐下來後，這樣問貝兒。

　　「沒辦法，因為你都不來呀。」貝兒抱怨的說。

　　「對不起，因為剛開學很忙，都沒空回去呢！」我不自覺的說了謊，其實已經回過台南了，但因為小冰的關係，沒能回店裡看看。

　　「有這麼忙呀……對了！你還沒換新車呀？」貝兒問。

　　「是呀，只差一點了。」我回答。

　　「但我覺得你的車舊得很可愛呀，一定要換嗎？」貝兒問。

　　「舊的不去，新的不來嘛！」我回答。

　　「但我比較喜歡舊的。」貝兒說。

　　「呃，這樣呀，但它偶爾會拋錨故障，不換的話，會有些麻煩呢！」我說。

　　「你不是賺了些錢嗎？用那些錢把它修好，就可以繼續騎了呀。」貝兒建議的說。

　　「這個……貝兒妳特地過來，不會是來找我討論修車的事情吧？」我轉移話題的問。

　　「呵，想轉移話題呀！不過沒關係啦，我的確不是來找你討論修車的事情，我是來找你玩的。」貝兒笑著說。

　　「是呀，那妳想到哪玩？」

　　「嗯，先帶我參觀你們學校吧。」

　　「好呀，那有什麼問題。」

　　「那今天晚上，我要住哪呢？」

「啊!?貝兒，妳要過夜嗎？」我驚訝的問。

「是呀，上回不就說好了？」貝兒也回以驚訝的神情。

「但我以為妳會先訂好旅館的……」

「旅館很貴的，而且我這麼一個單身美少女，去住旅館，你不替我擔心嗎？」貝兒說。

「是那樣沒錯……」

「住你那兒就好了，你不是告訴過我，你因為抽不到宿舍，所以一個人在外頭租房子嗎？」貝兒說。

「這樣好嗎？」我有點為難，去過我住處的女孩只有小璇，不過她也只待了一會兒。

「不然，你替我出住宿費？」貝兒說。

「這樣呀，我看還是住我那兒吧！」我很快的改變了主意。

「呵，那我們走吧！」達成目的的貝兒開心的笑著說。

「你們校園真的很大呢！」貝兒讚嘆的說。

「是嗎？若成大所有校區加起來，應該不會比我們學校小吧？」我回答。

「這是哪兒？」貝兒指著棟建築物問。

「活動中心，學校的社團辦公室都在裡頭。」我回答。

「你常跑社團嗎？」貝兒好奇的問。

「還算常去，不過這學期比較少。」我回答。

「為什麼？」貝兒疑惑的問。

「因為比較忙呀。」我簡單回答，以前去社團，是為了多認識些朋友，看能不能遇上我的真命天女，但認識小冰後，便失去了動力。

因為，已經沒必要了。

「在忙什麼？唸書嗎？」貝兒問。

「大概是那樣吧。」我不置可否的回答。

「聽說你們學校有兩個湖，帶我去看看吧！」貝兒要求的說。

「妳吩咐，我照辦。」我回答。

我陪著貝兒沿著成功湖畔逛了一圈，貝兒看起來像小女孩一樣興奮。

「可以餵魚嗎？」貝兒問。

「可以呀，那邊可以買魚飼料。」我回答。

貝兒興沖沖的買了魚飼料，然後拉著我到湖心亭，開始把飼料往湖裡扔，附近的魚全都游過來搶食。

「哇！好多魚喔！」貝兒興奮的說。

「是呀，不過，貝兒姑娘，成大不也有湖，裡頭也有魚呀，妳沒餵過嗎？」我好奇的問。

貝兒搖了搖頭。

「真奇妙，唸成大的妳不去餵成大的魚，反而跑來餵清華的魚，成大的魚若知道了，一定會生氣的。」我說。

「你不說，我不說，牠們不會知道的。」貝兒笑著回答。

接著，我又領著貝兒來到相思湖畔，貝兒說她走的有點累，想坐下來休息一下。

「學校太大也很傷腦筋呢……」貝兒坐下來後，笑著對我說。

「是呀，上課都要走很久，騎腳踏車又都是上坡，只好冒著被拖吊的危險，在校內騎機車了。」我回答。

「這邊氣氛不錯呢！」貝兒朝周圍望了望，這樣對我說。

「嗯，不過晚上就有些恐怖了。」

「會嗎？」貝兒有些不相信。

「會呀，再加上湖裡曾有人溺斃，鬼故事、靈異現象的傳說很多呢！」

「啊!?真的嗎？」貝兒的表情看起來有些恐懼。

「貝兒姑娘……妳該不會是……怕鬼吧？」我抓到把柄似的問。

「沒有呀！人家才不怕呢！」貝兒反駁的說。

「那我們晚上再來？」我試探的問。

「這個……都已經來過了，幹嘛再來，還有好多地方沒去呢！我想，還是去別的地方好了……」貝兒提議的說，但她的神情明顯帶著驚恐。

「呵，我知道了。」我說完，才突然想起今晚要陪小璇去看螢火蟲的事情，這下慘了，若貝兒要在新竹過夜，我就得一直陪著她，那我又怎麼陪小璇去看螢火蟲呢？

我在小璇失戀時，什麼也沒能幫上她，現在答應她的事情若又做不到，我這朋友就白當了，連我自己都看不下去。

可是，貝兒專程從台南跑到新竹來找我，我也不能丟下她不管，那樣太不夠朋友了，天呀！我該怎麼辦才好？

「你怎麼突然變得愁眉苦臉呢？」貝兒疑惑的問。

「在為下一次聯誼對象傷腦筋呀，妳知道我是公關，同學們希望我在期中考後辦個聯誼，但卻找不到合適的學校科系。」

「呵，不是辦了也沒人參加嗎？」貝兒笑著說。

「是呀，不過他們這回保證一定不會再臨陣脫逃。」

「這樣呀，那可以找我們系上辦呀！我們系女生雖然有點少，不過素質都還挺高的喔！反正你們班每回參加的男生不也不多？」貝兒提議的說。

「ㄟ，聽起來很可行耶，那給我你們班公關的電話吧。」

「呵，因為是建築系，所以我們班公關是男生耶！要找女生聯誼，直接找我就好了。」貝兒笑著回答。

「那就這麼說定了，我們班那群男人一定會很高興的。」

在陪貝兒走過清交小徑時，我遇見了阿勝。見到貝兒的阿勝，雙眼立即發亮，跟貝兒打過招呼後，將我拉到一旁。

「哪來的正妹!?」阿勝問。

「我寒假在台南打工時認識的，今天特地來找我玩。」我回答。

「難怪我對她一點印象都沒有，像這種等級的正妹，我一定過目不忘……不過，為什麼你這人就這麼好命!?總能遇見正妹？」阿勝不平的說。

「你沒搞錯吧!?我到現在都還孤家寡人，你卻已經交過好幾個漂亮女友了，到底是誰比較好命呀？」我沒好氣的說。

「那不一樣，我可都是費盡心思才追到手的，哪像你不費吹灰之力，身邊就出現許多正妹，要不是你自己在那邊龜毛，要追不追的，現在搞不好已經換過好幾個了，從沒聽過光是『想』就能談戀愛的，你要實際行動呀，dj，虧你也長的人模人樣的。」阿勝說。

我聽完，沒多說什麼，因為阿勝說得很有道理，雖然他是個花心大蘿蔔，但他驚人的行動力，一直是我所羨慕的。

「兩個男生說什麼悄悄話呀？」貝兒好奇的問。

「沒什麼！我只是驚訝於貝兒小姐的美貌。」阿勝說。

「呵，有這麼驚訝嗎？」貝兒回答，看起來很高興。

「貝兒小姐！請一定要好好照顧我們家 dj，他雖然看起來很精明，但在感情方面是先天缺乏、後天失調，還兼少根筋，請看在我的面子上，多加包涵，別嫌棄他。」阿勝連珠炮的說。

「嘻。」貝兒高興的笑了。

「喂！你在胡說什麼呀？」我沒好氣的說。

「我見你寒假回來後整個人失魂落魄的，猜想寒假時一定發生了什麼事，見到貝兒後我知道了，她就是原因吧，你打工時認識了貝兒，又喜歡上她，卻不知道該怎麼辦，所以感到很苦惱吧？沒關係，有我在！而且她會特地北上來找你，表示應該對你很有好感，只要我傳授你幾招，你明年情人節就不用一個人過了！」阿勝眼裡閃著異樣的光采。

阿勝顯然誤會了，但他卻看出我的失魂落魄，難道，見不到小冰的我，在別人的眼中真有那麼糟嗎？

「dj呀，貝兒姐姐會好好照顧你的。」貝兒微笑的輕拍我的頭。

「那就拜託妳了！」阿勝對貝兒鞠了個九十度的躬。

之後，阿勝加入了我們參觀學校的行列，有了他，氣氛變得更加融洽，阿勝對女孩果真有兩把刷子，不管說什麼，總能逗得女孩開懷大笑。

「dj呀，根據我這幾小時的觀察，貝兒真的是個很不錯的女孩，長得正、個性好、愛笑、有氣質、聲音又好聽……」阿勝望著貝兒，露出了遺憾的神情。

「喂，你想幹嘛？」我警告的問。

「我在惋惜，為什麼不是我先認識貝兒？不過，既然被你捷足先登了，就讓給你吧！」阿勝一副忍痛割愛的表情，讓我覺得有點莫名其妙。

「貝兒在成大也很多人追的，我沒希望的啦。」

「但我覺得，你希望很大。」阿勝說。

「憑什麼這樣說？」

「直覺！」阿勝回答，說了等於沒說。

用過晚餐後，我們在餐廳裡聊了一會兒。

「那晚上要做什麼？」貝兒問，想知道接下來的行程。

「貝兒，妳會想看螢火蟲嗎？」我問。

「螢火蟲，好呀！從沒看過呢！」貝兒很快的做了決定，然後輪到我做決定了。

「晚上要去看螢火蟲嗎？大山背還是北埔？」阿勝好奇的問。

「去大山背。」我說完，接著對阿勝使了個眼色後，走向洗手間，阿勝馬上會意的跟了過來。

「怎麼了？」阿勝問。

「有了點小麻煩……」接著我把本來要陪小璇去看螢火蟲的事告訴了阿勝。

「看不出你這傢伙挺行的嘛！還說我騎驢找馬不道德，你不也想劈腿嗎？」阿勝諷刺的說。

「我哪有!?這是意外！我哪知道會這麼巧？」我強調的說。

「意外!?你之前不是喜歡小璇嗎？現在又想追貝兒？告訴你，劈腿這檔事可不是人人玩得起的，你要多跟我學學才行。」阿勝一副得意的表情。

「那你到底幫不幫我？」我問。

「幫！當然幫！作為你的好友，見你這麼久女朋友也不交一個，現在開竅了，一下子想追兩個，這種忙我當然要幫，而且，除了我之外，這種事情還有誰比我專業？」阿勝驕傲的說。

專業？阿勝的形容真讓我哭笑不得。

「不過呀……」當我們離開洗手間時，阿勝突然沉吟的說。

「幹嘛？吞吞吐吐的真不像你，有話快說。」

「我很好奇，小璇和貝兒，你比較喜歡哪一個？」阿勝問。

都不是，我最喜歡的女孩，她叫小冰。

「小璇是很有個性的女孩，穿著打扮很時尚，貝兒剛剛我形容過了，總之，哪個當你女朋友，你都不吃虧，若能同時追上的話，那麼，

以後你就屬於跟我同等級的神級人物了！」阿勝鼓勵的說。

「並不想跟你同等級好不好！」我沒好氣的說，要不是有求於他，可能連髒話都會飆出來。

唉！我究竟在幹什麼，明明喜歡的女孩是小冰，為什麼非得陪貝兒和小璇去看螢火蟲不可呢？要是能陪小冰不是更好嗎？

「要去看螢火蟲了嗎？」貝兒見我們從洗手間回來後，便迫不及待的問，看來她真的很期待。

「對了，貝兒，有件事要跟妳說……」接著，我告訴了貝兒，本來得陪小璇去看螢火蟲的事。

「那也沒辦法，誰叫我是突然來找你的呢？不過，你好像還挺受女孩子歡迎的呢！」貝兒說，聽起來好像話中有話。

「貝兒，妳能體諒真是太好了！不過，小璇是因為剛失戀心情不好才想找我，平常這種事情，是根本不會發生的。」我說。

「呵，剛失戀呀，這樣不是給你趁虛而入的機會嗎？你怎麼這麼遲鈍，這都不了解？」貝兒笑著說。

「是呀！所以，貝兒妳有對手了喔！而且對手還挺強勁的，要好好加油！」阿勝鼓勵的說。

「呵。」貝兒笑得很開心。

「阿勝，到底在亂說些什麼!?」我制止的說。

六點半時，我、貝兒和阿勝一起抵達集合地點，那時，小璇已經到了。

「你到了呀……喔，阿勝也來了，還有……她是？」小璇見到貝兒後，有些困惑的問。

「我是 dj 台南的朋友，今天臨時跑到清華來玩，他被迫得陪我，所以，只好帶著我一起來了。」貝兒非常得體的說。

「你看，我就說貝兒個性很棒吧？」阿勝說，還比了個大拇指，我尷尬的笑了笑，因為貝兒這樣說，確實讓本來不知道該怎麼跟小璇說明的我鬆了口氣。

「喔，這樣呀……」小璇說完，笑了笑。

「今天要去看螢火蟲的人很多呢。」我轉移話題的說。

「是呀，可能是期中考剛結束的關係吧。」小璇回答。

「貝兒，成大的期中考也剛結束嗎？」阿勝問貝兒。

貝兒微笑的搖搖頭，回答說：「上個禮拜就結束了，不過我聽朋友說你們學校考到這禮拜。」

「所以，妳才今天來嗎？真是體貼呢！」阿勝稱讚的說。

貝兒刻意等到我考完試，才來新竹找我玩，感覺上，好像很重視我……

出發時，我載小璇，阿勝載貝兒，但我很怕貝兒會生氣，所以一直留意貝兒的神情，不過貝兒和阿勝好像聊得挺開心的，我一方面覺得自己多慮，一方面心裡又有些不是滋味，貝兒明明是來找我玩的，卻跟阿勝聊得那麼開心……

「你和貝兒好像很熟呢，認識很久了嗎？」往大山背途中，後座的小璇靠過來這樣問。

「才幾個月而已，我和貝兒是寒假打工時認識的。」我回答。

「寒假認識的……」小璇覆述了一遍。

「怎麼了？」我問。

「寒假時，我因為失戀，難過得要死，你倒是忙著認識漂亮女生，一定很開心吧……」小璇酸酸的說。

「對不起，我不知道妳的狀況，不然的話……」

「不然怎樣？」小璇很快的問，往前靠得更緊，讓胸部跟我有了親

密接觸。

　　感覺到的我不禁心神一盪，一下子腦筋一片空白。印象中，這不是第一次了，小璇是個不拘小節的女孩，但我卻是個臉皮很薄的男生，光是這樣，都會讓我臉紅心跳不已，幸好，後座的小璇看不見我的表情，讓我感覺安心許多。

　　「你怎麼不說話呢？不然怎樣呀？」小璇有點不耐煩的問。

　　「不然，我一定會立刻飛到妳的身邊，默默的陪在妳身旁。」我說。唉，我真是典型「出一張嘴」的男生呀。

　　「呵，少來了！我看，你只顧著陪漂亮的貝兒，哪還有時間理我呢？」小璇說，但語氣聽起來很愉快。

　　「我是為了錢才去打工的，會認識貝兒，完全是個意外的插曲。」

　　「呵，但也是個愉快的意外插曲吧？」小璇問。

　　「那倒也是啦，畢竟正妹人人愛嘛！」我同意的說。

　　「男生果然都一樣呢。」小璇說。

　　「我也只是凡夫俗子呀，小璇妳自己不也是正妹一枚，應該懂得這道理的。」

　　「喔？原來在你眼中，我也是正妹呀？」小璇語氣有些驚訝。

　　「當然呀，不然當初我幹嘛特地跑去認識妳呢？妳又不是我的學伴。」

　　「我還以為……那你後來幹嘛不來追我？」小璇像是怪罪的問。

　　「我有呀！只是失敗了……」

　　「咦？你有嗎？我都沒感覺耶，你也沒告訴過我你喜歡我呀？」小璇質問。

　　「當時的我……是來不及告訴妳，因為我是個膽小的男生，等到我有足夠的勇氣時，妳身邊已經有了其他男生……」我回答，現在想起，

仍有一絲遺憾。

「若你當時早點告訴我，現在，我們會變得如何呢？」小璇問。

若當時我告訴了小璇，那麼，我和小璇會成為一對嗎？後來，我會認識小冰，然後喜歡上她嗎？

望著眼前漆黑而彎曲的山路，我的思緒一下子落入了怎麼也繞不出來的迴圈裡，於是，對於小璇的問題，我沒有回答。

「看螢火蟲的幾個規則，請大家一定要遵守。第一，請不要喧嘩，因為那會打擾牠們；第二，請不要伸手抓牠們，那會使牠們受到傷害，第三，請不要開手電筒或手機螢光⋯⋯」帶領這次賞螢火蟲活動的大三學長耳提面命的說，他就讀生科系，對任何形式的生命，都有過人的熱忱。

到了大山背，只剩微弱的月光，幾乎是伸手不見五指，學長說，太多光亮會驅走螢火蟲，這也是大山背會有這麼多螢火蟲的原因。我們在微弱的月光下，跟著學長緩慢走向螢火蟲聚集的地點。

這時，小璇走在我右手邊，貝兒則在我左手邊，黑暗中，看不見阿勝跑哪去了。一開始小璇只是走在我身旁，後來似乎抓著我的袖角，還可以聽到輕微的呼吸聲，感覺好像有些緊張。

『我不敢去，聽說那很暗，我怕黑呢！』記得小璇曾這樣拒絕我的邀請，難道，她是真的怕黑？

而貝兒也緊抓著我的手臂，感覺有些不自然。

「貝兒，妳不會是怕有鬼吧？」我低聲問。

「哪有!?只是真的很暗呀！我怕會跌倒⋯⋯」貝兒說。

「沒關係，有我在的，而且大家也都在妳身旁。」我安慰的說，平常聰明伶俐、氣質高雅的貝兒，原來也有這樣的一面。

「你會一直陪著我嗎？」貝兒問。

「嗯，當然囉。」我理所當然的回答，現在這狀況，我能跑到哪去？

「那以後呢？」貝兒有些突兀的問。

「啊!?以後指的是……」

「哇！」突然間此起彼落的驚嘆聲響起，我們眼前出現了期盼已久的光亮。

但這些光亮細看之下，是一點一點累積而成，最後聚成一大片，就像地上的銀河一樣，非常美麗壯觀。

「今年的螢火蟲比去年要來得多呢！」我興奮的說，但生科系學長立刻朝我比了個「噓」的手勢。

「咦？去年你有來嗎？」小璇疑惑的問。

「有呀，雖然被妳拒絕了，但傷心的我，還是跟著一起來了。」我開玩笑的說。

「沒辦法，我是真的怕黑呀！」小璇回答，依稀看得出臉上的神情有些無奈。

「那今年為什麼來了呢？突然不怕黑了？」我好奇的問。

小璇搖搖頭，微笑的說：「還是怕，你沒發覺我剛剛一直抓著你嗎？」

「嗯，有呀。」我說，接著問：「既然怕，為什麼還來呢？」。

「大概是因為……想得到幸福吧！」小璇說。

「看到有如銀河般的螢火蟲，真的就能得到幸福嗎？」我問。

「真的嗎？」一旁的貝兒也問。

「希望得到幸福，不一定能如願，不過，若連希望都沒有，那不是太可憐了嗎？」在螢火蟲的光亮映照下，我見到小璇臉帶微笑的說。

「幸福，是靠自己追求的。」阿勝突然出現，這樣對我們說。

然後，我們四個人望著眼前的美麗銀河，沉默的想著各自的心事。

小冰，妳現在在哪兒？正做著什麼樣的事情呢？我離開後，妳曾想起過我嗎？還有，妳從男友那兒，得到妳所期盼的幸福了嗎？

　　回程，阿勝改載小璇，我載貝兒。

　　「小璇，她知道我今天晚上要住你那兒嗎？」貝兒問。

　　「沒特別提起，她應該不知道吧，怎麼了嗎？」我不解的問。

　　「呵，沒事，只是隨便問問。」貝兒笑著說。

　　「阿勝說你以前喜歡過小璇，是嗎？」一會兒後，貝兒又問。

　　「呃，是啦……不過那長舌男，連這個也告訴妳？」

　　「那你曾喜歡過的女孩，現在又變成一個人了，你會怎麼做呢？」貝兒問。

　　「啊？突然這樣問，很奇怪耶……」我說。

　　「我只是好奇，人們面對愛情時，究竟是喜新，還是念舊？」貝兒問。

　　「那貝兒呢？」我反問，同時回過頭去。

　　「我呀……」貝兒笑了笑，接著說：「我好像比較念舊吧，就像我喜歡你這部舊機車一樣。」

　　那我呢？應該是喜新吧？因為我已經喜歡上小冰了。

小冰

一晃眼，已經四月了。

四月天，春暖花開，身邊的一切理當一片美好，不過，對我來說，卻不是那樣的。

寒假結束兩個月了，我依然在飲料店打工，但店裡卻再也不曾出現 dj 學長的身影，就像阿誠學長說過的，他⋯⋯不會再回來了嗎？

但是，阿誠學長為什麼知道呢？

連道別也沒有，就這樣離開了，dj 學長，你為什麼這麼無情？再怎麼說，我們也是朋友，不是嗎？

dj 學長停用的電話，我已經不再打了，只能繼續等著他的來電，不過，似乎不可能聯絡上了吧？dj 學長把我的號碼，連同記憶，一起刪除了嗎？

我有好多困惑，但卻沒人能替我解答。

期中考後，校園裡的氣氛明顯變得不同，社團、系學會、學生會、校友會，都趁著期中考後舉辦活動，每個學生也都在考慮要參加哪些活動，才不會讓自己顯得沒人氣。

小淇就是其中之一，她已經把整個禮拜都塞滿活動，有時甚至一個晚上要連趕好幾場，搞得跟候選人一樣忙。

「小冰，妳呢？準備參加什麼活動？」小淇問我。

「嗯，再看看吧，還沒決定。」我回答。

「我知道妳剛跟男友分手不久，可能什麼事都提不起勁，但妳得更積極一點，成大優秀男生很多，小冰妳又這麼可愛，只要多參加些活動，很快就能再遇見適合妳的好男生。」小淇說。

我已經遇見了 dj 學長，還需要再遇見其他男生嗎？不過，他已經

離開了……

「小冰，妳怎麼不說話呢？」小淇關心的問。

「小淇，妳還沒有男朋友吧？」

「嗯。」

「若妳遇見了心儀的男生，妳會怎麼做？」

「給他點暗示，讓他來追我。」小淇說。

「若他不懂暗示，或對妳沒興趣，甚至已經從妳身邊消失了呢？妳要怎麼辦？」

「那只好再加強暗示的程度，甚至直接告訴他，讓他明白我的心意，但他真的對我沒意思，也只好放棄了，不然還能怎麼辦？不過，在讓他明白我的心意之前，我是絕不會讓他從我身邊消失的。」小淇說。

「是嗎？」我有些恍神的說，但他已經消失了呀。

「小冰，難道妳有了心儀的男生？」心思細密的小淇，馬上這樣問我。

「我才剛分手呢。」我回答說。

「說的也是，妳和他交往時，身邊不是還有幾個追求者嗎？印象中似乎都挺優秀的，我記得有個叫做阿誠學長的，對吧？」小淇問。

「嗯。」我點點頭。

「我覺得他很不錯呢，他應該喜歡妳吧。」小淇問。

「嗯，寒假開始沒多久時，他跟我表白了。」

「真的呀！那妳怎麼回答？」小淇很快的問。

「我拒絕了，那時我有男朋友的。」

「但現在沒有了。」小淇很快的說。

「……嗯，現在是沒有了。」

「所以，妳可以重新考慮了。」小淇神情鄭重的說。

「……」

「我明白剛分手後的妳，心情還不穩定，但那種變心喜歡上其他女孩的男生，不值得妳繼續留戀。」小淇勸我。

「我明白。」我回答。

「既然明白，為何還讓自己這麼消沉？妳看起來，就像在等著什麼，但妳要明白，他已經不會再回來了。」小淇說。

「真的不會回來了嗎？」我問。

「小冰，不會了，他不會回來了。」小淇回答。

小淇指的是前男友，我指的是 dj 學長。

不管前男友或 dj 學長，都不會再回到我身邊了，是嗎？

當初沒好好珍惜的我，現在也已經無能為力了，或許，我該把對 dj 學長的情愫慢慢收回。因為我是小冰，許多男生追求的小冰，翹首盼望某個男生回到自己身邊，這種事情並不適合我。

「好吧，來看看有什麼活動可以參加。」我對小淇說。

「呵，那我們一起選吧！」小淇打開了她手機裡的行事曆。

晚上，我到店裡，完成值班前的準備工作，今天一起值班的是貝兒學姐和阿誠學長。

「小冰呀，晚上好。」貝兒學姐笑著對我說。

「貝兒學姐，妳好像很開心？」我問，雖然貝兒學姐臉上經常帶著討喜的笑容，但最近的她感覺上心情一直很好，應該有好事發生吧。

「嗯，因為考完期中考了呀。」貝兒學姐回答。

「但學姐妳不是上禮拜就考完了？」我疑惑的問。

「是呀，所以從上禮拜一直開心到現在囉。」貝兒學姐回答。

「貝兒學姐……」

「怎麼了？」她問，皺了皺眉，這樣的貝兒學姐真是可愛。

「那個……這陣子，dj 學長有來過店裡嗎？」我問。

「嗯，我值班時沒有。」貝兒學姐搖了搖頭，接著轉向阿誠學長問：「阿誠學長，你值班時，dj 有回來過嗎？」

「沒有。」阿誠學長也搖搖頭，接著說：「他應該不會回來了。」

「為什麼？」我好奇的問，為什麼阿誠學長能這麼篤定，他是不是知道些什麼？

「我想，他已經做出決定，所以，這邊再沒有值得他留戀的了。」阿誠學長回答。

沒有值得留戀的……包括我嗎？

dj 學長，你這個無情無義的自私鬼，一聲不響的離開，連再見都不跟我說，還把手機號碼換掉，讓我完全找不到你，那麼，我也不要再把你放在心上，從現在開始，我要將你遺忘，未來，你一定會後悔當初為什麼不乖乖待在我身邊。

恢復單身的我，身邊又出現不少追求者，小淇總在一旁替我拿主意，告訴我哪個男生看起來比較有誠意、哪個比較可靠、哪個看起來比較體貼、哪個看起來很花心。

「乾脆小淇妳替自己選好了。」我開玩笑的說。

「他們是要追妳，又不是我，我選來幹嘛？」小淇回答。

「但我看妳好像選得很起勁呀。」

「小冰，人家可是很認真的在替妳操心耶！但妳卻好像事不關己似的！」小淇有些生氣的說。

「好啦！對不起嘛！我只是開玩笑啦。」我陪笑的說。

「其實，選來選去，我還是覺得資工系的阿誠學長最好，他聰明體貼、身材高大、長相也好看，最重要的是妳也覺得他不錯，他又那麼喜歡妳，而且妳們還一起工作，他是最理想的男生了。」小淇推薦的說。

「呵，妳這麼喜歡阿誠學長，我替你們牽個線好了。」我笑著說。

「小冰！」小淇踩腳的說。

「好啦！好啦！是我不對！我不開玩笑了。」我連忙說。

最近阿誠學長的邀約，的確變多了，表白被拒的他，知道我和男友分手後，似乎準備捲土重來。

不過阿誠學長的邀約是非常自然、不帶給人壓力的。

「小冰，我有部想看的電影，若妳星期五晚上有空的話，可以陪我去看嗎？但妳若有事，也沒關係的。」

「小冰，聽說妳很喜歡喝下午茶，我發現學校附近有家不錯的咖啡店，可以的話，要不要一起去？」

「小冰，我這邊有幾張簡餐店的折價券，已經快過期了，我想找時間把它們用掉，妳這禮拜有空嗎？如果沒空，那也不要緊，我會自己想辦法的。」

阿誠學長，最近經常傳類似的簡訊給我，約我看電影、吃飯、喝下午茶，或是看展覽、旅行、逛街，但這些根本不是他喜歡的事情，而是我喜歡的事情。

阿誠學長太遷就我了，這樣的他，即使跟我在一起，真的能快樂嗎？就跟我之前，勉強自己跟前男友在一起一樣。

起初，我都禮貌的拒絕了，不過阿誠學長還是若無其事的繼續邀約，我都拒絕到有些不好意思，於是，最近幾次的邀約，我便答應了。

所以，現在，我跟阿誠學長已經一起去看過電影、吃過飯、喝過下午茶，也看過展覽了，跟阿誠學長在一起時，經常是輕鬆愉快的。

「若跟阿誠學長在一起，也不壞嘛……」我心裡有了這樣的想法。

不過，我每次見到阿誠學長，總會想起他說過的話，他告訴我：「dj他……應該不會再回來了。」

雖然上回問過他，但他並沒有給我明確的答案，後來，我卻問不出口了。因為，跟一個喜歡自己的男生，打聽另一個男生的事情，似乎不太好，而且，就算問出了什麼，我也不可能再遇見 dj 學長了。

　　「小冰，明天下午有空嗎？」晚上值班時，阿誠學長這樣問我。

　　「嗯，三點之後就沒課了。」我回答。

　　「那麼，我們去喝下午茶？」阿誠學長問。

　　「嗯……」我考慮了一下。

　　「不方便嗎？」阿誠學長問，看起來有些失望。

　　「不會，去哪家店？」我問，心裡想著阿誠學長或許又發現了什麼不錯的店。

　　「去古典玫瑰園？」阿誠學長問。

　　「玫瑰園呀……」我沉吟的說，玫瑰園是我最喜歡的下午茶店，對我來說，這家店有著特別意義，到目前為止，我只跟兩個男生一起去過，一個是前男友，一個是 dj 學長，兩個都是我喜歡過的男生，但他們……都不在我身邊了。

　　「還不行嗎？」阿誠學長問。

　　「啊？」我聽不懂阿誠學長的意思。

　　「還不能和我一起去嗎？」阿誠學長望著我，異樣的眼神中，透露著顯而易見的失望。

　　「阿誠學長……」我看著阿誠學長，一時間不曉得該說什麼。

　　「沒關係，是我不好，我太心急了……」阿誠學長道歉的說。

　　我微笑的搖搖頭，回答說：「我想，我還需要一點時間……」

　　「小冰，妳覺得我可以嗎？」阿誠學長突然的問。

　　「啊？」我疑惑的望著阿誠學長。

　　「成為妳的依靠，取代原本占據妳心的他，這樣的我，可以嗎？」

阿誠學長有些出神的問。

　　阿誠學長並不明白，如今占據我心的人，已經變成 dj 學長了，我該告訴他嗎？但，不是已經決定要將 dj 學長拋開了嗎？

　　既然如此，何必特地告訴阿誠學長呢？反正不久之後，我就會把 dj 學長忘掉的。

　　「我好像問了奇怪的問題，小冰，妳可以不用理我……」阿誠學長苦笑的說。

　　我微笑，沒有回答。

　　隔天下午，我和阿誠學長去了另一家店。

　　說起來，也有段時間沒去玫瑰園了，曾經那麼喜歡的店，過了個寒假，就突然不想去了，為什麼呢？

　　大概是害怕吧？害怕自己到那兒去，會憶起往事，想起和前男友在那兒度過的點點滴滴，也擔心自己會想起 dj 學長，為自己在寒假結束前，沒辦法去那兒見到他而感到遺憾。

　　不曉得那天，dj 學長他去了嗎？為什麼從那天之後，就完全失去訊息呢？若那天，前男友沒來找我，我依約去了玫瑰園，dj 學長會在那兒等我嗎？若那天見到了 dj 學長，那麼，一切是否會有所不同呢？

　　我搖搖頭，讓自己別再想了，因為再怎麼想，dj 學長也不會回來，正因為心裡明白再也見不到了，所以，才會決心將他忘記的，不是嗎？

　　在忘掉 dj 學長前，或許不會再去玫瑰園了。

　　不過，會讓我想起 dj 學長的地方不只玫瑰園。

　　「小冰，聽店長說，妳只工作到這禮拜？」貝兒學姐關心的問。

　　「嗯。」我點了點頭。

　　「為什麼？不是做得好好的嗎？」貝兒學姐疑惑的問。

　　「因為某些緣故，我想，是該離開的時候了。」我回答。

「小冰不在，感覺好寂寞呀。」貝兒學姐傷感的說。

「沒關係，還有我在嘛！」阿誠學長插話的說。

「誰稀罕你在呀，不過小冰要離職，最寂寞的人，應該是你吧？」貝兒學姐暗示的說。

「是呀，但小冰如此狠心的棄我於不顧，我還能說什麼呢？」阿誠學長半開玩笑的說。

「你要好好留住她呀！是不是男人呀！」貝兒學姐對阿誠學長使出了激將法。

「呃，我只是不打工了，又不是要移民，以後還是會在學校遇見的，沒這麼嚴重吧？」我提出質疑。

「呵，這是誇飾法呀，代表我們對妳有多麼不捨。」貝兒學姐說。

「有空，我會回店裡看的。」我微笑的說。

五月的時候，我離開了飲料店，因為那兒有太多我和 dj 學長一起工作的記憶，只要繼續在店裡工作，我就不可能將他拋開。其實，當我意識到自己喜歡上 dj 學長時，我就明白，只要繼續待在店裡，過往的記憶會將我緊緊抓牢，之所以一直待到現在，大概是我心裡還存在著希望吧。

下決心很簡單，但要貫徹決心卻是如此困難。

但即使困難，我還是得做，因為除了忘掉 dj 學長，我，已經沒有其他選擇了……

不久之後，台南下起了梅雨，讓原本瀕臨警戒線的水庫暫時獲得了紓解。

今年的梅雨季似乎比往年都來得晚，梅雨季開始的第一天，我走出住處，望著灰濛濛的天空，感到很不可思議，心裡想著，原來台南也會下雨，印象中那是來台南之後，第一個雨天。

「下雨天，真不方便呢！」小淇進教室後，在我身旁的座位坐下時，抱怨的說。

「是呀，不過我倒挺習慣的。」我微笑的說。

「妳是台北人嘛！我不一樣，高雄也很少下雨的，所以，只要一下雨，我心情就不好。」小淇嘟著嘴說。

「不過，對我來說，『台南下雨了』這事，讓我感到很奇妙呢！」我笑著說。

「有什麼好奇妙的？」小淇困惑的問。

「陰雨綿綿的天氣久了，放晴時，會令人感到開心，但在總是晴空萬里的天空下，飄下了久違的雨水，不也同樣令人欣喜嗎？」我說。

「但我就是不喜歡下雨，要撐傘、穿雨衣，鞋子和衣服還會弄濕，很不舒服。」小淇皺了皺眉頭，或許這就是生長在北部和南部的差別吧。

從小生活在台北的我，總隨身帶把小傘，以應付台北經常飄著綿綿細雨的天空，我始終躲在傘底下，尋覓著能讓自己遮風避雨的地方，從這一個到下一個。

而生長在南部的小淇，渾身充滿陽光氣息，也喜歡陽光，面對飄雨的天空時，老實訴說著自己的壞心情，但不管何時，她始終期待陽光再次回到國境之南的那一刻。

「等一下要幹嘛？」小淇在上課中低聲問我。

「不曉得，沒計劃。」我回答。

「看樣子，雨好像停了耶，我們等會兒去玩吧！」小淇開心的說。

「妳的心情，還真容易受天氣左右呢。」我笑著說。

「我們晚上去看電影好了，在那之前，先去喝下午茶吧，我知道有間店的鬆餅很好吃喔！」小淇提議的說。

「好呀。」我笑著回答。

上完經濟學，我在雨後的成大校園隨意晃著，等著小淇的電話。

晴朗的天空雖然很好，不過雨後的天空也不賴，下過雨後的大草坪，有種奇妙的清新氣息，聞起來很舒服，我忍不住在大草坪蹦蹦跳跳走著，開心的就像個大孩子，旁人見到了，一定會覺得我很奇怪吧。

「小冰……」我聽見有人喚我的名字，我順著發出聲音的方向望去。

寒假後，當我在校園裡走著，或在學校附近買東西、吃飯時，心裡常有種期待，或許哪一天，在某個地方，我會突然的和 dj 學長巧遇，可能只是一轉身，或者一回頭，dj 學長就滿臉驚訝的出現在我面前，然後問我：「小冰學妹，妳怎麼在這裡？」

「dj 學長，告訴你好多次了，叫我小冰！」我想我會這麼回答他。

因為，台南是 dj 學長的家，他是離開了店裡，但總會回家的。

不過，人生常是如此，想見的人總遇不到，不想見的人，卻偏偏遇上了。

我望著他，沒有回答，一瞬間，我有種逃走的衝動。

「小冰……妳不願意見到我吧？或許，我該當成沒看見妳的，是嗎？」他神情歉疚的說。

「……」我依然沒有回答，心裡想著為什麼小淇還不趕快來。

自從寒假和他分手後，這是第一次遇見他，原本以為就算再見到他，也能很平靜，看來，我沒想像的那樣堅強。

「其實，這不是第一次了……」他說。

「嗯？」我困惑的望著他。

「不是第一次在學校裡遇見妳了，但我不曉得該怎麼面對妳，所以，前幾次遇見妳時，我都刻意避開了……」他說到這兒停了下來。

「是嗎？那為什麼今天沒那樣做？」我問，驚訝的發現，自己還是

很在意眼前這曾把自己一腳踢開的男人。

「因為，妳剛剛微笑的樣子，真的很美，所以，我情不自禁的叫了妳，很抱歉……」他道歉的說。

「現在說這些，還有意義嗎？」我冷冷的說。

「是我欠了妳，我能為妳做些什麼嗎？」他近乎哀求的說。

「能。」我回答。

「是什麼？」他的眼睛亮了起來。

「往後，請別在我眼前出現了。」我冷冷的說。

「是嗎？」他的神情變得黯淡，而我居然感到有些不捨，眼前的他可是狠心拋棄我的男生呀！面對這樣的他，我在不捨些什麼!？

「我明白了……」他說完頓了頓，接著說：「希望未來，妳能找到個值得依靠的男生，然後展現像剛剛那樣美麗的微笑。」

說完，他轉身離去，望著他落寞的背影，我突然有種感覺，分手時，被甩的人一定很痛苦，但選擇成為負心漢的人，也不見得好受。

不過，會這樣想的我，或許是因為，我多少還對他留有一些特別的情愫吧。

然後，天空又開始飄起雨來。

　　原本期中考後就要舉辦的聯誼，一直拖到五月才敲定，聯誼對象是貝兒就讀的建築系。

　　「找建築系聯誼？有沒有搞錯？裡面不僅女生稀少，而且全都是恐龍吧？」同學們議論紛紛。

　　但當他們知道阿勝要參加時，個個眉頭一皺，發覺事情並不單純。

　　「阿勝那傢伙居然會參加，其中一定有古怪！」同學甲這樣說。

　　「對呀！那傢伙只往有正妹的地方跑，這樣看來，建築系一定有正妹！」同學乙這樣說。

　　消息傳開後，同學們的好奇心迅速的膨脹，導致參加聯誼的人數遠超乎預期，害我得打電話跟貝兒求救，問她能不能再多找點女生過來。

　　「你不是說你們班沒人想參加聯誼，怎麼這次這麼踴躍？」電話那頭的貝兒笑著問。

　　「我也不知道，反正現在人數爆滿，連學長都想來尬一腳，妳能再多找些女生來嗎？」我央求的問。

　　「呵，你想我找什麼樣的女生來？」貝兒問。

　　在那瞬間，我突然想到了小冰，或許，可以找小冰一起來……

　　已經三個月了，還以為時間會讓我將小冰淡忘，但這些日子以來，我還是經常想起她，雖然小冰心裡沒有我，但我的心裡卻滿滿都是她。

　　「這交給貝兒決定就好，我對妳有信心。」我回答。

　　「那我再想辦法吧，但要記得你欠我一次喔！」電話那頭的貝兒笑著說。

　　「我會記得的。」我也笑著說。

　　「假如，我做了什麼不好的事，或犯了什麼錯，你也不可以怪我

喔。」貝兒突兀的說。

「聰明、善良的貝兒，會犯什麼錯，或做什麼不好的事嗎？」我笑著反問。

「哎呀，不管是誰，都會犯錯的嘛！」貝兒說。

晚上我因為有些事情過去社窩，在那兒遇上了小璇。

「學長，你好久沒過來了呢！」大一社團學弟阿志高興的對我說。

「沒辦法，升上大二後課業繁忙呀。」我推託的說。

「呵，還課業繁忙呢！明明沒去上多少課。」小璇立刻吐槽的說。

「呃，小璇也在呀！真高興見到妳！」我笑著說。

「是嗎？我也很高興喔。」小璇也回以微笑。

處理完社上期末活動的事情後，我和小璇又在社窩閒聊了一陣子。

「我得走了。」小璇說，但奇妙的是，她朝著我說。

「嗯。」我點了點頭。

「我說，我要走了耶。」小璇望著我，強調的說。

「啊？喔！那我送妳回去。」終於意會過來的我，立刻起身。

「呵，謝謝。」小璇滿意的微笑。

從活動中心到女生宿舍，其實一點也不遠，我和小璇邊走邊聊，一下子就到了。

「聽說你最近在辦聯誼？」小璇問。

「對呀，妳怎麼知道的？」我好奇的問。

「聽你們同學說的，這回有人參加嗎？」小璇問。

「講這樣……好像我辦得很差，都沒人想參加似的……」我抱怨的說。

「呵，沒辦法呀，我們聯誼那次，你們班小貓兩三隻，我學伴也沒來呀，不過因為這樣，你才會跑來跟我聊天，我們才會變熟吧。」小璇說。

「嗯，是呀。」我點點頭。

「我有時會想，若那天我學伴來了，你大概就不會找我聊天，聯誼結束後，我們就變成陌生人了吧？」小璇問。

「嗯，有可能。」我回答。

「所以，你不覺得，其實很多事情的發生，都是有理由的。」小璇繼續說著。

「呵，聽起來像是種宿命論呢！」我笑著說。

「是呀，最近我愈來愈有這種感覺。」小璇認同的說。

「若我們註定要相遇，但為什麼最後，卻沒能在一起呢？」我提出了疑惑。

小璇聽完，稍微想了一會兒，才回答：「這我也不明白，不過就像有些人要繞過遠路後，才知道自己想要的東西其實近在咫尺，上天或許是要藉此讓我明白，我真正喜歡的，究竟是什麼吧？」

「那現在，妳明白了嗎？」我問。

「嗯，我想快了。」小璇回答。

我點了點頭，沒再多說什麼。

最近，我和小璇見面的頻率變高了，有時是因為社上的事，有時是我和小璇彼此邀約，偶爾也會在學校裡巧遇，總之，似乎回到了大一剛認識時的情況。

那時，我喜歡著小璇，總是默默望著她的背影，直到她成為別人的戀人為止。不過，一年後的現在，我早已把心情整理好，不再把小璇放在心上了，但我隱約感覺到，小璇似乎想回到往日時光，是我的錯覺嗎？

「這回是跟誰聯誼？」小璇問。

接著，我把跟成大建築系聯誼的事告訴了小璇，包括貝兒的事。

「貝兒，是上回一起看螢火蟲的女孩？」小璇表情沉靜的問。

「是呀。」我點頭。

「她常來找你玩嗎？」小璇問。

「這學期來過幾次。」我回答。

「貝兒……是個很可愛的女孩。」小璇若有所思的說。

「嗯，是呀。」我點頭同意的說。

「她應該沒男朋友吧？」小璇問。

「妳怎麼知道，一般來說，像貝兒這麼可愛的女孩，又念建築系，應該都會猜她有男朋友才對。」我疑惑的問。

「那你……喜歡貝兒嗎？」小璇問。

「啊!?」我感到驚訝，沒想到小璇會這麼問我。

「一般來說，像貝兒那麼可愛的女孩，又沒男朋友，應該很容易喜歡上她才對。」小璇學我說。

「乁……我……」

「貝兒她……是不是喜歡你呢？」小璇緊接著問。

「這個……我從沒想過這問題……」我說，因為我光是考慮小冰的事情，就已經沒有餘力了。

「你應該好好想想，這麼可愛的女孩，不理會男生們的追求，卻常跑來找你玩，你不覺得她的心思，並不單純嗎？」小璇雙眼澄澈的望著我。

「……」我望著小璇，不曉得該說什麼。

「還有……」小璇欲言又止。

「還有？」我問。

「我有個女生朋友，跟男友分手後馬上跑去告訴另一個男生，明明沒多遠的距離，卻還要那男生送她回去，甚至因為從那男生口中，聽見了其他女生的名字，而說出一些莫名其妙的話，你覺得，那女孩的心思是否也不單純呢？」小璇說完對我笑了笑。

　　「晚安了。」小璇說完，轉過身，逕自走進了女生宿舍，留下驚愕且困惑的我。

　　小璇，或許，真的想回到過往吧？

　　但我，已經回不去了。

　　印象中，從沒見過阿勝在電磁學課堂中出現，但今天卻是個例外。

　　「你居然來上課了？為什麼？世界末日到了嗎？」我驚訝的問。

　　「沒禮貌！鬼扯什麼？學生來上課很正常的。」阿勝將背包放下來後，神情不屑的回答。

　　「這是你這學期第一次來上電磁學吧？」我問。

　　「是嗎？我怎麼記得我好像有來過一次？」阿勝說。

　　「那是上學期的事了。」我說，但神奇的是，上學期只上過幾次課的阿勝，電磁學居然沒被當。

　　「是這樣嗎？」阿勝表情認真的思索著。

　　「那你今天來幹嘛？」

　　「這什麼鬼問題？學生來教室當然是上課呀！難道是來探望你嗎？」阿勝又好氣又好笑的問。

　　「怎麼突然想來上課？」我好奇的問。

　　「大概是因為無聊吧？」阿勝回答。

　　沒錯，人們一旦覺得無聊，什麼事都做得出來。

　　不過說也奇怪，平時缺課一堆的阿勝，一上課卻異常專注，也沒跟

不上的情形，比起其他常來上課，但卻精神不濟、兩眼呆滯的同學，這或許就是阿勝沒被當的理由吧。

下課後，我和阿勝一起到學校小吃部用餐，我點了排骨麵，阿勝點了雞排飯。

「聯誼規劃的如何？」阿勝問。

「大致上沒問題了，還有你這傢伙，是你百般哀求，我才辦的，到時你一定要出現！」我叮嚀的說。

「放心！我會出現的。」阿勝回答。

「若你沒出現的話，以後也不用再出現了。」我語帶威脅的說。

「哇！dj 哥哥好兇，人家好害怕喔！」阿勝說，表情真是有夠討人厭，但這傢伙卻是出奇的討女生喜歡，這世界還有天理嗎？

我繼續吃著我的排骨麵，沒搭理他。

「貝兒，最近有來找你嗎？」阿勝問。

「問這個幹嘛？」我反問。

「關心一下呀，我們是好朋友耶！」阿勝回答。

「少來！你是關心貝兒找來的女孩，有沒有正妹吧？」

「呵，你果然了解我，雖然貝兒很正，不過她已經是你的了，朋友妻、不可戲，我只好對其他女孩下手了。」阿勝說。

「我再跟你說一次，我和貝兒只是好朋友，還有，你怎麼能這麼自然的說出『對其他女孩下手』這種話呢？你明明就有小玟了耶！」我問，阿勝的頭腦構造一定跟一般人不同。

「或許你是這麼認為，但你有沒有問過貝兒，她是不是也這麼覺得呢？」阿勝說，完全沒理會我的指控。

「問貝兒……」

「我覺得，她應該對你很有好感，甚至，她根本是在等你跟她表

白。」阿勝鐵口直斷的說。

「怎麼可能？」

「怎麼不可能？你又沒有問過她。」阿勝反駁的說。

「但那樣問，不是太失禮了嗎？」

「若她不喜歡你，那可能會有點失禮，但若她真的喜歡你，特地北上給你機會讓你表白，你卻什麼都不說，那才真的失禮！」

「這個……」我猶豫的說。

「而且問了，頂多只是失禮，不問，卻可能永遠失去，在兩者間選一個，孰輕孰重，不用我說，你也應該明白吧？」阿勝表情鄭重的說。

「在戀愛這方面，我或許過於熱切，但你卻太過不及，總在等待，從沒聽說光只是等，就能成就一段戀情的。」阿勝說完，頓了頓，接著說：「不光是貝兒，小璇也是，你現在該思考的是，你喜歡的是誰。」

但我喜歡的，是人在台南的小冰，若阿勝你是我，會怎麼做？

阿勝的話，讓原本吃著排骨麵的我，在嘈雜的小吃部裡陷入沉思。

「對了，我上禮拜回台北見小玟，她說要介紹她朋友給你認識，聽說是個正妹喔！」阿勝突然的說。

「喂！你也太跳 tone 了吧？」我又好氣又好笑的說，一分鐘前才剛在談那麼嚴肅感性的話，怎麼一下子就跳到要介紹女生的話題。

「難道介紹女孩給你，還得營造氣氛呀？」阿勝說。

「阿勝，你真的不是一般人呀！」我感嘆的說。

「是呀，不是一般的帥氣。」阿勝自己補充的說。

後來阿勝稱讚自己的話語，實在太過噁心，所以，我沒能記住。

聯誼前一周的周末連假，我回到了台南。

走出台南車站時，仰望台南的天空，發現居然和新竹一樣陰霾，這讓我感到很失望。

「台南的天空，應該是要一片晴朗的，不是嗎？」我喃喃的說。

氣象報告說，今年的梅雨季來得晚，停留在台灣上空的滯留鋒，可能會一直持續到六月。

因為台南的天空總是晴朗，所以，以往當我回到台南時，心情也會跟著放晴。

但這回，卻和我想的有些不同。回來前，有件事情，我考慮了很久，最後還是沒能做成決定。

我很想回店裡，去看看小冰。

雖然知道她不喜歡我，雖然明白我對她來說只是個過客，即使那樣，我還是很想去看看她。

對，只是去看看她而已，看完之後，我回新竹，她繼續待在台南，什麼都不會改變。

唯一改變的，大概只有往後，我得花上更多時間來將她遺忘。

人們沒辦法勉強自己喜歡，同樣也沒辦法勉強自己不去喜歡，該喜歡就會喜歡，不管怎麼逃避都沒有用。

說來有趣，人類能控制遺傳因子、操縱飛機、太空船、人造衛星，甚至能操縱天氣下人造雨，但卻控制不了自己的感情。

就像我，明知道不該再去見小冰，也明白就算見到了，也沒有任何意義，但身體的行動出賣了自己，等我意會過來，我已經站在離飲料店不遠處。

「就快見到小冰了……」我雀躍的想著。

接著，我跨步向前，朝飲料店走去。

今天店裡看起來很忙碌，我見到了個生面孔，大概是我離職後，店裡新聘的工讀生吧，但我最想念的身影，卻沒在吧檯前出現。

「先生，請問需要什麼？」工讀生有禮貌的問。

「我想找店長，她在嗎？」我問，然後她困惑的看著我，我花了點時間，稍微解釋了一下。

「原來是前輩呀！」她開心的笑著說，不曉得店長應徵時，是否特意挑選過，但在店裡工作的女孩，幾乎都長的很可愛。

她告訴我，店長出去辦事情，要等會兒才回來，我又問她阿誠學長和貝兒在不在。

「他們今天都沒值班呢！」她回答。

奇怪的是，「小冰今天有沒有值班？」這話，我居然怎麼也問不出口。

「嘿，稀客呀！」我背後傳來個熟悉的聲音，我順著轉過身去。

「店長！您回來了呀！」我說。

「呵，還說敬語，才離開幾個月，就變得這麼不熟了呀？」店長笑著說，她還是跟以前一樣美麗。

我跟著她進到店裡，她開口問我：「又不是周六日，今天怎麼有空來？」

「今天早上教授有事停課，剛好放三天連假回台南，順便繞過來看看。」我回答。

「今天阿誠和貝兒都不在，你若是來找他們的，恐怕要失望了。」店長回答。

「嗯，我剛剛問過，真是可惜。」我說，的確有些失望，很久沒見到阿誠學長了。

接下來，店長微笑的望著我，好一會兒沒說話。

「幹嘛這樣看著我？」我好奇的問，感覺有些不自在，店長的眼神好像要把我看穿一樣。

「除了他們兩個，你應該還有想見的人吧？」店長微笑的問。

「這個……我……」我吞吞吐吐的說。

「我原本以為……你會更早一些回來的,現在回來……或許已經晚了。」店長喃喃的說。

「什麼意思?」

「小冰她……已經離職了。」店長緩緩的說。

「啊?她離職了!為什麼?」我激動的問,好不容易下定決心來見她,為什麼會這樣?

「我問了,但她沒說。」店長回答。

「所以,她不會再回來了嗎?」我愣愣的問。

「或許吧,也不一定,像你,不就回來了嗎?」店長說。

「我回來了,但她卻不在了……」我遺憾的說。

「喏,給你。」店長拿了張紙卡給我。

「這是什麼?」我問。

「小冰的電話,想見她,就打電話給她吧,你是男生,這電話是該你打的。」店長微笑的說。

離開飲料店,灰濛濛的天空,又飄起了綿綿細雨。

據店長說,小冰才剛離職不久,她為什麼離職呢?小冰離職了,貝兒怎麼沒告訴我呢?

若有所思的我,跨上老爸的機車,一路上晃晃悠悠的,也不曉得接下來要做什麼、要去哪裡,因為這次我回台南的目的,就是為了見小冰,現在,我該做什麼好?

我將機車停在成大附近,緩步走進了校園,心裡想著,或許能在校園裡和小冰巧遇。

於是,我在飄著綿綿細雨的校園裡信步走著,因為是上課時間,還飄著雨,成大校園裡的學生寥寥無幾,我從校門口走到籃球場,然後穿

過教學區的紅樓，走到了成大榕園，記得以前念一中時，曾到榕園來聯誼過好幾次，那時的我，感受到成大校園的美好、和諧，看著背著包包和抱著書本，緩緩在校園裡走著的成大學生，心裡真的很嚮往。

若不是因為家在台南，想試著離家，我應該會選擇成大的……

是呀，為什麼當初沒選成大呢？那樣的話，我就不用從小冰身邊離開了。

這時，雨停了，天空的一角露出了曙光。有個愁容滿面的男生直直朝我走來，大概是在想事情，所以沒注意看路，我閃了一下，但還是被他撞到了。

「對不起。」他道歉的說。

「沒關係。」我回答，應該有著什麼心事吧，就像我一樣。

「小冰……」那男生離開前似乎這麼喃喃唸著。

是我聽錯了吧？因為我太想念小冰，所以類似的發音，全都聽成小冰了？

我苦笑了一下，接著，往成大的大草坪走去。在紅樓附近，我見到兩個可愛的女孩抱著書本，興高采烈的聊著天，彷彿回到了高中時，我在榕園聯誼時，見到成大學生那種對未來憧憬的喜悅。

不過，我不小心聽到了她們的談話內容。其中一位女孩叫做小霈，說她等一下要搭車回台北，另一位女孩叫小淇，說她待會兒要和朋友一起去喝下午茶、看電影。

只要提起下午茶，我就想起古典玫瑰園，那是我目前的人生中，最美好的一次下午茶時光，因為，當時我的身邊，有著小冰。

兩位女孩彼此說再見後，小淇往大草坪的方向走去，小霈則往校外的方向離開。

走的有些累的我，在一旁的石椅坐了下來，這時，天空又飄起雨來，

我望著飄著雨的成大校園，突然覺得，其實飄著雨的校園，也很棒。略微休息之後，我繼續往大草坪走去。

或許是因為雨又開始下了，大草坪附近連個人影都沒有，不曉得其他人見到沒撐傘的我，在大草坪上踽踽獨行，會不會覺得我很奇怪？

其實，我只是在想，成大校園的每個角落，應該都曾出現小冰的身影，像這大草坪，或許不久前，小冰才剛在這裡和朋友說笑聊天而已。

只是，我遇不見她。

或許，小冰現在不在校園裡吧？那麼，下午時分，不在校園裡的小冰，會上哪去呢？

是了，小冰應該會去她最喜歡的玫瑰園吧？到那裡的話，或許就能見到她。

想到這兒，我快步離開成大校園，跨上機車，往玫瑰園前去。

當期望愈大，失望也會愈大。

所以，當我沒在玫瑰園，見到小冰的身影時，我感到非常失望。

接待我的服務生，就是上回我苦等小冰時那位女孩，她見到我時，眉毛稍微揚了揚，或許是認出我來了。

畢竟，若我工作時，有個客人從下午三點一直等人等到打烊，我也會留下深刻印象的。

「那麼，今天想喝什麼呢？」她問，果然認出我來了，因為她說「今天」，而不是「請問」，說今天表示她知道我除了今天，以前還有來過。

「玫瑰花草茶。」我說。

「嗯，請稍等。」她說完笑了笑，轉身準備離去。

「嗯，可以請問妳一件事情嗎？」我叫住了她。

「請問。」她微笑回答。

「有個常坐在那位置的女孩，長的很可愛，喜歡拿你們店裡的小東西把玩，通常是下午時分來，以前會跟她男朋友來，最近可能一個人來，不曉得妳知不知道？」我問。

她略微思索了一下，然後恍然大悟的說：「喔，你指的是她呀！嗯，我知道的，因為她很出色，又總預約那位置，最重要的是，每當她一個人來時，常是一副憂傷模樣，讓我感到很好奇。」

「一個人的她，很憂傷嗎？」我問。

「嗯，我是這樣覺得的。」她點頭。

「那女孩……就是上回你等的人嗎？」她問。

我聽完，愣了愣。

「對不起，我不應該過問你的私事。」她道歉的說。

「沒關係。」我苦笑的說。

「不過，她最近好像都沒來呢。」

「咦？是嗎？但她告訴我，這裡是她最喜歡的店，幾個月沒來，這不尋常……」我驚訝的說，小冰她發生了什麼事嗎？

「啊！我得去忙了，不好意思。」她道歉的說。

「不，耽誤妳工作，真不好意思。」

小冰居然幾個月沒來她最喜歡的玫瑰園，是因為課業繁忙嗎？還是忙著跟男朋友約會呢？不過就算約會，偶爾也會到玫瑰園來吧？

我從皮夾裡，拿出剛剛店長給的電話。只要撥這個號碼，就能聽見小冰的聲音了……

不過，接通後，我要跟小冰說什麼呢？經過這幾個月，她應該把我忘得差不多了，不僅玫瑰園不再來了，連飲料店也辭了，那麼，能讓她憶起我的東西，已經沒有了，要是打去，她想不起我是誰的話，不是很尷尬嗎？

但是，我真的很想聽聽她的聲音，看看她的樣子，不管了！就打去吧！就算被當成陌生人或無聊男子，至少，我還是能聽到她的聲音。而且搞不好，她還記得我，因為，在台東時她曾為了我狂拍鐵捲門，叫醒藥師替我買了胃藥，這麼特別的經歷，應該不會輕易忘記的。

　　於是，我照著店長給的號碼，撥了過去。

　　電話的鈴聲是周杰倫的歌曲，原來小冰喜歡周杰倫呀。

　　我的心跳，隨著歌曲的進行，變得愈來愈快，因為我就快聽見小冰的聲音了。

　　但杰倫唱過一遍之後，響起的不是小冰的聲音，而是語音信箱，我感到很失望。

　　「您撥的電話，目前沒有回應，請在嘟一聲後留言，快速留言……」我略微想了想，掛斷了電話，沒有留言。

　　我看了看手機上的時間，剛快五點，這時間或許小冰還在上課，五點之後再打好了。

　　通電話後，若小冰還當我是朋友，不如就約小冰到玫瑰園來吧！

小冰

「小冰，妳怎麼了？」剛到大草坪的小淇關心的問。

「剛剛，遇見他了。」我回答。

小淇望著我，馬上會過意來，然後走過來抱著我，柔聲的對我說：「小冰，沒事的，記得，我一直都在妳身邊喔！」

「小淇，謝謝妳。」我感動的說。

「我們是最好的朋友嘛！對了！小冰妳這禮拜要回台北嗎？我剛剛遇見小霈，她剛好要回台北呢！」小淇說。

「嗯，或許吧……」我說完，頓了頓，接著開口說：「小淇，妳可以陪我去一個地方嗎？」

「嗯，好呀。」小淇沒問我想去哪，便答應了。

20 分鐘後，我們到了學校附近的手機服務門市。

「小姐，妳確定要取消這門號嗎？」服務人員問。

「嗯，確定。」我點頭，想起了前男友，也想起 dj 學長，換了門號，就再也接不到他們的來電了。

「請問是因為對服務品質不滿意，還是想換其他家電信業者？」她問。

「我只是想換個門號，沒想換其他家。」我回答。

「喔，我明白了。」服務人員滿意的微笑。

「為什麼突然想換門號呢？」一旁的小淇問。

「因為，這門號和手機是他送我的生日禮物。」我回答。

「原來如此，那麼，也該是換的時候了。」小淇說。

不只前男友，還包括 dj 學長，我想，也該是斬斷思念那條線的時候了，因為我的手機上曾有過 dj 學長的來電顯示，所以，我一直沒辦

法死心，總是期望手機響起時，dj 學長的名字會再度出現……

「小姐，您的手機上有通未接來電，您要先把號碼記起來嗎？」她問，然後把手機遞給我。

我有些期待的接了過來，望著手機上沒見過的未接來電號碼，唉，原來不是 dj 學長呀，大概又是哪家銀行吧？

「不用了。」我說，然後把手機遞還給她。

「那麼，從現在開始，這門號就停用了，請妳填一下資料，我們會盡快為妳申辦新門號。」她拿給我一張新表格。

「嗯。」我點點頭，心裡感到有些哀傷，但這明明是自己的決定。

換掉他送我的門號，是為了揮別過去，但也有些過去，是想留住的。

像是 dj 學長，與他的過去，是我想留住的，但如今剩下的，就只有記憶了。

dj 學長，我決定在這裡，跟你說再見了。

　　五點時，我的玫瑰花草茶端上桌，提醒我該打電話給小冰了。

　　跟之前一樣，我花了些時間，才能鼓起勇氣按下通話鍵。

　　「您撥的電話已暫停使用，請查明號碼後再撥……」原本的周杰倫不見了，換成了這聲音。

　　「怎麼會!?剛剛還能打通的……」我喃喃的說，但我明明按的是重播呀，還是跳號了？

　　於是我又撥了一次。

　　「您撥的電話已暫停使用，請查明號碼後再撥……」依然是暫停使用的訊息。

　　「怎麼會這樣……」我不敢相信，明明剛剛還可以打的！

　　之後，我又撥了十多次，但全都一樣，店長給我的電話，真的已經暫停使用了。

　　那剛剛打通的那次是怎麼回事？難道，那是我最後能夠留話給小冰的機會嗎？還是那次我根本就打錯電話了？

　　怎麼會發生這種事情？

　　想見小冰，但見不到；想在校園裡和小冰巧遇，也遇不到；連想打電話，電話也暫停使用了，我和小冰，真的沒有緣分嗎？

　　「請問，需要加水嗎？」服務生端著水，禮貌的問。

　　「嗯。」我點點頭。

　　「那個……」倒完水後的服務生，欲言又止的說。

　　「嗯?」我哀傷且困惑的望著她。

　　「請問，你今天，也在等那個女生嗎？」她問。

　　「或許吧……不過大概等不到了。」我說。

「可以打電話給她呀。」她建議的說。

「打了，不過她的門號已經暫停使用了。」我回答。

「這樣呀，我也曾像你一樣，這樣等著一個男生。」她說，因為有相類似的經歷，所以她才會這麼關心。

「那後來呢？」我問。

「因為一直等不到，所以，後來就不等了。」她回答。

「我能拜託妳一件事嗎？」

「什麼事？」

「以後，如果她來了，請替我把這個交給她。」

她把我給她的東西接了過去，但可以看得出來她感到困惑，或許是不明白這樣的東西有什麼意義吧？

「但她來的時候，我也不一定在。」

「那也沒關係，可以麻煩妳嗎？」我央求的問。

「你，還要繼續等下去？」她問，然後把東西收了起來。

「妳是指現在，還是未來？」

「都是。」

「其實，我也不知道。」

「我覺得，繼續等下去很容易，但要等出結果卻很難。」

「在能夠死心之前，我也只能這樣了。」

「是呀，對了，我叫做小楓。」

「我叫 dj。」

我和小楓的對話，奇妙的以自我介紹做結束。我想，不僅是小冰，就連我，玫瑰園這家店，大概也不會再來了。

苦等一個人的滋味，一次就夠了，何況，我還等了兩次。

永遠，不想再有第三次了。

小冰

換門號後，過了一個禮拜，趁著周末假日，我回到了台北。

「果然，還是陰雨綿綿的天氣呀。」我自言自語的說。

梅雨已經持續下了一個多禮拜，一直沒有放晴的跡象，不管在台南，還是台北，天空總是灰濛濛的，而最近我的心情，也如同梅雨季的天空一樣。

隔天，我在中午時分出發，準備去見個朋友。

比起台南，台北是個對行人比較友善的城市，搭乘公車和捷運的地方，都有遮風避雨的設施，我只要準備一把小傘，不管雨怎麼下，還是哪都能去，不會感到太不方便，這跟以機車為主的台南，有些不同。

記得，在台東時，dj 學長曾告訴我，不管生長在哪個城市，都要以自己出生的故鄉自豪。呵，dj 學長，我好像學到了呢！現在，我變得不那麼討厭台北了，漸漸的，也不再覺得台北是個狹小而不自由的地方了。

出了捷運市政府站，我往右走，這時，我的手機響了。

「喂，小冰，妳到了嗎？」電話那頭傳來朋友的聲音。

「嗯，剛出捷運站，就快到了。」我回答。

「我已經在店裡了，妳到了之後，就直接進來找我吧。」

「嗯，好。」說完，我掛了電話，快步往前走去。

我走進店裡，服務生立刻上前招呼。

「我朋友已經到了。」我說，然後，我見到她笑著朝我揮手。

「喔，她在那兒。」我對服務生說，服務生跟著我走到朋友坐的位置，給了我分 Menu，替我倒了杯水。

「我們好久沒見面了呢！」她開心的笑著說。

「是呀，從寒假後就沒見過了，好幾個月了吧？」我回答。

「我還以為妳把我忘了呢，連手機門號都偷偷換了！」

「呵，哪是偷偷換呢？我不是傳簡訊告訴妳了嗎？」

「沒經過我同意，就是偷偷換！」她堅持的說。

「原來我換門號，還得經過小玟大小姐同意呀。」

「呵，那當然囉！」她笑著回答。

這時，小玟點的餐點送來，中斷了我們的談話。

「妳點什麼？」我問。

「茄汁義大利麵，對了，為什麼突然想換門號？」小玟問。

「妳知道，我和男朋友分手了吧？」

「嗯。」小玟點點頭。

「那門號，是他送給我的。」我說。

「決心忘了他嗎？」小玟問。

「也只能那樣做了。」我說，無奈的笑了笑。

「小冰，沒關係的，妳可愛、時尚，說話又好聽，他不珍惜妳，是他沒那個福氣。」

「真的嗎？」我微笑的說。

「當然囉，我想現在，應該有很多男生對妳展開追求了吧？」

「嗯，是有一些。」我點頭。

「怎麼，裡頭有喜歡的嗎？」小玟關心的問。

「小玟，我才剛分手，心情都還沒整理好呢。」我回答。

「我覺得，要忘掉前男友，最好的方式，就是交個新男友。」小玟說。

「呵，妳還真積極呢。」我笑著說。

這時，換我點的義大利海鮮燉飯送了上來。

「阿勝呢？他怎麼沒來？」我問，因為小玟原本說阿勝會一起來。

「他說社團有活動，得留在新竹。」

「妳和阿勝還 OK 嗎？」

「嗯，還算順利吧？」

「像阿勝那麼帥的男生、念名校、又會說話，妳可要看緊一點。」

「妳不是不贊成我和阿勝在一起嗎？」小玟笑著問。

「是呀，因為他太帥了，看起來有些不可靠，我擔心妳跟他在一起會吃虧，所以才不贊成。不過，人不能光看外表，看起來花心的阿勝始終如一，反而是我男友他卻……」說到這兒，我停了下來。

「呵，小冰，妳沒看錯，阿勝他是很花心，像今天他跟我說社團有活動得留在新竹，但其實他是去參加聯誼。」小玟笑著說。

「啊？那妳不生氣，還讓他去？」我驚訝的說。

「幹嘛生氣呢？他喜歡認識漂亮女孩，就讓他去吧，這樣，我也能有自己的時間呀。」小玟回答。

「妳不擔心嗎？」我問。

「擔心呀。」小玟回答。

「既然擔心，為什麼還讓他去呢？」我困惑的問。

「因為我很喜歡他，不想戳破他的謊言而和他吵架。既然已經喜歡上這樣的阿勝，與其擔心他喜歡上其他漂亮女孩，不如想辦法把自己變得更出色、更溫暖，我想，人們總喜歡待在溫暖的地方，只要這樣，阿勝就算一時感到迷惑，但最後一定能找到回家的路，回到我身邊來。」小玟回答。

「假如，有一天，他再也找不到回家的路呢？」

小玟略想了想，接著微笑的回答：「那代表緣分盡了，除了說再見，

已經沒有我能做的了。」

「原來，妳也不輕鬆呢。」

「喜歡一個人，哪有輕鬆的呢。」小玫笑著說。

我們又談了些學校發生的事情，但話題繞了繞，又繞回我的身上，小玫一直很關心我的感情狀況。

「小冰呀，我介紹個男生給妳認識，妳覺得怎樣？」小玫試探的問。

情勢漸漸明朗了，小玫今天約我出來，根本就是為了替我介紹男生。

「介紹男生給我？」我好奇的問，印象中，這還是小玫第一次說要替我介紹男生。

「是呀，阿勝有個好朋友，聽阿勝說他從沒交過女朋友，很清純吧！我去新竹找阿勝時，見過他幾次，也聊過幾次天，感覺很不錯，不曉得為什麼一直沒女朋友，阿勝拜託我替他介紹女孩，但妳知道，我們姊妹淘都有男朋友……」小玫解釋的說。

「所以，妳就把腦筋動到我身上來？」我似笑非笑的說。

「哪有，我是真的覺得他很不錯，阿勝也一直強力推薦他是 21 世紀的新好男人，才想介紹給妳的。」小玫無辜的說，那模樣真是可愛，我想阿勝就是被小玫這副無辜的可愛模樣給攻陷的。

「小玫，我想不用麻煩了吧。」我拒絕的說。

「妳先別拒絕的那麼快，再考慮一下吧。」小玫建議的說。

我微笑的搖搖頭，接著說：「小玫，我現在，真的沒心情認識其他男生。」

「妳該不會，還惦記著前男友吧？」小玫問。

「不。」我搖搖頭，接著說：「我已經把他拋開了。」

「那是為什麼呢？」小玫問。

「那是因為……」

「難道，已經不再相信愛情了？」小玟擔心的問。

「也不是……」我考慮了一下，決定告訴小玟，也該找個朋友傾訴了，國中就認識的小玟，是最好的對象。

「因為後來，我喜歡上另一個男生……」接著，我把自己在寒假和前男友分手的同時，也認識了 dj 學長的經過，告訴了小玟。

「原來，妳有喜歡的男生了，那現在呢？他在哪兒？有繼續跟他聯絡嗎？他知道妳喜歡她嗎？他也喜歡妳嗎？」小玟連珠炮似的問。

「寒假結束後，他就離開了，我有試著打電話給他，但打不通，寒假結束後這幾個月，他從沒打過電話給我，我想，他大概對我沒特別感覺吧？當然，他不會知道我喜歡他，因為就連我自己，也是他離開後，才意識到，原來在不知不覺中，我已經把他放在心上了。」我緩緩的說。

「這樣聽來，妳錯過他了。」小玟說，神情看起來很是遺憾。

「嗯，是呀，錯過了。」我無奈的笑著說。

「一直以來，妳都被男生們捧在手心上當寶，像這樣先喜歡上某個男生，印象中，還是第一次吧？」小玟說。

「嗯，好像是。」我點頭。

「然後，妳居然錯過了他。」小玟說。

「唉，這大概是報應吧？以前，我拒絕了很多男生，因為不成熟，所以拒絕的方式有時會讓人受傷，因為如此，上天才會這樣對我吧？」我猜測的說。

「小冰，這麼消極可不像妳。」小玟提醒的說。

我苦笑，沒有回答。

「真的沒辦法連絡上他？他念什麼學校？只要到那學校去找，就算一時找不到，時間久了，應該就能找到吧？」小玟說。

「當時，我煩惱著前男友的事，連他念哪兒都不知道，印象中，好像是北部的大學，還知道他念理工科，因為他說他們系上女生很少。」我回答。

　　「北部大學的理工科，有很多呢！還有沒有其他線索？」小玟問。

　　「沒有了。」我回答。

　　「就這點線索，要找一個人很困難的。」小玟皺眉的說。

　　「我沒打算找。」

　　「沒打算找!?但妳不是喜歡他嗎？」小玟驚訝的問。

　　「嗯，是呀。」

　　「喜歡他，卻不去找他？」小玟困惑的問。

　　「不一定每個人都能跟自己喜歡的人在一起的，不是嗎？」

　　「或許吧？但其他人能不能跟喜歡的人在一起，我不關心，我只關心妳能不能找到他，然後跟他在一起。」小玟說，她的話令我感動。

　　「小玟，我努力過了，但或許我和他，真的沒有緣分吧？」我說完，頓了頓，接著說：「所以，介紹男生給我認識這件事，就當沒有提過吧。」

　　「就這樣忘掉自己喜歡的男生，真的沒關係嗎？」小玟問。

　　「……我也只能這樣了。」我無奈的回答說。

　　梅雨季，應該還會持續下去，我希望，當天氣終於好轉那時，我的心情也會跟著放晴。

dj

　辦了那麼多次聯誼，但在綿綿細雨中的聯誼還是第一次。

　「抱歉，挑了個不好的天氣。」我跟同學們道歉的說。

　「聯誼重點不在天氣，而在女生的質素，沒想到建築系女生的質素這麼高呀！」同學甲回答說。

　「沒來參加的同學，回去看到照片，一定很嘔。」同學乙得意的說。

　「你們滿意就好。」我笑著說。

　「她們的聯絡人叫貝兒是嗎？她有男朋友嗎？」同學丙問。

　「你想做什麼？貝兒是 dj 的人啦！你別打她的主意了。」阿勝突然冒出來這樣說。

　「喂！胡說些什麼呀？」我說。

　「那阿勝你看上哪個？」同學丁問，沒人理會我。

　「我覺得短髮戴墨鏡那個不錯，打扮時尚、身材高挑，而且我發現她一直在對我放電。」阿勝自我感覺良好的說。

　「什麼!?你看上她了，那麼，我得換目標了。」同學丁遺憾的說。

　「為什麼，公平競爭就好了呀。」我疑惑的問。

　阿勝爽朗的笑了笑，同學丁搖搖頭，回答說：「你看看我，再看看阿勝，跟他競爭，我能有勝算嗎？」

　「你怎麼說服小玟，讓你來參加聯誼的？」我好奇的問阿勝。

　「很簡單呀！」阿勝說。

　「喔？」

　「我跟她說，社團有事，我得留下來處理。」阿勝回答。

　「啊!?那不是說謊嗎？」我驚訝的說。

　「是呀，善意的謊言，小玟會諒解的。」阿勝說。

「最好是！」我沒好氣的說，奇怪，我怎麼會跟這種人成為好朋友呢？

自從梅雨季開始，台南的天空幾乎不曾放晴過，最近不管到哪兒，總是得穿著雨衣，這讓我感到相當不便。不過幸好今天雖然飄著細雨，但只是毛毛雨，因為聯誼的氣氛很好，所以大家並不在意。

「真是多虧妳了，貝兒。」我道謝的說。

「呵，只要記得我的恩情就好。」貝兒笑著說。

「我會一直放在心上的。」

「喔？把什麼放在心上呢？是我，還是我幫你的事？」貝兒問。

「啊？」我張大嘴巴。

「呵，開玩笑的啦，瞧你緊張的樣子。」貝兒微笑。

「呼，拜託妳，貝兒，我的心臟不好。」我求饒的說。

「那你要多訓練一下心肺功能呀，我看去學游泳吧。」貝兒建議的說。

「我原本就會呀。」我回答。

「我也會喔。」貝兒回答。

「那下回一起去游泳吧。」我提議的說。

「呵，討厭，你一定是想看人家穿泳裝的樣子吧？」貝兒說。

「呃，貝兒，我的心臟真的不太好。」我說。

貝兒聽完，開心的笑了。

「dj，就跟你說，貝兒一定是喜歡你，你看，她剛剛根本就是在勾引你呀！」阿勝把我拉到一旁，信誓旦旦的說。

「別亂說！不准你汙衊貝兒！還有，像貝兒麼出色的女孩，有什麼理由得勾引我呢？」

「有呀！」

「是什麼？」

「因為她喜歡你，而你是個木頭。」阿勝回答。

真的是阿勝說的這樣嗎？

「活動都帶完了，那接下來要做什麼？」貝兒問我。

「嗯，自由活動囉。」

「那我們呢？」

「一旁納涼。」

「呵，那我們也來聯誼吧！」貝兒笑著說。

「啊!?我們兩個聯誼？」我驚訝的問。

「我叫貝兒，念建築系，你呢？」貝兒說。

「這我知道呀。」

「真沒禮貌！女孩子都自我介紹了，男生怎麼還扭扭捏捏的？」貝兒不高興的說。

「呃，我叫 dj，念的是光電物理……」我只好順著貝兒的意思說。

「我喜歡看書、聽音樂，收集舊東西，你呢？」貝兒又問。

「原來貝兒喜歡收集舊東西呀。」

「是呀，所以，我很喜歡你的老爺車呢！」

「不過我的老爺車對妳來說，太大了些，真要收集的話有些不方便吧？」

「是呀，不然真想收集起來呢！對了！你什麼時候要換車？」貝兒問。

「大概就下個月吧，終於把錢湊齊了。」

「聽說你還去兼家教，哄騙無知少女呀。」

「別說得這麼難聽嘛！我也不想呀，但這是學生賺錢最快的方法了。」我無奈的說。

「那你換車後，我想第一個坐你的新車，可以嗎？」貝兒要求的問。

「嗯，可以呀。」我想都沒想就答應了。

「那我們說好了喔！在我坐之前，不可以載其他人喔！」貝兒強調的說。

「呵，不會有其他人想坐的。」我笑著說。

「唉呦，幹嘛把自己說的這麼不受歡迎呀。」

「但這是事實呀。」我無奈的說。

最後，一場突如其來的大雨，為這次聯誼畫下了休止符。而除了那場雨，這是我舉辦過最成功的聯誼了。

六月的時候，下了好幾個禮拜的梅雨總算停了，天空終於放晴，而我，也準備迎接人生中第二十次生日。

在那之後，身為學生的我們，最傷腦筋的期末考也將粉墨登場。

暑假時，我們社團照慣例，舉辦一個以高中生為對象，六天五夜的營隊活動，為此，社上會針對這個營隊，招收幹部和小隊輔，接著分配工作給大家，負責工作分配的總籌與副總籌，通常是較有經驗的大三學長姐，而大二的我們則常擔任營隊幹部。

我這回擔任的是營隊的活動股長，負責規劃與安排營隊六天五夜裡，像是晚會、大地遊戲、黃金傳奇、小天使與小主人等所有活動，而且大部分的時間，還得擔任活動主持人。

「為什麼找我當活動股長呢？」我疑惑的問，除了我之外，社上還有好幾個善於搞笑的人。

「擔任活動股長，不只要會搞笑，更得善於規劃與分配工作，大概是因為這樣吧？」小璇回答，擅長美工的她，被分配在美宣股。

「期末考快到了，還得不時盯緊各活動負責人，這真是傷腦筋的差事呀！」

「呵，但活動股長到時候，可是最受高中小女生歡迎的喔。」小璇提醒的說。

「喔？受高中小女生歡迎呀，聽起來好像不錯。」

「瞧你，一下子就露出本性了。」小璇一副嫌惡的神情。

「呃，有這麼明顯嗎？」我搔了搔頭。

「看來，你對哄騙無知少女好像很有一套嘛，你的家教女學生不是對你景仰有加嗎？」小璇問，一副像是見到髒東西的神情。

「哄騙無知少女」這話聽起來似曾相識，對了！貝兒也曾這麼說過，只是兼個家教而已，大家幹嘛說成這樣？

「別這樣說，還不都是為了五斗米。」我無奈的說。

「不過，成績進步了很多，不是嗎？」小璇問。

「是呀，她父母很高興呢！」我笑著說。

「會不會是愛情的力量？」小璇問。

「怎麼可能？小璇，妳想太多了。」我回答。

「是你想太少了，記得我國中時，爸媽也曾幫我請過一個家教，當時，我偷偷喜歡過他呢！但他其實只是個很普通的男生，高中之後，回想當時，怎麼也想不明白，那時為什麼會喜歡他。」小璇回憶的說。

「原來，妳也有過這麼天真無邪的時候呀。」我笑著說。

「你的意思是……我現在不天真無邪嗎？」小璇把眼睛瞇成細線，身上散發出殺氣，小璇這副樣子，讓我想起小冰。

「呃……那個，雨終於停了呢！」我試圖轉移話題的說。

「是呀，雨是停了，那又怎麼樣？你是想為你剛才的失言賠罪，趁著天氣好轉請我出去玩嗎？」小璇不懷好意的笑著問。

「這是簡答題嗎？」

「不，這是是非題，而且，我建議你最好回答『是』。」小璇回答。

「呃，我還有別的選擇嗎？」我無奈的問。

小璇望著我，露出了勝利的微笑。

「六月了呢。」我陪小璇走出社辦時，小璇自言自語的說。

「是呀，天氣愈來愈熱了。」

「你的生日快到了吧？」

「喔？妳記得呀！」我驚訝的說。

「你看起來很吃驚？」小璇揚了揚眉。

「有一點啦。」我老實的說。

「準備怎麼慶祝呢？」小璇問。

「啊？慶祝？」我聽了，一時間不知道該怎麼回答。

「怎麼了？」小璇困惑的問。

「問我怎麼慶祝……因為從沒慶祝過生日，所以，沒想過這問題……」我回答。

「你從沒慶祝過生日!?」小璇驚訝的問。

「是呀，我家沒慶祝生日的習慣，高中又念男校，一群男人慶祝生日的畫面也很怪……」我解釋的說。

「那去年呢？」小璇問。

「去年呀，大家都忙著準備期末考，沒人理我。」我有些哀怨的說。

「好可憐呢！」小璇同情的說。

「還好啦，若每年都有人幫我慶祝生日，去年沒有，才會覺得可憐，但我從沒慶祝過，所以，也不會感到失望。」我說。

「是呀，擁有過的，一旦失去，才會覺得遺憾；若從不曾擁有，也就不會失去了吧？你覺得，人會不會因為害怕失去，所以選擇不去擁有呢？」小璇突然說起了人生哲理。

「這個嘛……我的話，應該不會想那麼多吧！該擁有時，就緊緊抓

牢，該失去時，也只能放手。」我說完頓了頓，接著問：「剛剛還在聊生日的話題，怎麼會突然說起這個？小璇，妳還好嗎？」

小璇愣了愣，微笑的搖搖頭，回答說：「我沒事，這樣吧！不如，我來當第一個幫你慶祝生日的人？」

「有人幫我慶祝生日，當然好呀！不過，為什麼呢？」我好奇的問。

「因為你都活到 20 歲了，還沒慶祝過生日，實在很可憐，還有就是……」小璇說到這兒，停了下來。

「嗯？」

「最近我也很無聊。」小璇回答。

「……原來是為了打發時間呀，這樣就很合理了。」

「聽起來好像不大開心，不然算了。」

「怎麼會呢？我超～～開心的。」我強調的說。

「那你生日那天，我們一起出去玩吧。」

「啊!?」我有點懷疑我聽錯了。

「我們就訂在你生日那天，你請我出去玩，我替你慶祝生日，這樣不是很完美嗎？」小璇說。

「聽起來是不錯……」我說，但總感覺好像哪不太對勁。

「那就這樣決定，我想去宵夜街吃點東西，陪我一起去嗎？」小璇提議的問。

「嗯，好呀。」我很快的答應。

是了，在生日那天請小璇出去玩，所有花費都會算在我頭上，那等於是我花錢讓小璇幫我慶祝生日！

唉，算了，有人替自己慶祝已經很好了，不然今年生日又得像去年一樣，在住處上網度過了。

生日前幾天，我送了自己一分生日禮物。

　　「新機車耶！全流線型，帥喔！這高起的後座，是專為把妹設計的嘛！想不到你這傢伙心機很深嘛。」阿勝在學校停車場見到我的新機車，讚嘆兼諷刺的說。

　　「我只是覺得它外型很酷而已，哪有什麼心機呀。」我反駁的說。

　　「這下子，你又多了這項把妹利器，哪個女生不是手到擒來？」阿勝自顧自的說。

　　接著，我沒再搭理他，只是心滿意足的端詳著新機車。

　　「對了！上回跟你提過，小玟要介紹她朋友給你認識的事情，你考慮得怎麼樣？」阿勝說，我回想了一下，似乎有這麼一回事。

　　「啊？那不是說說而已嗎？」

　　「什麼說說而已？我們是很認真的！」阿勝表情嚴肅的說。

　　「我以為你只是隨便說說，所以完全沒放在心上……」我有些不好意思的說。

　　「那我給你三天時間好好考慮，三天後給我答案。」阿勝很快的決定。

　　「我想，應該不用麻煩了吧？」我說。

　　「叫你三天後給我答案，誰要你現在回答我了？告訴你，小玟她朋友我也見過，可是少見的正妹喔！要不是我一直跟小玟說你好話，加上她朋友又剛跟男友分手，你根本就沒辦法認識她好不好！有這種機會還不好好把握!?」阿勝氣勢很強的說。

　　「但我……」

　　「dj，相信我，多認識正妹，永遠不會吃虧。」阿勝說完，逕自朝圖書館方向走去。

　　買新機車後的第一件事，就是傳簡訊告訴貝兒。

「呵，終於買了呀！記得，我是第一個預訂機車後座的人喔！」貝兒傳回的簡訊上，是這樣說的。

「那舊的那部呢？你怎麼處理呢？」隔不久後，貝兒又傳來第二封簡訊。

「因為還能騎，所以我託運回台南了，現在暫時先擺在我家車庫。」我回給貝兒。

「嗯，那我就安心了，這樣的話，以後你回台南，我或許還能坐到你的老爺車呢！」貝兒立刻又回傳了簡訊。

我望著簡訊，不禁微笑，貝兒到底是想坐新車，還是老爺車呢？

「貝兒什麼時候要來坐？」我傳簡訊問。

「就這周末，我去找你吧。」貝兒回訊。

我闔上手機，微笑的翻開原文書，埋頭繼續唸書。去年也這樣，生日快到時，因為接近期末考，所以經常待在圖書館唸書。

後天就是我的生日，不曉得小璇要怎麼幫我慶祝，還真有些期待呢，看來，有人幫自己慶祝生日，是件不錯的事。不過今年有小璇，明年呢？因為今年有人幫我慶祝，明年沒人理我時，一定會覺得很失落吧？

「啊！」我突然想到了件嚴重的事情，忍不住叫了出來。

若後天生日要請小璇出去玩，就一定得載她，那樣的話，貝兒就不是第一個坐我新車的人了！

我居然沒想到這點！昨天才剛把舊車託運回台南，這下該怎麼辦呢？若讓貝兒知道我沒遵守諾言，一定會很失望的！

但我也答應小璇，要在生日那天請她出去玩，讓她幫我慶祝的，我該怎麼辦呢？要是晚點買新機車，就不會有這種事了，我幹嘛這麼急著買呀！？

我在圖書館陷入長考，想著要怎麼解決這難題，最後，我想到了阿勝。只好在生日那天，跟阿勝借車了。不過，依照阿勝的個性，只要我有求於他，他一定會趁火打劫，跟我要求東要求西的，但現在，好像也沒其他辦法了。

　　離開圖書館，我打了通電話給阿勝，跟他談後天借車的事情。

　　「借車？不是剛買新車，幹嘛跟我借車？」阿勝不明白的問。

　　我本想找些藉口，但阿勝不是普通人，隨便扯謊一定會被他看穿，所以，我照實解釋了事情的前因後果。

　　「原來是這樣，看來你對腳踏兩條船這事還不夠熟練，沒關係的，朋友把妹有難，這種忙我一定幫！」

　　「我沒有腳踏兩條船好不好！」我反駁的說。

　　「喔？你都是用這種態度請求別人嗎？」電話那頭的阿勝這樣說。

　　「呃，我是指您誤會了，我並沒有那樣做。」我立刻見風轉舵的說。

　　「不過，把車借給你，我有什麼好處？」阿勝問。

　　我就知道，從不做慈善事業的阿勝，果然提出要求了。

　　「反正你欠我個人情，以後我有什麼要求，你一定得照辦，知道了嗎？」經過一番討價還價，最後阿勝是這樣說的。

　　然後，終於迎來了人生中第二十次生日。

小冰

　　六月的台南，還真是炎熱。

　　五月時，因為持續下著梅雨，所以沒感覺到台南夏天的威力，但當台南的天空終於放晴時，夏天的熱力也開始朝我們步步進逼。

　　「小冰，等會兒到哪吃飯呢？」上會計學時，小淇這樣問我。

　　「不管吃什麼，找個有冷氣的地方吧。」我回答。

　　「小冰，妳真是怕熱呢！」小淇微笑的說。

　　「是真的很熱呀。」我抱怨的說。

　　「不過，這是妳在台南度過的第一個夏天吧！」小淇說。

　　小淇說得沒錯，這是我在台南的第一個夏天，感覺熱的有些受不了，而dj學長，已經在台南度過好多個夏天了，不曉得以台南自豪的他，是不是也喜歡台南的夏天呢？

　　說好不想他的，所以，別再想了。

　　下午，阿誠學長邀我看電影，我沒考慮太多，便答應了。

　　其實除了阿誠學長，最近，我也和好幾個男生一起出去過，感覺有些忙碌，但正因為忙碌，想起dj學長的頻率，也逐漸下降了。

　　或許小玟說得沒錯，忘掉前男友最好的方法，就是找個新男友。所以，想忘掉dj學長，最好的方法，就是讓自己再喜歡上其他男生。

　　反正dj學長也不會回來了，若我一直把他放在心上，那就太傻了，而且人一生中，應該會出現很多喜歡的人，dj學長只是其中一個而已……

　　看完電影後，我和阿誠學長到誠品附近的一家義式料理店用餐。

　　「覺得電影如何？」阿誠學長問。

「還不錯，就結局有些悲傷了。」

「小冰喜歡有好結局的電影？」阿誠學長好奇的問。

「嗯，看故事時，總會把自己投射到故事裡的某個人物上，所以，若故事裡的人們，最後沒辦法獲得幸福的話，就好像自己未來也沒辦法幸福，會感到很失落。」我回答說。

「嗯，我有同感，不過⋯⋯」阿誠學長頓了頓，接著說：「剛剛的電影，更接近現實的人生吧？」

「這麼消極，真不像阿誠學長呢。」

「沒辦法，因為我想跟某個女孩在一起，若這只是個故事，我應該能達成心願的，可惜，這是現實人生，所以，幸福總是離我很遠。」阿誠學長暗示的說。

「阿誠學長⋯⋯不是有些女孩默默的注視著你嗎？」我提醒的問，我曾聽貝兒學姐說過，資工系的阿誠學長，因為身高和外型都很不錯，還挺受女生歡迎的。

「但我卻總注視著另一個女孩的背影，沒辦法將目光移到其他女孩身上。」阿誠學長說。

「那女孩⋯⋯要轉過身來，或許還需要些時間⋯⋯」

「若那女孩最後能轉過身來，對我微笑，那麼，不管多久，我都能等下去。小冰，妳覺得，她轉過身後，會對我微笑嗎？」阿誠學長問。

「我⋯⋯」我想了想，最後，還是沒有回答。

沉默持續了一會兒，阿誠學長換了另一個話題。

「天氣愈來愈熱了。」阿誠學長說。

「是呀。」我點頭同意。

「所以，最近飲料店的生意不錯。」阿誠學長說。

「那你和貝兒學姐應該很忙碌吧？」

「是呀，都快忙不過來了。」阿誠學長抱怨的說。

「真懷念呢，我離開飲料店，也快一個月了。」

「有空可以回來看看，大家都很想妳呢。」阿誠學長說。

「嗯，有機會的話。」我微笑的說。但我早已決定，在將 dj 學長完全拋開之前，我不會再回去了。

「對了！告訴你一個八卦。」阿誠學長眼睛一亮的說。

「喔？什麼八卦？」我好奇的問。

「貝兒好像有男朋友了！」阿誠學長說。

「咦？真的嗎？貝兒學姐有男朋友了!?」我驚訝的問。

「寒假結束後，貝兒就經常往北部跑，問她去做什麼，她總神祕的微笑，然後回答『去約會呀！』還一副很開心的樣子，我猜她一定有喜歡的人了。」阿誠學長繪聲繪影的說。

「呵，這只是學長你的猜測而已吧！貝兒學姐可不是這麼容易被猜透的人呢！」我微笑的說。

「是那樣沒錯，不過，我和貝兒的交情可不一般，從高中開始我就是她學長，所以，這回我很有把握，她一定是遇見喜歡的人了。」阿誠學長自信滿滿的說。

「你高中時是貝兒學姐的學長，這還是第一次聽說呢！」我有些驚訝的說。

「貝兒在高中時，可是學校裡小有名氣的正妹，而我是她的直屬學長，所以，想追求貝兒的男生，都把我視為假想敵，而頑皮的貝兒，還跟那些想追求她的男生說，想追她要先經過我同意，害我被校內很多男生敵視，很傷腦筋呢！」阿誠學長微笑的說。

「呵，很有貝兒學姐的風格呀。」我笑著說。

「但奇怪的是，高中這麼受歡迎的貝兒，最後並沒有和任何追求她

的男生在一起。」阿誠學長表情困惑的說。

「嗯……」我沉吟著。

「怎麼了？」阿誠學長好奇的問。

「阿誠學長，難道你從沒想過，或許高中時的貝兒學姐，喜歡的人是你嗎？所以，她才會那樣說，才沒跟追求她的男生在一起。」我說。

「……」阿誠學長沉默的望著我，沒有回答。

「在飲料店工作了將近一年，你和貝兒學姐很喜歡逗弄彼此，有時看起來真的很像情侶，而且……」我說到這裡停了下來，因為我不知道該不該說下去。

「而且什麼？」阿誠學長表情平靜的問。

「在阿誠學長跟我表白前，我原本以為，你喜歡的是貝兒學姐。」

「是嗎？貝兒對我來說，一直是個可愛的妹妹，所以，我從沒想過妳說的。」阿誠學長低頭陷入了沉思。

一會兒後，阿誠學長抬起頭來，微笑的說：「高中時發生的事情，現在我已經不能確定了……不過，那已經不重要了，因為現在，貝兒找到她喜歡的人，而我的心也早已被那女孩給占據了。」

「小冰，妳覺得我的結局，會跟剛剛看的電影一樣嗎？」阿誠學長最後是這麼問的。

但問題的答案，沒人知道。

隔天因為要做報告，所以，我和小淇相約到學校附近的書局找書，找著找著，在書架上看到了本介紹星座的書。

還記得，dj 學長是六月的雙子座，那麼他的生日應該快到了，不曉得今年他會怎麼慶祝？

「雙子座，聰明、反應快、口才好，擅於社交，但因為過於善變，常給人一種不安定感，在感情上有花心的傾向……」星座書上是這麼描

述雙子座的。

「妳在看什麼？」小淇好奇的問。

「在看這個。」我遞給小淇。

「星座呀，我不曉得小冰對這個有興趣呢！」小淇似乎有點驚訝。

「我只是隨便翻翻。」

「雙子座……小冰有那個朋友是雙子座的呢？」小淇問。

「我只是剛好翻到而已。」

「這樣呀，小冰是天秤座吧？」小淇問。

「嗯，是呀。」我點頭。

「雙子座跟天秤座很合喔！不管是當朋友或當情侶都很適合。」小淇微笑的說。

「真的嗎？為什麼小淇會知道？」我好奇的問，但聽小淇這樣說，我感到很開心，原來我和 dj 學長很適合當情侶呀。

「有段時間，我對星座很著迷呢！」小淇笑著回答。

雙子座的 dj 學長和天秤座的我，原來很適合嗎？

只可惜，已經沒有驗證的機會了。

「嗯？你不是買新車了嗎？」生日當天，小璇見我沒騎新車去接她，困惑的問。

「這個嘛……因為阿勝今天要陪女朋友出去，所以，我借給他了。」我扯謊的說，唉，為了成就自己，不惜出賣朋友，人性真是邪惡呀。

「喔，你對他還真好呢。」

「那今天準備到哪兒？」我轉移話題的問。

「嗯，我想去個地方。」小璇回答。

「先上車吧，再告訴我怎麼走。」我說。

小璇上車後，自然的把雙手放在我的腰間，這讓我感到有些緊張。而小璇想去的地方，是離學校有些距離的六福村，也是我和小璇初次相遇的地方。

「記得那次聯誼，好像還下雨呢！」小璇說。

「嗯，因為這樣，我們班本來要去的男生，又少了幾個。」

「不過大家還是玩得很瘋呀！」小璇笑著說。

「雖然玩得很瘋，但可惜的是，大家各玩各的，根本就沒啥交集。」我無奈的說。

「不過，你不是來跟我搭訕了嗎？」小璇問。

「呵，因為我是公關，而且妳是正妹嘛！」我笑著說，但其實，我是跟所有學伴沒來的女生搭話，原本是想盡公關的義務，不過因為和小璇實在太有話聊，後來就忘掉自己的義務了。

「所以，若我是醜八怪，你就不會搭訕我囉？」

「不，因為我是公關，所以還是會找妳搭話，但很快就會離開。」

「真是現實的男人呢！」小璇諷刺的說。

「沒辦法，我只是個普通男生嘛！」

到六福村後，花了我一千多元買票，我頓時感到元氣大傷。

「怎麼了？你還好嗎？」小璇關心的問。

「為什麼想到六福村來呢？」我問，但其實我想問的是「為什麼非得到六福村這麼貴的地方來？」

「嗯……大概是因為，想回憶吧？」小璇不太確定的回答。

想回憶，是想回憶什麼呢？難道是那次聯誼嗎？

「我們去坐大怒神吧！」小璇提議的說。

「很多人排隊，要排很久呢！還是坐別的好了。」

「還好啦，大概排十幾分鐘就到了，我們去排吧！」小璇挽著我的手說。

「呃，其實我……不敢坐……」拗不過小璇的我，老實的說。

「啊!?難道你沒坐過嗎？」小璇驚訝的問。

「嗯，來六福村五、六次了，但從沒坐過大怒神……」我有些不好意思的說。

「原來你這麼膽小呀，虧你還是個大男人呢！」小璇笑著說。

「我就是會怕嘛！」我無奈的說。

「但我很想坐呀……」小璇嘟嘴撒嬌的說，一副很失望的神情。

「這樣呀……」

於是，二十分鐘後，我坐上了大怒神。

「心情怎樣？」小璇笑著問我。

「很複雜……自由落體的知識學了很多，但當自由落體還是第一次呀。」我苦笑的說。

「呵，還有餘力開玩笑嘛！」小璇笑著說。

但當設施啟動，緩緩上升到最高點時，我已經沒有餘力了⋯⋯

「你的臉色看起來不太好呢。」小璇對我說。

「我現在只有一個願望⋯⋯」

「是什麼？」小璇好奇的問。

「活下去。」

話說完瞬間，我立刻成為自由落體，身體不由自主的加速下落，而且愈來愈快，我低頭望向地面，發現地面正快速的朝我撲來，那時我突然感覺到，天國近了。

或許，該是我接受審判的時候了。

不過，就在我即將蒙受上帝召喚時，身體突然開始減速，設施發出略為尖銳的摩擦聲，最後，在原處緩緩停了下來。

「怎麼樣？好玩吧！」小璇興奮的對我說。

「呃⋯⋯我覺得自己剛剛差點去見上帝了⋯⋯」

「呵，哪有這麼誇張呀！」小璇開心的笑著說。

接下來，不管小璇想玩什麼，我都得陪她，玩得我頭暈腦脹，幾乎就快吐出來了。奇怪，明明是我的生日，為什麼得樣樣遷就她呢？但，我就是沒辦法拒絕女孩子的要求，難道這是一種絕症嗎？

「接下來要玩什麼？」小璇微笑的問。

「看妳囉。」

「那我們去玩急流泛舟吧！」小璇說完，眼裡閃著異樣的光采。

「好呀，不過說到急流泛舟⋯⋯」我想起之前來六福村聯誼時發生的事情。

「怎麼了？」小璇問，但她眼裡有的不是困惑，而是期待。

「一年多前，我們倆個好像也一起玩過急流泛舟，對吧？」我求證

似的問。

「呵，沒想到你還記得呀！」小璇開心的笑著說。

「很難忘記的，因為妳差點就跌下去了。」

「嗯，是呀，是很難忘。」小璇若有所思的說。

急流泛舟是六福村很受歡迎的遊樂設施，一年多前的那次聯誼，我和小璇的學伴都沒來，所以兩人湊成一組，去玩了急流泛舟。那天天氣不好，還下著雨，我和小璇穿著雨衣和救生衣，兩個人獨自搭乘一部橡皮艇，一開始還聊的很開心，但到中段急流的部分時，水道變得曲折，水流也變得湍急，我們的橡皮艇在水道裡顛來覆去，小璇的神情明顯變得不安，緊緊抓著船邊的握把。

「妳還好嗎？」記得當時曾這麼問她。

「嗯。」當時的小璇似乎是這麼回答的。

但不曉得為什麼，當時的小璇突然站了起來，似乎想朝我這兒走，不過，水道突然來個急轉彎，小璇一個重心不穩，眼看就要掉進水道裡，幸好我眼明手快，一把將小璇拉住，後來，直到急流泛舟結束前，小璇都緊抓著我不放，大概是受到了驚嚇吧？

直到現在，我依然不明白，小璇為什麼會突然站起來。

雖然不是假日，但今天六福村的遊客依然不少，因為天氣炎熱，讓急流泛舟排隊的人更多。半小時後，我們才和另一對情侶共同登上了橡皮艇。

「呵，真懷念呢！」小璇笑著說。

「是呀。」我點了點頭，接著問：「小璇，其實我一直有個疑惑。」

「什麼疑惑？」小璇問。

「上回，我們一起玩急流泛舟，到中段急流時，妳為什麼突然站起來呢？」

「喔！那個呀……」小璇一副『原來你問的是這個呀！』的神情。

「嗯。」我點了點頭。

「是祕密喔！」小璇吐了吐舌頭。

接著，急流泛舟開始了。

比起上回，我和小璇更自然的聊著天，也坐得更近。我突然發現，自己和小璇跟對面的情侶沒有兩樣，只差沒牽手而已。

「對了，還沒跟你說呢！」小璇突然的說。

「說什麼？」我好奇的問。

「生日快樂！」小璇笑著說。

「呵，謝謝，不過在這個時間點說，好像有些奇妙呢。」我笑著說。

「不會呀，對我來說，這個時間點最好了！」小璇說。

「為什麼呢？」我好奇的問。

「那個呀，也是祕密喔！」小璇回答，然後燦爛的笑著。

一會兒後，急流泛舟進入中段急流的部分，對面的女孩看起來有些害怕，男孩似乎發覺了，所以緊抱著她，她的神情看起來安心不少。

「小璇，妳還好嗎？」

「嗯。」小璇點了點頭。

「那就好。」

「如果……」小璇欲言又止的說。

「嗯？」我困惑的望著小璇。

「如果，我很害怕的話，你會怎麼做？」小璇問，臉微仰的望著我。

「那個……我……」我一時語塞，是呀，若小璇感到害怕的話，我能幫她什麼嗎？

「你會像對面的男生一樣嗎？」小璇又問。

「啊!?但他們是情侶呀……」我話還沒說完，小璇像上回一樣，突

然站了起來。

「小璇，這樣很危險！」我擔心的說。

但小璇只是望著我微笑，然後對我說：「dj，生日快樂。」

接著一個急轉彎，把小璇整個人甩到另一邊去，重心不穩的小璇，就要摔出橡皮艇外，我站起身來，抱住小璇，讓她坐了下來，而小璇也就乖乖的依偎在我懷裡，直到結束。

不過，在我懷裡的她，告訴了我一個祕密。

「我終於明白了一件事。」小璇輕聲的說。

「什麼事？」我問。

「其實，我也不曉得，為什麼上回玩急流泛舟時，我會突然站起來。」小璇說。

「嗯。」

「但現在，我總算明白了。」

「喔？」我好奇的望著小璇，發覺小璇也正抬起頭來看著我。

「因為，只有這樣，我才能像現在一樣，依偎在你的懷裡。」小璇回答，眼裡柔情似水。

「小璇……」我聽完，整個人全都亂了。

之後，我和小璇之間陷入了沉默，小璇似乎在等著我對她說些什麼，而我卻不曉得該說什麼好。

「結束了呢。」走出園區時，小璇喃喃的說。

「嗯。」我點了點頭。

「有人說，結束是另一種開始，你覺得呢？」小璇問。

「嗯，是那樣沒錯。」我同意的說。

「那你覺得，今天結束後，我們會不會有另一種開始呢？」小璇用熱切的眼神望著我。

不忍讓小璇失望的我，幾乎就要回答「會」，但在那瞬間，小冰的身影卻出現在我腦海裡，所以，我沒有回答小璇的問題。

　　我載著小璇，一路上，我們都沒說話。

　　「今天很謝謝你。」我送小璇回女生宿舍，在宿舍前，她這樣對我說，但說這話的她，並沒有微笑。

　　「嗯，應該的。」我回答。

　　「啊，還沒給你生日禮物呢！」小璇突然想到的說。

　　「喔，有生日禮物呀!?」我驚喜的說。

　　「對呀！說要幫你慶祝生日的，沒想到因為我，把氣氛搞成這樣……真是抱歉……」小璇歉疚的說。

　　「呃，該說抱歉的是我……」

　　「好了！不說那些了，先給你禮物吧！」小璇說。

　　「嗯。」我微笑的點了點頭，氣氛終於好了一些，這讓我鬆了口氣。

　　「那你先把眼睛閉上，然後把雙手伸出來。」小璇說。

　　「嗯，好。」說完，我把眼睛閉上，然後雙手掌心朝上往前伸出。

　　「不可以偷看喔。」小璇不忘交代的說。

　　我應了應，接著感覺到手掌上有分很輕的東西放了上去，觸感很像是紙。

　　然後我感覺到一股香氣，記憶中很好聞的香氣，這應該是小璇身上的氣味吧？香氣愈來愈靠近自己，正當我忍不住想睜開眼睛偷看時，突然唇上有了前所未有的觸感，全身彷彿被電流通過一樣，說不出話來的我，唇上有著甜甜的、鹹鹹的味道。

　　直到觸感消失時，我睜開眼來，見到雙眼閃著淚光的小璇，整個腦袋亂哄哄的，不曉得怎麼辦才好。

　　「希望，你會喜歡我送你的生日禮物。」小璇說完，頓了頓，接著

說：「dj，生日快樂。」

說完，小璇逕自往女生宿舍走了進去。

小璇放在我手掌上的是封信。

我回到住處，洗了個澡，稍微鎮定了些後，才把信打了開來。

Dear dj：

早在一個多月前，我就一直煩惱著，今年該送你什麼當生日禮物才好，最後，我終於決定了，要送你一個很棒的女朋友，她叫做小璇。

一年多前，我們因為聯誼而相遇，一起玩急流泛舟時，我們保持距離坐著，雖然開心的聊著天，但我總覺得有些失落，因為我距離你好遙遠，那時，我單純的想離你近一些，所以，才會站起來走向你，沒想到會差點跌倒，幸好你拉住了我。在你懷裡，我感到心跳加速，有些喘不過氣來，內心很是欣喜，但又安心，現在想想，那就是怦然心動的感覺吧？

後來，我們成為好朋友，但我想當的不只是朋友。我以為你也這樣想，所以，我等著、等著，但最後，卻沒等到你。

這就像在某個路口，我獨自站在那兒等待，人家問我在等誰，我不好意思說出口，只能微笑，這時，有個優秀的男孩走近我身邊，問我，能不能跟他一起走，我回答，不行，因為我在等人。但他告訴我，沒關係，他可以陪我一起等，就這樣，我等著你，他等著我，最後，我等得累了，便跟他一起走了。

但我和那男孩繞了一大圈後，終於明白自己，從未忘記那怦然心動的感覺，所以，我又回到了那等待的路口，但不同的是，這回，我告訴了你，我在那路口等著你，希望你來找我，然後帶我一起走。

dj，我喜歡你，那你呢？這回，你會來路口找我嗎？

小璇

小璇，在我生日這天，傳達了她的心意，也奪走了我的初吻。

不過，小冰早在寒假時，成為了我的初戀，也奪走了我的心。

所以，小璇，我大概，沒辦法去找妳了……

小冰

　　「嘿，小冰！」禮拜五，我上完第六節課後，在學校籃球場附近遇見貝兒學姐，遇見時，貝兒學姐開心的朝我揮手。

　　從飲料店離職後，這還是第一次見到貝兒學姐。

　　「小冰，好久不見了呢！」貝兒學姐開心的說。

　　「是呀，有一個多月了吧？」

　　「小冰還是跟以前一樣可愛！不，好像更可愛了！」貝兒學姐稱讚的說。

　　「呵，哪有，貝兒學姐才是呢！愈來愈漂亮了！」我笑著說。

　　「嘻，我們這樣互相稱讚，經過的人聽到，不曉得會怎麼想呢！」貝兒學姐笑著說。

　　「我說的是事實呀！」我強調的說。

　　「所以，我最喜歡小冰了！」貝兒學姐開心的說。

　　我和貝兒學姐找了家學校附近的店，一起喝下午茶。

　　「為什麼不去玫瑰園呢？小冰不是很喜歡嗎？」貝兒學姐困惑的問。

　　「太常去了嘛！偶爾也要換個地方呀。」

　　「嗯。」貝兒學姐滿意的點點頭。

　　「聽阿誠學長說，貝兒學姐最近經常往北部跑？」我找話題的問。

　　「嗯，是呀。」貝兒學姐點了點頭。

　　「阿誠學長還說，妳一定是有喜歡的人了，真的嗎？」我感興趣的問。

　　「呵，他真是個大嘴巴呢。」貝兒學姐笑著說。

　　「上回我才知道，原來妳和阿誠學長高中就認識呀。」

「對呀，真是孽緣喔！高中時他是我直屬學長，對想追我的男生品頭論足、挑三揀四，接著大學又都考上成大，這還不要緊，連打工都選了同一家店。」貝兒學姐用抱怨的語氣說著，但神情卻完全相反。

「聽起來真的很有緣分呢！不過照阿誠學長的說法，高中時，是貝兒學姐對男生們說，想追妳得經過阿誠學長同意才行。」

「呵，那是因為他一直挑三揀四的，我才會對他說：『既然你這麼喜歡幫我挑男朋友，乾脆交給你決定好了！』不過，他可是一個都沒幫我挑到呢！」貝兒學姐回答。

「搞不好，阿誠學長是因為喜歡妳，所以才故意讓全部男生出局的。」

「喔!?原來是這樣呀！說不定喔！」貝兒學姐恍然大悟的說，頓了頓後，接著說：「不過，那已經不重要了，因為他現在喜歡的是妳。」

「嗯……」話題突然轉到我身上，一時間不曉得怎麼回答。

「妳和阿誠學長，最近還順利嗎？」貝兒學姐關心的問。

「嗯，不曉得怎麼說……」

「什麼意思？」貝兒學姐疑惑的問。

「阿誠學長給了我許多『他在等我』的暗示，但我卻不曉得怎麼回應他。」

「為什麼？妳討厭他嗎？」貝兒學姐問。

我搖搖頭，回答說：「不，我並不討厭阿誠學長。」

「既然如此，為什麼不試著接受他呢？」貝兒學姐問，但奇怪的是，問著問題的她，眼裡並沒有困惑。

「因為，我心裡有喜歡的男生，但那男生並不是阿誠學長。」我回答。

「是嗎？」貝兒學姐沉吟的說。

「在我忘了那男生之前，沒辦法給阿誠學長任何回應。」

「那麼，那男生是誰呢？小冰的前男友嗎？」貝兒學姐問。

我搖了搖頭，回答：「我對他，已經沒有任何眷戀了。」

「那是誰呢？」貝兒學姐問。

我望著貝兒學姐，覺得好像沒必要告訴貝兒學姐，但又覺得既然 dj 學長不會再出現，那麼告訴她應該也沒關係。

「不如，我來猜一下？」貝兒學姐說。

「啊？貝兒學姐要猜我喜歡的男生是誰？」我有些驚訝的問。

「嗯。」貝兒學姐點了點頭，接著說：「妳才剛和前男友分手不久，就有了喜歡的男生，所以，這男生可能是在妳和前男友發生不愉快時，也就是寒假時認識的，而且妳看男生的標準很高，這男生至少得會說話、有點長相。而且妳剛剛說，要等妳忘掉這男生，妳才能回應阿誠學長，這樣看來，這男生已經不在妳身邊了，否則妳沒必要忘了他，綜合以上各點，符合以上條件的男生只有一個……」

「……」我望著貝兒學姐，心想，難道貝兒學姐猜出來了？

「小冰，妳喜歡的男生，是 dj 嗎？」貝兒學姐問，用異樣的眼神望著我。

我是在 dj 學長離開後，才明白自己的心意，但貝兒學姐卻看穿了……

聽完貝兒學姐的猜測，我頓了頓，然後，點了點頭。

「原來，妳真的喜歡 dj 呀。」貝兒學姐喃喃的說。

「我也是在他離開後，才察覺自己的心意。」

「但他現在離開了，妳準備怎麼辦？」貝兒學姐問。

「dj 學長離開後，不曾再回飲料店來，手機號碼也換了，現在，連我也離職了，我想，我和他應該不會再見面了吧？」我傷感的說。

「所以？」貝兒學姐很快的問。

「既然知道不會再見面了，我唯一能做的，只有忘了他。」

「真的能忘嗎？」貝兒學姐問。

「其實……我也沒把握，雖然很努力了，但直到現在，我還是常常想起他，想忘掉他，好像沒有想像中容易……」說到這兒，我感到眼眶有些濕潤。

「小冰，想再見到他嗎？」貝兒學姐問。

我想了想，先點頭，然後搖頭。

「既點頭，又搖頭？」貝兒學姐問。

「我很想見他，但又怕見到他後，知道他心裡並沒有我，會感到傷心，卻因為見了面，變得更忘不了他。」

「嗯，這我能體會……」貝兒學姐若有所思的說。

「所以，現在我能做的，就只有等待時間流逝，讓時間幫我淡忘他了。」我無奈的說。

「小冰，我……」貝兒學姐一副欲言又止的模樣。

「嗯？」我好奇的望著貝兒學姐。

「……沒什麼。」貝兒學姐笑了笑。

「貝兒學姐，我喜歡 dj 學長的事，別告訴阿誠學長，好嗎？」我央求的說。

「妳怕他知道了會傷心嗎？」貝兒學姐問。

我點了點頭。

「小冰，妳真是善良呀……」貝兒學姐神情變得黯然。

感覺寒假才剛過，卻一下子到了六月，然後，暑假就快到了。

　　生日之後，一直想著小璇的事。

　　煩惱的心思，一下子就被貝兒看了出來。

　　「你看起來好像很心煩，有心事嗎？」在後座的貝兒問，剛剛還開心著她是第一個坐我新車的人，現在說話的語氣聽起來有些憂愁，都怪我，把負面情緒帶給了她。

　　「嗯……」我略想了想，決定告訴貝兒。

　　「其實，前幾天是我的生日。」

　　「什麼!?你生日怎麼沒告訴我呢？」貝兒驚訝的問。

　　「啊？不就是個生日，沒什麼大不了的，以前每年生日，也都一個人過。」

　　「怎麼會呢？感覺上，你應該挺受歡迎的。」貝兒有些不可置信的說。

　　「我也不知道，大概是出生的日子不好吧？」我猜測的說。

　　「沒關係，你現在認識我了，以後每年生日，我都會替你慶祝的。」貝兒微笑的說。

　　「妳對我真好，不過想慶祝明年生日，還得等三百多天呢。」我笑著說。

　　「那樣的話，不如先慶祝我的生日吧，我生日就快到了喔！」貝兒提議的說。

　　「那有什麼問題呢？」我說完笑了笑，接著說：「不過，今年生日倒是有人幫我慶祝。」

　　「嗯，然後呢？」

　　「也收到了生日禮物。」

「替你過生日的，是個女生吧？」

我點了點頭，好奇的問：「貝兒怎麼知道？」

「因為會讓你傷腦筋的，只有女生吧。」貝兒回答。

「呃，好像是那樣沒錯……」我聳了聳肩。

「那麼，她幫你過生日時，發生了什麼事？」貝兒問。

「嗯，我們先找家店吧。」我提議的說。

「好呀。」後座的貝兒點了點頭。

二十分鐘後，我們在市區的一家簡餐店坐了下來，點完餐後，貝兒靜靜的望著我，似乎等著我開口。

「我和她認識也有段時間了，剛認識時，我追求過她，雖然沒能成功，不過，之後我們還是維持著朋友關係，而她，也成為我心中一個特別的存在。」我說。

「特別的存在……」貝兒喃喃的說。

「是呀，畢竟是我第一個真正追求過的女孩，雖然她說，她根本感覺不到……」

「你到底怎麼追她呀？」貝兒好奇的問。

「就約她一起出去玩、吃飯、聊天、看電影呀。」

「那她有答應嗎？」貝兒問。

「大概都有吧。」我回答，印象中，小璇好像很少拒絕自己的邀約。

「那後來你有告訴她，你喜歡她嗎？」貝兒問。

我搖搖頭，回答：「我還來不及讓她明白我的心意，她就有了男朋友。」

「你該不會只是跟她約會、吃飯和看電影，然後什麼事都沒做吧？」貝兒問。

「啊!?除了這些，還要做什麼事嗎？」我困惑的問。

「你在課業上是優等生，不過，談戀愛似乎還有得學呢！」貝兒笑著說。

「我就從來沒交過女朋友，高中又念男校……」我抱怨的說。

「唉，你這傻瓜，她幾乎沒拒絕過你的邀約，那表示她一定對你有好感，女孩子可能會禮貌性的和男生出去一、兩次，但絕不會一直跟自己沒好感的人出去玩。若我的假設成立，她對你可能有所期待，但你卻什麼都沒表示，時間久了，她或許以為是她自己會錯意，其實，你並不喜歡她，只當她是朋友。」貝兒侃侃而談的說。

「……或許真的是那樣吧。」我有些遺憾的說。

「我想，你們是錯過了……」貝兒說。

「嗯，在那之後，過了一年，寒假後，我在學校裡遇見她，她告訴我，寒假時她和男友分手了。」

「嗯。」貝兒聽了，點了點頭，這時，我們點的餐點和飲料送了上來，中斷了我和貝兒的談話，我也藉著這機會，好好想想自己該怎麼訴說關於小璇的事。

「今年，她說要替我過生日，我也很高興的答應了，生日那天，我們一起去了六福村……」我說。

「特地跑去六福村，有點遠呢，有什麼原因嗎？」貝兒問。

「我和她是聯誼認識的，而我們聯誼的地方，就是六福村。」我回答。

「原來，參加聯誼還真的能遇見心儀的人呢！」貝兒說完，頓了頓，接著說：「對她來說，那應該是個充滿回憶的地方吧？」貝兒說。

「對我來說也是。」我說完，笑了笑，接著說：「而她，在我們玩急流泛舟時，對我傾訴了她的心意。」

「她喜歡你嗎？」貝兒問，神色好像有些不自在。

「嗯。」我點點頭，接著說：「我聽完整個人都亂了，什麼話也說不出來，只能默默的送她回宿舍，在宿舍前，她突然恢復了精神，說要送我生日禮物，給了我一封信，還有……」

「還有什麼？」貝兒很快的問。

「還有一個吻。」我有些難為情的說。

「……」貝兒聽完，沒有回答。

「她在信上說，她繞了一大圈後，才發現其實她一直在某個路口等著我，而她送我的生日禮物是……成為我的女友，她會在那路口，靜靜等待著我。」說完我輕嘆了嘆，接著說：「就是這樣了……」

「嗯……」貝兒若有所思的點了點頭。

「這幾天，我想了又想，不曉得怎麼辦才好。」我苦惱的說。

「你會接受嗎？」貝兒問。

「我想……大概沒辦法吧。」

「為什麼？」貝兒立刻追問。

「因為，我喜歡的是小冰呀。」我苦笑的說。

「嗯……」貝兒應了應，但看起來有些恍神。

「雖然小冰的心裡沒有我，但我還沒辦法忘了她，這樣的我，又怎麼有資格接受其他女孩呢？」

「但你和小冰，或許再也見不到了，這樣把她放在心上，又有什麼意義呢？」

「是沒意義……」

「那就把她忘了吧。」貝兒說，語氣有些激動。

「我本以為，很快就能忘記她，不過……或許我和貝兒很類似吧？」

「類似？」貝兒困惑的問。

「是呀，都很戀舊。」

　　要喜歡上一個人很難，但若與忘掉一個人相比，那喜歡就顯得容易多了。

　　「你會想見小冰嗎？」貝兒問。

　　「很想，但我不會再去見她了。」

　　「為什麼？」貝兒問。

　　「因為，即使見了，也只是讓我的思念更加綿延不絕罷了，而且，我等了她兩次，都沒能等到她，我已經累了，不想再等下去了⋯⋯」

　　「我知道了，我會幫你的。」貝兒說完，頓了頓，突然換了話題：「話說回來，你的新車，坐起來還真不錯呢！」

　　「是嗎？妳喜歡就好。」我笑著說。

　　「我真的是第一個坐你新車的人齁？」貝兒求證似的問。

　　「那當然囉。」我回答。

　　「呵，至少，這個我是第一。」貝兒說完，開心的笑了。

　　既然買了新車，或許，就該把舊車拋開了⋯⋯

　　不過，總有些捨不得。

小冰

　　炎熱的六月天，隨著期末考結束，就要畫上句點，而我也即將揮別大一的黃金時光。

　　不過，在學期結束前，校內舉辦了許多活動，讓期末考後的校園看起來朝氣蓬勃，就像大一剛入學時那樣熱鬧。

　　「小冰，妳想參加什麼活動？」一向醉心於參加各種活動的小淇，興奮的問。

　　「沒想過，妳決定就好。」

　　「但若我決定的活動，跟妳約會的時間重疊的話，那怎麼辦？」小淇問。

　　「約會？跟誰呀？」

　　「當然是阿誠學長呀，最近不是每個禮拜都一起出去嗎？」小淇笑著說。

　　小淇說的沒錯，最近，我跟阿誠學長更常一起出去了。或者該說，阿誠學長邀約的頻率變高了，因為沒有不去的理由，所以，我一次也沒拒絕過。

　　「我想，阿誠學長就快跟妳告白了吧？」小淇猜測的說。

　　「嗯，或許吧。」我不置可否的說，小淇並不知道，阿誠學長在寒假時，就跟我告白過了。

　　「若他跟妳告白，妳會接受嗎？」小淇問。

　　「這個……我還不清楚。」

　　「小冰，如果連妳也不清楚，那麼，又有誰知道？」

　　對於小淇的問題，我沒辦法回答。

　　我只希望，我和阿誠學長能保持現狀，直到我想清楚了，或者，把

dj 學長忘掉為止。

　　這次暑假，我打算回台北，因為一個人待在台南，會感到很寂寞。寒假時，還有 dj 學長陪我，但他已經不在了。

　　「小冰，暑假想不想去哪兒玩？」幾天前，阿誠學長曾這樣問我。

　　「去玩嗎？」

　　「對呀，就像寒假的花東行那樣。」

　　「只有我們兩個人嗎？」

　　「還會找些朋友一起，像貝兒和她的朋友，飲料店的工讀生也會邀看看。」阿誠學長回答。

　　「聽起來不錯，那要去哪呢？」我問。

　　「寒假去了花東，這回墾丁、綠島或是宜蘭都可以考慮。」阿誠學長提議的說。

　　「宜蘭我去過滿多次了，去墾丁或綠島好了。」

　　「嗯，那我找貝兒商量一下好了。」阿誠學長說完，頓了頓，接著說：「小冰也可以找朋友一起來。」

　　「嗯。」我微笑的點了點頭，憶起寒假時的花東行。

　　若這回 dj 學長也能一起去，那該有多好……不過，已經不可能了吧？

　　暑假到來前，小玟和阿勝一起來台南找我。

　　「台南果然是個充滿人文氣息的城市呢！」我陪著小玟在孔廟附近閒逛時，她微笑的說。

　　「啊，這是什麼門？這麼窄？」阿勝似乎發現了他感興趣的東西。

　　「呵，因為這家店就叫窄門咖啡，是台南小有名氣的咖啡店喔。」

我回答。

「還真有趣……不過胖子怎麼辦呢？」阿勝問。

「笨喔，側個身就可以進去了呀。」小玟回答。

「但我們系上的老爹，他應該連側身都進不去吧？」阿勝說。

「呵，那你下次找老爹一起來，他發現自己進不去之後，搞不好就會下定決心減肥喔！」小玟笑著說。

「喔，原來這家咖啡店還有這種妙用呀。」阿勝彈了彈手指。

我望著阿勝和小玟，感覺他們真是天生一對。

拍完照後，我們走進了窄門咖啡。

「小玟和阿勝可以去拿本留言簿，寫下你們曾到這來的記錄。」

「小冰也寫過嗎？」小玟問。

「嗯，是呀。」我點頭。

「在哪一本呢？我想看。」小玟說。

「我也忘了，找找看吧。」說完，我挑了幾本最近的留言簿，開始找起。

我們邊找邊聊，阿勝總能說著許多有趣的事，讓我不自覺的微笑起來，小玟跟他在一起，應該很愉快吧？不過，小玟也說過，因為阿勝很受女生歡迎，又有花心的特質，所以，某種程度上，她也是很辛苦的。

「小冰，最近追妳的人多嗎？」阿勝問，小玟聽了也感興趣的望著我。

「還好。」我不置可否的回答，手邊翻找留言簿的動作沒停下來。

「有喜歡的嗎？」阿勝又問。

「也還好。」

「小冰，妳好像不很積極。」小玟說。

「感情這事，若沒遇上喜歡的，怎麼積極呢？」

「但妳遇上了，卻又放手了……」小玟說，眼裡帶著遺憾。

「遇上又放手了是什麼意思？」阿勝好奇的問。

「就是字面上的意思。」小玟不置可否的回答，阿勝聽了一頭霧水的望向我，我只能微笑。

「小冰，妳不想再找了嗎？」阿勝神情嚴肅的問。

「嗯？找什麼？」我問。

「喜歡的人、好男生，或是真愛呀。」阿勝回答。

「真愛？那東西真的存在嗎？」我笑著問。

「存在呀。」阿勝回答。

「喔？你這麼確定呀？」我疑惑的問。

「因為我已經找到了。」阿勝說完，微笑的望著我。

我聽完，望向小玟，只見到她低頭攪拌著貝里斯奶酒咖啡，就像沒聽到一樣，不過，她嘴角輕輕揚起的微笑，我隱約見到了。

看起來花心、喜歡參加聯誼認識女孩，或許是阿勝令人擔心的特質，不過，最後，他終究會回到小玟身邊。

小玟，大概會一直幸福下去吧？

「我在想，若妳沒喜歡的男生，可以考慮我上回的提議。」小玟說。

「上回的提議……喔，是指介紹男生給我認識？」我說。

「是呀，他是我好朋友，內外兼具，個性也很好，是個有口碑的好男生喔。」阿勝稱讚的說。

「呵，若是那樣好的男生，為什麼到現在都沒有交過女朋友呢？」我好奇的問。

「嗯，這我也感到很納悶……但我認識他快兩年了，他是個好男生這一點我可以拍胸脯保證，若要說他的缺點，大概就只有一個……」阿勝說到這兒停了下來。

「是什麼？」我問，小玟也好奇的望著阿勝。

「就是不懂得拒絕別人，尤其是女孩子的要求。或許因為這樣，女孩子即使有些喜歡他，見到他對自己和其他女孩一樣好，心裡會有些不是滋味，也會以為自己對他來說，並不算特別。」阿勝緩緩的說。

「嗯，對女孩子來說，總想成為喜歡的人心中最特別的一個。」小玟認同的說。

感覺上，這個人跟 dj 學長有些像呢！同樣都對女孩子很好，也都不擅於拒絕女孩的要求。

「小冰，我會一提再提，是因為我覺得他真的很適合妳，如果是他，就算小冰偶爾想任性一下，他也一定能微笑以對。」小玟說，身旁的阿勝用期許的眼神望著我。

我望著他們，心想，這對情侶在暑假前，特地南下來找我，就是為了這個吧？

其實，接受他們的提議也可以，不過就多認識一個男生而已，他們很希望能幫助我，我就讓他們達成心願吧。而且，那男生聽起來很不錯，更重要的是，他有著和 dj 學長類似的氣息……

正當我想回答他們，有機會的話，安排時間見個面時，剛好找到了幾個月前，我在窄門咖啡的留言。

「呵，我找到上回的留言了。」我開心的拿給小玟看。

「在哪兒!?在哪兒!?」小玟興奮的將留言簿接了過去。

星期六下午，天空連一片雲都沒有，我和幾個朋友一起來到大家常提到的窄門咖啡，門真的好窄喔！幸好我前陣子有減肥，不然進不來的話該怎麼辦呢？我點了杯冰拿鐵，對咖啡並不專精的我，

覺得這裡的氛圍很棒，以後有機會，我還會再來喔！

3/28 小冰

「呵，妳果然又來了。」小玟看完，笑著對我說。

「嗯，是呀。」我回答，繼續將留言簿往後翻。

「那剛剛說的，妳覺得怎麼樣？」小玟又問。

「嗯，其實也……」當我要回答時，在留言簿上見到了個熟悉的名字，讓我不禁愣了一下。

　　開學一個多月後，總算回到台南了，因為想念咖啡的香味，所以，來到窄門，這個從高中時代，就經常來的地方，嗯，門還是跟印象中一樣的窄。其實呢，有件很想做的事，但沒辦法去做，有個很想見的人，卻沒辦法見到她，只好躲到這兒來，好好的怨天尤人一番，彷彿就能得到救贖一樣。

　　有人告訴我，等待到最後的結果，多半無法如願，或許，是該拋開的時候了。對了，說到等待，我今天點的餐點也等了很久呢！幸好，餐點只要等得夠久，就一定能夠如願。

　　若我等得夠久，上天也能如我所願嗎？

by dj 4/4

　　是 dj 學長！在我來到窄門咖啡一個禮拜後，dj 學長也來了！原以為在寒假後失去蹤影的他，其實，並不曾消失，那回，如果我晚一個禮拜來，或許就能與 dj 學長相遇……

我突然感覺，我跟 dj 學長的距離很近，只要他回台南，我們就同在一個城市裡生活著，我們會在台南到處跑來跑去，搞不好哪一天，會在某個地方不期而遇，那時，我會變得比現在更可愛，而 dj 學長也會更加成熟吧？

　　「嘿！dj 學長，你有女朋友了嗎？」到時候，我大概會這麼問吧。

　　「呃，沒人要我呀，真是傷腦筋呢……」他應該會這麼回答吧。

　　「呵，不用再傷腦筋了，因為你已經找到我了！」接下來，我想這麼回答，呵，真是害羞呢！

　　「小冰？」回過神來，才發現小玫在叫我。

　　「啊？不好意思，我剛在發呆。」我道歉的說。

　　「是呀，看起來很開心的樣子？然後又突然臉紅起來，在想什麼？」小玫好奇的問。

　　「沒什麼啦！」我傻笑的說。

　　「那介紹我朋友的事情，妳覺得怎麼樣？」阿勝問。

　　我實在不忍心讓阿勝和小玫失望，但又覺得即使認識了阿勝的朋友，心裡還期待著與 dj 學長不期而遇的自己，一定沒辦法喜歡上阿勝的朋友……

　　不過，即使沒辦法成為戀人，若那男生像阿勝說的那麼好，那麼，當朋友也不錯。

　　「好吧，多認識個朋友也不錯。」我微笑的說。

　　「對呀，我保證他是個好朋友，當然，能當妳男朋友會更好！」阿勝開心的說，一旁的小玫也跟著微笑。

　　「嗯，或許吧。」我不置可否的回答。

　　寒假後，不曉得 dj 學長回來過幾次，既然他來過窄門，會不會也去了玫瑰園呢？暑假到了，dj 學長也會回台南吧？若我跟上回一樣，留

在台南的話，那麼，會不會有機會與 dj 學長相遇呢？

　　或許，該找個時間去玫瑰園，因為我真的很想念。

　　還有，念理工科的 dj 學長，文筆卻意外的好，看著他寫的留言，有種懷念的感覺。

　　期待著再次與 dj 學長相遇的我，迎來了大學生涯的第一個暑假。

期末考後，緊接著到來的是暑假，但我卻沒有感到特別開心。

因為，我還沒告訴小璇，要不要接受她的禮物。

這陣子，因為營隊活動，我經常要和小璇見面、討論事情，每回我都想開口告訴她，自己心裡有了喜歡的女孩，所以，沒辦法接受她的心意，但卻沒辦法說出口，因為，我很擔心小璇會因此受傷。

「小璇，對你這樣說嗎？」阿勝問我，前幾天，我告訴他，我這陣子的煩惱。

「嗯。」我點點頭。

「有了如何拒絕正妹告白的煩惱，代表你也逐漸成長為神級人物了。」阿勝稱讚的說，但我馬上有種找錯人討論的感覺。

「我一定是傻了，才會找你討論感情問題……」我苦笑的說。

「這位神人，你為什麼要拒絕？」阿勝不理會我的抱怨，這樣問我。

「那是因為……」我遲疑的說。

「再怎麼說，小璇也是個正妹，而且你大一時，不是喜歡小璇嗎？想拒絕自己喜歡過的正妹，一定有充分的理由吧？」

我沉默的望著阿勝，一時之間，不曉得怎麼回答。

「dj，難道你心裡……已經有了喜歡的女孩？」

我望著阿勝愣了愣，然後點了點頭。

「原來如此……」阿勝喃喃的說

「嗯。」

「那就明白的告訴小璇吧！」阿勝說。

「但我說不出口，擔心她會難過……」我擔心的說。

「所以呢，你打算接受她的心意？」阿勝反問。

我搖了搖頭。

「那你究竟想怎麼樣？無法接受小璇的心意，卻又不明白的拒絕她，想這樣一直耗下去嗎？你自以為是的溫柔，對她來說，其實更是種折磨，你明白嗎？」阿勝用少見的嚴厲語氣說。

「我只是擔心她會受傷……」我辯解的說。

「dj，等待是很難受的，等待的人需要一個答案，不管是好或不好的。而且，你得明白，喜歡上一個心裡沒有自己的人時，就註定得傷心難過一段時間，這時，除了縮短這段時間，再也沒有其他辦法了。」阿勝有些沉重的說。

「是嗎……」

「小璇正在等，你有義務給她一個答案。」阿勝說完頓了頓，接著問：「你喜歡的女孩是誰呢？是貝兒嗎？」

對於阿勝的問題，我沒有回答。

這回暑假，因為營隊的關係，一開始的兩個禮拜，我都得留在學校，先進行為期六天的驗收輔訓，再進行正式六天的營隊活動。當然，同為營隊輔導員的小璇，也留了下來。

輔訓的目的，是把正式營隊的活動流程通通跑一遍，看看哪些活動和課程進行得不順或有缺失，再加以改進。所以，這六天輔訓身為活動股長的我，緊盯著所有活動，把需要改進的部分記錄下來，再交給活動負責人，請他們想辦法修正，六天下來，原本瘦削的我，又瘦了將近兩公斤。

「你還好嗎？」第六天輔訓結束後，小璇關心的問。

「我沒事，輔訓總算結束了。」

「別把自己繃的太緊了，我覺得這回大家都表現得很好呢。」

「是呀，需要改進的，都是一些小缺點而已，也沒開天窗。」我笑著說。

「所以，明天好好休息一下吧，後天就是營隊的正式活動了。」小璇拍了拍我的肩膀。

即使我還沒給小璇答案，她依然關心著我，並沒有從我身邊逃開。其實，像這樣面對著我，她就應該感到很難受吧？

「小璇……」我喚了喚她。

「嗯？怎麼了？」小璇問。

「我想了很久，現在我已經想好了……」我鼓起勇氣的說。

「是嗎？那麼，我會在我一直等待的路口那兒等你。」小璇說完，站起身來。

「一直等待的路口？」我有些疑惑的問。

「大一時，我們經常去的店。」小璇回答。

「經常去的店……是『D大調旋律』？」

小璇點頭，微笑的說：「呵，你還記得呢。」

「那時，幾個禮拜就會去一次，印象深刻。」

「那麼，我會在哪兒等你。」說完，小璇便逕自離開了。

我望著小璇離去的背影，心裡昇起許多疑惑。小璇為什麼要特地跑去哪家店等我呢？難道已經猜到，我要告訴她什麼了嗎？若是那樣，「D大調旋律」這家店，對小璇來說，有什麼特別意義嗎？為什麼小璇會用「一直等待的路口」來形容？

我一個人在營本部呆想了一段時間，才驚覺小璇正在等我，我不能讓她等太久。於是，我把營本部收拾一下後，鎖上門，走到停車棚，跨上機車，朝位在市區的「D大調旋律」前去。

到了之後，我把車停在附近，緩緩朝「D 大調旋律」走去，但感覺心跳愈來愈快，等一下，我該怎麼對小璇說，才能讓她不那麼傷心呢？不過，為什麼我非得讓她傷心不可呢？反正，我和小冰不可能再相遇了，幹嘛老惦記著她，卻讓喜歡自己的小璇傷心難過？

　　我以前喜歡過小璇，所以，只要在一起，未來也會漸漸喜歡上她吧？

　　走到店門前時，我依然躊躇不決，來之前明明打定主意要拒絕小璇，告訴她自己心裡有喜歡的女孩，但一想到自己這樣做，會讓小璇傷心，我就好想馬上逃開。

　　『等待是很難受的，等待的人需要一個答案，不管是好或不好的。小璇正在等，你有義務給她一個答案。』我想起阿勝對我說的。

　　我深呼吸後，推開了店門，走了進去。

　　「歡迎光臨！請問先生一位嗎？」服務生立刻上前招呼我。

　　「不，我找人。」說完，我四處張望，但沒見到小璇的身影。

　　「找人……你是 dj 先生嗎？」服務生問。

　　「我是……不過，妳怎麼知道？」我有些驚訝的問。

　　「剛剛有位小璇小姐，已經先來訂位了，但說她臨時有事待會兒才能來，便交代我們，若有位 dj 先生來找人，便請他去坐預訂的位置。」服務生解釋的說。

　　「原來如此。」我恍然大悟的說。

　　「這邊請。」服務生禮貌的替我帶位。

　　我坐下來後，撥了通電話給小璇，不過她沒接。小璇發生了什麼事呢？不要緊吧？

　　服務生端來兩杯水，擺在桌上後，突然想到的說：「對了！差點忘了，這是小璇小姐給你的留言。」

我從服務生手中接過一張對折的紙，接著把它打開來看。

Dear dj

　　我想，你應該已經決定，要不要接受我的禮物了吧？這段日子以來，我默默的待在你身邊，等待著你的回應，老實說，真的很難熬。有好幾回，我很想問你，能給我個答案了嗎？但卻更害怕，你給的答案，不是我想要的，那麼，之後的日子，我會更難熬。所以，即使難受，我還是乖乖等著，因為，至少我還能待在你身邊，心裡也還有著希望。

　　你還記得嗎？我們第一次約會，就在這家店，啊！我覺得是約會，不曉得你是不是這樣認為呢？我一直覺得這家店跟我們很有緣分，因為店名裡有 dj 的『D』和小璇的『璇』，當時，我覺得你好像喜歡我，而我也為你心動，所以，只要跟你到這家店來，我總期待著，你會告訴我，你喜歡我，不過，直到最後，你始終沒對我說。

　　一年多過去了，我繞了一大段路，又回到原點，今天，我回到這等待的路口，準備聆聽你的答案。雖然，是等待許久的答案，卻又擔心是令人傷心的答案，沒有勇氣聆聽的我，只好這樣做了。

　　dj，我喜歡你，你也喜歡我嗎？一小時後，我會回來，若那時你還在店裡，就代表你接受了我的禮物，往後，我們就是一對戀人了。但若我回來時，你已經不在了，那樣，你的心意，我也就明白了……

小璇

　　比起言語，小璇似乎更喜歡用文字傳達。

　　「D 大調旋律」，原來這店名對小璇來說，有這層涵義，當時的小

璇，一直在等我開口，而我卻什麼都沒說，所以，小璇才會形容這家店是「一直等待的路口」。

「我喜歡小璇嗎？」我問自己。

嗯，是呀，我喜歡過小璇，但那已經過去了。現在，小冰在我心裡的身影，怎麼也無法抹去，而我的心太小，所以，喜歡上小冰後，就再也容不下其他女孩。

「請問，可以點餐了嗎？」服務生輕聲的問。

「嗯，一杯摩卡，還有，可以給我紙跟筆嗎？」

「紙跟筆嗎？請稍等一下。」服務生回答。

一會兒後，服務生替我端來摩卡，也拿來了紙跟筆。

「是要寫給那女孩的嗎？」她好奇的問。

「嗯，是呀，又得麻煩妳轉交了。」我有點不好意思的說。

「是你女朋友嗎？」

「曾希望是……」

她聽完，眨了眨眼，沒再繼續問下去。

接著，我啜了口摩卡，開始寫著給小璇的話語。

半小時後，我將寫完的信折好，交給了服務生。

「拜託妳了。」我對她說。

「嗯。」她點點頭。

「謝謝。」說完，我起身準備結帳。

「那個，不再考慮一下嗎？」她突然的說。

「嗯？」我不解的問。

「雖然我不認識她，但感覺上，是個很好的女生呢。」

「是呀，但我已經有喜歡的女孩了。」

她臉上掠過失望的神情，或許，她原本想見證一段美麗的愛情故

事，但卻無法如願。

小璇，很抱歉，我得離開了，而妳的等待，也可以結束了。

我推開店門，邁開腳步，走了出去。

小璇，當我們初相遇時，我是喜歡妳的。

只可惜，當時的我，對戀愛一竅不通，想追求妳卻又不得要領，以為那樣做，妳就能明白我的心意，總是一起喝下午茶、吃飯、聊天、看電影的我們，說了許多話語，但最重要的，我卻沒對妳說，所以，我不曉得妳在等著我，妳也不明白我的心意，最後，妳等得累了，離開了，而我，一段時間後，也將喜歡妳的心情整理掉，我們，就那麼錯過了。

小璇，現在我心裡，已經有了喜歡的女孩，雖然，我跟她可能不會有幸福的結局，但我不能隱藏自己的心情而跟妳在一起，這樣對我們兩個都不好。其實，我不只一次告訴自己，忘掉那個和自己無緣的女孩，與曾喜歡過的妳在一起，一段時間後，我一定會能再為妳心動，但卻沒辦法說服自己。

小璇，雖然感到很抱歉，但我想，我是沒辦法去找妳了……

dj

返回住處途中，我回想著留給小璇的話語。

小璇讀了，會不會很傷心呢？

『喜歡上一個心裡沒有自己的人，就註定得傷心難過一段時間。』阿勝是這麼說的。

但為什麼，人們非得先喜歡上心裡沒有自己的人呢？難道，不能確定對方心裡有自己之後，再去喜歡她嗎？

為什麼，勇敢付出真心的人，卻總換來傷心與難過呢？那樣，往後，我們又怎麼能付出真心呢？

　　所以，後來，我們都退縮了。

小冰

暑假一開始，留在台南的我，又去了窄門幾次，但都沒遇上dj學長，這讓我感到很生氣。

對dj學長很生氣，生氣他為什麼不來。

對上天很生氣，生氣祂為什麼不讓我和dj學長見面。

對自己更生氣，生氣自己怎麼這樣沒志氣，老對一個不喜歡自己的男生念念不忘。

所以，暑假開始一個多禮拜後，我回到台北。小玟邀了高中時代的姊妹淘，舉辦了個「girl's talk」聚會，要求大家不准帶男朋友一起來。我明白小玟是為了我才這麼做的，因為姊妹淘裡，只有我是單身。

聚會裡，姊妹們不時會提起男朋友的事，卻又擔心這樣會讓我感到不自在，一開始，大家都有些尷尬。

「我不要緊的。」我微笑的說。

「小冰，為什麼還是一個人呢？」有姊妹這樣問我。

「啊？」我不太明白她的意思，於是這樣問。

「雖然跟男朋友分手了，但小冰這麼可愛，追妳的男生一定不少，快半年了，卻還是一個人，這讓我感到很奇怪。」她說，其他姊妹也跟著點頭。

「不曉得，大概是緣分還沒到吧。」我笑著說。

姊妹們聽了，不置可否的應了應，只有小玟聽完，輕嘆了嘆。

小玟，對不起，讓妳擔心了，但我真的還需要些時間……來和dj學長相遇，親耳聽聽他對我的想法，那樣，才能讓我真正死心。

或者，開啟我的幸福之門。

隔天，我接到了阿誠學長的電話。

「小冰，決定去墾丁了喔。」電話中的阿誠學長，這麼對我說。

　　「嗯，好呀。」

　　墾丁，陽光、沙灘還有一望無際的大海，曬了那裡的陽光，心裡會變得溫暖，看了那裡的大海，我的心也會變得開闊吧。

　　參加墾丁行的成員一共有六個人，全是飲料店的工讀生，除了阿誠學長，貝兒學姐也一起來了，還有個不認識的可愛女孩。

　　「我叫小孟，跟小冰一樣是大一喔。」可愛女孩自我介紹的說。

　　小孟的個性就跟她的外表一樣可愛、討人喜歡。

　　我們搭車抵達墾丁後，才在墾丁大街租了三部機車，跟去台東時不同，這回的機車很多，任我們挑選。

　　租好車後，阿誠學長很自然的把安全帽拿給我，要我坐他的機車後座，我也沒有拒絕。

　　「出發了，要抓緊喔。」阿誠學長叮嚀的說。

　　「嗯。」我應了應。

　　印象中，來過好幾次墾丁，一次跟家人來、一次和高中同學一起、最後一次則是跟前男友來參加海洋音樂祭，每回來墾丁，都留下愉快的回憶，希望這回也是如此。

　　雖然和前男友分手了，但看來，他也不是什麼都沒留給我。

　　我們到民宿放完行李後，出發的第一站，是離墾丁大街很近的南灣，已經放暑假的七月，南灣簡直是人山人海。

　　「人好多呢！」貝兒學姐說。

　　「是呀，不過這樣很有夏天的感覺！」小孟笑著說。

　　「啊？這跟夏天有什麼關係嗎？」阿誠學長困惑的問。

「夏天就是要到海邊呀！而海邊就是要人多才熱鬧！」小孟理所當然的回答。

「原來如此。」阿誠學長微笑的說。

除了我和阿誠學長，其他人很快的脫下鞋，興高采烈的踩著南灣沙灘的細沙。

「哇！好燙呢！」小孟叫著說。

「當然囉，下午兩點多，可是太陽熱力最強的時候呢！」貝兒學姐說。

「沒關係，因為海水很涼！」小孟回答。

「不下去玩嗎？」阿石學長邊捲褲管邊這樣問我，他是跟我差不多時候一起到店裡打工的工讀生。

「呃，沒換泳裝呢。」我微笑的說。

「有什麼關係，泡泡水而已嘛！」另一個工讀生，阿仁這樣對我說，出發時，他就已經一副海灘男孩的裝扮了。

等不及我和阿誠學長，貝兒學姐他們已經棄守沙灘，轉進冰涼的海水裡了。

「小冰，要下去嗎？」阿誠學長問我。

「這樣下去，一定會濕掉的，才第一站呢。」我擔心的說。

「那也沒關係呀，這種天氣，騎著機車，風一吹，一下子就乾了吧，而且已經來海邊玩了，還想東想西的放不開，那不是白來了嗎？」阿誠學長微笑的說。

「嗯，也是啦。」我聽完，微笑點頭。

我脫下鞋、撩起牛仔褲，立刻感受到腳底下滾燙的沙子，這時海的那頭突然捲起雪白浪花，讓來不及閃避的我，接受了今年夏天第一次海的洗禮。

「哇！真的好涼喔！」我幾乎是叫著說。

「呵，就跟妳說吧！」小孟開心的說。

「阿誠學長，就剩你了，還不快下來！」貝兒學姐呼喚的說。

我和阿誠學長加入之後，原本只是在海邊追逐的四個人，開始玩起潑水遊戲，而第一個遭殃的人是……

「搞什麼!?我才剛下來耶！」被潑得滿身濕的阿誠學長，控訴的說。

「這是處罰！誰叫你動作這麼慢？」貝兒學姐解釋的說，但說這話的同時，她卻離阿誠學長愈來愈遠，大家見狀，也開始偷偷移動腳步，準備遠離阿誠學長這顆不定時炸彈。

「貝兒，別跑！」阿誠學長說，雙眼射出火花，明顯失去了理性，一副要玉石俱焚的模樣。

這時人人自危，開始在海邊四處逃竄，不時還會反擊阿誠學長。但渾身濕透的阿誠學長，已經沒有任何顧慮，在這種狀態下，阿石學長、阿仁、小孟一個個被阿誠學長擊潰，只剩下貝兒學姐一個人依然在逃……

「我覺得呀，是不是該到下一個地方了呢？」貝兒學姐微笑的問，但依然離阿誠學長大概有 30 公尺的距離。

「想得美呀，貝兒！今天，妳別想乾著回去！」阿誠學長氣勢很強的說。

「不公平！小冰也沒濕呀！你怎麼不潑她？」貝兒學姐為了自保，把我也扯了進來。

「那不一樣，小冰她剛剛又沒出手。」阿誠學長解釋的說。

「少來啦！我看你是捨不得吧！喜歡人家就喜歡人家，別再找理由了！你呀，就只會欺負我這種弱女子啦！」貝兒學姐指控的說。

「妳……弱女子!?」阿誠學長看起來很驚訝。

「喂!你的反應很沒禮貌耶!」貝兒學姐雙手叉腰的說。

由阿誠學長和貝兒學姐演出的精裝大戲,讓大家看得很開心,不過,當戲落幕時,貝兒學姐的身上依然是乾的。

阿誠學長,是不是也捨不得貝兒學姐呢?

離開南灣時,除了我和貝兒學姐,其他人全都濕透了,但大家都感到很開心。

「呵,真好玩!」小孟笑著說。

「小孟,妳身上還在滴水呢!要不要回去換個衣服呢?」我提議的說。

「不用啦!這樣比較涼呀!」小孟很快回答。

「嗯,我想還是回去換一下,順便 Check-in。」阿誠學長說,看來理性又回到了他身上。

回民宿 Check-in 完,等大家換完衣服,梳洗整理一番後,再出發時,已經接近五點了。

「小冰,聽說阿誠學長跟妳告白過呀?」再次在民宿外集合時,小孟這樣問我,我聽完點了點頭,因為這是所有工讀生都知道的事。

「那小冰沒有接受嗎?」小孟又問。

「嗯。」我點點頭。

「為什麼?」小孟滿是好奇的問。

「因為那時,我有男朋友。」我回答。

「原來如此呀,但現在沒有了呢,若阿誠學長再跟妳告白一次,小冰會怎麼樣呢?」小孟問。

「……我沒想過這問題。」我回答,是呀,若阿誠學長那樣做的話,我該怎麼辦呢?

「小孟為什麼這麼好奇呢？」我疑惑的問。

「這段時間和阿誠學長一起工作，覺得他是個很棒的男生，而小冰是個很可愛的女生，我覺得你們很速配！」小孟回答。

「聽起來小孟很欣賞阿誠學長？」我試探性的問。

「對呀，不過阿誠學長喜歡的是小冰吧！嗯……但其實在店裡時，跟貝兒學姐也很要好呢……」小孟一下子突然陷入了沉思，真是個讓人捉摸不定的女孩。

墾丁行的第二站，是著名的帆船石。

「怪了，哪裡像帆船了？」貝兒學姐困惑的問。

「貝兒，妳要從這個角度看。」阿誠學長把貝兒學姐拉到另一邊說。

「嘿！這樣看真的就有像呢！」貝兒學姐興奮的說。

「那我們來拍照吧！」小孟拿出相機，邀大家一起拍照。

於是，大家擺出各式各樣的姿勢，在帆船石前留下了愉快的身影。

緊接著，我們又去了龍磐公園、砂島和號稱台灣最南端的鵝鑾鼻。

從龍磐公園眺望的巴士海峽相當美麗，砂島是由長期受到海水侵蝕的珊瑚和貝殼構成的沙灘，色澤亮麗、晶瑩剔透，有「貝殼沙灘」之稱，非常漂亮，大家在這裡拍了很多照片，但因為是海邊，差點又挑起繼南灣之後，第二場水戰。

「那就是鵝鑾鼻燈塔了。」阿誠學長介紹的說，他似乎來過很多次了。

「比想像的小呢！」小孟說。

「燈塔只要能在夜間照明就好，不需要蓋太大的。」阿誠學長解釋的說。

「是呀，別小看它，它可是夜晚時，指引所有船隻的明燈呢！」貝兒學姐說。

緊接著，我們繼續往南走，到了「台灣最南點」。

　　「這裡就是台灣最南點呀。」小孟望著尖尖的建築物，微笑的說。

　　「是呀，這裡有說明。」阿石學長望著中央的圓形石座這樣說，接著，大家全湊過去看。

　　「不過，為什麼要在台灣最南點，蓋這座尖尖的建築物呢？」小孟困惑的問。

　　「呃，這個嘛……」阿誠學長沉吟的說。

　　是呀，為什麼呢？不過，我猜可能是種意象吧？最後，沒人能回答小孟的問題。

　　「糟了！太陽快下山了，我們得快趕去關山。」阿誠學長突然的說。

　　「去關山幹嘛？」阿仁問。

　　「看夕陽呀，關山夕照很漂亮的。」阿誠學長回答。

　　「但關山不是在台東嗎？」我問，還記得上回去關山時，和 dj 學長一起騎腳踏車的事。

　　一不小心，又想起了 dj 學長，看來，我真的很喜歡他呀。

　　「小冰，墾丁也有關山喔！台東的關山，看的是日出，而墾丁的關山，看的則是夕陽。」貝兒學姐笑著解釋說。

　　原來如此，來了三次墾丁，卻從來沒到過關山看過夕陽。

　　不過當我們趕到關山時，太陽早已落下。

　　「啊，來不及了……」貝兒學姐遺憾的說。

　　「是我沒考慮到時間和距離因素……」阿誠學長自責的說。

　　「沒關係啦，其實沿路騎過來時，還是有看到一點點夕陽呀。」我說。

　　「是呀，是因為玩得太高興了，才會忘了時間，又不是阿誠學長的錯。」小孟也說。

因此，第四次來墾丁，關山夕照，我依然沒能看成。

「肚子好餓喔。」阿仁摸著肚子說。

「已經七點多了呢。」阿石學長看了看手機。

「那我們回墾丁大街吧。」阿誠學長說。

「接下來要做什麼？」小孟好奇的問。

「呵，墾丁的夜晚，當然是逛街，然後吃吃喝喝囉。」貝兒學姐笑著說。

「我想逛墾丁大街的夜市！」小孟說。

「晚一點可以到龍磐大草原看星星喔，上回來時我去看過，感覺滿不錯的。」我提議的說。

在熱烈的氣氛下，所有的提議全數通過。

回到墾丁大街，我們本打算去有名的「迪迪小吃」用餐，沒想到都已經八點了，小吃店裡還是人山人海，要想有位置，只怕得等到十點之後，最後，飢不擇食的我們，只好將就用了晚餐。

晚餐後，我們開始在大街上到處亂逛，這時墾丁大街人滿為患，而且大家都一身海灘裝扮，心情輕鬆的逛著，不時還會見到許多穿著清涼的辣妹，和身材壯碩的猛男。

開始逛墾丁大街後，女孩們迷失在飾品店裡無法自拔，男生們則對各式各樣的夜市遊戲，展現出高度的興趣與旺盛的企圖心，只不過全都鎩羽而歸。

「肚子又餓了……」阿仁說。

「不是才剛吃過晚餐？」阿誠學長奇怪的問。

「剛剛吃得很少呀。」阿仁委屈的說。

「你還真容易肚子餓呢！」小孟笑著說。

為了配合食量大的阿仁，大家開始買起夜市裡的美食。

「小冰，想吃霜淇淋嗎？」阿誠學長問我。

我搖搖頭，回答：「不了，熱量太高了，我會變胖的。」

「小冰不是很瘦嗎？」阿誠學長好奇的問。

「呵，就是一直堅持不吃高熱量食物，才能一直這麼瘦的。」我笑著說，腦筋一向靈光的阿誠學長，怎麼會沒注意到這邏輯呢？

「雖然我這樣說小冰可能不會開心，不過，我覺得小冰若想吃就吃吧，不小心變胖了也沒關係，因為變胖的小冰還是很可愛的。」阿誠學長說。

「呵，哪會呢！若不忌口的話，我很快就變成沒人要的小胖妹，阿誠學長，你要怎麼負責呢？」我開玩笑的說。

「變成那樣的話，我會負責的。」阿誠學長微笑的說，看不出是開玩笑、還是認真的。

不過，最後，阿誠學長替我買了支抹茶口味的霜淇淋，嗯，還真是好吃呢！

10點多逛完墾丁大街，我們回到民宿。

「一小時給大家洗澡、整理東西，11點半集合去看星星！」貝兒學姐對大家說。

「我覺得，要買些宵夜和飲料一起去會更好。」阿仁提議的說，他的發言都跟食物有關。

「聽起來不錯，那這部分就交給你囉。」貝兒學姐很快的決定。

我們訂了兩間雙人房，然後各再加一張床，這樣比較省錢，不過洗澡時，問題就來了。

三個男生要在一小時內洗完澡，可能沒什麼問題，不過三個女孩，只有一間浴室，要在一小時內梳洗完成，可能有點難度。

商量後，貝兒學姐決定改變計畫，那就是只給男生們半小時洗澡，

剩下的半小時，浴室交由貝兒學姐使用，而男生要全部從房間撤離。

「這是不平等條約！我們不接受！」阿石學長據理力爭。

「我是沒關係啦。」阿誠學長回答。

「那我利用這時間去買宵夜好了。」阿仁回答。

二對一，阿石學長無奈之下，只得接受不平等條約，將房間讓出。

於是，11 點半時，女孩們順利完成梳洗工作，優雅的在民宿大廳出現，貝兒學姐和小孟還順便上了點 BB 霜，使她們看起來更加明亮動人。這時，阿仁也滿載而歸的返回民宿，阿誠學長微笑的望著我，只有被迫簽訂不平等條約的阿石學長一個人悶悶不樂。

「唉呦，小石呀，笑一個嘛！我們是來玩的呢！別這樣嘛！」貝兒學姐撒嬌的說，才一下子，阿石學長的防線就被貝兒學姐的笑容完全擊潰，微笑了起來。

或許，阿石學長對貝兒學姐有好感吧？

「那麼，我們出發囉。」阿誠學長對大家說。

我們走鵝佳公路，經過雷達站後，便到了龍磐草原。

雖然已經 12 點了，但龍磐草原附近，人卻很多，似乎都是來看星星的，更有人從車裡取出專業的望遠鏡，因為這裡似乎是很理想的觀星地點。

「沒想到人會這麼多呢。」我說。

「呵，這樣才熱鬧呀！」小孟說，她似乎很喜歡熱鬧。

我們找了片比較沒人的草地，男生們席地而坐，女孩們則把報紙鋪在草地上坐了下來，阿仁興沖沖的把宵夜擺在正中央，馬上吃了起來。

「看起來，你真的很餓齁？」貝兒學姐問，阿仁聽了只是傻笑，因為他嘴巴塞滿食物，暫時說不出話來。

「哇，真的有很多星星耶！」小孟讚嘆的說。

「是呀，今天天氣比較好，所以星星比我上回來時更多。」我回答。

「上回，小冰是跟誰一起來的呢？」小孟好奇的問。

我聽完頓了頓，才回答：「……跟前男友。」

「喔，這樣呀……」小孟若有所思的說。

上回，跟他一起來看星星時，還以為往後，每年都能一起來看星星的，沒想到一年後的現在，景物依舊，人事全非。

「小冰，還思念著他嗎？」小孟問。

我搖了搖頭。

「那為什麼，妳剛剛臉上有著懷念呢？」小孟問。

「我懷念的是那段記憶，對他已經沒有眷戀，也不想再回去了。」我回答。

小孟聽完，對我笑了笑，然後仰望夜空，一時間，我們都沒說話。

「不過，這回大家能一起出來玩，真的很不錯。」我隨便找了個話題。

「呵，飲料店的工讀生幾乎都到齊了呢。」小孟笑著說。

「是呀，連我這個離職的工讀生都來了。」我微笑回答。

「說到離職的工讀生……不久前，我值班時，有個男生來店裡，說他是以前的工讀生。」小孟說。

離職的工讀生，又是男生，難道是……

「小孟，他有告訴妳，他叫什麼名字嗎？」我馬上追問。

「他好像說自己叫 dj 吧，我還叫他前輩呢！他給人的感覺很親切。」小孟笑著回答。

真的是 dj 學長!?原來 dj 學長回來過了嗎？

「大概是什麼時候的事？」我很快的問。

「接近五月底的時候吧，那天一直下著綿綿細雨，加上又不是周末

假日，所以沒什麼客人。」小孟回答。

那 dj 學長是在我離職後，才回飲料店來，我跟 dj 學長真的這麼沒有緣分嗎？

「那 dj 學長他……來飲料店做什麼？」我假裝隨口的問。

「小冰叫他 dj 學長……你們一起工作過嗎？」

「嗯，寒假時一起工作過。」我假裝輕描淡寫的說。

「這樣呀，但他只問我店長、阿誠學長和貝兒學姐在不在，卻沒提到小冰呢，你們不熟嗎？」小孟好奇的問。

「……他只打工一個寒假，所以，也不是很熟……」

我感到很失落，dj 學長特地回店裡來，想找的人裡，卻沒有我，難道我在他心中，就這麼微不足道！？這樣，即使某天，我和 dj 學長真的在台南街頭巧遇了，那又有什麼用！？搞不好他連我都認不出來！或許，我之前該對他好一點的……

「小冰，妳怎麼了？看起來有些憂傷呢。」小孟關心的問。

「……我沒事。」我勉強擠出笑容的說。

接著，貝兒學姐說要到處晃晃，徵求同行者，阿石學長馬上自願成為護花使者，阿仁提著宵夜，表示願意追隨，然後，喜歡熱鬧的小孟，自然也跟了過去。

所以，就只剩我和阿誠學長留在原處，一起仰望著星光燦爛的夜空。

「星空很美呢。」阿誠學長朝我挪近了些後，這樣說著。

「嗯，是呀。」我同意的說。

「在美麗的星空下，應該會發生美麗的故事吧。」阿誠學長感性的說。

「呵，原來阿誠學長也有這麼詩意的一面。」我微笑的說。

「在喜歡上某個女孩之前，連我自己也不知道呢。」阿誠學長自嘲的說。

「嗯。」因為知道阿誠學長意有所指，所以我沒多做回應。

「小冰，妳突然變得憂傷了，為什麼呢？」阿誠學長關心的問。

「變得憂傷？沒有呀。」我否認的說。

「是嗎？」

阿誠學長，你就當成自己看錯了吧，因為，我不願自己在人們眼中，是個憂傷的小冰。

我望著星空，突然，星空中浮現了 dj 學長微笑的側臉。

dj 學長，或許你已經不記得我了，但我卻期望再與你相遇，這樣是不是很傻呢？

隨著時間逝去，龍磐草原上看星星的人們，也逐漸靜了下來，大家不是在星空下談著心事，就是靜靜仰望星空，思考著心裡那個不能說的祕密。

我不由自主的思念起 dj 學長，複習著與他共同度過的點點滴滴，仰望著點點繁星，突然有股想哭的衝動。

思念牽引著一條無形的線，怎麼斬也斬不斷。

dj 學長，你現在好嗎？我是這麼思念你，你呢？離開之後，是否也曾想起我呢？

「小冰。」阿誠學長喚了喚我。

「嗯？」我應了應。

「我以為自己是很有耐心的，所以，當我喜歡上一個女孩時，能一直等待下去，直到她喜歡上我……」阿誠學長說。

「嗯。」我點了點頭。

「但我等了一年，也被拒絕過一次，雖然，我還是非常喜歡那女孩，

但我卻發現，自己在漫長的等待中，逐漸感到疲累，雖然還是喜歡，但卻累了……」阿誠學長說到這兒，輕嘆了嘆。

「阿誠學長……」

「小冰，我想……我就快等不下去了，不管結果是什麼，我都需要個答案，因為，永遠看不到盡頭的等待，實在太可怕了……」阿誠學長說完，側過頭來望著我。

「……」我回望了阿誠學長一眼，隨即低下頭去。

「我感到很抱歉，明知道這樣會擾亂妳的心情，但我還是忍不住想問，小冰，妳對前一段感情，已經不再有任何眷戀了嗎？」阿誠學長問。

「阿誠學長，我已經徹底拋開了，留下的，只有回憶而已。」我回答。

「真的嗎!?」阿誠學長聽了，原本略為憂傷的眼神立即迸出異樣的光采。

「嗯。」我點頭回答。

「那實在太好了！」阿誠學長看起來很高興，但我卻有種不好的預感。

「小冰，寒假時，明知妳身邊有著另一半，我還是對妳告白了，現在，我的心意沒有任何改變，甚至比那時還要喜歡妳，原本，我想繼續等下去，直到妳心裡也有我的身影為止，但我真的累了……所以，小冰，我想問妳，妳能接受我的心意，讓我成為妳的男朋友嗎？」阿誠學長，在美麗的星空下，輕聲的說。

這是阿誠學長的第二次告白。

我聽完愣了愣，接著低下頭去。我原本很想當作沒這回事，不回答阿誠學長「好」或「不好」，但阿誠學長剛剛說，等待的人需要答案，不管結果是什麼……

所以，我微微的搖了搖頭，然後抬起頭來望著阿誠學長，他看了之後整個人都黯淡了下來，好一會兒沒說話，在那一刻，一切好像都靜止了。

　　「搖頭……是『不好』的意思嗎？」阿誠學長確認似的問。

　　「阿誠學長，對不起……」我道歉的說。

　　「為什麼!?不是沒有任何眷戀了嗎!?」阿誠學長有些激動的問。

　　「但我……對其他男生動了心。」

　　「其他男生？那個人是誰!?」阿誠學長雙眼像要噴出火似的問。

　　「……是 dj 學長。」我平靜的說。

　　阿誠學長聽完，愣愣的望著我，張大了嘴，卻說不出任何話。

　　「原來，妳喜歡的人，是 dj……」一會兒後，我聽見阿誠學長喃喃的說。

　　「嗯，但諷刺的是，我是在 dj 學長離開後才發現的。」我回答。

　　「那我呢？小冰，難道一點喜歡我的心情都不曾有過嗎？」阿誠學長不死心的問。

　　「對不起，阿誠學長，我不曉得其他人是怎麼談戀愛的，但我一次只能喜歡一個男生，對我來說，喜歡一個男生，不是全部，就是零……」

　　「所以，dj 是全部，而我是零嗎？」阿誠學長神情黯然的問。

　　對於阿誠學長的問題，我選擇了沉默。

　　「哈哈……等待了那麼久，也努力了那麼久，到頭來……卻只得到了個零嗎？」阿誠學長苦笑的說，他憂傷的神情令我不捨，但我卻無法替他做些什麼，這讓我感到很心痛。

　　老天爺呀，以後，請不要再讓我不喜歡的男生，喜歡上我了，拒絕別人，真的很令人難受。

　　貝兒學姐他們怎麼去這麼久？為什麼還不回來呢？要是貝兒學姐回

來，就能化解眼前難堪的氛圍了吧？

「一年的等待，雖然沒有結果，不過，總算有了答案。」阿誠學長望著我，苦笑的說，不過剛剛的苦笑滿是悲傷，現在卻多了釋然。

「阿誠學長……」

「小冰，dj 知道妳喜歡他的事情嗎？妳告訴過他嗎？」阿誠學長有些突然的問。

我搖搖頭，回答：「我是在寒假後才察覺自己的心情，所以也沒機會告訴他。」

「難怪，他會什麼都沒說，就那樣離開了……不過，妳可以打電話給他呀。」阿誠學長說。

「dj 學長已經換了手機號碼……」我遺憾的說。

「啊，換號碼了？那妳可以直接去找他。」阿誠學長理所當然的說。

「但我不知道 dj 學長念的學校和科系。」我回答。

「我以為妳跟他很熟，不是一起去過玫瑰園喝下午茶？怎麼連這個都不知道呢？而且，妳為什麼不問我或貝兒呢？」阿誠學長困惑的問。

「我也覺得奇怪，我和 dj 學長好像聊了很多，但卻一點也不了解他，而且，我覺得他好像根本就不在意我……」我說，心裡覺得有些奇怪，為什麼阿誠學長會知道我和 dj 學長一起去過玫瑰園。

「他不在意妳！？妳怎麼會這樣覺得？」阿誠學長一副不可置信的神情。

接著，我把自己在寒假後從未接到過 dj 學長電話，還有 dj 學長回店裡來，卻沒提到我的事告訴了阿誠學長。

阿誠學長聽完，沉默了一會兒後，開口說：「小冰，我和 dj 曾在玫瑰園巧遇，然後談到了妳。」

「談我的事情……說什麼呢？」我很快的問。

「小冰，dj 說了許多妳的事情，那時我問，他是不是喜歡妳時，他沒有否認，只說，妳有男朋友了，橫刀奪愛這事他做不來，所以，我覺得他根本就是喜歡妳的，怎麼可能不在意妳呢？」

「dj 學長喜歡我!?這是真的嗎？」我喜出望外的問。

「嗯，寒假快結束時，我問過他，要不要在離開前傳達喜歡的心情讓妳知道，但後來他選擇默默離開，或許是不想擾亂妳平靜的生活吧……至於我，因為喜歡著妳，所以選擇了沉默……不過現在，已經沒有關係了……」阿誠學長有些遺憾的說。

「原來 dj 學長喜歡我呀……」一想到這是真的，我就感到心裡喜孜孜的。

「那為什麼他離開後，一通電話也沒打來，還換了手機號碼，讓我找不到他，甚至連回店裡來，也不找我呢？」我不解的問。

「或許有什麼原因吧，也可能發生了什麼事情，小冰，如果妳想知道答案，不如自己去找他吧。」阿誠學長建議的說。

「自己去找他嗎？」我喃喃的問。

「小冰，我的等待已經結束了，但等待的滋味是很難受的，所以，若妳真的喜歡 dj，就去找他，親口告訴他妳的心情，然後聽聽他的答案。」阿誠學長神情真摯的說。

dj 學長，你真的喜歡著我嗎？那現在呢？你還像寒假那時，把我放在心上嗎？

　　大家對於小璇營隊第一天的突然缺席,感到不解,因為在大家的印象中,小璇是個非常有責任感的女孩。

　　「一定發生了什麼事情吧……不過,我想她會回來的,我們就再等一等吧。」營長對所有的營隊幹部這樣說,他是小璇系上的學長。

　　「學弟,小璇怎麼了?」營長私底下這樣問我,但為什麼特地來問我呢?

　　我聽完愣了愣,然後苦笑的搖了搖頭,營長若有所思的望著我,接著說:「是嗎?那就暫時把心力放在營隊上吧。」

　　營隊第二天,小璇果然出現了,她向每個人道歉,包括我在內。

　　「對不起,任性的缺席,讓大家困擾了。」小璇道歉的說。

　　望著小璇道歉的纖弱身影,我感到心痛而不捨,尤其當小璇也這樣對我說時。

　　「小璇,我……我很抱歉……」我不由自主的說。

　　但小璇聽了,卻只是回以禮貌性的微笑。

　　第一次感覺我和小璇之間,有了陌生的距離感。往後,我和小璇,再也不可能像過去那樣要好了吧?

　　當不成情人的男孩與女孩,很難再當朋友。

　　接下來幾天,小璇只在營隊工作有必要時,才會開口跟我說話,其他時候,簡直對我視而不見。

　　這樣的態度,雖然稱不上是陌生人,但也只比陌生人好一點,難道,以後我和小璇就只能這樣了嗎?

　　但,明明是我拒絕了小璇,我還想怎樣?還想她繼續不死心的等著我嗎?以為拒絕了小璇,還能繼續和她保持知心好友的關係,這樣想的

我，是不是太自私了？

小璇，也有屬於女孩子的志氣呀。

所以，雖然感到遺憾，但我想，也只能這樣了。

營隊活動進行的很順利，直到第五天晚上的「惜別晚會」，這是整個營隊的重頭戲，這個晚會的目的，就是用感傷的氣氛，把所有的小隊員弄哭。

說也奇怪，才短短五天的相處，每個小隊輔和小隊員，就像已經認識五年，明天即將要離別一樣傷感。

晚會才一開始，情感豐富的小隊員，就已經開始掉淚，進行到一半時，已經哭得稀哩嘩啦了。

台上教唱的小隊輔，也是性情中人，一邊唱著，一邊流下了男兒淚，更是把感傷的氣氛帶到最高點，小隊員紛紛喊著：「為什麼營隊只有六天？」

身在這種感傷氛圍裡，還能把持得住的人，不是鐵石心腸，就是冷血動物，兩者都不是的我，也紅了眼眶，眼淚幾乎就快掉落，但我不想讓人見到自己掉淚，所以，我立即快步走出活動中心，到外頭透氣。

而在活動中心外的花圃旁，已經有人靜靜站在那兒，仰望夜空了。

我頓時感到有些慌亂，不曉得要回頭再走進去，還是就這樣待著……

因為，在外頭仰望夜空的人，是小璇。

正當我猶豫不決時，小璇似乎察覺了有人在她身後，便回過頭來，見到是我，臉上閃過一絲驚訝，隨即回過臉去。

「小璇，我不是故意的……我不曉得妳也在這裡，我馬上離開……」說完，我邁開步伐，往反方向走去。

「你現在，在 BBS 上的暱稱，還是『夜空』吧？」小璇突然的問。

我聽了，停下腳步，感到有些困惑，不過，我還是回答：「嗯，是呀。」

　　「為什麼要叫夜空呢？」小璇問。

　　「這個……剛接觸 BBS 時，系統要我取個暱稱，一時之間也不曉得取什麼好，正好抬頭見到閃爍著星光的夜空，於是，就那樣取了。」

　　「唉，沒事取什麼『夜空』呢？害人家每回仰望夜空時，都會不由自主的想起你……」小璇仰望著夜空，這樣說著。

　　「呃，我很抱歉。」我道歉的說。

　　「呵，受不了惜別晚會的感傷氣氛，所以跑了出來？」小璇轉過身來，望著我說，臉上有了笑容。

　　「嗯，是呀，哭哭啼啼的，可不是男子漢該有的作為。」我回答。

　　「但其實，你已經偷偷掉過眼淚了吧！」小璇似笑非笑的說。

　　「哪有！」我否認的說。

　　「你就是個感情豐富的人呀。」

　　「呃，是嗎？」

　　「是呀，我就是喜歡你這一點，溫柔、感性又替人著想。」小璇說完頓了頓，接著說：「不過，當你對其他女孩溫柔時，替她們著想時，卻出奇的讓人討厭！」

　　我望著小璇矛盾難解的神情，能做的，只有沉默。

　　「惜別晚會呀……」小璇喃喃的說。

　　「怎麼了？」我問。

　　小璇搖了搖頭，回答：「因為我們兩個，也要惜別了呀，所以，晚會時，我特別感傷呢！」

　　「原來是這樣……」

　　「dj，那天沒見到你，我真的好傷心……」小璇哀怨的說。

「對不起……」我道歉的說。

「但其實，我早就知道你不會在了。」

「啊？那為什麼妳還……」

「因為，老這樣等下去，也不是辦法，等了這麼久，我需要一個答案。」小璇說。

「小璇，妳很好的，是我……」

「你心裡有喜歡的女孩了吧？」小璇猜測的問。

「嗯。」我點了點頭。

「她真幸運。」小璇說。

我搖搖頭，苦笑的說：「或許吧，但我卻不夠幸運。」

小璇望著我，咀嚼著我的話意，原本似乎想問什麼，但後來打消了主意。

「dj，如果我告訴你，我沒辦法一下子就死心，你會怎麼辦？」

「我也不知道……」

「呵，我就知道。以後，我都會像前幾天那樣，即使見到你，也不會主動跟你說話，就算非得交談不可，也只是簡單幾句……」小璇說到這兒停了下來。

「不能再像以前一樣嗎？」我問。

「dj，要我再像以前那樣待在你身邊，卻得從心底抹去你的身影，我做不到的，我也沒那麼堅強……」小璇回答。

「對不起，是我太自私了。」我歉疚的說。

「或許，過些時候，我們還能像以前一樣自在的聊天、說笑，但不是現在。」小璇微笑的說。

「那要多久呢？」我問。

「我也不知道，或許要到即使仰望夜空時，我也不會再想起你為止

吧……」小璇微笑的說，但她的眼眶裡卻閃著淚光。

「小璇……」

「我沒事的，這是因為剛剛跟小隊員道別時太過感傷，所以才這樣的。」小璇解釋的說。

「嗯，是呀，的確很感傷呀……」我附和的說。

「那麼，在惜別晚會後，我們就要說再見了喔。」小璇望著我說。

「嗯，是呀。」我點頭。

「dj，再見。」小璇說完，朝我揮手。

「小璇，再見。」我也朝小璇揮手道別。

或許，等到哪天，小璇真正將我拋開後，我們會在校園的某個角落，以朋友的身分，再次重逢……

那時，我和小璇，都會變得跟現在不一樣了吧。

營隊結束後不久，當我收拾好行李準備回台南時，一位美麗的女孩無預警的在我眼前出現。

「貝兒!？」

「Surprise！」貝兒開心的說。

「怎麼突然來了？」我驚訝的問。

「想給你個驚喜呀！怎麼？有驚喜到嗎!？」貝兒笑著問。

「呃，若平常可能是驚喜，但現在我已經訂好車票、整理好行李，這樣就可能變成驚嚇了……」我委婉的說。

「講這樣……人家可是精心策劃，在你帶完營隊特地北上來找你玩呢！說什麼驚嚇，貝兒會很傷心呢！」貝兒扁嘴的說。

「貝兒，我只是開玩笑啦！其實，我很開心的。」我見風轉舵的說。

「呵，那就好。」貝兒立刻笑了起來。

「不過，貝兒，我就快回台南了，妳幹嘛還特地跑來新竹找我呢？在台南見面不就好了？」我困惑的問。

「呵，這是祕密。」貝兒說完，拉著我的手臂，對我說：「那我們先去退票吧！」

「唉，好不容易買到的票說……」我遺憾的說。

一整天，貝兒拉著我在新竹市區到處亂晃，看起來根本沒有計劃，我想，貝兒特地來找我，應該有什麼事吧？

「說起來，獅子寶寶們的生日也快到了呢！」晚餐時，貝兒突然的說。

「是呀，貝兒是獅子座吧？」

「對呀，你還記得呢！」貝兒開心的說。

「怎麼會忘記呢？上回說過要替妳慶祝生日的……」

「呵，對呀！我很期待呢！」貝兒神情雀躍的說，看來，這就是貝兒特地來新竹找我的目的了。

「我會好好準備的。」我保證的說。

「有人替自己慶祝生日，感覺真的很棒呢！」貝兒笑著說。

「是呀，不過貝兒，想替妳慶祝生日的人應該很多，妳要先告訴我，我分到哪個時段，免得到時候妳來不了。」

「嗯，有道理，那我安排一下時間，再告訴你喔。」

「好，等妳消息。」

之後，我和貝兒開始閒聊，貝兒說她剛從墾丁回來。

「但貝兒，妳好像完全沒有曬黑嘛！」我仔細的看了看貝兒。

「嘿！真沒禮貌，怎麼可以這樣打量女孩子呢？」貝兒雙手叉腰的說。

「呃，真抱歉！」我道歉的說。

「幸好貝兒姐姐大人有大量，不會跟你計較。」貝兒微笑的說。

「那貝兒跟誰一起去呢？」我隨口的問。

但當貝兒說出「小冰」這名字時，我的心頭震了一下，小冰，也一起去了嗎？

「小冰，她不是離職了嗎？」我問。

「……是阿誠學長找她一起來的，小冰最近跟阿誠學長走得很近……而你……好像還是很關心小冰呢。」貝兒說完，靜靜的望著我。

小冰跟阿誠學長走得很近？那小冰的男友呢？

「……嗯，忍不住想問問。」我老實回答，怎麼可能不去關心自己喜歡的女孩呢？

「不是決定忘了她嗎？」貝兒問。

「是呀，就像學生決定要用功唸書一樣，但要真的做到，卻不容易。」

「呵，這是什麼不倫不類的比喻呀。」貝兒笑著說。

「咦？我覺得這比喻很貼切呀。」我搔了搔頭，貝兒見狀笑開了。

「雖然不容易，不過時間久了，還是能做到吧？」過了一會兒，貝兒對我這樣說。

「應該吧？不然喜歡上一個人後，就再也忘不了，那樣的話，誰還敢談戀愛呢？」我打趣的說。

「對呀，那真的很可怕呢！」貝兒認同的說。

「而且我也不是什麼痴情男子，所以，我沒問題的。」我拍胸脯的說。

「呵，在我認識的男生裡，能這麼自豪的說自己不痴情的，你還是第一個吧！」貝兒笑著說。

「我與眾不同嘛！」

「呵，我開始期待今年會收到什麼禮物了……」貝兒捧著錫蘭奶茶，滿臉期待的說。

晚餐後，我接受了貝兒的提議，一起搭車回台南。

「我自己搭車回去，很寂寞呢！而且要半夜才到台南呢！我一個女孩在夜裡騎車，很危險呢！你都不擔心呀？」貝兒問。

「妳這樣一說，我開始擔心起來了。」

「對呀！反正你也要回台南嘛，就一起搭車回去吧！」貝兒提議的說。

「嗯，也好，有貝兒陪著聊天，不會無聊了。」

「呵，太好了！」貝兒開心的說，我在想，這會不會是貝兒來找我的另一個目的？

我載著貝兒到車站，在託運行辦完寄車手續後，買了兩張到台南的票，和貝兒在八點多時搭上了車。

「今天搭車的人不多呢。」車開動後，貝兒這樣說著。

「因為不是周末假日吧？」

「營隊好玩嗎？」貝兒問。

「嗯，這回營隊很成功。」我笑著說。

「她有參加嗎？」貝兒問，小心翼翼的。

「她？」我疑惑的問。

「那個替妳慶祝生日的女孩。」

「……嗯。」我點了點頭。

「你……告訴她，你的答案了嗎？」貝兒低聲的問。

「嗯，我說了。」

「是嗎？那她一定很傷心吧……」貝兒用憂傷的語氣說著。

「是呀……」我附和的說。

我隱約感覺到，小璇的事情，或許是貝兒特地來新竹找我，最想知道的。

　　或許，貝兒的心裡，已經有了我的身影。

　　火車在夜裡鏗鏗鏘鏘的行駛著，把我、貝兒還有其他旅客，一站站的送達目的地，乘客們在車上望著窗外飛快閃過的夜景，想著各自的心事。

　　這次，我回台南，會待上一個多月，這段時間裡，小冰會在台南嗎？

　　說要忘了小冰，但一回台南，就想見到她，真是矛盾。

　　「dj，現在你明白，我為什麼特地跑來新竹找你了嗎？」身旁我以為已經入睡的貝兒，突然的問。

　　我隱約明白，但又有些模糊，所以，我搖了搖頭問：「為什麼？」

　　「呵，你真是個阿呆呢。」貝兒微笑地說。

　　然後，台南到了。

小冰

墾丁行後，我回到台北，但卻忘不了龍磐草原上，阿誠學長告訴我的事情。

一直以為 dj 學長沒有把我放在心上，甚至遺忘了我，所以，他才會連道別的話都沒說，就不聲不響的離開，任意的更換手機門號，一通電話也不曾打來，就連回到店裡，也沒想過要找我。

但撇開 dj 學長寒假後這些行為不談，整個寒假，我和 dj 學長的相處，的確是很愉快的，他幫了我許多，也很關心我，一起喝下午茶、一起去花東玩、還替我搬家，這樣的 dj 學長，一下子就把我完全遺忘，怎麼想都不合常理。

阿誠學長告訴我，dj 學長其實很喜歡我，但我卻很難相信。若他真的那麼喜歡我，這半年來，又怎麼能對我不聞不問呢？

是不是發生了什麼我和 dj 學長都不知道的事情，才會變成這樣？

每回想到這兒，總想不出個所以然。阿誠學長建議我去問清楚，但一想到要去找 dj 學長，我就感到緊張而害羞，怎麼也鼓不起勇氣。

雖然已經有過幾個男朋友，但主動追求男生，卻一次也沒有。

「怎麼辦？倒追男生這事，我是做不來的吧……」我喃喃的說。

「小冰，妳一個人喃喃自語的，在說什麼？」剛從洗手間回來的小玟，這樣問我。

我微笑的搖搖頭，回答：「沒什麼重要的……」

小玟狐疑的望著我，打量了一會兒後，開口說：「我覺得……妳看起來好像有些不一樣……」

「沒什麼不一樣呀。」我很快的回答。

「小冰，妳說謊！一定有事發生，對吧!？」小玟斬釘截鐵的說。

「沒有呀，沒什麼事情發生呀。」我否認的說。

「小冰，妳連說了三次『沒什麼』，那就代表『有什麼』！從以前開始，妳只要有事發生時，不管我問什麼，妳都會很快的否認，這回一定也是。」小玟一副「名偵探柯南」的模樣。

「……」我沉默的望著小玟，想著該不該告訴她。

「還有不能告訴我的事情嗎？」小玟看起來有些難過，因為她不管什麼事都會告訴我，所以，她也期望我能那樣對她。

「小玟……還記得我跟妳說過，我有個喜歡的男生嗎？」我決定告訴小玟。

「記得。」小玟應了應。

接著，我把去墾丁時，阿誠學長告訴我，dj 學長其實很喜歡我的事情，告訴了小玟，不過，略去了 dj 學長的名字沒提。

「這麼說，你們是彼此喜歡囉!?」小玟驚訝的說。

「嗯。」我點了點頭。

「但是，既然你們喜歡彼此，為什麼會搞成現在這樣呢？」小玟不解的問。

「我也不知道……想不通的疑點太多了，所以，我很難相信他喜歡我。」我皺眉的說。

「要弄清楚這些疑點，就只能去問他了。」小玟說。

「啊？去問他……」

「小冰，告白但被妳拒絕的那學長，沒必要說這種謊，所以問題在於，那男生既然喜歡妳，又為什麼這半年來杳無音訊？就像從妳身邊人間蒸發一樣……只要找他問問，應該就能明白，我想，其中一定有些誤

會……」小玟說完，安靜的望著我。

「誤會……」我下意識的覆誦著。

「小冰，一直以來，妳總是被男孩們捧在手掌心上，小心翼翼的追求著，所以，妳習慣了在喜歡妳的男生裡，挑個順眼的、感覺不錯的。但這回不同，他是妳喜歡的男生，小冰，妳不覺得，妳也該為自己追求一次嗎？」小玟說完，微微笑著。

「為自己追求一次……」我喃喃的說。

「是呀，自己追求的，會讓人更加珍惜，就像我和阿勝一樣。」

「妳和阿勝？難道，是妳追阿勝的嗎!?」我驚訝的問。

小玟微笑，沒有回答。

「但妳以前跟我說，是阿勝對妳死纏爛打，妳才迫不得已接受他的，而且阿勝也那樣說。」我困惑的問。

「嘻，那是我逼他這麼說的，人家也要面子嘛！」小玟惡作劇的笑了笑。

這天，我又多瞭解了些小玟和阿勝的事情。

而我和 dj 學長，也能有像小玟和阿勝這樣的好結局嗎？

　　跟貝兒一起搭車回台南的幾天後，貝兒也整理好行李，回家過暑假去了。

　　「生日那天，我再來台南找你，你要替我好好慶祝，而且要準備生日禮物喔！」離開前的貝兒，這麼說著。

　　「一定！」我拍胸脯保證的說。

　　我在家裡待了幾天，覺得很無聊，於是又開始找起工作。原本想回飲料店去，但即使回去也見不到小冰，暑假期間，貝兒也不在，所以作罷。最後，我找了家咖啡店，店名是「Vocation」。

　　這店名讓我想起寒假時與小冰相遇的事情，覺得很有親切感，所以，即使時薪沒想像的高，我也不在意。

　　我跟店裡的工讀生、正式店員還有店長，都相處得很愉快，其中有個叫小雪的女孩，她的氣質跟小冰有些像，所以，我有時會望著她發呆。

　　「dj，你經常望著小雪發呆呢，你喜歡她嗎？」另一個叫小杰的工讀生發現後，這樣問我。

　　「沒的事，別亂說，會給小雪帶來困擾的。」我很快否認的說。

　　「有什麼關係，小雪又沒男朋友，而且你別看小雪戴副眼鏡，好像不太起眼，其實她把眼鏡摘下後，稍微打扮一下，超可愛的喔。」小杰讚賞的說。

　　「喂，稱讚成這樣，難不成……是你自己想追吧？」

　　「哈！哈！不愧是dj，其實，我只是來確認一下，你是朋友、還是敵人啦！」小杰笑著問，但這樣直來直往的個性，我很喜歡。

　　「我只是覺得小雪，她有點像我以前喜歡過的女孩。」

　　「原來小雪只是替代品呀！她知道的話，會很傷心的。」小杰假裝

失望的說，頓了頓後，接著問：「但你剛剛說『喜歡過的女孩』，那現在呢？不喜歡她了？還是分手了？」

「都沒交往過，哪來分手呢？」我苦笑的說。

「那就是不喜歡了？」小杰又問。

「也不是……」我搖搖頭。

「那就是還喜歡她了？」小杰問，真是好奇心十足。

「……應該是吧。」我回答。

「心裡喜歡著她，卻只能望著相似的女孩思念著，dj，你這樣也太不乾脆了。」小杰皺著眉說。

「沒辦法，我認識她時，她已經有男朋友了……」我無奈的說。

「換成是我，不是勇敢的告訴她我的心情，就是下定決心忘掉她，像你這樣婆婆媽媽的，什麼時候才能找到出口呢？」小杰說。

是呀，什麼時候呢？回台南後，不管在哪兒，總想著會不會在下個轉角，和小冰相遇，但終究只是想像而已，小冰，應該回台北去了吧？

開始打工後，感覺時間過得快多了，一個月後，貝兒來台南的日子到了。

為了準備貝兒的禮物，我傷透了腦筋，除了找小杰討論外，還因為單獨找小雪商量，而傳出了「緋聞」。

「你心裡喜歡一個女孩，要幫另一個女孩過生日，還找小雪單獨出去約會，dj，你還真是罩得住呢！」小杰對我說，不曉得是稱讚還是諷刺。

「是因為小雪說要幫我出主意，我為了表示感謝，才請她吃飯而已。」我解釋的說。

「dj，你對女孩子，會不會太過溫柔了？要是小雪誤會了怎麼辦？既然你心裡有喜歡的女孩，就不要再去招惹小雪了。」小杰說，似乎有

些不高興。

「……我會注意的。」我說，小杰說的沒錯，我心裡有著小冰，身邊也有了貝兒，不該再和其他女孩太過接近了。

最後，我替貝兒買了一條白色的貝殼手鍊。

「呵，包得真漂亮呢！那我現在可以拆了嗎？」貝兒接過禮物後，笑著問。

「可以呀。」我微笑點頭。

「哇！是貝殼手鍊耶！」貝兒開心的叫著說。

「喜歡嗎？」

「嗯，很喜歡！」貝兒高興的回答。

「那就好，為了挑這禮物，我可是傷透腦筋呢。」

「為什麼會想送我貝殼手鍊呢？」貝兒好奇的問。

「因為，妳是『貝兒』嘛！」我笑著說。

「那我可以戴戴看嗎？」貝兒問。

「當然可以。」

「好看嗎？」貝兒戴上手鍊後，把手舉在我面前，開心的問我。

「嗯，很適合妳！我的眼光果然不錯！」

「哇，居然還藉機稱讚自己呢！」貝兒一副「怎麼有這種人」的樣子，讓我覺得很有趣。

「好說、好說，我就是以自我感覺良好著稱的嘛！」我開玩笑的說。

「好啦！那麼，今天我們要去哪呢？」貝兒問。

「今天，跟著 dj 哥哥就對了！」

「呵，dj 哥哥，那今天就拜託你了！」貝兒笑著說，說完還鞠了個躬。

一整天，不管帶貝兒到哪兒，她都很開心，而且，在機車後座的她，

把雙手輕放在我腰間時，還問我：「我們這樣看起來，會不會很像情侶呢？」

「ㄟ，這得問問路人才能知道，需要我去做問卷調查嗎？」我四兩撥千金的回答。

然後，我的腰間被狠狠捏了一把，我自知理虧，連哼都不敢哼。

我想，是該好好思考，到底該把小冰繼續放在心上，還是和貝兒一起的時候了……

「你的舊車呢？」要去吃晚餐時，後座的貝兒突然的問。

「在家呀，怎麼了？」我好奇的問。

「那等會兒可以去你家嗎？」貝兒問。

「啊!?去我家!?」我驚訝的說。

「我很想念你的舊車呢，想去看看它。」貝兒說。

「這個……但我爸媽都在家耶……不太好吧？」我為難的說，要是我帶貝兒回家，一定會掀起軒然大波，接下來整個月，飯桌上絕對都會談著這話題。

好不容易勸貝兒打消念頭，但貝兒要我下回騎舊車載她出去玩。

晚餐的重頭戲，是餐後我替貝兒準備的生日蛋糕。我事先跟餐廳的店長說好，在八點時熄燈，然後宣布今天晚上是貝兒的生日，請全場的人幫忙唱生日快樂歌，再由謊稱要上洗手間的我，推出點滿蠟燭的生日蛋糕，給貝兒一個驚喜。

「都是你！把人家弄哭了啦！」貝兒感動的掉下了淚水。

「呃，我很抱歉……」我道歉的說。

「呵，你這個人，爛好人也要有個限度，不要什麼都道歉啦！」貝兒又氣又笑的說。

「因為妳說要好好替妳慶祝，所以，我才這樣……可是花了很多心

思呢。」我邀功的說。

　　「看的出來，你有用心準備。」貝兒滿意的笑了。

　　「那麼，還可以吧？」

　　「呵，貝兒今天很高興，謝謝 dj 哥哥！」貝兒笑著說。

　　我送貝兒到車站搭車，揮手跟她道別後，望著她離去的背影，心裡想著，雖然我喜歡的是小冰，但貝兒，或許才是真正跟我有緣分的女孩。

小冰

　　無事可做的暑假，顯得特別漫長。

　　雖然暑假期間，台北像是書展、資訊展、動畫展、畫展、音樂會、劇展和演唱會之類的藝文活動很多，小玟和高中姐妹淘，也經常找我一起去，不過，我心裡掛念著 dj 學長的事情，一直沒辦法放寬心。

　　「不去找他嗎？」小玟問。

　　「暑假，他應該不在學校吧，而且，我需要時間好好想想。」

　　「是嗎？但我有些擔心……」

　　「擔心？」

　　「擔心人們的善變。」

　　「什麼意思？」

　　「就算寒假時，他是喜歡妳的，但已經過了半年……沒什麼是永恆不變的，尤其是人心。」小玟回答。

　　「妳是說，他有可能已經不喜歡我了？」我問，從沒想過這樣的可能性，因為 dj 學長喜歡我的事，我剛知道不久，最近才有些真實感，但對 dj 學長來說，卻已經是半年前的事了……

　　「嗯。」小玟點了點頭，接著說：「小冰，妳必須弄清楚他的心意，但若他真的不再喜歡妳了，那麼，妳也沒什麼好留戀的，因為，一個半年就能把喜歡的女孩遺忘的男生，不值得妳一直放在心上。」

　　當天氣開始變得不那麼酷熱時，暑假也悄悄的結束了，我整理好行李，從台北搭車回到了台南。

　　走出車站，抬頭仰望印象中晴朗的台南天空，不知怎麼，感覺有些懷念。

　　「明明才離開兩個月而已……」我自言自語的說。

不過，讓我懷念的，不只有天空。

開學後，校園裡又恢復了以往的模樣，學生們總是跑來跑去，充滿活力的忙著各式各樣的事情，唯一不同的是，升上大二的我，也成了人家的學姐。

「小冰學姐好，我叫小瑋，來自新竹。」大一的學妹在家聚時，這樣對我說。

dj學長，好像也在新竹唸書呢，還記得一開始，他都叫我小冰學妹，若能再見面，不曉得他還會不會這樣叫我？

「小瑋，妳說妳家在新竹呀，那妳去過清華大學嗎？」我好奇的問，聽阿誠學長說，dj學長念的是清華大學。

「嗯，去過呀，清大校園很漂亮喔。」小瑋笑著說，她笑起來時，嘴角泛起可愛的梨窩。

「呵，原來清大很漂亮呀。」我笑著說。

「是呀，有機會學姐也可以去玩喔，新竹很多民眾，假日會到清大走走。」小瑋回答。

dj學長，在一個很漂亮的校園唸書呀，在那美麗的校園裡，是不是有了美麗的邂逅，所以，才把我遺忘了？

但感覺上，dj學長不像是會輕易遺忘的人。

開學已經一個禮拜，dj學長應該回學校了吧？那我，是不是該去找他了？

「同學們，秋天到了呢，有人說秋天是戀愛的季節，對這句話，你們有什麼看法？」上課時，教授這麼問大家，大家面面相覷，不曉得怎麼回答，這問題跟語言學有關係嗎？

「簡單做個調查好了，談過戀愛的舉手？」教授突然的問，但整個教室裡，沒半個人舉手。

「呵，沒人談過戀愛，不可能吧？同學們真有趣，對談戀愛很感興趣，但卻不願意『談』戀愛呢。」教授打趣的說。

「我是這樣想的，夏天是個熱情的季節，對學生來說又剛好是暑假，人們在夏天聚在一起，做了許多事情，等到入秋後，周圍開始出現寂寥的氣息，人類是非常害怕寂寞的，當人們感到寂寞時，就會想找人來陪，彼此需要的人們，會產生戀愛的感覺，這就是為什麼有人會說，秋天是戀愛的季節了。」教授侃侃而談的說。

很有道理，不過，這到底跟語言學有什麼關係呢？

「同學們，廣義的語言包含文字，都具有神奇的力量，每一句話或每段文字的背後，都隱含著某種意義，我希望你們在上完這門課後，能培養出對語言的敏感度。」教授解答了我的疑惑。

看來這學期的語言學，應該不會無聊了。

過了幾天，我在大學路的麥當勞外遇見了貝兒學姐。

「小冰，好久不見。」貝兒學姐微笑的說。

「是呀，因為放暑假嘛。」

「一個暑假不見，小冰變得更可愛了呢！」貝兒學姐讚美的說。

「貝兒學姐也變得更漂亮了呀！」我也說，今天的貝兒學姐整個人看起來容光煥發，不曉得暑假裡，貝兒學姐都做了些什麼？

「嘻，真的嗎？」貝兒學姐甜滋滋的笑著。

「貝兒學姐，妳該不會是……戀愛了吧？」我猜測的問，感覺上貝兒學姐不是一般的開心。

「呵，祕密。」貝兒學姐笑著回答。

「齁～～有嫌疑……」我說，看貝兒學姐這模樣，大概八九不離十

了，不過能讓貝兒學姐喜歡的男生，一定很優秀吧。

「那小冰呢？單身很久了呢，怎麼都還沒消息呢？」貝兒學姐關心的問。

「因為沒人追呀。」我回答。

「怎麼可能!?若我是男生，絕對不會錯過小冰的！」貝兒學姐肯定的說。

我只是微笑，沒有回答。

「小冰，最近妳和阿誠學長有進展嗎？」貝兒學姐問。

我愣了一下，一時間不曉得怎麼回答。

「怎麼了？好像有什麼事？」貝兒問。

「其實去墾丁時，阿誠學長他……」我告訴貝兒學姐，阿誠學長在龍磐草原跟我表白的事。

「所以，妳拒絕了？」

我點了點頭。

「為什麼？」貝兒學姐問。

「……」對於貝兒學姐的問題，我沒有回答。

尷尬的沉默持續了好些時候，直到我再開口。

「貝兒學姐，妳在等人嗎？」

「嗯。」貝兒學姐點了點頭，不曉得為什麼，貝兒學姐的心情似乎一下子變得低落了。

「那我先進去囉，我想他們應該到了。」說完，我揮了揮手，就要往店裡頭走。

「小冰……」貝兒學姐喚了我的名字。

「嗯？」我回過身來。

「其實，我很希望妳能幸福，我也以為妳和阿誠學長有機會在一起

的……」貝兒學姐說。

「我也那樣以為……」

「小冰呀，妳要知道，愛情是很自私的……」貝兒學姐對我說，但我完全不明白她的話意。

「貝兒學姐，我不懂妳的意思？」

貝兒學姐笑著搖了搖頭，回答：「沒什麼，就當我胡言亂語吧！」

印象中，貝兒學姐是不會胡言亂語的，依照語言學教授的說法，貝兒學姐說的話，一定有著什麼含意。

但後來，等我能明白時，一切都已經晚了。

禮拜五下午，上完第六節課後，小淇提議大家一起去喝下午茶，但同學們都有事不能去。

「真掃興呢！」小淇失望的說。

「有事也沒辦法嘛！」我安慰的說。

本想接著說要陪小淇去，但她的手機剛好響了，掛電話後，小淇告訴我社團有事，要去活動中心一趟。

「連妳都有事，這下子只剩下孤單的我囉！」我開玩笑的說。

「別這樣嘛！小冰，晚上再陪妳吃飯齁。」

說完再見後，小淇朝活動中心方向走去，留下我一個人，一時間不曉得做些什麼好。本來可以去喝下午茶的，如果現在回住處，晚上還要到學校來，有些麻煩，這段時間要怎麼打發呢？

說到下午茶，讓我想起，自己已經半年沒去玫瑰園了……

因為擔心到玫瑰園，會想起關於 dj 學長種種回憶，才一直沒去，但即使不去玫瑰園，我依然沒法將 dj 學長忘記，所以，去不去玫瑰園，根本就無關緊要。

「既然也沒什麼事，就去一下吧。」我喃喃的說。

20分鐘後，我抵達玫瑰園，禮拜五下午時分，玫瑰園的客人並不多。

　　「歡迎光臨，請問有訂位嗎？」服務生問。

　　「嗯，有的。」我點了點頭。

　　服務生替我帶位，但我見到以前常坐的位子沒人，便詢問能不能換位置。

　　「嗯，可以呀。」服務生微笑的點點頭。

　　「謝謝。」我微笑點頭。

　　「ㄟ？妳喜歡坐這位子，妳是……」服務生突然睜大眼睛望著我。

　　「嗯？怎麼了嗎？」我疑惑的問。

　　「小楓，妳過來一下。」吧檯裡年紀較長的店員輕聲喊著。

　　「喔。」服務生應了應，朝我欠了欠身，回到了吧檯。

　　我雖然覺得有些奇怪，不過也沒多想，便坐了下來。

　　我環顧整間店，感覺不出有什麼變化，小玫曾說唯一不變的只有「改變」，不過，也有些事物，是不容易改變的。

　　今年寒假，我和 dj 學長曾在這裡度過愉快的下午茶時光，那回是因為修車的空檔時間無事可做，所以才帶 dj 學長來，不過，現在想來，或許那時的自己，就已經對 dj 學長有好感了吧？不然，也不會帶他來自己最喜歡的玫瑰園。

　　「唉……若我早一些發覺自己的心情就好了。」我喃喃的說。

　　等我意會過來時，發現服務生已經站在我面前了。

　　「不好意思，我要一分下午茶套餐，香草拿鐵和蜂蜜鬆餅。」

　　「好的。」她微笑的說，接著書寫完點餐單後，依然站著沒有離開。

　　「謝謝。」我又說了一次。

　　「請問……」她欲言又止的問。

「嗯？」

「妳認識一個叫做 dj 的男生嗎？」她問。

「啊!?」我感到訝異不已，眼前這個叫小楓的服務生，怎麼會突然提起 dj 學長？

「妳認識 dj 學長？」我反問。

「也不算認識，因為一共也才談過兩次話而已。」她回答。

「談過兩次話？」我覆述的說，這麼說，dj 學長之後還來過玫瑰園。

「今年寒假快結束時，有個男生來店裡說要等人，結果，他從下午三點多一直等到我們打烊，他等的人卻始終沒有出現……」她說到這兒，停了下來。

「那個人是……」

「五月時，他又來了一次，依然沒等到他想等的人，那時，他告訴我，他叫做 dj。」她回答。

寒假結束前……難道是我和 dj 學長約好要來玫瑰園那天嗎？那天因為聯絡不上 dj 學長，前男友又提出分手，傷心之餘，沒能來赴約，原來那天，dj 學長等了我這麼久？

難道，對對方不理不睬的人，不是 dj 學長，而是我嗎？

當我還處在極度驚訝的狀態時，名叫小楓的服務生，輕輕的把一樣東西放在桌上。

「這是？」我望著桌上的白色物體，疑惑的問。

「五月時，他來等了妳第二次，然後，把這東西給了我，說若以後妳來了，讓我交給妳。」她說。

「為什麼他不自己交給我呢？」我邊說，邊把 dj 學長要給我的東西拿了起來。

「我也不知道，當時我告訴他，妳來的時候，我不一定會在店裡，

而且我也不知道還會在玫瑰園工作多久……，幸好，妳今天來了，因為，我就快離職了。」

「妳要離開了？」

「嗯，只到月底，人在同一個地方待久了，總會離開的。」她點頭回答，頓了頓後，接著說：「我一直把這事放在心上，總覺得自己非得把這東西交給妳不可，我想你們之間，一定存在著什麼誤解，只要妳見到這東西，就能明白些什麼。」

「明白些什麼……」我喃喃的說，接著拿出 dj 學長給我的東西，不禁困惑的問：「這是……藥袋？」

「我也不明白，為什麼他要我把藥袋交給妳，不過我想妳應該知道為什麼，而且，原以為不會再出現的妳，卻在我即將離職前來了，或許，這也代表，妳和他有著緣分。」

「緣分……」我覆誦的說，我跟 dj 學長還有著緣分嗎？

「我也曾像他一樣，一直等著某個人，就那樣一直傻傻的等著，因為我真的非常喜歡那男生，他應該有類似的心情，所以，我很想幫他，現在，我確實的把他的心意傳達給妳了，而我能做的，也只有這樣了。」她說。

「謝謝妳，小楓。」我道謝的說，說完，忘了還沒自我介紹。

「對了！我叫小冰。」

「原來，妳叫小冰呀。」小楓微笑的說。

自我介紹後，我和小楓的對話便結束了，接著，我開始望著藥袋發呆。

dj 學長給我藥袋做什麼？不過這藥袋好眼熟，好像在哪見過……

「咦？這藥袋不是花束行時……」見到藥袋上藥局的地址，我突然想起花束行時，替 dj 學長狂拍藥局鐵門那一幕……

藥袋裡還有幾顆白色藥丸，和一張折好的紙，我將那張紙打開來看⋯⋯

Dear 小冰：

　　因為知道妳大概不會出現了，所以，我決定把我此刻的心情寫下來。不過，不曉得未來，妳能不能讀到我留給妳的話語？其實我很後悔，當初，我沒告訴妳我的心情，現在，或許我的心意永遠也沒辦法傳達給妳了。

　　小冰，妳一定覺得很奇怪，為什麼我會把託人將藥袋交給妳吧？其實，我只是臨時起意，自從花東行後，這藥袋，我經常隨身帶著，這回來台南找妳，剛好也帶著。這藥袋對我來說，具有重大意義，花東行時，妳為了我拍打藥局鐵門，吵醒藥師，替我買到了藥。我不是妳什麼重要的人，妳居然為我做到那種程度，說真的，我非常感動，有一瞬間，我還以為，自己在妳心中，應該是有些地位的，不過，那只是我的錯覺而已吧？

　　今天，我去了飲料店，明明最想見的人是妳，但我卻東拉西扯的，直到最後『小冰在嗎？』這話始終沒有問出口，但店長似乎察覺了我的心意，所以，她給了我妳的手機號碼，我鼓足勇氣打了過去，第一通妳沒接，我想著等一下再打，沒想到，之後就再也打不通了⋯⋯我想，就跟寒假快結束時，我們約定在玫瑰園那時一樣，偏偏那天我的手機剛好不見了，沒辦法聯絡上妳，然後，不曉得發生什麼事的妳，也沒來赴約，總是錯過彼此的我們，大概真的缺少了緣分吧？

　　小冰，不曉得讀到這兒的妳，是否明瞭我的心意了？我想，我

們往後大概不會再相遇了，所以即使讓妳明白我的心意，應該也不會造成太大困擾。小冰呀，還記得我們一起去逛街、吃宵夜那次嗎？那天晚上，妳離開後，我感到悵然若失，一直惦記著妳的笑臉，隔天打工見到妳時，我感到心裡小鹿亂撞，幾乎沒辦法控制，那一刻，我就明白，自己是喜歡上妳了，喜歡上身邊有著另一半的妳。

但我明白，自己是沒辦法成為第三者的，所以，雖然喜歡著妳，但我並不打算讓妳知道，想著只要寒假結束，我離開飲料店後，一切都會歸於沉寂，而我喜歡過妳的事情，會成為我心底永遠的祕密，永遠不會有人知道。但同樣喜歡著妳的阿誠學長，他察覺到了，他覺得我該告訴妳我的心意，但我依然猶豫。隨著寒假接近尾聲，我發覺自己喜歡妳的心情非但沒有消褪，反而日益茁壯，於是，在了解妳和男友發生不愉快時，我決定在約定的那一天，告訴妳我的心情。

不過，約定那天，妳沒來，所以，我也只能離開了。

原以為，離開後，見不到妳的我，不久之後，便會將妳淡忘，沒想到三個月後的現在，我依然惦記著妳，思念那條無形的線將我緊緊與妳相繫，要忘了妳，大概是不可能了……

我想，我會把妳一直放在心上，直到喜歡的感覺淡去，成為回憶的一部分，那時候，我就能跟其他女孩在一起了吧？只不過，這要花上多久的時間呢？呵，我希望自己能發揮健忘的本領，因為，喜歡妳卻見不到妳，那實在太痛苦了，我這人，不太適合這麼痛苦的事情，對吧？

小冰，其實，我還有好多話想對妳說，但跟人要來的這張紙，大概就只能寫這麼多了，希望，妳以後不管跟誰在一起，都能一直

過得幸福快樂，還有，只要妳往更遠的地方望去，世界就變會無限寬廣，再也不要說自己生長在狹窄的城市了，因為，當妳那樣說時，看起來憂傷的令人心疼……

那麼，小冰，我就在這裡停筆了。

dj 學長

正如小楓說的，讀完了 dj 學長留下的話語，我明白了許多事情。

dj 學長為什麼會不告而別？為什麼離開後連一通電話都沒再打來？為什麼即使回到飲料店也從沒提到我？ dj 學長試圖想聯絡我那天，我卻剛好換了門號……

然而，最重要的，是我終於明白了 dj 學長的心意。

啊，我跟 dj 學長原來是兩情相悅呢！還有什麼比這個更令人開心呢？

那麼，我得趕快去找 dj 學長，讓他知道，其實我也一直把他放在心上，然後，我和 dj 學長的寒假，就能一直延續下去……

為了問清楚 dj 學長的下落，我拋下了久別重逢的玫瑰園，前往飲料店……

此刻，我心中充滿了幸福的預感。

　　暑假結束前，我又和小雪出去了一次，這回是小雪約我的，我考慮了很久才答應，因為我想，暑假就快結束，也該是說再見的時候了。

　　小雪同樣跟我說了再見，但跟我想的有些不同，她的「再見」，是問我何時能再相見。

　　「因為，我發覺你常默默望著我，所以，我想你是不是……」小雪雙頰飛紅的問。

　　我頓時明白了一些事，所以，即使有些殘忍，我還是告訴了小雪。

　　「小雪，妳跟我喜歡的女孩很像，所以我……」

　　小雪聽完，沉默了一會兒，接著，眼淚悄悄的滑落了……

　　小杰說的沒錯，既然我心裡喜歡著別人，就不該去招惹小雪……

　　但一直以來，我都不是個有魅力的男生，即使全心全意追求，都不見得會成功，何況只是默默望著她的身影？所以我才……從什麼時候開始，突然變得受歡迎了？

　　曾想讓自己變得受歡迎，達成願望後，卻傷害了身邊的朋友……

　　「是憂鬱，你憂鬱的側臉觸動了她們的心弦，讓她們想接近你、了解你、保護你，是憂鬱讓你摧枯拉朽、戰無不勝。」暑假結束後，我回到學校，阿勝這麼告訴我。

　　「但我不想這樣……」

　　阿勝聽了聳了聳肩，不置可否的說：「沒辦法，感情就是這樣，沒人願意喜歡上一個心裡沒有自己的人，小璇是這樣，那個叫小雪的女孩也是這樣，但她們還是喜歡上你，太受歡迎也很傷腦筋，我能體會這種困擾的，真的。」

　　「……」

說到後來，阿勝順便往自己臉上貼金，果然是個自信過剩的男人。

「你告訴過我，你心裡有喜歡的女孩，是嗎？」阿勝問。

「嗯。」我點了點頭。

「那只要跟她在一起，就不用傷腦筋了，你是因為思念她而憂鬱，才會吸引身邊的女孩，一旦跟她在一起，一來你不會再憂鬱，二來，已經死會的你，就能讓女孩在喜歡上你之前，先死心了。」阿勝說。

阿勝說的很有道理，但我卻做不到。

「不過，擁有這種煩惱，代表你愈來愈接近我的境界了……」阿勝下了個完全沒建設性的結論。

「並不想接近好不好……」我沒好氣的說。

「dj，若你真的不想再讓類似的事情發生，就找個好女孩在一起吧。」阿勝最後是這麼說的。

找個「好女孩」，而不是找個「喜歡的女孩」嗎？

還是，因為是好女孩，所以，最後一定能喜歡上她？

開學過了幾個禮拜，我在學校裡，完全沒見到小璇的蹤影，小璇就像是人間蒸發一樣，不過，換個角度來看，我和小璇暫時不見面，或許更好。

上上禮拜，貝兒來找了我一次，在機車後座的她，自然的摟住了我的腰，在我耳邊輕聲細語著，去看香山夕照時，貝兒將她的臉龐微微枕在我的肩膀上，看起來好像睡著了……

所以，我一直沒敢驚醒貝兒的美夢……

這禮拜，貝兒要我回台南找她，說是想給我個驚喜。

「上回我生日時，你給了我個大驚喜，這回輪到我了。」電話中，貝兒是這樣說的。

「喔，真好奇呢！」

「敬請期待！還有，記得騎舊機車來喔！」貝兒交代的說。

會是什麼驚喜呢？

經過這些日子的相處，我大概猜到了貝兒的心意，而貝兒是這麼好的女孩，以致於我有時會不明白，為什麼貝兒會對這樣的我……

還是別想太多，別把自己看得太過重要，或許貝兒只是把我當成「紅粉知己」，從以前開始，我就是很多女孩子的好朋友……

回到台南，從後站走出來時，往左前方望去，想著小冰最喜歡去的玫瑰園就在不遠處，若徒步走過去，大概也不用 15 分鐘吧？

這樣想的我，不由自主的往前跨出了幾步，接著，我停了下來，因為我想起，這次回台南，要找的人不是小冰，而是貝兒。

住在我心裡的小冰，這些日子以來，辛苦妳了，該是妳退場的時候了。

下午，我和貝兒約在台南有名的窄門咖啡。

「這裡真的有你的留言呢！」貝兒聽我說，我曾在店裡的留言簿寫過留言，便開始認真的找了起來，找到之後，開心的對我說。

「我看看……這是上次的留言，之前應該還有……」我回答說。

「還有，沒想到你文筆不錯呢！」貝兒讚賞的說。

「是嗎？其實，我高中時，原本想唸歷史和文學的，但因為我念的高中，瀰漫著一種『只有唸不了物理、化學的人才會選社會組』的詭異氣息，讓我沒有勇氣選社會組……」我有些無奈的說。

「嗯，可惜了，不過雖然不能選你所愛，但至少可以愛你所選。」貝兒微笑的說。

「嗯。」我微笑的點了點頭，貝兒總能說出一番道理。

「對了，那你之前的留言呢？在哪兒？」貝兒問。

「應該在其他的留言簿上吧，高中時就曾來過，也忘記寫在哪了。」

「寫了很多次嗎？」

「嗯，少說也有五、六次吧。」

「那我要全部找出來看。」

「那可是大工程呢！幹嘛這麼好奇？」我疑惑的問。

「呵，你知道的，我喜歡舊東西嘛。」貝兒笑著說。

「嗯。」我微笑的點了點頭，感覺今天坐著舊機車的貝兒，好像顯得特別高興。

「還有……」貝兒欲言又止。

「還有什麼？」我好奇的問。

「我想知道，還沒認識你之前，你都做了些什麼事情，遇見了什麼樣的人，和他們度過了什麼樣的時光。」

「呵，貝兒雖然是建築系的，文學造詣也很不錯嘛！」我稱讚的說。

「是嗎？那文筆不錯的你和文學造詣不錯的我，要不要來寫信呢？」貝兒提議的說。

「寫信？」我困惑的問。

「對彼此說過的話，很快就會消逝，不過寫在信紙上的話語，卻可以一直保存下來。」

「喔？保存下來的信，聽起來也是舊東西呢。」

「所以？」貝兒用期待的眼神望著我。

「嗯，好呀。」我微笑點頭。

貝兒聽完，開心的笑了。

因為留言簿數量實在不少，所以，我也幫著貝兒找。找著最新的留言簿時，我讀著今年四月時，自己寫在留言簿上的話語，心裡有著許多感觸，當時，自己是那麼的想念小冰，卻只能躲在咖啡店唉聲嘆氣，什麼也沒辦法做。

我曾看過一部日劇，劇中的女人問道：「你知道什麼樣的女人最可悲嗎？」

「不被愛的女人？」男人回答。

女人搖了搖頭，緩緩的說：「是被遺忘的女人。」

對小冰來說，我大概是個被她遺忘的人吧，所以，可悲的我，又能做些什麼呢？

翻著、翻著，有個熟悉的字眼映入眼簾……

「這不是!?」我不禁脫口而出。

「怎麼了？」貝兒好奇的側過身來。

「沒事，我只是自言自語……」我含糊的回答，很快的把留言簿翻到下一頁。

「還以為你有什麼發現呢。」貝兒說完，把視線移回了她手中的留言簿上。

然後，我悄悄的翻回前一頁，仔細的看著。

沒錯，這的確是小冰的留言，身為小冰字跡世界權威的我，是不會認錯的。小冰她也到這兒來了，我和小冰的身影，雖然沒在同一時間，但的確在這個空間裡交會了，咖啡店的老闆見過我和小冰，他的視線讓我和小冰以奇妙的形式相遇了。

不過，小冰她會知道嗎？後來，她還有到這兒來？她會發現我的留言嗎？當她發現時，她會高興的對朋友說「你瞧，這是dj學長的留言」嗎？

我突然覺得自己很可笑，別過臉，見到專心找著留言的貝兒，卻又感到內疚。

貝兒為了多認識過去的我，正努力尋找我的足跡，而我卻望著小冰的留言，不顧一切回到了寒假，拋開了始終陪伴在自己身邊的貝兒……

不，這樣不好，我不能這樣。

「小冰，雖然我很喜歡妳，但妳眼裡並沒有我，原本打算就這樣默默把妳放在心上，直到情愫淡去，不過現在，該是讓妳退場的時候了，因為我的身邊，已經出現了個值得我喜歡的好女孩，因為，我要陪伴著她，所以，沒辦法再讓妳住在我心裡了，從這一刻起，妳就離開我的心裡，然後，幸福去吧！」我望著小冰的留言，在心裡默默想著。

我在心裡跟小冰告別，想到自己終於要拋開對小冰的眷戀，突然的感到非常悲傷……

「唉……」我忍不住嘆氣。

「沒事幹嘛嘆氣呢？而且……你看起來好像很……落寞？」貝兒問。

「跟貝兒在一起，怎會落寞呢？高興都還來不及呢！我只是覺得留言難找，所以嘆氣而已。」我解釋的說。

「呵，跟我在一起，你真的很高興呀？」貝兒開心的問。

「那當然囉！」我很快的回答，因為這是我的真心話。

「呵，那就好。」貝兒滿意的點了點頭。

咖啡店的約會在接近傍晚時分畫下句點，貝兒一共找到我寫下的四則留言，似乎感到心滿意足。

「原來你大一時，暗戀你的學伴呀！」貝兒這樣說著，但她不知道，留言裡的「學伴」指的就是她曾見過的小璇。

「嗯，不過後來被打槍了。」為了不讓貝兒察覺，所以，我簡單的帶過。

「真可憐呢！不過沒關係，現在有貝兒姐姐陪你，不會再讓其他女孩打槍了。」貝兒微笑的說。

「啊？這是什麼意思？」

「就是字面上的意思呀。」貝兒笑盈盈的說。

接下來是晚餐時間，貝兒說今晚要吃法式料理，讓我很期待，因為我從沒吃過。

「不過用餐前，我得先回飲料店拿點東西。」貝兒說。

「喔，那我載妳回去拿吧。」

「謝謝，那就麻煩你了。」貝兒道謝的說。

貝兒想給我的驚喜，應該會在晚餐時現身吧？

不過，會是什麼驚喜呢？還真令人期待！

我載著貝兒回到飲料店，把車停在熟悉的停車處，記得自己還曾在這兒幫小冰修過車……

小冰，別再來了！妳該離開了，拜託妳……暗戀、單相思的滋味我已經嚐夠了。

「小冰，她是怎麼看待我這個人的？」

「小冰，她會不會也把我放在心上？」

「小冰，她是不是也像我喜歡她一樣的喜歡我呢？」

這樣想的我，偶爾會感到有些喜孜孜的，不過，我也暗戀的太久了，身為一個本該春風得意的少年兒，不該這樣的，我該像小杰說的，是男人的話就乾脆點，要不就告白！要不就徹底死心！

但告白對象芳蹤已渺茫難尋，那麼，也只好死心了。

「那我先過去店裡。」貝兒微笑的對我說。

「我陪妳一起去。」

「那可是驚喜耶！怎麼能先讓你看見呢？」

「喔，這樣呀。」

「呵，乖乖在這裡等，貝兒姐姐很快就回來了喔！」貝兒輕拍我的頭，微笑的說。明明比我小，卻總喜歡自稱貝兒姐姐，不過，這樣的貝

兒很可愛。

　　是呀，明明身邊有貝兒這樣好的女孩，在聯誼時，貝兒是那種男生們都會祈禱她抽到自己機車鑰匙，然後沒抽到的男生會怨恨為什麼自己祖上沒積德的女孩。

　　祖上積了那麼多德，讓我與貝兒相遇，我卻還在那三心二意、想東想西，未免也太對不起我的祖先了。

　　望著貝兒離去的纖細身影，我突然有種預感。

　　不久之後，我和貝兒，應該會成為一對吧？

　　我坐在機車上，望著、等著、想著。

　　望著不遠處即將出現的佳人倩影，等著她微笑朝我走來的那一刻，想著她要給我的驚喜。

　　然後，往後我的心裡，開始只讓她一個人住了。

　　嗯，那是什麼樣的預感呢？

　　應該是，幸福的預感吧。

小冰

騎到飲料店附近時，天色已經完全暗了下來。

到飲料店前，我先撥了通電話給阿誠學長。

「怎麼突然想到店裡找我？」電話中的阿誠學長這樣問。

「因為，我有些事情想問你……」

「電話中問不就好了？」阿誠學長疑惑的問。

「電話中可能說不清楚……」

「是嗎？跟 dj 有關？」電話那頭的阿誠學長沉默了一會兒後，這樣問我。

「嗯，今天，我發現了一些事情。」我籠統的回答。

「我知道了，妳來吧。」阿誠學長回答。

我把車騎到飲料店附近，dj 學長曾替我修車的停車場，雖然並沒有修好，但在一旁看著他修車的專心模樣，突然覺得這個人很有趣，很想多認識他一些，接著，奇妙的情愫開始蔓延……

將車停好後，準備往飲料店走去時，我突然見到不遠處有個熟悉的身影，那身形、背影很像是……我始終放在心上的 dj 學長？是因為我太想見他，所以才把相似的身影看成是他？

不，那身影真的很像呀！我快步繞到那男生的斜後方，瞥見了他的側臉。

真的是他！真的是 dj 學長！唯獨 dj 學長的側臉，我絕不會認錯！這一定是上天的安排！讓我今天在玫瑰園明白了 dj 學長的心意，然後又讓我和 dj 學長在這裡相遇，一定是我和 dj 學長對彼此的思念感動了上天，不然，怎麼會有這樣的巧合呢？

dj 學長正望向飲料店的方向，專心的想著事情，呵，望著飲料店，

難道是在想著我嗎？

　　想到這兒，連自己都害羞的低下頭來，接著，我抬頭望了一眼 dj 學長的側臉，啊！dj 學長真是好看呢！

　　我又欣賞了 dj 學長的側臉好一會兒，確定能在心裡永遠記下這一刻後，悄悄的朝 dj 學長走去，想突然出現在他的面前，給他一個驚喜。

　　但這時的 dj 學長突然從沉思中醒來，嘴角露出微笑，朝飲料店方向揮了揮手，dj 學長笑起來還是一樣可愛呢！

　　不過，他朝誰揮手呢？我順著 dj 學長的目光，往飲料店的方向望去……

　　當貝兒帶著神祕的微笑，在不遠處出現時，我感覺自己一瞬間被貝兒的微笑給迷住了，怎麼才一下子的時間，貝兒就變得更漂亮了？

　　但實際上，貝兒並沒有改變。

　　改變的，或許是我的心境，因為今天我已經在心裡跟小冰道別了，剛剛的等待，讓我做好了準備，準備迎接我心中的幸福預感。

　　但，我真的能追求這麼美好的女孩嗎？一旦決定追求貝兒，我便不禁這樣想，或許，貝兒和小冰一樣，都只把我當朋友看待，只不過小冰當我是普通朋友，而貝兒當我是好朋友。

　　「在想什麼呀!?」貝兒雙手放在身後，在停車場馬路的對面柔聲喊著。

　　「呵，沒什麼。」我笑著回答。

　　「嘻，難道在想我嗎？」貝兒笑盈盈的問。

　　「……還真讓妳猜中了，啊，真讓人害羞呀！」我半開玩笑的回答。

　　「嘻，真的嗎？」貝兒開心的問。

　　「真的呀，很害羞呢！」我強調的說。

　　「唉呦！人家問的不是這個啦！我想知道的是……剛剛真的在想我嗎？」貝兒說到這兒，臉上的笑容僵住了，失去了平時的自然神情。

　　像是「閒著也是閒著，不然我們來湊一對好了。」、「你不會是在想我吧？」、「可別偷偷喜歡我喔！」這類的玩笑話，我和貝兒經常會說，我原本以為剛剛的對話也是如此，但若只是玩笑話，貝兒不自然的神情就顯得很奇怪。

　　「嗯。」我點了點頭。

貝兒聽完愣了愣，似乎深吸了一口氣。

「怎麼了？」我關心的問。

貝兒只是微笑的搖搖頭，沒有回答。今天的貝兒有些奇怪，是我做了什麼讓她不開心的事嗎？

「不是要給我驚喜嗎？」我岔開話題的問。

「那個……現在，我不確定能不能給你了……」貝兒依稀是這麼回答的，因為貝兒在馬路對面，所以聽得不是很清楚。

「為什麼？貝兒，妳先過來吧，比較好說話。」

貝兒愁眉不展的搖了搖頭，回答說：「讓我待在這兒吧，現在，我沒辦法過去你那兒，或許，以後也沒辦法了……」

「貝兒，妳在說什麼呀？為什麼沒辦法過來這兒？」我疑惑的問。

「因為，我們之間一直有著距離，不管我靠得再近，我們依然有著無法跨越的界限，就像隔著這條馬路一樣……」貝兒神情哀傷的說。

「貝兒……」

「dj，你知道嗎？從你來到飲料店後，我就一直注視著你，一開始，我也不明白為什麼，所以，我策畫了花東行，在旅程中，我總算確認了自己的心意，明白自己喜歡上你了。」貝兒柔聲的說。

我聽了，心情很是激動，邁開步伐就要走過去。

「別過來！先別過來，讓我說完！」貝兒喊著說，我只好停下腳步，不是自我感覺良好，原來貝兒真的把我放在心上。

「諷刺的是，我也同時了解你喜歡的人並不是我。但即使如此，我還是忍不住望著你的身影，想盡辦法靠近你，努力拉近我們的距離，甚至做出了連自己也感到厭惡的事情……」貝兒說到這兒，停了下來。

「連自己也感到厭惡的事情……」我覆誦的說，但我相信貝兒不可能做出什麼不好的事情。

「半年多了，我以為已經靠近你許多，但心的距離依然沒變，你溫和有禮的對待我，把自己的真心隱藏，也把我喜歡你的心推開，我們倆的心就像隔著這條馬路，雖然不會太遠，但也從來沒有真正靠近過，因為是這樣的距離，所以我得大聲吶喊，你才有機會聽見，所以，我就像這樣，一直在馬路對面大聲喊著你的名字……」貝兒情緒激動的說。

　　「貝兒……妳……哭了嗎？」我問，我隱約看見馬路對面的貝兒，眼裡閃著晶瑩的淚光，腳不由自主的向前跨出一步，但貝兒又阻止了我一次。

　　「dj，你聽見了嗎？你聽見我在喊你了嗎？如果你聽見了，為什麼不回應呢？是因為心裡沒有我，所以沒辦法回應嗎？但我已經喊得好累、喊得聲嘶力竭，就快沒辦法繼續下去了……」貝兒說完，晶瑩的淚水，順著臉頰滑落了。

　　望著傷心落淚的貝兒，我想，是時候了。

　　「貝兒，我聽見了。」我回答。

　　「你聽見了……」貝兒覆誦的說。

　　「我以為是自己想太多，因為貝兒妳這麼出色……而我只是個逃避自己感情的人……」

　　「你聽見了，真好……因為我快沒力氣繼續下去了。dj，我在這裡，最後一次喊你的名字，請你告訴我，我在你眼裡，到底是什麼樣的存在？在你心中，有著什麼樣的地位？你是否像我喜歡你一樣，那樣喜歡著我？」

　　我聽完，沉默了下來。

　　我喜歡貝兒嗎？

　　不，好像還沒那麼喜歡。

　　我不喜歡貝兒嗎？

也不對，應該有一點動心了。

那麼，我該怎麼回答貝兒？

當我正躊躇不決時，突然聽見「鏗」的清脆聲響，貝兒一直拿在身後的「驚喜」掉了出來，看起來是個圓筒狀的玻璃罐，裡頭裝著些花花綠綠的東西，幸好這撞擊沒有讓它破裂，不過因為馬路有些坡度，所以玻璃罐朝我這緩緩滾了過來……

等著我回答的貝兒，這時像是突然驚醒一樣，猛然朝向玻璃罐衝去……

我急忙張望馬路兩側，有部小客車正朝著玻璃罐的方向疾駛而來，我急忙大叫：「貝兒！小心！」但失了神的貝兒，眼裡只有玻璃罐，眼見正要撿起玻璃罐的她，並沒聽見我的喊叫，情急之下，我也衝了過去……

當耳邊響起刺耳的喇叭聲，原本望著玻璃罐發呆的貝兒抬起頭來，見到正朝她狂奔的我，才驚覺有異，但她只是緊抱著玻璃罐，我不顧一切的衝向貝兒，緊抱著她一起朝馬路旁滾開，心裡除了保護貝兒之外，什麼也沒多想。

在刺耳的喇叭與煞車聲停止後，我感到身上有些微的痛楚，我想，應該只是輕微擦傷而已，真是謝天謝地！我連忙察看緊抱在懷裡的貝兒，有沒有受傷。

「貝兒，妳沒事嗎？」我擔心的問。

貝兒似乎有些恍神，於是我又問了一次，貝兒才微微的搖了搖頭。

「但貝兒，妳剛剛在做什麼？那樣真的很危險！」我用嚴厲的語氣對貝兒說。

「因為它掉了……」貝兒喃喃的說，我感到貝兒的身體在發抖，她剛剛一定嚇壞了吧？我不應該再苛責她的……

「掉了就掉了，突然衝到馬路中央撿東西太危險了，以後別再這樣了。」我柔聲的說。

「但它是我要給你的驚喜呀，我手笨，所以摺了好久……」貝兒邊說，邊把懷中緊抱的玻璃罐舉到我面前，我仔細一瞧後，整個人愣住了。

「聽說摺一千隻，就能許一個願望，還說不管許什麼願望都會實現，一個月多來，我每天都摺到三更半夜，摺完後，我許了個願望，希望能一直和你在一起，剛剛它從我手裡掉了出去，我覺得若失去了它，我的願望也許就永遠不會實現了，所以，我才……」貝兒說到這兒，像做錯事的小孩一樣怯生生的望著我。

「貝兒，妳怎麼這麼傻……」我望著貝兒不曉得花了多少時間和心血才摺好的千紙鶴，心疼的說。

「漂亮嗎？」貝兒微笑的問。

「嗯，很漂亮。」我點頭的說。

「原本更漂亮的，可惜剛剛在地上滾了滾，玻璃罐有些磨損了。」貝兒說。

「沒關係的，還是很漂亮，而且更重要的是裡頭的心意。」

「是呀，我的心意你已經明白了，那你的心意呢？」貝兒問。

我微笑，伸手去拿裝著千紙鶴的玻璃罐，但貝兒卻緊緊抱著，不肯給我。

「怎麼了？不是給我的驚喜嗎？」我微笑的問。

「可是……真的可以給你嗎？」貝兒像小女孩般怯生生的問。

「嗯，給我吧！我想接受它，接受貝兒滿滿的『心意』。」

貝兒愣愣的望著我，好一會兒沒有說話，但仍緊抱著千紙鶴。

「dj，以後，你也會像剛才那樣守護著我嗎？」貝兒問。

「會的。」我回答，一想到貝兒哭泣的模樣，我就感到好不捨，這

樣的我，大概再也離不開貝兒了。

「那小冰呢？」貝兒問。

我略想了想，回答：「去年寒假，我喜歡上小冰，曾日夜思念她，為她獨自神傷，不過現在已經沒有關係了⋯⋯因為，我的身邊有了妳，雖然現在心裡還有著小冰的淡淡身影，但我想不久之後就會消失，往後，我的心裡，就只剩下妳一個人了。」

「嘻，真的嗎？哄我開心可沒獎品喔！」貝兒總算破涕為笑的說。

「呵，怎麼會沒獎品呢？眼前不就有個超級大獎嗎？」我笑著說。

「喔，你指這個呀？」貝兒拿起千紙鶴這樣問著。

「是呀，不過，上天給我最棒的獎品，就是貝兒妳了，也不枉我當了這麼久的好人呀！」

「嘻，那就給你獎品吧！」貝兒笑著說。

「那我就收下了⋯⋯」我抱著貝兒，俯身把右手伸長，想伸手去拿千紙鶴。

這時貝兒突然別過臉來，我和貝兒的臉靠的好近，我感到臉紅心跳，臉上也感受到貝兒急促的呼吸，腦袋嗡嗡作響的，突然雙唇有了溫熱的觸感，分不清楚到底是誰靠近誰的，不過，那已經不重要了，因為，我和貝兒總算靠得這麼近了，往後，貝兒不用再大聲喊著我的名字，因為，我就在她的身邊。

「這也是獎品嗎？」我問貝兒，貝兒的臉紅通通的，很是可愛。

「討厭啦！這是人家的初吻耶！」貝兒忸怩害羞的說。

「呃，我會負責任的。」我嚴肅的說。

「當我男朋友，可不是那麼容易的喔！」確定到手之後，貝兒逐漸恢復正常。

「我會努力。」

「嘻，貝兒姐姐也會好好待你的。」貝兒燦爛的笑著說。

小冰，我要拋開對妳的思念，和貝兒編織幸福的未來了，妳會祝福我吧？

往後，就請妳從我心底消失吧。

小冰

原以為，我和 dj 學長的幸福未來，會從今晚開始。原以為，上天如此刻意的安排，是為了讓我和 dj 學長能夠有個美好結局……

但或許，上天引領我到玫瑰園發現 dj 學長留下的訊息，又讓我急急忙忙的趕到飲料店，是為了讓我見證停車場的那一幕……

dj 學長，你不是喜歡我嗎？怎麼能這麼快就將我遺忘，喜歡上貝兒學姐呢？我都還來不及出現在你面前，一切就結束了，dj 學長，你怎麼能這麼對我？

貝兒學姐，原來妳和我一樣，也喜歡 dj 學長嗎？寒假結束，dj 學長離開後，妳與他的距離近了，我卻變得遠了，最後，我成了被遺忘的人。

但貝兒學姐，當初，妳為什麼不告訴我，dj 學長喜歡我呢？是 dj 學長讓妳別說？還是顧慮到當時的我身邊有著男友呢？或者，因為妳也喜歡 dj 學長，所以才沒辦法告訴我？

「小冰，妳要知道，愛情是很自私的……」貝兒學姐曾對我說，現在，我明白了。

小冰呀，妳一直都幸福的被愛著，第一次想去愛人，最後卻變成這樣……早知道會這樣，一開始，我就不該喜歡上 dj 學長！不該喜歡任何人！

若察覺 dj 學長的訊息，只是為了讓我見證那一幕，那我寧願永遠不要知道，這樣，dj 學長就永遠只是在寒假時，突然闖進我生命中的一個男生，在寒假結束後，消失的無影無蹤，就像從來沒有出現過一樣，日後想起，會感到幾分甜蜜，但也有一絲遺憾……

我想，自己和 dj 學長已經不會有任何未來了……

我回到成大校園，一個人茫然的胡亂走著，不斷的要自己勇敢一點，別再想他了，就像小玟說的，dj 學長是個才半年多就能把我遺忘的男生，不值得我一直放在心上，我該慶幸早些認清他的真面目才對。

　　但不爭氣的淚水，卻像壞掉的水龍頭一樣，怎麼也止不住，為什麼喜歡一個人，會讓自己如此悲傷呢？

　　dj 學長，我是這麼的喜歡你，你知道嗎？你和貝兒學姐看起來好幸福，而我卻這麼悲慘，我沒辦法真心祝福你們，甚至希望你們早點分手，為什麼喜歡你，會讓我變得這麼不堪呢？

　　從剛剛開始，手機一直響著，但我一點也不想理，只是坐在校園一個不起眼的角落，呆望著入夜的校園掉淚。

　　不曉得過了多久，我感覺有人在我身旁輕輕坐下，我別過臉去，婆娑的視線裡出現的是阿誠學長的側臉。

　　「不是要來找我嗎？」阿誠學長問。

　　現在的我，沒力氣回答任何問題，也不想說話。

　　「等了那麼久也不見妳來，打了十多通電話妳也沒接，所以，我就來找妳了。」阿誠學長接著說。

　　我幽幽的望了阿誠學長一眼，又回過頭去繼續傷心，傷心是失戀的人的專利，傷心的人，是不能被打擾的。

　　「發生什麼事了？」阿誠學長柔聲的問。

　　「沒事……」我虛弱的說，阿誠學長，為什麼要一直打擾我呢？

　　「沒事!?說好要來，卻突然不見了！打了那麼多通電話也沒接！擔心妳的我，像無頭蒼蠅東奔西跑的到處找妳！好不容易找到了，卻見到已經哭腫雙眼的妳，已經這樣了，妳還要跟我說沒事!?」阿誠學長語氣

突然變得高亢起來。

　　我淚眼婆娑的望向阿誠學長，不明白他為什麼生氣，然後，眼淚又掉了下來。

　　「小冰，到底是為什麼！？為什麼妳會變成這樣！？為什麼妳要哭得這麼傷心！？」阿誠學長雙手放在我肩上，情緒激動的說。

　　「阿誠學長……我是個容易被遺忘的女孩嗎？」我突然很想問這個問題，因為，我怎麼也想不通，為什麼 dj 學長會這麼快就將我遺忘。

　　阿誠學長聽完，愣了愣，接著雙手從我肩膀上離開，輕拍了拍我的頭，微笑的說：「怎麼會呢？小冰，妳是個會讓人留下深刻印象的女孩。」

　　「是嗎？」我喃喃的說。

　　「不告訴我嗎？」阿誠學長問。

　　我聽了，只是搖了搖頭。

　　「沒關係，小冰，我會一直在妳身邊的。」阿誠學長輕柔的說。

　　記得語言心理學上課時，教授曾說，秋天是戀愛的季節，但我和 dj 學長兩人的寒假，就在秋天才剛來臨的時刻結束。

　　如果可以，以後，我再也不想要寒假了。

　　原本今晚，我想把通識課的期末報告完成，但電腦卻被人占領了，而且是個我拿她沒辦法的人。

　　「嗯，還要多久呢？」我小心翼翼的問。

　　「不曉得耶，因為我一直弄不好呀。」女孩回答。

　　「但我禮拜一有報告要交耶，交不出來我就糗了。」

　　「不是還有禮拜天嗎？你這麼聰明，一定可以的啦！而且，我正在整理我們一起去玩的相片，順便修圖，會變得更好看喔！」女孩望著電腦，語氣輕快的說。

　　「妳都嘛修妳自己而已，上回貼在部落格的相片，連我不小心露出鼻毛，妳都沒有修掉，害我被認為是個沒水準的男生，還有人質疑像我這種男生，怎麼配得上妳這麼正的女朋友。」我抱怨的說。

　　「所以，我願意當你女朋友，你得心存感激喔。」女孩別過臉來，笑著對我說。

　　「是，真是太感謝貝兒姑娘了。」我苦笑的說。

　　「那為了表達你的感謝，明天陪我去北埔玩吧！」貝兒趁機要求的說。

　　「啊？剛剛不是說我有期末報告要交，妳用了一整晚的電腦，我整分報告都沒動耶！明天再陪妳去北埔玩，我的報告真的會開天窗啦！」我求饒的說。

　　「好啦！真是小氣！喏，電腦讓給你，你快做報告吧！為了陪我去玩，你一定能在今天晚上完成的，對吧？」貝兒微笑的問。

　　「……」我無言了。

　　「呵，看你可憐，貝兒姐姐也來幫你好了。」貝兒開心的說。

大四上學期的期末，貝兒北上來找我，瞭解我最近為了準備期末考和期末報告忙得不可開交的她，感到很掃興，所以，才會故意占著電腦，但我拿她一點辦法也沒有。

　　一年多來，我跟貝兒的相處模式一直是這樣的，雖然是貝兒先喜歡上我，但正式交往後，我卻被貝兒吃得死死的，什麼都順著她，不過，不管女朋友是誰，我都會依她吧。

　　是呀，若現在我身邊的女孩是她的話……不，我不能這樣想，我早就不喜歡她了，還會想起，只因為她是我的初戀罷了……

　　不曉得她，現在過得如何？依然如初次見面時那樣耀眼嗎？

　　「已經……不會再見面了吧？」

　　為了陪貝兒去玩，我連夜趕工，等報告完成時，已經半夜兩點多了。說要幫我的貝兒，已經沉沉睡去，懷中還抱著她送我的千紙鶴，我望著貝兒熟睡的側臉好一會兒，感到平靜而安心。

　　我也即將畢業了，接下來，念研究所、當兵、出社會工作，身邊也會有貝兒的陪伴吧？對我來說，貝兒就像家人一樣，已經不能想像沒有貝兒的生活了。

　　不過，我原以為有了另一半後，當自己見到她時，應該會心跳加速，心裡小鹿亂撞，更加的開心與喜悅的，但我想，或許戀人當久了，那樣的感覺本就會轉淡，然後，逐漸成為家人。

　　貝兒，會想成為我的家人嗎？

　　禮拜一的通識課，因為要交期末報告，所以，許久不見的學生們，終於又回到課堂上來，包括這學期只出現三次的阿勝。

　　「真難得呀。」我對阿勝說。

　　「那當然，我從不會在重要時刻缺席。」阿勝說。

　　「但前兩次點名你不就缺席了？」我嘲諷的問。

「誰叫你不通知我？你應該明白我和你選同一門通識課的目的，不然文藝復興的藝術家是誰？有什麼作品？關我屁事？」

「請不要在這麼有氣質的課堂，說出這麼粗俗的話。」我神情鄙夷的說完，頓了頓後，接著說：「況且點名時，我又不是沒打電話給你，不過你也太扯了，上回打給你時，明明不是周末，你居然跑到台北去？」

「沒辦法呀，那天是小玟生日呀，我不去的話，她會把我宰了。」阿勝無奈的說。

「虧你以前還是風靡萬千少女的清華一匹狼，現在被小玟吃得死死的。」我挖苦的說。

「呃，小玟大概是我命中註定的剋星吧，不管發生了什麼，我就是沒辦法放著她不管。」阿勝無奈的笑了笑，但笑容裡有著幾分欣喜，或許，原本放蕩不羈的阿勝，一直以來在尋找的，就是個他沒辦法放著不管的女孩吧？

「別光說我，你還不是被貝兒吃得死死的，跟她在一起後，還在那邊裝氣質，來修這門『西洋藝術賞析』課，害我也得來修……」阿勝抱怨的說。

「喂！沒人要你來修這門課好不好？」我沒好氣的說。

「不過……」阿勝的神情突然變得嚴肅起來。

「怎麼了？」我好奇的問。

「記得你曾說過，心裡有個喜歡的女孩，對吧？」阿勝問。

「嗯。」我點了點頭，沒想到阿勝還記得。

「那女孩，是貝兒嗎？」阿勝沉靜的望著我。

我聽完愣了愣，沒有回答。

「貝兒是個很棒的女孩，你完全是高攀了她，不過……」阿勝說到這兒停了下來，望著我似乎在思考著什麼。

「不過怎樣？話別說一半。」

「這樣下去，真的沒關係嗎？」阿勝莫名其妙的問。

「什麼意思？」

「有時，人不一定要往高處爬，才會幸福。」阿勝打啞謎的說。

「我聽不懂。」我困惑的說。

「你會懂的。」阿勝莫測高深的說。

「幹嘛裝神祕呀？」我沒好氣的說。

「因為，我本來就是個充滿神祕感的男人。」阿勝回答說，之後，就不再提起這話題了。

禮拜五，我搭高鐵回到台南，傍晚，我騎著車到成大找貝兒一起吃晚餐。因為時間還早，所以到成大途中，我隨意繞了一下，赫然發現，飲料店已經換人經營，連招牌都換了。

「才一個多月沒回來……貝兒怎麼也沒告訴我？」我望著新掛上的招牌，喃喃的說。

這下子，我和小冰曾有過的交集，已經什麼也不剩了。

小冰

　　一轉眼，討厭的寒假又要到了。

　　不過，就連男朋友也不知道，我討厭寒假的原因，大家都覺得放假很好，沒理由討厭的。

　　「這回又怎麼了？」對面的男生，端起他面前的水洗耶加咖啡，微笑的問。

　　「沒怎麼樣呀。」我嘟著嘴說完，喝了口玫瑰花茶。

　　「沒怎麼樣的話，為什麼鬧分手呢？」男生輕鬆的問。

　　「那是因為……」

　　「嗯？」男生應了應，望著我，似乎等著我的回答。

　　「因為，我覺得他根本就不了解我……」

　　「是這樣呀。」男生似乎並不感到意外。

　　「他到底為什麼追我，又喜歡我哪兒呢？」我喃喃的說。

　　「有機會，妳再自己問他吧。」男生微笑的說。

　　「阿誠學長……」我喚了喚男生的名字。

　　「嗯？」阿誠學長應了應。

　　「你覺得，我和他適合嗎？」

　　阿誠學長聽完頓了頓，才回答：「當初，我好像跟妳說過，應該再多相處些時候，看適不適合再……」

　　「嗯，好像有這麼一回事……」

　　「小冰呀……」阿誠學長欲言又止的說。

　　「嗯？」我疑惑的問。

　　「妳想一直這樣下去嗎？」阿誠學長問。

　　「什麼意思？」我不解的問。

「從那之後，這已經是第三個男友了吧？」阿誠學長說到這兒，略微停頓了一會兒，接著問：「小冰，妳真的喜歡他們嗎？」

　　「當然呀。」我很快的回答。

　　「真的嗎？」阿誠學長又問了一次。

　　「不然，我幹嘛跟他們在一起？」我反問阿誠學長。

　　「是呀，為什麼呢？」阿誠學長微笑的望著我，清澈的眼神彷彿看穿了我。

　　「……」對於阿誠學長的問題，我沒有回答。

　　「其實，只要妳開心的話……但這一年多來，小冰，妳開心嗎？」阿誠學長又問。

　　「當然開心！有什麼好不開心的!?」我賭氣的說，但說完，就像連自己也不相信自己說的話一樣，把頭低了下去。

　　「是嗎？開心就好。」阿誠學長說完笑了笑，接著說：「小冰，妳只要記得一件事。」

　　「什麼事？」

　　「不管發生了什麼，我永遠站在妳這邊。」阿誠學長微笑的說。

　　已經一年多了，告訴自己別再喜歡任何人的我，反而變得更受歡迎，我想，既然決定不再喜歡人，那麼找個喜歡自己的男生，或許也不錯。所以，這段時間裡，我陸續跟兩個男生交往過，現在的男友是第三個。

　　他們都對我百依百順、呵護備致，一開始時，我以為這樣的自己是幸福的，也以為自己能依賴著男友，就這麼一直過下去。

　　但很快的，我感到與他們的相處好像少了些什麼，於是我漸漸感到厭煩與不耐，男生們不明就裡、拚命挽回，但我總無情的拒絕，然後，再找尋下一個可以依靠的肩膀。

我想總有一天，一定能找得到吧？

不曉得何時開始，我和阿誠學長每隔一段時間，就會到玫瑰園一起喝下午茶，卻沒找過男友一起，連我自己都覺得奇怪。

在我心中，或許阿誠學長更值得信賴吧。

「小冰，聽說妳和男友分手了？」與阿誠學長見面的一個禮拜後，我和小淇一起吃晚餐時，她這樣問我。

「嗯。」我點了點頭。

「為什麼？我覺得他對妳很好呀。」小淇疑惑的問。

「是呀，他是對我很好……」

「小冰……妳不要緊吧？」小淇擔心的問。

「呵，我能有什麼事？」我微笑的說。

「小冰，別太勉強自己，好嗎？」小淇皺著眉說。

「只是分手而已嘛，妳看我像很傷心的樣子嗎？」我微笑的說。

「就是妳一點也不傷心，我才擔心呀。分手總讓人傷心，能分手卻不傷心的人只有兩種，一種是對感情根本就沒認真過，另外一種，是以前傷透了心，所以已經無心，沒辦法再感到傷心了……」小淇望著我，神情滿是不捨的說。

「小淇……」

「小冰，我永遠也沒辦法忘記那天晚上，妳哭得那麼傷心，哭得我的心都碎了，我抱著妳、哄著妳，但妳只是不停的掉淚，最後妳哭累了，帶著淚痕昏沉睡去，連睡著的神情都是悲傷的……」小淇柔聲的說。

「都過去了，我已經沒事了。」

「是嗎？」小淇神情懷疑的問。

「嗯。」我用力點頭。

「小冰，妳知道最近系上的人怎麼說妳嗎？」小淇問。

「……」我聽完，沒有回答。我知道自己最近的名聲不太好，大概是因為自己短時間內換了三個男友，又總是單方面的要求分手。

「我聽到他們說妳壞話，感到很生氣，他們根本就不曉得妳發生了什麼事！也不知道妳為什麼會變成這樣！就在那裡說閒話！」小淇氣憤的說。

「小淇，謝謝妳，但我真的沒事。」我強調的說，一年多前的那天晚上，小淇陪了我一整天，那時她問我發生了什麼事，但傷心欲絕的我，沒辦法告訴她，後來，小淇又問了一次，我卻已經沒辦法說出口，之後，小淇就再也沒問過了。

「小冰，我好想念以前那個笑口常開的妳呀……」小淇說完嘆了口氣。

「我現在不也是笑著的嗎？」我微笑的說。

「小冰，在找回妳的心之前，別再勉強自己找尋另一半了，好嗎？」小淇軟言相求的說。

我望向窗外，沒有答話。

「還有，若妳真的想要個肩膀依靠，那麼，就選一直把妳放在心上的阿誠學長吧，我自始至終都覺得，他才是真正適合妳的男生。」小淇對我說。

「阿誠學長……」我喃喃的說完，接著說：「但他在墾丁對我表白後，就再也沒提過了，人心，是很善變的……」

是呀，就像 dj 學長一樣。

「或許吧，但我覺得阿誠學長不一樣，聽說依他的成績和專題研究成果，台、清、交的資研所，他想上哪兒就能上哪兒，但他卻只報成大資研所，妳覺得是為了什麼？」小淇問完，靜靜的望著我。

直到最後，我都沒回答小淇，而她也沒再繼續問下去。

不過，我腦海裡，卻響起了阿誠學長跟我說過的話。

『沒關係的，小冰，我會一直在妳身邊的。』

或許，這就是原因。

　　隔天，我和貝兒約好要一起到成大圖書館唸書，所以一大早，睡眠不足的我，便騎車來到貝兒的住處前，但要我別遲到的貝兒，這時卻才剛醒。

　　「對不起，昨晚念得太晚了……我馬上梳洗一下！」睡眼惺忪的貝兒道歉的說。

　　「沒關係的，慢慢來就好，圖書館又不會跑掉。」我微笑的說。

　　「不行啦！現在是期末考周，圖書館熱門的很，晚點就沒位子了。」洗手間裡傳來貝兒的聲音。

　　的確如此，記得有一回考試周時，我陪貝兒到圖書館找位子，沒想到才十點多，就已經座無虛席了。

　　「不會吧!?成大學生都這麼用功呀？」當時我驚訝的說。

　　「期末考周，這樣很正常呀！難道清大不是這樣嗎？」貝兒好像是這樣回答的。

　　「不知道，我很少在早上醒來，而且比起圖書館，我更喜歡到安靜的咖啡店唸書。」

　　「你還真喜歡到咖啡店喝下午茶呢。」貝兒笑著說。

　　「是呀，不知不覺就成習慣了。」我微笑的回答。

　　但原本，我是沒這習慣的。

　　某年寒假，有個女孩帶我到一家叫玫瑰園的店，享受了一次愉快的下午茶時光後，我才漸漸迷上的，但最後，女孩離開了，這習慣卻留了下來。

　　等著貝兒梳洗、無事可做的我，隨手替貝兒整理櫃子裡略為凌亂的信件，見到最上面有封全用英文打字的信件，我好奇的看了一下，是從

美國哥倫比亞大學寄過來的。

　　詳細內容要拆開信件才會知道，但貝兒都還沒拆，我也不能偷看。

　　「貝兒，妳有封從哥倫比亞大學寄來的信耶！」我假裝不經意的說。

　　「喔？昨晚收信後，我都還沒仔細看呢！寄來了嗎？」貝兒語氣聽起來有點興奮。

　　「哥倫比亞大學幹嘛寄信給妳？」

　　「哥倫比亞大學的建築學院在美國相當有名，我一直想著去參訪，所以，我就拿我的研究專題、大學成績和托福考試的成績去申請，看寒假時，能不能以留學生的身分去當地交流一下，那應該是他們的回信吧。」在洗手間的貝兒這樣回答。

　　「美國呀，好遠呢。」

　　「呵，才一個月嘛！而且，也不一定去得成。」

　　「嗯。」

　　「啊，乳液沒了！我現在不方便出去，你能幫我拿嗎？」貝兒輕喊。

　　「喔，好呀，放哪兒？」

　　「好像放在梳妝檯的櫃子裡……白色瓶裝的。」貝兒不太確定的說。

　　「嗯，我找找看。」說完，我開始搜尋貝兒梳妝檯的櫃子，但除了上鎖的櫃子外，所有櫃子都找遍了，沒找到疑似乳液的白色瓶裝物體。

　　「會不會在上鎖的櫃子裡呢？」我喃喃的說，眼角餘光瞄到上層方形櫃裡放著把鑰匙，便拿來試著開開看。

　　一試馬上就打開了，心裡有種成就感，自己可能有當小偷的才能吧。

不過，上鎖的櫃子裡，依然沒有乳液。

「找到了嗎？」貝兒高聲問。

「沒有，梳妝檯的櫃子都找遍了！」

「那……或許在旁邊的整理櫃。」貝兒說。

「嗯。」我應了應，準備鎖上櫃子，但這時，我在櫃子的角落發現了個眼熟的物品。

我拿起它，仔細的看了看，它很像是兩年前的寒假時，我遺失的那支手機。

因為我沒習慣在手機上掛吊飾，手機上也沒任何能辨識的明顯特徵，像是哪邊掉漆之類的，所以，也不能確定它就是我遺失的手機。

啊！看裡頭的電話簿和通訊錄就知道了，想到這兒，我立刻按了手機的開機鍵，不過按了很久也沒反應，搞不好連電池都沒裝，但就算有電池，很久沒用，電力也衰減完了。

感覺上，它真的很像我遺失的手機，不過，我的手機為什麼會在貝兒這兒呢？

啊！一定是那時我把手機遺失在飲料店裡，後來貝兒才找到的，但那時我已經離職，所以貝兒沒機會還給我。

當時要是能找到手機的話，我就能聯絡上小冰，也能知道那天小冰為什麼沒來，最重要的，我就能再見到小冰了。

可惜，當時沒能找到，這一切都是註定好的吧？

「喂！dj 先生，你到底找到了沒呀？」貝兒的語氣聽起來有點不耐煩。

「呃……正在找！」我邊回答，邊打開一旁的整理櫃，立刻就看見了白色瓶裝的乳液。

「好傢伙，原來你躲在這裡，害我找半天！」我對著好不容易找到

的乳液說，不過他一定覺得自己很無辜，因為他哪也不能去，只能等著被人找到。

「總算找到囉！」我高興的喊著說。

等到我和貝兒出現在成大圖書館時，已經十點了，圖書館已是一位難求。

「唉呦！沒位子了啦！」貝兒嘟著嘴說。

「再找找看，倆個人的位置應該還有吧？」

「但我不喜歡跟別人一起坐呀，這樣就沒兩人世界的感覺了。」貝兒抱怨的說。

「呃，我們是來唸書的吧？」我尷尬的問。

「但本來我們可以一邊享受兩人世界、一邊唸書的，都怪某人，找個乳液找那麼久……」貝兒神情怨懟的看著我。

「都是我不好，對不起嘛……」我道歉的說，貝兒已經完全忘記她自己睡過頭的事。

幸好，最後我們找到了能唸書、又能享受兩人世界的座位。

不過，陰錯陽差下，貝兒櫃子裡那支疑似我兩年前遺失的手機，現在正躺在我的包包裡，因為當時拿乳液給貝兒沒多久後，她就從洗手間出來了，覺得做了壞事的我，來不及放回去，只好先放進外套口袋裡。

只好再找機會放回去了，反正只要回台南，都會來找貝兒的。

不過，許多事情，有時會跟我們想的有一點不同。

小冰

　　每到期末考周，圖書館就很難找位子。

　　所以，一大早我就和小淇到圖書館門口排隊，準備一開館就衝進圖書館占個好位子，不過，我們到的時候，已經有很多人在等了。

　　「我們學校的學生還真用功呢！」我讚嘆的說。

　　「只有期末考周吧，平常圖書館可是空蕩蕩的。」小淇回應的說。

　　大概九點多時，附近已經沒有空的桌子了。

　　「幸好我們今天早點來，再晚點大概就沒位子了。」小淇低聲的說。

　　「是呀。」我應了應，望著那些晚到的人的無奈表情，我終於體會什麼叫「早起的鳥兒有蟲吃」。

　　不過，有隻晚起的鳥兒，在十點多時出現在我們面前。

　　「嘿，小冰，妳看，是阿誠學長耶。」小淇對我說，然後朝我後方指了指。

　　我回過頭去，見到因為找不到位子發愁的阿誠學長。

　　「他好像找不到位子呢，要不要叫他來和我們一起坐？」小淇低聲詢問。

　　我想了想，然後點了點頭。

　　「正傷腦筋著，真是得救了！」阿誠學長微笑的說。

　　「阿誠學長，下回要早一點來喔！可不是每次都會有美少女搭救的。」小淇邀功的說。

　　「是呀，謝謝兩位美少女，嗯，為了表達謝意，等會兒我請妳們吃飯吧。」阿誠學長說。

　　「呵，賺到了呢！」小淇開心的說。

　　「只是小事而已，阿誠學長不用放在心上。」我微笑的說。

「其實，我只是找藉口想和兩位正妹吃飯而已。」阿誠學長微笑的說。

「但阿誠學長真正想找的，只有一個吧？」小淇邪邪的笑著說。

阿誠學長沒回答小淇的問題，只是微笑的看著我。

一直以來，阿誠學長總保持著不讓我感到壓力的距離，在我身旁看顧著我，當我傷心難過時給我安慰，在我遇到困難時給我幫助，在我感到迷惑時為我解答，小淇說的對，他是最值得依靠的男生了。

「小冰，妳不覺得，阿誠學長其實很帥嗎？」阿誠學長去洗手間時，小淇低聲的問。

「嗯，是呀。」我點頭，印象中，阿誠學長還滿受女孩歡迎的，不過大學四年裡好像沒和任何女孩交往過。

「我覺得，他一定還喜歡著妳，妳真的可以考慮一下阿誠學長。」小淇舊話重提。

「嗯，或許吧？」我不置可否的說。

下午三點多時，小淇接到通電話後，說她有事得先離開。

「晚餐就先讓你欠著囉，要好好把握機會喔！」小淇對阿誠學長說。

「呵，妳真是體貼的好女孩呢。」阿誠學長微笑的說。

「真是的！到底在說什麼，還有沒有把我放在眼裡呀？」我假裝生氣的說。

我送小淇離開，回圖書館時，見到了個熟悉但許久未見的身影。

自從撞見了停車場那一幕後，我就再也沒到過飲料店附近了，就連必須經過時，我都會繞道而行，阿誠學長跟我說，我會這樣，是因為還

放不下。

　　雖然，我沒告訴阿誠學長那天發生了什麼事，不過，阿誠學長知道貝兒和 dj 學長交往後，大概也猜出來了。

　　那熟悉的身影，是貝兒學姐。

　　說也奇怪，這一年多來，我在學校裡，很少遇見貝兒學姐，就算見了面，也只是禮貌性的寒暄幾句，不再像之前那樣會熱絡的說話了。

　　「小冰，我想告訴妳一件事⋯⋯」在撞見那一幕的幾個禮拜後，我和貝兒學姐在學校裡遇見時，她這樣對我說。

　　我聽完，只是沉默著，等著她告訴我，我已經知道的事情。

　　「其實，我和 dj 正式交往了⋯⋯」貝兒學姐神情歉疚的說，但貝兒學姐，妳不需要覺得抱歉的，喜歡一個人並沒有錯，而且如同妳說過的，愛情原本就是自私的⋯⋯

　　「嗯。」我輕應了應。

　　「妳一點都不驚訝？妳不是喜歡⋯⋯」貝兒學姐沒繼續說下去，可能是怕傷害我吧？

　　「那是過去的事了，貝兒學姐，妳知道嗎？人們真的很善變，過去喜歡，並不代表現在會喜歡，現在喜歡，也不代表未來會一直喜歡下去，我以前的確喜歡過 dj 學長，不過現在，我已經把他拋開了。」我說，但我知道自己只是在逞強而已，因為，這是身為女孩最後一丁點的志氣了。

　　「是嗎？」貝兒學姐輕嘆了嘆。

　　「知道妳喜歡他後，我就一直努力不對他動心的，但最後我還是⋯⋯」貝兒學姐看起來是真的對我感到抱歉。

　　「貝兒學姐，已經沒關係了，真的。」我假裝瀟灑的說。

　　「小冰，對不起⋯⋯」這是貝兒學姐那天對我說的最後一句話。

後來，我和貝兒學姐就像兩條平行線，即使在同一個校園裡生活，也很少會有交集，或許，是因為我們都不想遇見彼此吧？

　　不過，今天卻在圖書館遇見了。貝兒學姐還是美麗如昔，甚至變得更加出色，是因為戀愛的神奇力量嗎？

　　我情不自禁的尾隨著貝兒學姐，心裡隱隱覺得，只要跟著貝兒學姐，或許就能見到那個人。

　　貝兒學姐左轉，我也左轉，貝兒學姐右轉，我跟著右轉，然後，在下一個轉角時，我見到了正低著頭唸書的 dj 學長。

　　接著，我慌亂的躲到書櫃後面，偷偷看著他們。

　　一年多沒見的 dj 學長，跟我們在寒假初相遇時，似乎沒什麼改變，唯一不同的是，他已經不再把我放在心上了。

　　我就站在書櫃後靜靜看著，他和貝兒學姐的幸福模樣，狠狠的刺痛了我的心。

　　dj 學長，你把我拋開後，真的能過得這麼幸福嗎？

　　貝兒學姐，當時我曾跟妳說，我沒關係了，但過了一年多後的現在，我才發現，原來，我還一直停留在原地打轉，一點都沒有前進。

　　人家這麼幸福的生活著，那這一年多來，我到底在做些什麼？

　　離開了 dj 學長的樓層，我回到自己的位子上愣愣出神。

　　「怎麼了？」阿誠學長發現我的異樣，關心的問。

　　我微笑的搖了搖頭。

　　阿誠學長望著我，眨了眨眼後，微笑的說：「記得，我一直在這兒。」

　　「阿誠學長，謝謝你。」我感激的說。

　　我也該拋開 dj 學長，追求自己的幸福了。

　　望著眼前默默陪伴自己的阿誠學長，或許，幸福就在不遠處。

　　每回到成大附近，我心裡總會有個小小期望。

　　即使已經和貝兒在一起一年多了，我依然無法將小冰遺忘。

　　「啊!?幹嘛一定要忘掉？」阿勝困惑的問。

　　「但我已經有貝兒了，卻還忘不了之前喜歡的女孩，這很不應該。」

　　「喜歡一個人，就像在自己心上狠狠的刻下一道痕跡，就算再久，那痕跡也不會消失，所以，你怎麼可能忘得了呢？」阿勝說。

　　「那我該怎麼辦？」我困惑的問。

　　「你不用忘了她，只要不繼續喜歡她就好，這樣你懂嗎？」

　　「不是因為喜歡她，才忘不了她嗎？」

　　阿勝聽完，沉默了一會兒，才回答：「不一定是那樣的，即使已經不喜歡了，偶爾還是會想起以前的另一半，那都是珍貴的回憶呀，但你的狀況好像有些不同……」

　　「哪不同？」

　　「你擔心自己忘不了她，是因為還喜歡著她。」阿勝正中紅心的說。

　　於是，我決定拋開自己也無法釐清的複雜情緒，專心待在貝兒身邊，等到自己能明白的那一刻到來。

　　但在成大校園和小冰相遇的期望，卻不曾消失，不過，卻也未曾如願。或許，是我太貪心了吧，明明身邊已經有了貝兒，也幸福著，卻還忘不了小冰，所以，上天不想讓我如願。

　　最後一次從貝兒口中得知小冰的近況，她好像交了新的男友，但卻不是阿誠學長，不曉得現在的她，過得幸福嗎？

　　四點多時，被工數搞得頭暈腦脹的我，決定到樓上大眾小說區看點閒書透透氣，當我漫不經心的隨意逛著時，我還不知道，期望的時刻就

要來臨。

　　我先是在選小說時，無意間瞥見許久不見的阿誠學長，他還是跟印象中一樣高大英挺，正想著要不要過去跟他打聲招呼時，發現他對面坐了位女孩，一個有著熟悉背影的女孩……

　　兩年前的寒假，我經常望著女孩的背影愣愣出神，所以，我是女孩背影的世界權威，絕不會認錯。

　　情緒激動的我，快速繞到兩人的側邊……

　　已經兩年了，我，終於見到小冰了……

　　在見到小冰的那瞬間，我突然感到喘不過氣、心跳加速、全身輕微的顫抖，幾乎失態的我，馬上躲到轉角的柱子後大口吸氣調整呼吸，等到自己情緒稍微平復之後，我躡手躡腳的躲在擺滿書的書櫃後，透過縫隙，看著小冰。

　　小冰看起來沒在專心唸書，似乎在思考著什麼，呵，小冰這樣不行喔，都到圖書館來了，還不好好唸書，胡思亂想的可唸不好書喔，學學對面的阿誠學長吧！看人家多專心呀！

　　不過，小冰，妳在想什麼呢？還記得我嗎？聽貝兒說，妳有了新的男友，但不久前分手了，妳現在是單身嗎？或者，終於接受一直守候著妳的阿誠學長了？如果是阿誠學長，一定能守護著妳，帶給妳幸福吧？

　　小冰，好久不見了，妳變得更可愛、更迷人了，我連看著妳，都能感到臉紅心跳呢！我一直看著、一直看著，簡直可以用著迷來形容，彷彿要把過去兩年沒看到的，都一次看回來似的。

　　不曉得過了多久，疲累的小冰趴在桌上睡著了，阿誠學長起身，拿起他的外套，輕蓋在小冰身上，然後用手輕撥了撥小冰額頭上的秀髮，

眼裡看起來充滿了喜歡與憐惜。

看見這一幕，我的心突然痛了起來。

遇見小冰時，小冰身邊有另一半，離開小冰時，小冰依然不是單身，兩年後的現在，再見到小冰時，守候在她身邊的，是阿誠學長。

不管何時與小冰相遇，她身邊始終沒有我的位子。這或許代表，我和小冰真的沒有緣分。

但我，為什麼會心痛呢？這心痛，究竟代表著什麼？

是了，以往只知道小冰有男友，但從沒見過她和男友的相處模樣，直到今天，我見到了。

然後，我似乎瞭解自己為什麼還忘不了小冰了。

努力撫平激動情緒後的我，回到了貝兒身邊。

「怎麼去這麼久？」貝兒困惑的問。

「因為讀到一本有趣的小說，所以，忍不住就在那兒看完了。」我說了個謊。

「喔，是這樣呀。」貝兒聽完笑了笑。

「嗯，那個……」

「怎麼了？」

「阿誠學長現在……跟小冰在一起嗎？」我輕聲的問。

「嗯，我也不知道呢……」貝兒一臉困惑的回答完，接著問：「怎麼突然問起這個？」

「呃……因為我剛剛好像看到阿誠學長了，記得他一直很喜歡小冰……」我猶豫了一會兒，決定不告訴貝兒自己也見到了小冰，擔心貝兒會想多了。

「這一年多，偶爾會聽說有女孩對阿誠學長有好感，不過，他一直都是單身，或許，真的還喜歡著小冰吧？」貝兒說到這兒停了下來，望

了我一眼後，接著說：「至於小冰，她好像經常和阿誠學長一起到玫瑰園，感覺上關係挺好的，不過，阿誠學長卻一直沒能成為小冰的另一半，我也感到很奇怪，或許，他們有其他想法吧？」

「嗯。」我聽完，點了點頭，便沒再說話，貝兒也開始專心唸書。

不過，在那之後，我已經沒辦法唸得下去了，因為不管我看的是什麼，書上都會浮現小冰的側臉，怎麼也揮之不去。

『你擔心自己忘不了她，是因為還喜歡著她。』腦海裡響起阿勝說過的話。

若真是那樣，我該怎麼辦呢？

六點多時，我和貝兒離開圖書館，到學校附近的餐廳吃晚餐。和以往一樣，我和貝兒愉快的聊著各式各樣的話題，貝兒總能讓我感到溫暖，撫平我的不安，於是因見到小冰而紛亂的心，又逐漸平靜了下來。

「嘿，問你個問題。」貝兒突然的說。

「問呀。」我很快的回答。

「你喜歡我嗎？」

「啊？」我聽完問題愣了愣，才笑著回答：「這什麼問題呀，都交往一年多了，還用問嗎？」

「你只管回答人家嘛！」貝兒撒嬌的說。從一年多的相處經驗得知，只要貝兒自稱「人家」時，就完全切換到小女孩模式，這時，我得小心翼翼的哄她開心才行。

「嗯，喜歡呀。」

「真的嗎？」貝兒追問，澄澈的雙眼直直的望著我。

「真的。」我用力點頭，眼角餘光瞥見，隔壁桌的女孩們似乎正望著陷入困境的我偷笑。

「那就好。」貝兒終於感到滿意，真是謝天謝地。

「突然問起這個，為什麼？」我好奇的問。

「因為擔心呀。」貝兒回答。

「擔心？」

「一年多來，你很少在我面前提起小冰，對吧？」貝兒問。

「嗯，我怕妳會想多了。」

「但你今天卻提起了，所以，我感到……有些不安，你明白嗎？」貝兒說。

「……我很抱歉，以後我不會再提起了。」我歉疚的說。

貝兒眉頭深鎖的望著我，接著問：「你會不會覺得我很任性？」

「怎麼會呢？」我很快的回答。

「其實，我也想當個落落大方的女孩，不想這樣小鼻子、小眼睛，但我就是會擔心、就是會在意，我真的不想這樣……」貝兒表情愁苦的說。

「我知道，沒關係的。」我安慰的說，用左手輕拍貝兒的肩膀，右手輕撫貝兒的臉頰。

貝兒順勢將臉枕在我肩上，撒嬌的問：「你，會一直待在我身邊吧？」

「當然，除非哪天妳不要我了。」我笑著說。

「呵，人家才捨不得呢！」貝兒開心的說。

「那可不一定，人們可是很善變的呢！」

「我才不會呢！除非……」貝兒說到這兒，別過臉來看著我。

「嗯？」

「哪天我發現，待在我身邊的你，已經不再微笑了，那時，即使再捨不得，也只好放手了……」貝兒神情凝重的說。

「正巧我最喜歡微笑了，所以，永遠不會有那一天的。」我回答說，

試圖化解突然凝重的氣氛。

　　「嘻，我也這樣想！」貝兒嘴角上揚，燦爛的笑著說。

　　但後來，我才明白一個道理。

　　永遠，別說永遠。

小冰

當成大的學生還在跟期末考纏鬥時，有些學生早已脫離苦海，小玫就是其中之一，她說要來找我玩時，我還剩下三科沒考。

「妳一個人來？」我問。

「阿勝會陪我去。」電話中的小玫這樣回答。

「他也考完了？」我又問。

「還沒，不過他只剩後天一科，所以，他明天可以陪我去找妳。」小玫回答。

「他都不用準備嗎？」我擔心的問。

「他說他朋友會罩著他，沒問題的，而且，他很聰明的。」小玫回答。

「聽起來好像很驕傲呢。」我挖苦的說。

「呵，當然呀，是我看上的男生嘛！」小玫笑著說。

小玫要來找我的那天中午，我在榕園附近遇見了阿誠學長。

「真巧。」阿誠學長微笑。

「是呀。」我點點頭。

「吃過午餐了？」阿誠學長問。

「嗯。」

「我打算找個安靜的地方看書，要一起嗎？」阿誠學長邀約的問。

「好呀。」我想了想，這樣回答。

抵達玫瑰園時，正好兩點，下午茶時光才剛開始。

「準備的如何？」在平常的位子坐下來後，阿誠學長關心的問。

「還行吧？」我不太確定的回答。

「加油喔。」阿誠學長微笑的說。

接著，我和阿誠學長各自看書，有段時間沒再說話，以往經常一個人來玫瑰園的我，不曉得何時開始，變得習慣和阿誠學長一起。

「去哪兒呢？」大概一年前，也是接近寒假的時刻，我在大學路上遇見了阿誠學長，他關心的問。

「玫瑰園。」我簡短的回答。

「妳真的很喜歡那兒呢。」阿誠學長笑著說。

「是呀。」

「那個……」

「嗯？」

「我能一起去嗎？」阿誠學長央求的問。

「……好呀。」當時的我，想不到拒絕的理由。

比起自己一個人，和阿誠學長一起來，比較不感到寂寞，而且，每當抬起頭，望著面前的阿誠學長，就會感到很安心。

真奇妙，明明是這麼久的習慣，卻一下子就輕易改變了，那麼，這世界上，到底有什麼是不變的呢？

「剛好一年了。」阿誠學長闔上了書，有些突然的說。

「什麼一年了？」我疑惑的問。

「從我們第一次一起來這兒，已經一年了。」阿誠學長回答。

「你還記得，我們第一次來是哪天？」我好奇的問。

「嗯，因為很好記。」阿誠學長點點頭。

「喔？」

「我們第一次來的那天，其實是我的生日。」阿誠學長回答。

「啊？所以今天……」

「也是我生日。」阿誠學長微笑回答。

「對不起，我都不知道……」我道歉的說。

「是我沒告訴妳，所以，沒關係的。」阿誠學長安慰的說。

「但我卻也沒想問……這一年多來，當我不開心了、有事情發生了、想找人說話時，你總會在我身邊，而我卻只想著自己，連你的生日也不知道，我真糟糕……」我自責的說。

「小冰，那天晚上，妳那麼傷心……我想妳需要好些時間來整理心情，所以妳只要想著自己就好了，只要想著怎麼讓自己開心就好。」

「阿誠學長……」望著阿誠學長，我突然覺得，若錯過了他，以後，不會再遇到像阿誠學長這麼喜歡我的男生了。

「小冰，妳不用在意我，我之所以會告訴妳剛剛那些，只是有感而發而已。」阿誠學長說。

「有感而發？」我疑惑的問。

「被拒絕了兩次，原本以為妳會逐漸遠去，直到我伸手無法觸及的地方，但這一年多來，我不僅能見到妳，還能陪妳一起享受下午茶時光，說真的，我感到很滿足，也很幸福。」阿誠學長臉上滿溢著光。

「即使我成為別人的女朋友？我以為阿誠學長你……希望我成為你的戀人？」

「是呀，所以，我才會跟妳表白，而且還兩次。」阿誠學長淡淡的笑著說，雲淡風輕的態度，讓我覺得很奇怪。

「但這一年多來，你卻沒再提起過，直到今天。」

「我喜歡小冰，想成為妳的男友，所以，我選擇待在妳身邊陪伴妳，期望有那麼一天，這很明確，不是嗎？」阿誠學長說。

我點點頭。

「不過，妳並沒有把我放在心上，妳喜歡的是 dj 和其他男生，所以，

妳選擇了他們，但即使這樣，我還是沒辦法不喜歡妳，不過，又沒辦法勉強妳選擇我，這樣的我，妳說該怎麼辦？」阿誠學長柔聲的說，就像在說別人的事。

「我不知道。」我搖頭，突然發覺，自己對 dj 學長好像就是這樣的心情。

「我想，既然妳暫時沒辦法喜歡我，那就讓我喜歡妳吧！妳需要我時，我就來陪妳，妳喜歡上其他男生時，我就放手讓妳去，直到妳累了、倦了、受傷了、想家了，我會等妳回來，直到妳又能展翅高飛為止。」阿誠學長緩緩的說。

「……」

「所以，我才說，我會一直在妳身邊呀。」阿誠學長淡淡的笑著說。

「即使我始終沒辦法把心交給你，你也會一直喜歡著我嗎？」

阿誠學長聳了聳肩，笑著說：「雖然我告訴自己很多次，小冰不喜歡我，小冰喜歡的是 dj，小冰喜歡的是其他男生，但不管我怎麼做，還是喜歡妳啊，所以，我只好依循自己的內心，陪在妳身邊，做自己能做到的事情，就算永遠沒辦法成為妳的戀人，那也是命中註定吧。」阿誠學長說。

「要到什麼時候呢？」

「一直到妳對我動心，或者……我能死心的時候。」阿誠學長回答。

在玫瑰園裡，阿誠學長第三次訴說了他的心意，雖然並不算告白，但卻最令我感動。

因為我明白，他是真正會守護我一輩子的男生。

小玟和阿勝傍晚時抵達台南，一見面小玟便熱情的抱住我，跟我說她有多想我。

「我也可以抱一下嗎？」阿勝問。

「喔?可以呀。」小玟回答,但雙眼立刻射出冰冷的殺氣,眼裡似乎說著「你敢抱的話,就死定了!」。

「哈哈,開玩笑的啦!」阿勝本能的感到生命受威脅,立刻乾笑的說。

「我也不要!人家可是很矜持的。」我回答說。

「是!兩位高貴美麗又充滿智慧的女性朋友,接下來我們要去哪兒?」阿勝馬上嘴巴抹糖的說,就因為這樣,女孩們很難討厭他。

我們用完餐後,到了家具京都風格的日式飲茶店。

「這家店最近在網路很有名呢!我看到介紹時,就一直很想來。」小玟高興的說。

「是呀,沒事先訂位是進不來的。」

「真的很有京都的感覺。」阿勝回答。

「你去過呀?」我好奇的問。

「是呀,前年去的,京都是個很漂亮的地方。」阿勝回答說。

「我也好想去呀。」我羨慕的說。

「那下回我們一起去吧!」小玟提議的說。

「好呀,不過小冰要再找個伴,四個人會比較方便訂房喔!」阿勝說。

「找個伴呀……」我說,想到了小淇和阿誠學長,最後腦海裡居然浮現了 dj 學長的側臉。

「小冰,妳也該找個真正的伴了。」小玟說。

「我才剛和男友分手呢。」我苦笑的說。

「小冰,妳本來就不喜歡他,不是嗎?」小玟直接了當的說,我突然意識到這或許是小玟特地來找我的原因,因為她知道我又和男友分手了。

我沒有回答，阿勝也安靜聽著。

　　「不只是他，前一個也是，小冰，一年多了，已經夠了吧？」小玟對我說，眼裡充滿不捨。

　　「我不明白妳在說什麼。」我回答。

　　「妳明白的，妳還把那男生放在心上嗎？我說過，那麼輕易就將妳遺忘的男生，不值得妳這樣喜歡的。」小玟說。

　　「……」

　　「有了另一半的他，可能正幸福著，但妳卻變成這樣，因為怕寂寞，勉強自己跟不喜歡的男生在一起，傷害自己，也傷害了喜歡和關心妳的人，我不要這樣的妳！」小玟有些激動的說，淚水在眼眶裡打轉。

　　「小玟……」阿勝喚了喚小玟，同時輕撫她的肩膀。

　　「即使有一萬個不該喜歡他和將他遺忘的理由，但……我沒辦法欺騙自己，我還是喜歡他呀。」我無奈的說。

　　「小冰，妳真的太傻了……」小玟噙著淚水說。

　　接著一陣沉默，直到阿勝開口。

　　「還記得我和小玟之前想替你介紹的男生嗎？」阿勝問。

　　「嗯。」我點點頭，記得好像是個不錯的男生。

　　「他對我說過，心裡有個喜歡的女孩，不過女孩並不喜歡他，雖然想盡辦法，依然無法將女孩遺忘，問我該怎麼辦？」阿勝說到這兒，停了下來。

　　「那你怎麼回答他？」我很快的問，因為這也是我現在的情況。

　　「『既然沒辦法跟喜歡的女孩在一起，那就找個好女孩吧！』我這樣回答。」阿勝說。

　　「找個好女孩……」我喃喃的說。

　　「不久之後，他真的跟一個出色的女孩在一起，現在過得很好，看

起來很幸福……所以，小冰，若妳暫時忘不了他，那就找個值得依靠的好男生在一起吧。」阿勝說，不過，當他說到「看起來很幸福」時，似乎猶豫了一會兒。

「阿勝？」小玟似乎不同意阿勝的說法。

「因為是值得依靠的好男生，所以，只要用心感受他的好，最後，一定能喜歡上他，然後，將那男生徹底拋開。」阿勝說。

值得依靠的好男生，就只有阿誠學長吧？

小玟和阿勝的到來是命中註定的安排嗎？上天想藉由他們告訴我，是時候了嗎？

然而，寒假又快到了。

　　期末考明明還沒結束，阿勝居然陪小玟去台南找朋友，當我問他考試準備好了沒時，他居然給我聳了聳肩。

　　「靠你了。」拋下這話之後，阿勝便頭也不回的去了。

　　為什麼我有這樣的朋友？為什麼我會跟這樣的人交情這麼好!?這代表我也有問題！幫完他這一次後，我一定要徹底檢討自己。

　　搞什麼!?為什麼我連想都沒想，就決定要幫他了!?

　　但為了罩阿勝，我這兩天沒日沒夜的唸書，連貝兒都覺得奇怪，還在電話中問我幹嘛這麼拚命？我只能苦笑的回答有難言之隱。

　　不過就在這危急存亡之秋，在我面前出現了一個人。

　　「老闆，一個雞排飯加飯。」我到風雲樓點了自己愛吃的雞排飯，領完餐後轉身要離開時，不小心差點撞上個女孩，我急忙道歉時，才發覺女孩是自己早已熟識的人。

　　「哪來的冒失鬼，道個歉就想輕易了事呀，我可不接受喔！」女孩嘟起嘴，假裝生氣的說。

　　「呃，是我不好，那妳的意思是？」

　　「請我吃飯吧。」女孩微笑的說。

　　「好呀，那有什麼問題。」

　　我和女孩找了個靠窗的位子，女孩將排骨飯放下來後，我急忙替她拉椅子，她微笑道謝後坐了下來。

　　「你還是沒變。」女孩微笑的說。

　　「怎麼說？」我好奇的問。

　　「喜歡雞排飯，食量不小得要加飯，但卻又吃不胖，對女孩子溫柔又體貼，卻又不懂女孩們的心，而且依然是個冒失鬼。」

「我哪有？剛剛真的是意外。」我辯解的說。

「呵，我才意外呢，以前喜歡的男生，突然撞了過來……」女孩睜大眼睛的說。

「小璇……」我不曉得該說什麼才好。

「好啦，以前的事先別提了，都過去了。」小璇說。

「嗯。」我點點頭。

大二那年暑假，我和小璇在星光閃耀的夜空下道別後，已經過了一年多。之後，小璇便從社辦裡消失，活動也不再出現了，對小璇消逝的身影感到懷念的我，不久後，也離開了社團。

一年多來，我和小璇就像兩條平行線，連在校園裡偶遇的次數也屈指可數，或許，是校園太大了吧？

不過就算遇上了，也只是寒暄幾句，便分開了。有一回，我和小璇在海報牆旁不期而遇，她只禮貌的和我說了幾句話，便要離開，我背對著小璇往前走了幾步後，回頭望向小璇，只見到她頭也不回的快步離去……

小璇，已經決心斬斷我和她的緣分了吧？

『或許過些時候，我們還能像以前一樣自在的聊天、說笑，但不是現在。』小璇曾微笑對我說。

『那要多久呢？』當時我問。

『我也不知道，也許要到即使仰望夜空時，也不會再想起你為止吧……』記得她是這樣回答的。

一年多過去了，「夜空」的暱稱依然沒變，而小璇，當妳仰望夜空時，還會想起我嗎？

「這一年多裡，很少在學校裡遇見小璇呢，社團好像也沒去了。」我找了個話題。

「嗯。」小璇點了點頭。

「小璇，有男朋友了嗎？」我關心的問。

「你希望我『有』還是『沒有』呢？」

「啊？」

「那我可以說謊嗎？」

「呃……可以吧？」

「沒有。」小璇搖了搖頭。

　一時之間，我不曉得再說什麼，只好沉默的吃著飯。小璇回答沒有，到底是不是說謊呢？而我，又為什麼要問這問題呢？

「啊，吃完了呢。」小璇說。

「嗯，是呀。」

「謝謝招待，我就原諒你吧。」小璇微笑的說，然後端起空盤，起身準備要走。

「小璇，等一下！」我急忙叫住她，好不容易遇見了，什麼都還沒聊到，就要離開了嗎？

「嗯？」小璇困惑的望著我。

「能再聊一下嗎？」我央求的問。

「喔，為什麼？」小璇反問。

「因為，我們很久沒好好說過話了。」

　小璇想了想後，開口問：「你要請客嗎？」

「可以呀。」

「那好吧。」小璇同意的說。

　學校的水木咖啡店最近滿是準備期末考的學生，幸好我們到的時候，剛好有人要走。

「真幸運呢。」小璇笑著說。

「是呀，看來上天也想讓我們好好聊聊。」

「呵，怎麼變得油嘴滑舌起來了？」小璇微笑的說。

「有嗎？我真的這樣覺得⋯⋯」我解釋的說。

水木咖啡的飲品很平價，但小璇卻點了個最貴的。

「反正有人請客嘛！」小璇這樣說著。

「好，那你想聊什麼？」小璇問。

「這個⋯⋯」小璇這樣問，讓我不曉得怎麼回答。

其實，我只是想和小璇像大一剛認識時那樣，好好的聊一回而已，難道，已經不可能了嗎？

「想聊的人，卻不曉得聊什麼，真是糟糕呢。」小璇笑著說。

「我想知道⋯⋯妳這一年多來，過得好嗎？都做了些什麼？」

「你希望我回答『好』還是『不好』？」

「啊？」小璇又來這招，幸好已經有先前的經驗了。

「我當然希望妳過得好呀。」我回答。

「那就如你所願，我過得很好。」小璇回答。

「這樣呀。」

「而且身為學生的我，除了唸書還能做些什麼呢？」小璇問。

「也是啦⋯⋯」我附和的說。

接下來，又是一陣沉默。

「沒話題了嗎？」小璇問。

「呃⋯⋯」

小璇望著我，一會兒才開口對我說：「那換我說吧。」

「好呀。」

「你有女朋友了吧？」

「嗯。」

「聽說，不是我們學校的？」

「嗯，她唸成大。」

「你們處得好嗎？」

「很好呀。」

「那這一年多來，你……過得快樂嗎？」小璇說到「你」時，眼神幽深的望向我。

「我……」一時之間，我不曉得怎麼回答，要我在小璇面前說出，拋開她之後的我過得很快樂，怎麼也說不出口，但若回答不快樂，那當初被我拒絕的小璇，又會怎麼想？

「為什麼不回答？」小璇問。

「因為，我不知道怎麼回答才好。」

「那你想知道，我過得快樂嗎？」小璇問。

「……」我沒有回答。

「這一年多來，我並不快樂。」小璇緩緩的說。

「不快樂……為什麼？」我問，心裡感到不捨。

「因為，每當我仰望夜空時，還是會想起那個男生，而且，這一年多來，他在我眼中，過得並不快樂。」小璇雙眼直視著我，一字一句的說。

我張大嘴巴，卻說不出話來。而且，我怎麼會不快樂呢？這一年多來，和我幾乎沒有交集的小璇，怎麼能如此篤定的說我過得不快樂呢？

「dj，你真的喜歡貝兒嗎？」小璇問。

「……」

「你真的是因為喜歡貝兒，才和她在一起嗎？」小璇又問。

但那天，直到最後，我都沒能回答。

回到住處後，小璇的話語一直在我腦海裡盤旋著。

「雖然決定遺忘，但這一年多來，我卻常在遠處望著你的身影，所以，我知道你和貝兒成了戀人。一開始，我以為貝兒就是你喜歡的女孩，因此，即使感到心酸，還是想親眼見到你幸福的模樣，好讓自己徹底死心，但我看到的，卻是你一個人獨自神傷……」

「我開始覺得，貝兒並不是你心裡的女孩，這樣想的我，感到很生氣！dj，放棄你，是多麼艱難的決定，我放棄你，不是讓你勉強自己跟喜歡的女孩在一起的！早知道這樣，當初我就不該放棄！因為我喜歡的程度，絕對不會比貝兒少，而且，是我先認識你，也是我先喜歡上你的！」

後來，小璇這樣對我說，然後，再次在我面前流下了淚水。在那瞬間，我才明白，原來這一年多來，小璇對我的不理不睬，或許只是逞強而已。

我過得不快樂嗎？我不喜歡貝兒嗎？

交往了一年多，相處得那麼愉快，怎麼可能不喜歡，又怎麼會不快樂？但為什麼，每當一個人時，我總會想著過往，接著輕輕嘆氣呢？

為了擺脫紛亂的思緒，我決定把心思放在書本上，以免一直胡思亂想。專注於書本上的我，果然擺脫了紛亂思緒，直到我發現手機充電器為止……

本來，我只是想找些資料，卻無意間翻找到舊手機的充電器，讓我想起上禮拜從貝兒住處「不小心」帶回來的手機，便突發奇想的拿出來試著充電。

「嘿！居然可以耶！」我開心的說。

手機開機時，出現了我以前常用的開機畫面，我心想，搞不好這真是我的手機，接著，我打開通訊錄、訊息清單一一查看……

一分鐘後，手機裡熟悉的通訊錄與訊息讓我確信，這就是兩年前，

我遺失的那支手機，能跟自己遺失兩年的手機重逢，是件值得高興、同時也讓人懷念的事，我閱讀著手機裡留存的訊息，回憶起大二那年的種種，感覺才一下子，就已經過了兩年。

若說大二那年，最難忘的回憶是什麼，我想，就是與小冰相遇的寒假吧？記得，那年還一起去了花東、吃壞了肚子、買了胃藥、騎了腳踏車，最後，我什麼也沒對小冰說，便在寒假結束時離開了……

其實，不管小冰會有什麼回應，當時我都應該告訴她，不然，我現在也不會這樣後悔。不過，已經太晚了，能說的時機已經過去了，有些事情拖的愈久，就愈沒有勇氣開口。

而且，跟貝兒在一起一年多，已經失去開口的理由。

訊息都讀完後，我開始研究起通話記錄……

「咦？有好多通未接來電呢……」我感到有些驚訝，印象中，我應該沒有這麼多通未接來電的，或者，那些未接來電是我遺失手機時打來的？

接著，更令我驚訝的是，那些未接來電都是同一個人打來的，而那個人是小冰。

記得那時，只要看到手機螢幕上出現小冰的名字，我就會滿心歡喜的接聽，絕不會讓它成為未接來電，但遺失的手機裡，卻記錄了這麼多小冰的未接來電，這究竟怎麼回事？

小冰的六通未接來電，都是同一天，我望著手機上的日期，回想那天到底發生什麼事情……兩年前，將近二月底的話，是寒假快要結束的時候……

等等!?寒假快結束的時候……那這天……不就是我遺失手機、小冰又沒來赴約那天!?原來那天，小冰打了這麼多通電話給我嗎？

一直以為，小冰沒來赴約，是因為根本不在意我，才會隨口的要

我陪她，又隨便的忘記約定，但若小冰當天打了那麼多通電話給我，表示她並沒有忘記玫瑰園的約定，是我剛好丟了手機，才沒接到她的來電……

當時找不到我的小冰，會不會很著急呢？但後來，小冰並沒有出現，為什麼呢？

因為這樣，我才會認為，既然小冰根本不在意我，那就趁著寒假結束離開，雖然感到憂傷，但終究會淡忘。

但若小冰根本不在意我，為什麼要打六通電話給我呢？

還是，當時，發生了什麼讓小冰來不了的事？

我左思右想，總想不出合理解釋。

不過，更需要合理解釋的是，為什麼我兩年前遺失的手機，會在出現在貝兒化妝台上鎖的櫃子裡呢？

人們把東西上鎖，是不想讓人發現或怕別人發現，所以，貝兒是不想讓別人發現這手機嗎？那又是為什麼呢？撿到我的手機，還給我不就好了？

貝兒，到底在想什麼呢？

但即使知道了當時發生的事，兩年後的現在，已經什麼也改變不了……

不過，就算那樣，我還是很想知道，基於好奇心，基於對過往的眷戀，基於……剩下最後一點點希望的光……

小冰

　　將考卷繳給監考的助教後，我緩步走出系館，見到系館外聚在一起的同學，每個人臉上都帶著微笑。

　　「小冰，大家正在討論要到哪玩。」小淇跑過來對我說。

　　「期末考結束，寒假就到了吧？」我喃喃的說。

　　「是呀，小冰寒假有什麼計畫嗎？」小淇問。

　　「嗯，應該有吧。」

　　兩年前的寒假，被男友拋下的我，遇見了 dj 學長，因為他，那段憂傷的日子，變得不那麼難受，最後卻不知不覺的喜歡上他，等我發現時，寒假已經結束，dj 學長也不在我身邊了。

　　那年寒假，盡是些悲傷的記憶。

　　但今年寒假，或許會有些不同，因為，是該給阿誠學長回應的時候了。

　　「阿誠學長，我有話想對你說，下午方便嗎？」我在電話中，對阿誠學長說。

　　「……嗯，OK。」

　　「那下午兩點，玫瑰園見。」

　　比預定時間還早到的我，走進店裡時，赫然發現阿誠學長已經到了。

　　「阿誠學長，真早呢。」我說，不管何時、不論何處，阿誠學長總會在我身旁，默默的等待著我、守護著我。

　　「因為想快點見到小冰，所以迫不及待的來了。」阿誠學長笑著說。

　　「嗯。」

　　「先點東西吧。」阿誠學長提議的說。

服務生很快就將下午茶套餐端上桌，在那之前，我和阿誠學長有一句、沒一句的，雙方似乎都有些不自然。

　　「好像有些尷尬呢⋯⋯」阿誠學長苦笑的說。

　　「呵，是呀。」我微笑回答。

　　「真不像我們呀。」

　　「喔？那平常的我們是什麼樣的？」我好奇的問。

　　「能言善道和伶牙俐齒吧？」阿誠學長回答。

　　「伶牙俐齒，聽起來不怎麼可愛耶⋯⋯」我抱怨的說。

　　「那換成能歌善舞好了。」

　　「阿誠學長，這兩個形容詞根本不一樣好不好？」

　　「那沉魚落雁、國色天香？」

　　「呵，阿誠學長，你果然能言善道呢。」我笑著說。

　　之後，我們又聊了許多，就像平常一起度過的下午茶時光一樣，只不過，我們知道彼此都在等待，阿誠學長等著我開口，我則等著開口的契機。

　　「寒假又到了。」阿誠學長說。

　　「嗯，是呀。」

　　「打算做什麼？」

　　「還沒計畫。」

　　「這是我遇見小冰後的第三個寒假了。」

　　「對呀，時間過的真快，你都已經變成研究生了呢。」

　　「不知不覺就變成學校裡的老人了，大學四年，人生中的黃金歲月，居然沒和任何女孩交往過，我的青春呀⋯⋯」阿誠學長感嘆的說。

　　「呵，聽說欣賞阿誠學長的女孩不少，是你自己沒意願的吧。」

　　「或許吧。」阿誠學長淡淡的回答。

「阿誠學長，為什麼你會留在成大念研究所，依你的成績，應該可以甄試台、清、交的研究所，而且這樣離你家也比較近，不是嗎？」

「大概是因為習慣了，所以，就不想改變了吧？」

「習慣……」我喃喃的說，一直把 dj 學長放在心上的我，或許也只是種習慣？

「而且……」

「嗯？」

「我在這裡，還有沒做完的事。」

「沒做完的事？」我好奇的問。

「是呀。」

「那是什麼？」

「我心裡，有個怎麼也放不下的女孩，因為還沒見到她幸福的模樣，所以，我，還不能離開。」阿誠學長淡淡的說。

「阿誠學長……」我聽完，深吸了一口氣，我，已經準備好了。

「小冰，真的可以了嗎？」

「嗯？」

「真的可以告訴我了嗎？」

我想了想，然後點頭。

阿誠學長聽完，微笑的回望著我，然後靜靜等著。

「阿誠學長，雖然我是個任性又不成熟的女孩，但這兩年多來，你始終陪伴在我身邊，沒一刻離開過，往後，也請你能一直守護著我，因為，有你的陪伴與守護，讓我覺得溫暖而安心，我想，我已經離不開阿誠學長了，阿誠學長……」我說到這兒，停了下來。

「嗯。」阿誠學長應了應。

「你能成為我的男……」

阿誠學長的手機響了，跟電視劇演的一樣，最重要的一句話總是因為某些狀況而被打斷，最後沒能說出口。

　　「抱歉，是我老闆。」阿誠學長歉疚的說完，接起了手機。

　　「是嗎？那我馬上回去。」阿誠學長說完掛了電話。

　　「要回去了？」我感到失望。

　　「抱歉，實驗室有些狀況，處理好我馬上回來。」阿誠學長無奈的說。

　　「好像很忙呢？」

　　「是呀，最近我老闆跟美國哥倫比亞大學有項合作計畫，正處於最後階段，若計畫成功，或許我老闆會跳槽到哥倫比亞大學。」阿誠學長邊說，邊開始整理東西。

　　「啊？那你不就沒指導教授了？」

　　「嗯，如果不想跟過去，只好另找老闆了。」阿誠學長有些無奈的說。

　　「那你快去吧。」雖然不想讓阿誠學長離開，但我不能太任性了。

　　「等我，我會回來的。」

　　阿誠學長離開後，我拿起店裡的書報雜誌翻閱，一個小時過去了，阿誠學長還沒回來，這時我的手機響起，是阿誠學長傳來的簡訊，說因為狀況有點複雜，可能得晚一點才能回來。

　　這時，一對情侶走進玫瑰園，其中的女孩停在我的身旁。

　　女孩微笑的望著我，我對女孩有種熟悉感，但卻想不起曾在哪見過。

　　「呵，不記得我了嗎？」女孩微笑的問。

　　「嗯……」我努力搜索記憶，這張戴著眼鏡的清秀臉孔，應該在哪見過才是……

「我是小楓呀，以前在玫瑰園的工讀生。」

「啊!?」我驚訝的叫了出來，眼前的女孩就是一年多前，將 dj 學長留下的訊息傳達給我的小楓。

「想起來了嗎？」她微笑的望著我。

才一瞬間，那些不願想起的記憶，又如潮水般的向我湧來。

小楓去跟櫃台的店員們說了些話後，再度走回我身旁。

「可以一起坐嗎？」小楓問。

「嗯。」我點了點頭。

「我記得，妳叫小冰吧？」

「是呀，妳記得真清楚。」我微笑的說。

「因為我一直把你們的事放在心上呀，妳和那個叫做 dj 的男生。」小楓回答。

我聽完，只是笑了笑，沒有回答。

「小冰，妳在等人嗎？」

「嗯。」我點頭。

「等誰呢？是那個叫 dj 的男生嗎？」

「……」

「對不起，我好像太多管閒事了，跟你們又不是很熟……」小楓道歉的說。

「沒關係。」

「雖然這樣很沒禮貌，但如果可以的話，能告訴我，妳和 dj 後來怎麼了嗎？」小楓問。

「為什麼妳這麼關心我和他的事？」我問，心裡的確有些不快。

「……因為我和 dj 很像，喜歡一個人，卻因為某些原因，沒辦法告訴對方，只能傻傻等著……當我遇見 dj 時，我已經停止了等待，也

整理好心情了，而嘴裡說著不願繼續等待的他，其實才正要開始……」小楓說到這兒，停了下來。

「所以，能把他留下的訊息傳達給妳，讓我感到很欣慰，後來，我離開了玫瑰園，不曉得你們之間的故事是否繼續了下去？也不知道他的等待是否有了結果……」

「原以為……能繼續下去的……」我喃喃的說，望著小楓臉上一閃即逝的失望神情，我開始說了起來，一年多來，對小淇、小玟和阿誠學長都說不出口的話語，卻輕易告訴了小楓。

小楓靜靜聽著，直到故事結束。

「明明彼此喜歡，但卻因為錯過時機，所以，故事沒能繼續下去，等待也沒有結果……」小楓喃喃說著。

「……」

「那麼，他現在跟其他女孩在一起，而妳也在等著另一個男生？」小楓說。

「那男生明知道我喜歡 dj 學長，卻始終待在我身旁，他已經等我夠久了，我想，該是回應他的時候了。」

「喜歡嗎？」

「嗯？」

「喜歡那男生嗎？」

「……」

「還放在心上嗎？」

「什麼？」

「還把 dj 放在心上嗎？」

對於小楓接連問的兩個問題，我都沒有回答。

「小冰，妳還留著嗎？」

「留著什麼？」

「dj託我交給妳的東西。」

「嗯。」我點點頭，接著才赫然發現，準備接受阿誠學長的我，居然還留著dj學長的藥袋和信，而且，現在就放在包包裡！想到這兒的我，打開包包，將裝著藥袋和短信的小封套拿了出來。

「我剛剛說過，自己也曾傻傻的等著一個男生，直到明白一直等待下去也不會有結果，所以，我停止了等待，也整理好了心情。」

「嗯。」

「但人生是很奇妙的，常會跟我們想的不一樣。」小楓微笑的說。

「什麼意思？」

「看到那男生了嗎？」小楓指了指剛才和她一起進來的男生，他朝我們微笑，是個笑容有些靦腆的鄰家男孩。

「他就是幾年前，我一直等待的男生。」小楓說，臉上洋溢著幸福的微笑。

「啊!？」我感到很驚訝。

「明明已經停止等待，也將喜歡他的心情整理掉了，選擇離開與他相遇的成大校園，就在我以為故事已經到了終章時，有一天，我卻在另一個校園，再次與他相遇，對於過去發生的種種，我們都沒多說，只知道，我們都不想再等待，也不願再錯過了……原本以為結束的故事，卻突然繼續了下去。」小楓說完，甜甜笑著。

「已經結束，卻還能繼續下去……」我喃喃的說。

「小冰，人生真的很奇妙，對吧？」小楓最後是這樣說的。

而那天，直到傍晚，阿誠學長都沒再出現。

這些天，我一直想著關於手機的事。

若想問貝兒，就一定會提到小冰，而我已經答應貝兒，不在她面前提起小冰了。

「這麼專心，在想什麼？」貝兒這樣問我。期末考結束，寒假正要開始，我回到了台南。

「我有件想知道的事情，但卻不曉得怎麼問出口。」

「喔？什麼事？」貝兒好奇的問。

「其實，也沒什麼啦，等會兒上哪兒去？」我轉移話題的問。

「我有部電影想看。」

「那走吧，去新光三越好了，可以順便逛百貨公司。」我提議的說。

「好呀。」貝兒說完頓了頓，接著說：「既然不曉得怎麼問出口，也許不問會比較好吧？」

貝兒說完笑了笑，挽著我的手，朝停車的地方走去。

不問，真的會比較好嗎？

電影散場時，已經傍晚了，貝兒帶著我到一家名叫「小星星」的餐廳。

「這裡的義大利麵很有名喔。」貝兒推薦的說

「嗯，看起來好像很好吃，種類也很多。」我附和的說。

「是吧，所以說跟著貝兒姐姐準沒錯，有好吃又有好玩的。」貝兒笑著說。

「是是，貝兒最棒了！」

最近，我總感覺貝兒像在勉強什麼一樣，有些不自然，但又沒辦法確切的說出哪不自然。

「覺得剛剛電影如何？」貝兒問我。

「還不錯。」貝兒選的是一部愛情片，最後以喜劇結尾。

「但你不覺得男主角很傻嗎？默默的等著完全不明白他心意的女主角，一等就是三年，要是我，才不那麼做呢！」貝兒評論的說。

「嗯，不過，他大概也很無奈吧？因為他太喜歡女主角了，怎麼都沒辦法忘記，只好一直放在心上，直到能死心為止，幸好，女主角最後終於發覺了。」我說完笑了笑。

「……是你的話，也會像男主角一樣，那樣傻傻等著嗎？」

「那是在電影裡才有的情節吧，而現實是善變的人們，一下子就會將許多事情遺忘，就算日後想起，也只是一抹浮光掠影。」對於貝兒的問題，我沒正面回答。

「不曉得電影散場後……有幾個人會記得女配角呢？」貝兒突然感嘆的說。

「怎麼了？」我關心的問。

「沒什麼，我只是覺得她很可憐，即使明白男主角心裡的女孩不是她，她還是陪伴在男主角身邊，期望有一天，男主角能把她放在心上，但結局卻不如她所想像的那樣……電影結束後，燈亮了起來，大家滿心歡喜的見到了男女主角在一起的結局，但女配角呢？往後，她該怎麼辦呢？」貝兒有些恍神的說。

「貝兒，那只是部電影而已。」

「但，倘若在現實中發生了呢？」貝兒問。

我略想了想，回答：「我想，生命會自己找到出口，不管發生了什麼，只要把時間拉長來看，沒什麼過不去的。」

送貝兒回到住處，已經十點多了，不方便進去的我，站在門口目送著貝兒，但打開大門的貝兒，動作卻停了下來。

　　「怎麼了？」我關心的問，同時走上前去。

　　「你……幸福嗎？」貝兒背對著我，沒頭沒腦的問。

　　「啊？」

　　「這一年多來，和我在一起的你，幸福嗎？」貝兒依然背對著我問。

　　「嗯。」我應了應。

　　「你答應過我，不管我做了什麼不好的事，或犯了什麼錯，你都不會怪我，你還記得嗎？」貝兒問。

　　「是呀，是曾這麼說過，不過，不會有那種事發生的。」

　　「有時，人們為了守護某些東西，明知道那是不對的，那樣做是不好的，還是會去做……」

　　「貝兒，妳怎麼了？突然說這些？」

　　「你……發現了吧？」貝兒轉過身來問。

　　「發現什麼？」

　　「我房間櫃子裡的那支手機……」

　　「……」

　　「上禮拜，我發現它不見了……現在在你那兒嗎？」貝兒問。

　　「嗯。」我點點頭。

　　「為什麼，你什麼都不問？」貝兒的眼眶有些濕潤。

　　「……我不曉得怎麼開口，而且，我已經答應妳，不在妳面前提起她了。」

　　「你實在太溫柔了……但我卻……」貝兒說到這兒停了下來。

　　「但貝兒，我真的很困惑、也很好奇，那是兩年前寒假時，我遺失的那支手機吧？」我問。

「嗯。」貝兒點了點頭。

「那麼，為什麼遺失的手機會在貝兒那呢？」

「……還記得兩年前的寒假，你打工的最後一天，你離開飲料店後，又突然跑回來找手機嗎？」貝兒反問。

「嗯，記得，因為找不到手機，所以才跑回來，貝兒那時好像也幫我找了吧？」

「嗯。」貝兒又點了點頭。

「不過，那時並沒有找到……貝兒，妳後來找到了，為什麼不告訴我呢？那樣，我就不用再花錢買新手機了。」我輕鬆的問。

「其實……」

「嗯？」

「我找到了。」

「啊？」

「那時，我找到了你的手機，但我卻偷偷藏了起來，告訴你沒找到，我……對你說了謊……」貝兒難過的說。

「……找到了，卻告訴我沒有？為什麼要這樣做？」我不解的問，突然感覺貝兒在自己心中的美好形象，開始有了裂痕。

「因為喜歡你。」貝兒回答，淚水在她的眼眶裡打轉，讓我感到很不捨，我該怎麼做，才能不讓那淚水滑落呢？

「是嗎？我知道了。」我說，事情都過去那麼久了，我不打算繼續問下去，也不想再讓貝兒感到難過了。

但貝兒卻兀自說了下去：「那時，我見到你的手機上，滿滿都是小冰的未接來電，猜想你可能要和小冰見面，我感到好羨慕、也好忌妒，為什麼小冰能讓你喜歡上她，我卻不能!?接著，心裡有個聲音告訴我，把手機藏起來吧！只要沒有手機，你和小冰就見不了面，或許從此斷了

聯絡，那麼，我喜歡你的心情，終有一天，會開花結果……因為喜歡你！因為想抓住你！所以，才會做出那樣不堪的事！」貝兒說完，晶瑩的淚水還是悄悄的滑落了。

　　原來，那天阻止我和小冰見面的，不是上天，而是貝兒。是貝兒奪走了我和小冰說再見的機會，若貝兒沒那樣做，我和小冰就能好好道別，留下聯絡方式，或許，現在我和小冰就能……

　　但也許，什麼都不會改變，假如小冰從來都沒有把我放在心上。

　　「我不曉得這樣做，會讓你這麼傷心難過，這兩年來，我一直都想告訴你，但時間拖的愈久，我就愈沒有勇氣開口……」貝兒拭淚的說，我往貝兒跨了一步，她卻神情痛苦的對我搖了搖頭。

　　「貝兒，既然都這樣了，為什麼妳還要把手機留著？丟掉不就好了嗎？只要丟掉，一輩子都不告訴我，那麼，我就永遠不會知道。妳在我心中，永遠都是完美無瑕的貝兒，為什麼要留著？為什麼要讓我知道？」我問，情緒也開始激動了起來。

　　「……我也不知道，或許，是想有一天，讓你找到它吧……因為沒勇氣告訴你，只好讓你自己發現了。我，一直覺得很對不起你和小冰……」貝兒難過的說。

　　「貝兒……妳怎麼這麼傻!?我這樣的人，不值得妳這樣做的！」我心疼的說，面對著如此喜歡自己，甚至不惜做出這種事情的貝兒，我又怎麼忍心苛責她呢？

　　即使能理解、也能體諒，不過，貝兒在我心中的美好形象，卻已經回不來了。

　　「你……你會怪我嗎？」貝兒怯生生的問。

　　我搖搖頭，回答：「不會的，我不會怪妳的，永遠。」

　　但是，這該怪誰呢？為什麼會發生這種事？只好責怪命運了，沒

錯，也只能這樣了。

「貝兒，即使妳當時沒那樣做，我和小冰見了面，能做的也只有道別而已，因為小冰心裡根本沒有我。所以，當時不管我和小冰見面與否，最後，我們都不會在一起，而且，已經兩年了，若說當時真的有些什麼，現在我有了妳，小冰身邊有阿誠學長，一切都已經過去了……」我安慰貝兒的說，但說到後來，心裡隱隱感到有些遺憾，彷彿若當時能跟小冰見面的話，就一定能抓住些什麼似的。

我走向前抱住貝兒，柔聲安慰著她，想使她停止哭泣，我和貝兒好不容易才走到這裡，我不願見到貝兒再因為過去而哭泣了。

「你的擁抱，還是這麼溫暖，就快被融化的我，幾乎就要相信了……」懷中的貝兒輕聲的說。

「嗯？」貝兒的話是什麼意思。

「跟我在一起，你真的幸福嗎？」

「當然。」

「真的已經忘掉小冰了嗎？」

「真的。」

「但我從那天開始，就沒再見過你的微笑了。」

「那天？」

「你在圖書館見到小冰那天。」

「啊!?」為什麼貝兒會知道!?

「你去了那麼久，我怎麼可能不去找你，但找到你時，見到的卻是讓我傷心的一幕……你一直凝視著小冰，看著那麼專心、那麼深情、那麼無奈……」

「貝兒……我……」

「其實，你心裡一直惦記著她吧？」貝兒仰起臉來望著我說。

「貝兒，妳聽我解釋……」但貝兒封住了我的唇，讓我沒法解釋，她在我唇上留下了深深一吻，一個最苦澀的吻。

「請讓我靜一靜，暫時……別來找我，好嗎？」貝兒將我推開，淚水開始放肆的滑落。

「貝兒！妳先等一下！」

貝兒轉身，然後關上大門，留下措手不及的我。

其實，我根本沒忘記過小冰。

所以，我也對貝兒說了謊，而且我的謊言比起貝兒，要更加殘忍。

小冰

　　最近，阿誠學長的實驗室似乎非常忙碌，已經將近一個禮拜沒見過面了。

　　「因為計畫已經到了最後階段，老闆要我們把研究成果整理好，他彙整後，要到哥倫比亞大學去開會，所以，最近簡直忙翻了。」電話中的阿誠學長是這麼說的。

　　「這樣呀。」我說，但上回要告訴阿誠學長的話還沒說完呢。

　　「先等我忙完這陣子再說吧。」

　　「好吧，加油喔。」我替阿誠學長打氣的說。

　　「嗯。」

　　「阿誠學長……」

　　「嗯？」

　　「情人節……好像快到了呢。」

　　「是呀……」

　　身為女孩、臉皮又薄的我，只能說到這樣了，但阿誠學長直到最後，都沒有提出情人節邀約，為什麼？阿誠學長不是喜歡我嗎？

　　「有些人只能專注在一件事情上，阿誠學長或許是這樣的人，正忙著研究的他，暫時沒有餘力想其他的事情吧？沒關係，反正阿誠學長又不會跑掉，早晚是妳的人啦！」小淇這樣對我說。

　　「什麼我的人，別亂說啦！」

　　「呵，臉紅了呀。」

　　「哪有！」

　　寒假開始後一個禮拜，當我準備好回台北時，有個人出現在我的面前。

「小冰，好久不見。」女孩微笑的朝我走來。

「貝兒學姐？」說真的，我並不太想見到貝兒學姐，尤其在已經決定要和阿誠學長在一起的現在。

「有空嗎？」貝兒學姐問。

「嗯。」我點了點頭。

我們在成大附近的咖啡廳找了個位置，寒假到了，咖啡廳的生意不算太好。

「貝兒學姐，還沒回去？」我找了個話題。

「嗯，有些事情得處理……那小冰怎麼也還沒回台北？」貝兒學姐問。

「我原本等著要跟一個人說些話，不過，我想晚一點再說，應該也可以吧。」

「這樣呀……」

「貝兒學姐，找我有什麼事嗎？」我困惑的問。

「小冰，現在好像是一個人吧？」

「嗯。」我點頭，但不久之後，應該就不是了。

「現在，有喜歡的男生嗎？」

「……」我沒有回答，一方面是因為不曉得貝兒學姐為什麼這樣問，另一方面是我心裡也沒有確切的答案。

「小冰，我們認識多久了呢？」貝兒學姐突然轉移話題的問。

「……從我到飲料店打工算起，已經兩年多了。」

「剛見到妳時，我想著，怎麼會有這麼可愛的女孩!？喜歡妳喜歡的不得了，每天都想看看妳、和妳說說話，那時，我們是那麼要好……」貝兒學姐說到這裡，視線望向遠方，像在懷念過往。

「嗯，那時的工讀生裡，最聊得來的，大概就是貝兒學姐了。」

「但妳離開飲料店後，這一年多來，我們就跟陌生人似的，說過的話甚至不超過二十句，有時，我會想，為什麼我們會變成這樣？」

「……」我沒有回答。因為 dj 學長的關係，我再也沒辦法自然的跟貝兒學姐相處。

「為什麼，要讓我們喜歡上同一個人呢？」貝兒學姐問，她在問我，也在問她自己。

「……我也不清楚，但都過了一年多，現在說這個，已經沒任何意義了。」我回答，事到如今，貝兒學姐才想挽回我們的友誼嗎？那已經不可能了。

「真的，已經沒意義了嗎？」貝兒學姐問，雙眼直視著我。

「嗯，因為我已經不是以前的小冰了。」

「這樣呀。」

「而且，我決定接受阿誠學長了。」

「下定決心了？」

「阿誠學長已經等了我很久，我不想再讓他繼續等下去了。」

「是他的話，一定能帶給妳幸福的……假如，妳的心在他身上的話。」

「我現在心裡只有阿誠學長！」我有些賭氣的說，貝兒學姐搶走了 dj 學長，為什麼又要來跟我說這些!?

「是嗎？」

「今年的情人節，我準備和阿誠學長一起過！」

「小冰，真的不再把他在放心上了嗎？」貝兒學姐神情嚴肅的問。

「貝兒學姐，我不曉得妳為什麼要跟我說這些，dj 學長已經跟妳交往一年多了，我喜歡過 dj 學長的事情，已經不重要了，只要妳和 dj 學長開心的在一起，我也跟阿誠學長去追求我們的幸福，那就好了，關於

dj 學長，我已經不想再提起了⋯⋯」

「若我告訴妳，dj 他也喜歡過妳，妳還會這樣想嗎？」貝兒學姐問。

「⋯⋯」我沒有回答，因為我心裡有些混亂，我知道 dj 學長喜歡過我，但當我明白 dj 學長心意時，已經太遲了。

「我一直想著，能讓我、妳和他都能幸福的方法，但最後，我沒能想到，只能自私的抓著幸福不放，小冰，我真的很抱歉⋯⋯」

「已經過去了⋯⋯」

貝兒學姐搖著頭說：「原本我也這樣以為，但其實，並沒有過去，妳還是以前的小冰，我還是以前的貝兒，他也還是以前的 dj。」

「什麼意思？」

「不久之後，妳就會明白的。」

「⋯⋯」

「我已經幸福過了，接下來，該你們了。」貝兒學姐，最後是這麼說的。

回台北後，我經常打電話給阿誠學長，在電話中，我又提了幾次情人節的話題後，阿誠學長終於提出邀約。

「可以的話，這次情人節一起過吧？」阿誠學長在電話中這樣問著。

「嗯，好呀。」

「那個，小冰⋯⋯」

「嗯？」

「妳知道嗎？」

「知道什麼？」

「我真的很喜歡妳。」

「呵，我知道了。」我開心的笑著說。

我想，被愛一定會比愛人來得幸福，尤其是像阿誠學長這種男生。

所以，我也得更努力去喜歡阿誠學長才行。

這時，寒假剛過一半。

　　貝兒那天晚上告訴我的話，帶給我相當大的衝擊，但已經把貝兒當成家人的我，沒辦法放著她不管。

　　這些天，我完全聯絡不上貝兒，租屋處大門深鎖，讓我非常擔心。貝兒說想靜一靜後，人就不見了，究竟跑哪去了？就算想靜一靜，至少也讓我知道她在哪兒，這樣，等她整理好心情了，我才能去接她。

　　我想，貝兒或許回家去了，要讓自己沉澱一下，回家應該是最好的。這樣想的我，來到了貝兒生長的城市，因為，我有種不好的預感，覺得若不在寒假找到貝兒，她就會離我而去。

　　我已經錯過小冰，無法挽回了，所以，不想再失去貝兒了。

　　踩著貝兒生長城市的土地，有種陌生的親切感，然後我打了通電話給貝兒，但貝兒依然沒接，所以，我留下了訊息。

　　「貝兒，妳到哪去了？回家了嗎？為什麼不接我電話？我很擔心呢！所以，現在，我來到妳生長的城市，我想見妳。」

　　接著，我找了家店點了杯咖啡，開始等待。不管是小冰或貝兒，我似乎總在等待，有時，甚至不明白自己等的究竟是什麼。

　　兩年前，等著小冰的青睞，沒能等到；等著小冰的到來，也沒能如願。

　　現在，我等著貝兒整理好心情，等著貝兒出現，等著她回到我身邊，這回，我能如願嗎？

　　半小時後，我又打了通電話，傳了個簡訊，一直如此反覆，直到兩小時後，終於等到了回音。

　　「你在哪裡？」電話中，女孩用著疲憊的聲音問。

　　「我在車站附近的一家咖啡店裡。」我回答。

「為什麼來找我？」女孩問。

「因為擔心，因為想念。」我回答。

電話那頭的女孩沉默著，我接著說：「貝兒，我們見一面吧。」

「……我知道了。」貝兒回答。

半個多小時後，消失幾個禮拜的貝兒終於出現。

「你還真是不死心呀。」貝兒無奈的笑著說。

「女朋友跑了，誰都會去找回來的吧？」我理所當然的說。

「人家也不是自願跑的……」貝兒說完，在我面前坐了下來。眼前的貝兒儘管神情疲憊、眉頭深鎖，但看起來依然美麗。

「既然不是自願的，為什麼要跑呢？」

「因為，我需要好好想想，只要在你身邊，我就只能想著你。」

「那妳想好了嗎？」

「大概吧。」

「那麼，可以回來了嗎？」

「你怎麼知道，我想好後一定會回去？」貝兒微笑的問。

「不然，我幹嘛跑來找妳？」

「對呀，你來幹嘛？」貝兒明知故問。

「來帶妳回去呀。」

「因為擔心我、想念我嗎？」

「嗯。」我點點頭。

「擔心、想念，但卻不是因為喜歡我。」貝兒說，眼神閃過一絲失望。

「……當然也是呀。」我猶豫了一下，馬上回答說。

「dj 呀，我很聰明的，這樣的我，怎麼會看不出來呢？一年多來，我只是不願相信……原本以為，只要待在你身邊好好努力，遲早有一

天，你總會把我……就連剛剛來的時候，我還說服自己，因為我消失了這麼些天，你才發覺，其實你是喜歡我的……」貝兒苦笑的說。

「我是呀！」我強調的說，為了留住貝兒，我什麼都能說。

「不，你不是。dj，自從見到小冰後，你已經沒辦法發自內心的微笑了。」貝兒說。

「……或許，我和小冰是錯過了，但過去的就讓它過去，我只想珍惜眼前的妳，這樣不行嗎？」

「我想，已經不行了……」貝兒搖了搖頭。

「為什麼!?」

「讓你發現，我做了那樣的事，沒辦法再問心無愧的喜歡你了。」

「貝兒……」

「我早就知道，會有這一天的，記得嗎？我說過，那天若我發現，在我身邊的你，已經沒辦法微笑了，我就會放手……」

「我不記得！」我有些生氣的說。

「我想，該是放手的時候了……」

「貝兒，妳怎麼總是自私的做決定呢？當初自私的把我抓住，如今又想自私的把我放開？現在的我，已經不能沒有妳了！」我大聲的說。

「你可以的，因為你不能沒有的，不是我，而是另一個女孩。」

「我不想聽妳說這些話！為什麼，妳要說這些讓自己傷心的話？」我為貝兒感到不捨。

「……如果可以，我也不想這樣說，但 dj 呀，我對你來說，只是種習慣性的存在，即使我不在了，一段時間後，你就會習慣，不會有事的……」貝兒說，眼裡再次閃著晶瑩淚光。

「別再說了！」我感到很傷心，如今，我的存在，只會讓貝兒哭泣嗎？

「但，我實在太喜歡你了，沒把握能放開你……所以，請你先放開我吧，不要再來找我、不要打電話給我、就算不小心見面了，也要裝作不認識，那天如果我忍不住跑去找你，或打電話給你了，也請不要理會我，想盡辦法從我身邊逃開，說些殘忍的話把我趕走，讓我徹底死心，好嗎？」貝兒說完，一滴眼淚順著臉頰滑落了下來……

淚水滑落的瞬間，擊垮了我所有防禦。

「為什麼，上天要這麼對待我們？」我問。

「或許，只折一千隻紙鶴是不夠的吧？」貝兒噙著淚水，苦笑的說。

我望向窗外，想著從今往後，自己該怎麼辦。

「那麼，我該離開了……」貝兒說。

「我們，還會再見面嗎？」我問。

貝兒搖了搖頭，回答：「我也不知道。」

「妳送我的千紙鶴，我會一直留著的。」

貝兒聽了，拭去了淚水，微笑的說：「這一年多來，能讓我一直陪著你，就算我做了不好的事，直到最後，你也沒怪過我，甚至還跑來找我，讓我回到你的身邊……這一切的一切，真是謝謝你了……」

「貝兒……」我無言，回顧這段時間與貝兒相處的點滴，該說謝謝的人，難道不是我嗎？

「你送我的貝殼手鍊，總有一天，我一定能微笑的拿下來吧？所以，我們說再見吧。」貝兒撫弄著手上的貝殼手鍊，幽幽的說。

「真的，就這樣結束？」其實，我不願意說再見。

「愛情結束了，但夢想開始了……dj，再見。」貝兒回答。

貝兒心意已決，沒辦法改變了。

兩年前的寒假，我沒和生命中的第一個女孩道別，就離開了，這讓我感到遺憾。

兩年後的寒假，生命中的第二個女孩在離開前，跟我道別了，但卻更讓我心傷。

　　所以，關於愛情什麼的，我，再也不想談了。

小冰

　　情人節在寒假即將結束前到來，這一天終於來了。

　　「妳說的那個學長，情人節時，應該會跟妳告白吧？」小玟關心的問。

　　「嗯。」我不置可否的應了應。

　　「那妳準備好了嗎？」小玟問。

　　「嗯。」我點了點頭。

　　「……」小玟沉默的望著我，看起來有些擔心。

　　「怎麼了？」

　　「不知道為什麼，妳的表情就像……做了個重大決定，但望著妳，我卻擔心起妳做的決定……」

　　「小玟，阿誠學長真的對我很好。」

　　「小冰，妳喜歡他嗎？」

　　「……」

　　「小冰，我好矛盾，我很高興妳終於能敞開心扉，試著接受其他男生，但我卻又擔心，若妳的心一直還在那男生身上，那麼，不管待在任何男生身邊，永遠沒辦法感到幸福。」小玟難過的說。

　　「小玟，我沒事的，和阿誠學長在一起，我一定能幸福的。」

　　是呀，若連阿誠學長都沒辦法，還有誰可以呢？

　　約定那天，我早到了，難道是迫不及待嗎？但有什麼迫不及待的理由嗎？想到這兒，我苦笑了一下，接著，推開玫瑰園的大門走了進去。

　　「妳好，請問有訂位嗎？」服務生問。

　　「嗯。」我點了點頭。

　　服務生查詢了訂位記錄後，帶著我到預訂的位子，剛好是我最喜歡

的靠窗座位，我和前男友、dj 學長還有阿誠學長，都曾在這位子共度下午茶時光，不過，如今還在我身邊的，只有阿誠學長了。

傍晚時分的玫瑰園，已是座無虛席，只有幾個男孩、女孩，表情雀躍的等著另一半。

我的神情，也跟他們一樣嗎？

我拿出包包裡的化妝鏡仔細瞧了瞧自己的模樣，心想，這樣的我，應該配得上阿誠學長吧？

「已經很可愛了，再打扮下去，讓其他女孩怎麼辦呢？」突然有個聲音這樣說著，我放下鏡子，站在眼前的是將近一個月不見的阿誠學長，有種好懷念的感覺。

「呵，真的嗎？你真的這樣覺得？」我開心的問，我想，當每個女孩被稱讚漂亮可愛時，都會感到開心吧。

「不然，我幹嘛一喜歡就是兩年多呢？啊！我的青春呀……」阿誠學長微笑說完，坐了下來。

這樣說，算是表白嗎？

「什麼嘛！好像很委屈一樣……」我假裝不高興的說。

「喜歡一個不理自己的女孩兩年多，妳說委不委屈？」阿誠學長問，這時，服務生走來替我們點餐。

「我哪有不理你。」我辯駁的說。

「是呀，就是這樣才糟糕，要是完全不理我，或許還比較好一點……」阿誠學長苦笑的說。

我本想問阿誠學長的話是什麼意思，但因為服務生站在一旁，不方便再繼續談這話題。

「才六點，就已經全滿了呢！不愧是情人節。」點完餐後，阿誠學長換了個話題。

「是呀。」我同意的說，頓了頓後接著問：「研究報告，弄好了嗎？」

「嗯，已經好了，老闆也飛到美國做報告了，聽他說，哥倫比亞大學那邊好像挺滿意的。」阿誠學長說。

「那很好呀，努力有成果了。」我笑著說。

「是呀，不枉大家一整個月沒日沒夜的寫程式、跑數據、整理報告和研究成果了。」阿誠學長的神情看來確實有些疲憊。

「因為這樣，才忙的都沒跟我聯絡嗎？」

「嗯。」阿誠學長點了點頭。

「阿誠學長……」

「嗯？」

「你沒什麼話想跟我說嗎？」我暗示的問。

阿誠學長聽完沉默了一會兒，開口說：「說起來，跟喜歡的女孩一起過情人節，好像還是第一次呢。」

喜歡的女孩，是指我吧？這算是表白嗎？

「咦？真的嗎？」

「啊！不，以前有過一次。」阿誠學長像是突然想起的說。

「哼，花心！」我有些不高興的說。

「我哪有？那是高中時，我和貝兒兩個人因為無聊，才一起過的情人節，只是學長、學妹的關係而已。」阿誠學長回答。

「會有人真的只因為無聊，而找人一起過情人節嗎？」我質疑的問。

「有吧，我和貝兒就是。」

「誰約誰的？」

「貝兒約我的。」阿誠學長很快的回答。

「或許，當時貝兒學姐的心情並不一般，只是你沒發現，甚至連你

也沒察覺自己的心情。」

「是嗎？」阿誠學長像在回想著過去。

我感到有些不愉快，貝兒學姐搶走了 dj 學長，現在又占據了阿誠學長的回憶，這樣的心情，難道，我在吃醋嗎？

「過去太久了，已經記不起當時的心情了……只記得，一直期望著未來能有機會，跟自己喜歡的女孩一起過情人節，而今天，終於實現了……小冰，謝謝妳今天能陪我一起過。」阿誠學長望著我，微笑的說。

這算是表白了吧？不過，成為情侶後，每年都要過的，幹嘛說謝謝呢？

「阿誠學長，上次我話還沒說完，你就回研究室了，後來也沒回來。」

阿誠學長微笑的搖搖頭，回答說：「不，其實我有回來。」

「咦!?但我等了很久，也沒見到你？」我困惑的問。

「那天我回來時，正好見到妳和一個外表清秀的女孩在談話，不好意思打擾妳們的我，只好先待在一旁，等妳們說完……」阿誠學長說到這兒停了下來，望著我愣愣出神。

原來那天阿誠學長回來了，所以，他應該聽到了我和小楓的談話，嗯……我和小楓談了些什麼呢？

「小冰，上天一定是為了提醒我，才讓我聽到妳們的談話，否則，我差點以為，妳真的已經將他拋開了……」阿誠學長說。

「什麼意思？」我困惑的問。

「小冰，兩年前花東行時，我碰巧見到了妳替 dj 買藥那一幕，所以，那天，當妳在女孩面前，從包包裡拿出藥袋時，我立刻明白了……」

「阿誠學長……」

「假如直到現在，妳的包包裡還擺著他留給妳的東西，那代表，妳

根本從未忘記過他……小冰，其實這兩年來，妳一直喜歡著 dj 吧？」阿誠學長這樣說著。

「不！我早已把他拋開了！」

「不。」阿誠學長嘆了口氣，接著說：「妳一直喜歡著他，就跟我始終將妳放在心上一樣。」

我望著阿誠學長，一時間，只能沉默。

「唉，做研究真的很累人呢。」在沉默中，餐點送了上來，這時阿誠學長突然換了個話題。

「嗯……」我腦袋裡亂糟糟的，不明白阿誠學長的用意，若他確信我還喜歡著 dj 學長，為什麼又要答應我一起過情人節呢？

「不過，研究總是依照邏輯進行的，只要努力去做，最後，一定能得到成果，若戀愛也能這樣就好了……」阿誠學長說完，苦笑了笑。

「……」

「小冰，這些天，我讓自己完全沉浸在研究裡，偶爾想起我們的事時，總會感到忿忿不平，為什麼，我付出了這麼多，卻無法讓妳喜歡上我？我對待這分感情，甚至比做研究還要努力，但最後，卻沒有半點成果……」

「阿誠學長，不是這樣的。」我說，因為我已經準備和阿誠學長在一起了。

「我想了又想，無數次徘徊在愛與不愛的邊緣，然後，我終於明白了。」

「明白了？」

「原來愛與緣分根本是兩回事，有緣分在一起的不一定有愛，明明愛著卻不一定會有緣分。這樣想的我，突然釋然了，因為我和妳不能在一起，不是因為我不夠喜歡妳，或不夠努力，只是因為我們沒有緣分而

已……」阿誠學長淡淡的笑著，但卻更讓人感到哀傷。

「不，阿誠學長，我們有緣分的，我們有的。」我連忙說著，因為現在，我身邊只有阿誠學長了。

「就算有，也只是朋友的緣分罷了。」

「不，不是那樣。」我否認的說。

「小冰，我知道妳想說什麼，但我是個心胸狹窄的男生，沒辦法跟心裡沒有我的女孩在一起，這點，我感到很抱歉。」阿誠學長淡淡的笑著說。

「阿誠學長，你怎麼會是心胸狹窄的人!?別這樣說自己，別為了我，這樣說自己！」我說，心裡感到很難過，阿誠學長明明喜歡著我，卻為了放開我，為了不讓我感到歉疚，把自己說的那樣不堪……

「小冰呀，我只是個普通男生，沒妳想像的那麼好，不會為妳做到那種程度的，我……只是厭倦了老是得安慰哭哭啼啼的妳而已……」當阿誠學長這樣說時，望著我的眼裡，卻充滿了憐惜。

雖然說著冰冷的話語，但眼裡的真心卻出賣了自己。

「阿誠學長，我不會再哭泣了，因為我已經準備好了，所以，才會答應跟你一起過情人節的，難道，你不是這樣想的嗎？」我說，阿誠學長在我身邊努力了那麼久，這次換我努力了。

阿誠學長沉默的望著我，輕嘆了嘆後，開口對我說：「小冰，我是來跟妳道別的。」

「道別!?」我驚訝的說。

「小冰，這次的研究很成功，所以，我老闆要跳槽到哥倫比亞大學了。」

「所以……」

「我準備跟他一起過去。」阿誠學長說。

「怎麼會!?」我不可置信的說，連阿誠學長也要離我而去了？

　　「談戀愛對我來說，似乎太難了，相較之下，做研究就容易的多，所以，我決定去做自己擅長的事，這很合理，對吧？」阿誠學長微笑的說。

　　「不！一點都不合理！」我激動的說，驚動了正甜蜜的共度情人節的情侶們。

　　「小冰……」

　　「我是因為想和學長在一起，因為想成為學長的女朋友，才答應跟學長一起過情人節的！你怎麼能、怎麼能在這一天跟我道別呢!?」我大聲的說。

　　「唉呀，這下子，我完全成為壞人了呀……剛剛妳說的，算是表白了吧？不過，我被妳拒絕過兩次，心胸狹窄的我，心裡很不是滋味，所以呢，我也不會一次就答應妳的……」阿誠學長說。

　　「阿誠學長，你在說什麼!?」我傷心且不解的說。

　　「我跟妳表白了兩次，所以，妳至少也得還我兩次吧？在妳身旁守候了兩年多，這次，換妳來等我吧！幾年後，我從美國回來了，若妳的想法依然沒變，到時候再跟我表白的話，我會好好考慮的。」阿誠學長說。

　　「阿誠學長，為什麼你一定要讓自己當壞人呢!?」

　　「小冰，妳在說什麼呢？我可沒偉大到為了妳犧牲自己，我只是因為要去美國了，所以拒絕妳而已，這樣對我們都好。對了，離開台灣前，我還有很多事情得處理，所以，別再來找我，也別打電話給我了……去美國後，因為參加了新的研究計畫，可能會忙到沒時間聯絡，所以，與其花心思在我身上，不如……」阿誠學長的笑容說到這兒時，驟然消失了。

「我不會就這樣放棄！」

「不如……去找妳喜歡的人吧，妳真正不該放棄的，並不是我，而是那個一直在妳心裡的人。」阿誠學長溫柔的說，只有這句話才是他的真心。

「不該是這樣的……」

「給了妳這樣一個情人節，我感到很抱歉，但我想，我該離開了。」阿誠學長說完站起身來。

「阿誠學長，我以為你一直喜歡著我的，不是嗎？」我近乎哀求的問。

「……已經不喜歡了，不能再喜歡了……」阿誠學長回過身來說。

「我不相信！從什麼時候開始的？」我問。

「從現在。」阿誠學長轉過身去，然後，頭也不回的走了。

我感到全身無力，整個人癱在沙發上，重要的人要離開了，拚盡全力卻無法將他留下，悔恨、遺憾、悲傷、憤怒與不解的心情交織著……

我的寒假，盡發生些令人悲傷的故事。

寒假，不想再有了。

而關於愛情的故事，也不想再說了。

　　完成實驗室的工作，收拾行囊回到台南時，寒假已經過了一半。不知道為什麼，我感覺台南變得有些陌生。

　　這幾年，台南多了好幾間百貨公司、五星級飯店，也開了許多精緻的小店，原本富有人文氣息的台南，更增添了幾分流行與時尚感。

　　不過，我還是比較喜歡以前的台南，或許，我和貝兒一樣，是個戀舊的人。

　　「趁著這次寒假，把你的舊機車處理一下吧？都快兩年沒騎了。」老媽叮嚀的說。

　　「嗯，先放著吧，反正還發得動，搞不好哪天會用到也不一定。」我回答說。

　　貝兒離開，已經一年了，每次我回到台南，見到了舊機車，都會想起她，所以，我一直把它留著。

　　一年前，貝兒跟我說再見後，無法輕易放開她的我，打了電話、傳了簡訊、寫了 E-mail、在她的網誌上留言，最後忍不住跑去住處找她……

　　但貝兒一次也沒回，一次也沒有。

　　到住處找她，也撲了個空。

　　「本來契約是到六月底的，不久前突然說要搬家，連保證金也沒要回去。」房東這樣回答我。

　　「這樣呀。」

　　「她去了哪兒，你不知道嗎？你不是她男朋友嗎？」房東疑惑的問。

　　「我想……大概被甩了吧？」我淒慘的笑了笑。

是呀，我被貝兒甩了，而且甩得很徹底，不用說挽回了，連人都找不到。

　　知道貝兒已經搬離住處的幾天後，傳來她準備到美國留學的消息，震驚的我，想起曾在貝兒桌上見過的信件。

　　貝兒搭機那天，我趕到機場送行，但卻晚了一步，沒能見到她。

　　在那之後，我繼續打著電話、傳著簡訊、寫著 mail、在部落格上留言，直到⋯⋯

　　「嗯？有封國外寄來的信⋯⋯喔，是給你的。」去年夏末，即將開學時，老媽把信箱裡的信拿進來之後，這樣對我說。

　　我急忙接了過來，信封上是貝兒的字跡。

給 dj：

　　都快半年了，你還真是不死心呢，該怎麼說你才好呢？

　　我呢，已經適應了美國的生活型態，雖然每天都很忙碌，但也很充實，認真唸書的我，沒時間兒女情長的，但你卻不停的打電話、傳簡訊、寫 mail 給我，部落格也寫了那麼多留言，不知道的人，還以為你是我的愛慕者呢，但他們不知道事實正好相反。

　　我說過，因為太喜歡你了，沒把握能放開你，才讓你先放開我的。而你卻沒辦法放開我，因為你對女孩子實在太溫柔了⋯⋯我拚了命的壓抑想回應你的衝動，但想見你的心情卻愈來愈強烈，然後，我終於明白了，假如我不離開的徹底一點，你永遠都不會放開我，即使，你喜歡的女孩不是我。

　　這對我們，都不是件好事，不是嗎？

　　dj，好幾次我都想著，待在你身邊再努力一次吧，或許這一次，

你會喜歡上我的。但當時，若我留下了，只怕再也見不到你發自內心的微笑了吧？與其繼續留在你身邊，讓彼此都失去微笑，我寧願試著拋開喜歡你的心情，飛到遙遠的國度，追求我的夢想，dj，你會祝福我吧？

最後，我想告訴你幾件事情。第一，我會在美國好好努力，成為一個更棒的女生，讓你後悔，為什麼當初不珍惜我，不過，到時候，若你苦苦哀求我的話，我會考慮再給你一次機會的。

第二，我要你放開我、別來找我、也別跟我聯絡，但不是要你忘記我喔！你絕對不可以忘掉我，要偶爾想起我，想起時，要覺得能認識貝兒真是三生有幸，跟貝兒在一起的那段日子真是幸福快樂，知道嗎？

最後這件事，其實，我早就該告訴你了，但因為我喜歡你，想跟你在一起，所以才一直放在心裡。小冰，她在你離開後，發現自己也喜歡著你，直到現在，或許還有相同的心情，所以，聰明的你，放開該放的，去找該找的吧！

dj呀，雖然有好多不捨，但我們真的該道別了，所以，請你別再回信給我了，好嗎？等到有一天，你能再發自內心微笑時，或許，我會回來，到時候，還請你多多指教喔。

PS：前幾天，我總算把你送我的貝殼手鍊摘下了，現在寄還給你，你暫時幫我保管一下吧！若哪天，我又想戴了，就會回去找你的。

貝兒
於紐約哥倫比亞大學

讀完了貝兒的信，望著她寄還給我的貝殼手鍊，明白自己和貝兒是真的結束了。

　　然後，對貝兒說小冰也喜歡我這事，感到半信半疑的我，在考慮了幾個禮拜後，決定去找阿誠學長，因為他才知道小冰的聯絡方式。

　　「什麼!?阿誠學長也出國了!?」我驚訝的說。

　　「嗯，因為我們老闆跳槽到美國，帶了幾個研究生一起過去。」阿誠學長的研究所同學對我說。

　　「什麼時候回來？」

　　「這就不知道了。」

　　我不禁苦笑，因為朋友中除了阿誠學長，再也沒人知道小冰的訊息，努力的結果，只是再一次證明，我和小冰沒有緣分這件事。

　　在那之後，又過了半年。這半年，我回台南時，總喜歡到成大校園繞繞，心想或許能遇見小冰，可惜，沒能如願。

　　我也去了玫瑰園幾次，但依然沒見到小冰的身影，店裡叫「小楓」的服務生，也已經離職了，不曉得，她把訊息帶給小冰了沒？

　　小冰，會知道有個男生一直傻傻的喜歡著她，即使已經過了三年，還是無法忘掉她嗎？阿誠學長出國了，小冰會不會感到寂寞呢？

　　今天，我又去了玫瑰園，整個下午腦海裡不停的盤旋著小冰的身影，直到傍晚，我輕嘆了口氣後，起身離開。

　　小冰，我還有機會見到妳嗎？

小冰

　　準備研究所的大四寒假，比起以往，雖然忙碌，但卻充實許多。

　　時間有著奇妙漩渦，當你身陷其中時，隨著它轉呀轉的，時光一下子就逝去了，記得不久前，自己才是個大一新鮮人，怎麼才一會兒，就成了大四老人了呢？

　　但若將自己抽離了漩渦，在一旁觀看的話，就會感覺時間過的很慢，像等待著某個人回到自己身邊的時光一樣。

　　「小冰，大家等一下想去玫瑰園喝下午茶，一起去嗎？」星期四下午，和小淇上完通識課後，她邀約的問。

　　我微笑的搖搖頭，回答：「妳們去就好了，我想找個地方唸點書。」

　　「……」小淇聽完，沉默的望著我。

　　「怎麼了？」我不解的問。

　　「以前不是很喜歡去玫瑰園嗎？」小淇問。

　　「嗯，是呀。」我點了點頭。

　　「那為什麼不去？」

　　「突然，不想再去了。」

　　前男友、dj 學長和阿誠學長，和自己在玫瑰園有過緣分的男生，一個個離自己而去，怎麼也留不住，到最後，只剩下自己一個人，已經不想再有人離開了，所以，玫瑰園，也不想再去了。

　　「妳還惦記著阿誠學長？」小淇問。

　　「或許吧。」

　　「還是，那個打工時認識的 dj 學長？」小淇又問。

　　「咦？小淇，妳怎麼會知道 dj 學長？」我驚訝的問。

　　「是阿誠學長告訴我的，在他去美國的前幾天。」

「阿誠學長，他去找妳了嗎？但他卻一直沒來見我⋯⋯」

「他是來找我，但談的全是妳的事情，好像很放心不下妳，希望我能多陪伴妳一些，多關心妳一點，在妳難過時給妳安慰，在妳寂寞時陪妳度過，我想，這原本是他自己想做的吧？阿誠學長明明這麼喜歡妳，為什麼要選擇離開呢？我真不懂。」

「我也不懂。」

「最後，他提起了 dj 學長。他說，dj 學長才是妳真正喜歡的男生，小冰，是真的嗎？」

「⋯⋯」我低下頭去。

「我懂了。」

「懂了什麼？」我困惑的問。

「這麼喜歡妳的阿誠學長，卻選擇離開的原因。」

「嗯？」

「妳喜歡 dj 學長，卻決定跟阿誠學長在一起，阿誠學長雖然很喜歡妳，但他考慮妳比他自己還多，覺得即使在一起，妳也不會快樂，所以他才選擇放開妳，讓妳能追求屬於自己的幸福⋯⋯小冰呀，阿誠學長，他真的很喜歡妳，很替妳著想。」小淇說。

「原來，他是這樣想的嗎？」

「小冰，妳已經辜負了他，所以，別再辜負他想讓妳追求幸福的期望了。」

阿誠學長到美國，已經半年多了。他去美國前，我曾試著跟他聯絡，但阿誠學長總是以很忙當藉口，拒絕跟我見面，直到他快出國前，我傳簡訊告訴他，想在他出國前為他餞行。

「那麼，妳就來機場送送我吧。」阿誠學長這樣回訊，當時的我感到滿心歡喜，心想總算能再見阿誠學長一面。

但我到的時候，阿誠學長的班機早已起飛，他對我說了謊。

「妳是小冰吧，這是他讓我交給妳的。」一個自稱他研究所同學的人，拿給我一封短信，我很快的打開來看。

小冰：

不得已對妳說了謊，我感到很抱歉，因為我不能讓妳到機場送我。

小冰，我拒絕了妳，拋開了妳，離開台灣，到美國研究更先進的資訊科技，是為了讓自己成為一個更好的男人，我完全是為了自己，所以，妳不用對我感到虧欠，只需要忘掉我，然後，去找妳喜歡的 dj，讓他知道，妳這幾年來一直把他放在心上，一刻也不曾忘記。

若有一天，妳已經得到真正的幸福時，或許，我就會回來。

　　　　　　　　　　　　　　　　　　　阿誠學長
　　　　　　　　　　　　　　　　　　　於桃園機場

之後，我打了幾通電話給阿誠學長，但都聯絡不上他，MSN 上也不曾再出現過他的身影，做研究真的這麼忙嗎？還是，真的決心把我拋開了？

揮別了玫瑰園，但喝下午茶的習慣並沒有改變，所以，我變得經常去「窄門」。dj 學長曾來過窄門，那麼，代表以後，他可能還會再來，看著 dj 學長留言的我，這樣想著。

算算，dj 學長應該升上研究所了，會唸哪個研究所呢？會不會來唸成大？應該不會吧？因為那樣，我早就該在校園裡遇見他了，不過，那

也不一定，像我也很久沒在校園裡見到貝兒學姐了，他們倆，現在還幸福的在一起嗎？

　　或許，正如阿誠學長告訴小淇的，我還喜歡著 dj 學長，但我也明白，只要 dj 學長和貝兒學姐還在一起，我對他愈是念念不忘，只會使自己變得更加不幸而已……

　　即使如此，我依然習慣到窄門，望著 dj 學長的留言發呆，半年過去了，我等著、等著，但 dj 學長的身影始終沒有出現。

　　不過，卻等到了阿誠學長的 E-mail，睽違半年多的訊息。

小冰：

　　原本下定決心不再跟妳聯絡，不過前陣子，我在美國遇見了某個人，考慮很久之後，決定寫這封信給妳，因為我覺得自己有義務告訴妳。

　　小冰，當我決定跟著老闆到哥倫比亞大學做研究之後，就忙著各式各樣的事情，所以，連我都沒發現，有個人在那時悄悄的離開了台灣，跑到美國來。讀到這裡，妳猜到我遇見誰了嗎？小冰，我在這裡遇見了貝兒。

　　遇見她時，我感到既驚訝又開心，驚訝她怎麼也來美國了，開心的是在異鄉能遇見熟人，人在異鄉，其實很容易感到寂寞呢。貝兒告訴我，她來美國前，已經跟 dj 分手了，或者該說，她是為了跟 dj 分手，所以才到美國來，至於分手的原因，我沒多問，因為，我不想讓貝兒憶起傷心往事。

　　不曉得妳去找過 dj 了沒？若還沒有，妳也該去找他了，因為，他現在又是一個人了。

小冰，我是真的希望，有一天，能見到妳幸福的模樣。

阿誠學長
於大學研究室

　　阿誠學長連到了美國，都還擔心著我。

　　原來貝兒學姐去了美國，所以，這一年來，才見不到她的身影，她真的跟 dj 學長分手了嗎？那代表，我和 dj 學長的緣分終於到來了？

　　但 dj 學長，如今你身在何處呢？

　　我要怎麼做，才能與你再次相遇？

　　寒假快結束時，阿勝打了通電話給我，說他過幾天會到台南玩，問我到時候在不在。

　　「我應該都在，不過你怎麼突然想來台南？」我問。考上清大電機和交大電物所的我，後來選了交大電物所，而平常不太用功的阿勝，居然考上了台大物理所，照他的說法，是小玫要他回台北的，不過在我看來，根本就是阿勝擔心小玫在台北會被別的男生追走，才刻意考回台北的。

　　「因為小玫要去，所以，我只好陪著去囉。」阿勝無奈的說。

　　「可憐喔！」我調侃的說。

　　「不，並不可憐，能陪著自己喜歡的女孩，我感到很幸福。」阿勝不甘示弱的說。

　　「少噁心了。」我沒好氣的說。不過，阿勝說的卻是事實，若我也能陪在喜歡的女孩身邊，那該多好？

　　「那你呢？什麼時候才要去找你的幸福？」阿勝話鋒一轉，突然的問。

　　「啊？找我的幸福？」

　　「對呀！貝兒都離開一年了，你不會因為被女生甩了，就害怕談戀愛了吧？」

　　「哪是，你別亂說，我可是很認真在找的。」我不服輸的說，其實根本就沒在找。

　　「這樣呀，那我來幫你一下吧。」阿勝說。

　　幾天後，接近中午時，我被手機鈴聲吵醒，揉揉惺忪的雙眼後接起手機。

「不會吧，都快 12 點了，你還在睡!?」電話那頭傳來阿勝不可置信的聲音。

「放假嘛，所以睡晚一點。」

「阿勝大爺和小玟大小姐已經到台南了，快整理一下，出來迎接我們。」

「你們現在在哪？」

「我們在離車站很近，一家叫『古典玫瑰園』的英式下午茶店，在網路上好像挺有名的，你知道嗎？」阿勝回答。

「嗯，我知道。」我說，最近這麼常去的店，怎麼可能不知道呢？

「那快來吧，記得穿得帥一點喔。」阿勝說。

「幹嘛，我怎麼穿還不就是這副模樣？」

「我是擔心你若不穿帥一點，站在我旁邊，會完全被我比下去，我可是為你好耶。」

「被比下去有什麼關係？反正在小玟眼裡，沒人帥得過你啦！」

「哈！哈！你說的也是事實啦！」阿勝爽朗的笑著說。

能跟自己喜歡的人在一起，真是件幸福的事，每回我見到阿勝和小玟，都能深刻體會這道理。

掛上電話後，我起床略微整理一下自己，遵照阿勝的指示，稍微搭配了上衣、外套、牛仔褲和鞋子，頭髮也抓了個造型，要出門時，發現機車居然不見了。

「你老爸騎去附近辦事了。」老媽回答。

「要多久？」

「他沒說，不知道呢。」

「老爸真是的！」

最後，迫不得已的我，只好騎著舊機車出門，但機車電瓶沒電了，只能用踩的，幸好踩了十幾下後總算發動了。

「等你老爸回來後，我再好好罵他，居然差點耽誤了自己兒子的幸福。」老媽說。

「耽誤幸福？什麼跟什麼呀!?」

「你穿成這樣，不是去約會嗎？」

「沒有啦！去見個朋友而已。」

「呵，別裝了啦！媽媽我又不是個古板的人，可以晚點再回來喔。」老媽賊笑的說。

判斷跟老媽多說無益後，我便出門了，20 分鐘後，抵達了東豐路上的古典玫瑰園。

幾天前才剛來，今天又要去，這麼常去，店員應該很快就認識我了吧？想到這兒的我，推開店門走了進去。

小冰

「小冰，那個阿誠學長，真的去美國了？」上次回台北時，小玟這麼問我。

「嗯。」我點點頭。

「不回來了嗎？」

「我也不知道。」

「他不是喜歡你嗎？為什麼要去美國呢？」小玟問。

對於小玟的問題，我沒有回答。

「好吧，既然他不懂得珍惜妳，那就忘了他吧！小冰，不如我介紹個好男生給妳吧。」

「不用了，我暫時想自己一個人，好好想些問題。」

「這樣呀。」小玟的神情很失望，我見到後，感到有些抱歉。

去年的情人節，阿誠學長選在那天和我道別，讓我一整天都在悲傷掉淚，真是悲慘的過去呀。今年的情人節，依然在寒假時到來，但不一樣的是，情人節的前幾天，小玟說要來台南找我。

「小冰，妳寒假不回台北嗎？」小玟問。

「嗯，因為要去研究所的補習班，留在學校也比較能好好唸書。」我回答。

「那我去台南找妳吧！」

「什麼時候？」

「後天或大後天吧？」

「咦？那不是情人節嗎？妳來找我，那阿勝怎麼辦？」我擔心的問。

「呵，嫁雞隨雞，他當然要陪我一起呀。」小玟說。

「阿勝答應了？」

「他哪敢不答應呀！」小玫得意的說。

「哈，突然覺得阿勝很可憐呢！」我笑著說。

「哪是！一開始可是我比較喜歡他的，為了抓住他的心，我可費了不少功夫呢！不過，現在情勢逆轉了喔！變成他擔心我會被別的男生搶走，所以，才特地回台北念研究所。」小玫說。

「若能像你們一樣，那就好了。」我感嘆的說。

「小冰，妳也可以的。」小玫說。

我真的可以嗎？dj 學長，你現在還是一個人嗎？還會想起我嗎？曾喜歡過我的心情，如今是否還剩下一絲一毫呢？

情人節當天，小玫果然和阿勝一起來到台南，小玫打電話來時，我正在學校的圖書館唸書，因為再過一個月，一連串的研究所考試就要展開。

「我們到了喔！快來找我們吧！」小玫在電話中高興的說。

「嗯，好呀，你們在哪兒？」我問。

「當然是小冰最喜歡的玫瑰園呀，快來吧！」說完，小玫逕自掛了電話。

我最喜歡的玫瑰園嗎？但那是以前的事情了，現在，我已經不想再去了。我回撥給小玫，希望能改約別的地方。

「您撥的電話通話中，如不留言請掛斷，快速留言，請在『嗶』一聲後……」連撥了兩次，都是通話中。

百般無奈下，我只好離開圖書館，騎著我的小五十，朝玫瑰園的方向前去。我在快 12 點時抵達玫瑰園，自從上回在這裡度過了一個悲傷的情人節後，剛好過了一年。

真不想進去呀，心裡這樣想的我，推開店門走了進去。

一走進店裡，見到熟悉的布置，心裡昇起種懷念感。

　　「小冰，這裡。」小玫看見我後，開心的朝我招手，她身旁的阿勝也微笑的望著我。

　　小玫和阿勝選的是靠窗的四人座，三年前，我和 dj 學長曾在那兒一起共度下午茶時光，然後，他便從我身邊離開了；一年前的情人節，阿誠學長也在那兒跟我道別，不久之後，他飛到美國，留下了我。

　　明明是自己最喜歡的位子，但留下的，怎麼盡是些悲傷的記憶？想到這兒的我，苦笑的搖搖頭。

　　「呵，情人節快樂！」我坐下來後，馬上對他們說。

　　「謝啦。」阿勝開心的說。

　　「小冰，妳剛剛好像有打電話給我？」小玫問。

　　「嗯，不過一直通話中。」

　　「真抱歉……有什麼事嗎？」小玫問。

　　「沒什麼啦。」我微笑的搖搖頭，人都來了，東西也點了，總不能取消離開吧，這樣一定會被當成奧客的。

　　「小冰，半年多不見，妳還是一樣漂亮可愛。」阿勝稱讚的說。

　　「呵，你也跟以前一樣英挺帥氣呀！」

　　「喂！你們這樣互相稱讚想幹嘛!?還有沒有把我放在眼裡呀？」小玫假裝沒好氣的說。

　　「放在眼裡哪夠呀，我都嘛把妳放在心裡。」阿勝回答說，他說完後，三個人笑成一團。

　　「不過，情人節耶，你們不好好享受一下兩人世界，幹嘛找我出來當電燈泡呢？」我不解的問。

　　「因為想妳呀！」小玫回答。

　　「這麼漂亮的電燈泡要上哪找呀？」阿勝回答。

「看你們的表情，一定在策畫著什麼吧？」我說。

「呃……真不愧是冰雪聰明的小冰呀！」阿勝爽快的承認了。

「小冰，我們想介紹一個男生給妳認識……」小玫說完後，擔心的望著我，像怕我會生氣，因為我上次已經拒絕過了。

「……」我沒有回答。

「小冰，其實是我提議的，妳別生小玫的氣……」阿勝見我沉默不語，立刻這樣說。

我微笑的搖搖頭，回答：「怎麼會生氣呢？我明白你們是為了我好，才這樣做的。」

小玫和阿勝聽我說完，兩人看起來都鬆了口氣。

「小冰，很抱歉沒經過妳同意就這樣做，不過，他真的是個很不錯的男生喔。」小玫神情雀躍的說。

「嗯，這樣呀。」雖然我興致缺缺，但我不忍心在情人節這天，讓小玫不開心。

「這我可以掛保證，他溫柔體貼、瀟灑帥氣、才高八斗、忍辱負重、三從四德、禮義廉恥，可說是 21 世紀碩果僅存的純情好男人，以前也說過要介紹給妳，但後來他有了女友，所以作罷。不過，一年前，他和女友分手了，正好妳現在也是一個人，我和小玫都覺得，你們應該會合得來。」阿勝極力推薦的說，但卻亂用一堆形容詞。

「是你們跟我提過好幾次的那男生呀？」小玫和阿勝已經不只一次想把這男生介紹給我了，到底是何方神聖，讓他們倆這麼認同？我開始對這男生感到好奇。

「妳還記得呀。」小玫高興的說。

「記得呀，因為你們實在把他說的太好了。」我回答。

「我剛已經打電話給他了，但他還在睡覺，假日喜歡睡到中午，這

大概是唯一的缺點吧？算算時間，他應該快到了，不過，我還沒跟他說要介紹正妹給他。」阿勝說。

「沒關係啦！給他一個驚喜呀，像小冰這麼可愛的女生，可不是到處都有的，搞不好他會對小冰一見鍾情喔。」小玫神采飛揚的說，就像已經介紹成功了一樣。

「呵，我哪有那麼好呀？不過說了半天，我還不曉得他怎麼稱呼，總得告訴我，等一下才好打招呼。」我說。

「大學時，大家都叫他 dj，好像是以前參加社團時，有玩過清華電台的關係吧。」阿勝回答。

什麼，那男生也叫 dj！？

「原來呀，我就覺得他聲音還挺好聽的。」小玫說。

「等等……你說他叫 dj？」我驚訝的問，會有這麼巧的事嗎？

「嗯。」阿勝一臉疑惑的點了點頭。

「……那他之前的女友，叫什麼呢？」我很快的問。

「……他之前的女友叫貝兒，好像也唸成大，算是妳的學姐吧？不過為什麼問這個呢？」阿勝困惑的反問。

真的是 dj 學長！？

這時，叮鈴鈴的風鈴聲響起，從玫瑰園外緩緩走進個男生，看見他那瞬間，我的呼吸幾乎就快停止……

他四處張望，直到看到我們時，露出了笑容，但下一瞬間，眼神和我交會的那一刻，他原本臉上的笑容硬生生的僵住了……

真的是 dj 學長！隨著時光流逝，原以為已經不可能再見面了，但上天卻讓我們再一次在玫瑰園相遇，這代表著什麼？

dj 學長，和貝兒學姐分手後的你，能不能再一次把我放在心上呢？

　　我揉了揉雙眼，定神一看，不會錯的，在不遠處，滿臉驚訝望著我的女孩，真的是小冰！

　　從沒想過，會在這樣的情況下與小冰再次相遇。

　　當我見到小冰的那瞬間，全身彷彿被電流通過般，整個人震驚到無法動彈，小冰，妳總算回到玫瑰園來了，這麼久的等待，終於讓我等到妳了。

　　但小冰，為什麼會和阿勝和小玟在一起呢？

　　「你來了呀，快過來呀。」阿勝朝我招手，我好不容易才能挪動雙腳，緩緩朝他們走過去，同時雙眼緊盯著小冰，擔心這是一場夢，若我不把小冰盯緊，馬上就會消失不見。

　　「喂，看正妹看到傻了是吧？先坐下吧。」阿勝說完，我望著小冰，在她身旁坐了下來，小冰也睜大雙眼看著我。

　　「她小玟的好朋友，叫做小冰。」阿勝介紹的說，但我有些不明白，因為我已經認識小冰很久了，為什麼還要替我介紹呢？

　　「呵，我就說像小冰這麼可愛的女孩，就算是 dj，也抵擋不住她的魅力。」小玟說完，望向小冰，對她說：「小冰，他就是 dj，阿勝大學時的好朋友。」

　　原來，之前阿勝提過，要幫我介紹小玟的女生朋友，指的就是小冰！小冰她明明離我這麼近，當初，我只需要點頭，讓阿勝幫我介紹，就能和小冰相遇，但我卻繞了這麼一大圈，上天真是開了我們一個好大的玩笑呀！

　　「小冰，妳怎麼了？」小玟似乎發現了小冰的不對勁，因為她的眼眶早已變得濕潤。

「dj，跟小冰打聲招呼呀，以前辦聯誼時，你不是最擅長的嗎？」阿勝催促的說，但我只是望著小冰，內心百感交集。

「小冰，好久不見了……」我柔聲的對小冰說，在那瞬間，小冰的淚水順著臉頰緩緩滑落了。

「小冰，妳怎麼了!?妳怎麼哭了呢？」小玟見狀，著急的問。

「咦？好久不見？dj，你們認識嗎？」阿勝驚訝的望著我。

「嗯。」我點了點頭，阿勝的表情從困惑一下子轉為恍然大悟。

「難道，小冰就是你跟我提過的，那個你始終放在心裡，怎麼也無法遺忘的女孩!?」阿勝問完，我又點了點頭，阿勝張大了嘴，久久合不攏。

「真是好長的一段路呀……」我感嘆的說。

小冰一直沉默的望著我，臉上的神情寫著怨懟、憂傷、委屈、憤怒與不解，我伸出手想替小冰拭去淚水，卻被小冰一把握住，那是我第一次碰觸小冰的手，好纖細的肌膚，還有，原來小冰的手這麼溫暖。

「dj學長……真的是你！每個人都離開我了，我一直等著，等著你們回來，我等了好久，也走了好長的路……」小冰有些失神的說。

「小冰，是我，我回來了。」我順著小冰的話意說。

小冰突然甩開我的手，嗚咽的說：「dj學長，為什麼!?當初不是喜歡著我嗎？為什麼一句話也沒說，就那樣離開了!?為什麼留給了我訊息，讓我知道你也喜歡我後，卻這麼快就將我遺忘，選擇了貝兒學姐!?你知道，那天晚上我就在停車場的角落看著嗎!?你知道，那晚我有多麼傷心嗎!?為什麼，在我幾乎快要死心時，又突然這樣出現在我面前!?為什麼！為什麼你要讓我等得這麼辛苦、這麼久!?」小冰說完，情緒完

全崩潰，眼淚也潰堤了。

　　「難道，他就是妳說過的，那個在飲料店打工時，喜歡上的學長？」小玫問，她也紅了眼眶，但小冰已經沒辦法回答了。

　　看來小楓已經把我的訊息傳達給小冰了，而那晚貝兒帶著千紙鶴，在停車場對我告白時，原來，小冰就在附近嗎？怎麼會有這種事？若那晚，我先遇到的是小冰，那麼，一切是否會有所不同？

　　但那樣的話，傷心的人，就換成貝兒了。當時，讓所有的人都幸福的方法，或許並不存在……

　　「小冰，對不起，是我不好，當初，我應該鼓起勇氣告訴妳，我喜歡妳……我不應該為了忘掉妳，選擇跟貝兒在一起……我應該更早找到妳才對，小冰，妳別哭了，全都是我不好……」望著哭泣的小冰，我感到萬般不捨與心疼，我怎麼會讓自己喜歡的女孩這麼傷心呢？

　　「dj 學長！」小冰哭喊著我的名字，朝我撲了過來，然後把臉靠著我胸前放肆的哭了起來。

　　「別再離開我！別再丟下我一個人了！因為，我真的很喜歡你呀！」小冰啜泣的說著。

　　我聽完，感動的抱緊了小冰，回答：「不會了，我不會再離開了，我會一直待在妳身邊，因為，這三年來，我一直把小冰放在心裡，一刻也不曾忘記。」

　　耳邊伴隨著阿勝與小玫「怎麼會這麼巧？」的感嘆聲，我輕哄著懷裡哭腫了雙眼的小冰，心裡想著，繞了這麼一大段遠路，總算到達了目的地，我和小冰的故事，終於可以繼續下去了。

　　我和小冰，在寒假相遇，在寒假分離，最後的重逢，也在寒假裡。

　　我在玫瑰園裡等著小冰，一不小心，就等了三年，幸好，沒有白等。

　　關於以前，讓我和小冰錯過的種種遺憾，已經不想再深究了，因為，

我們已經浪費了太多時間，原本能夠幸福在一起的時間。

　　小冰，其實，當我在寒假時，第一次見到妳時，就已經偷偷為妳心動了，妳呢？

　　每個人當學生時，都曾放過寒假。

　　你的寒假，曾發生過什麼令自己印象深刻的故事呢？

　　這是我在寒假時發生的故事，那麼，我的寒假，就到這裡結束吧。

　　接下來，就是你們的寒假了。

《寒假》完

by dj

2012/2/19．於小說咖啡聚場

寒假之後

小冰

不管過了多久，依然忘不了寒假的事。

升上研二的我，開始著手準備論文，所以，我得時常到圖書館查資料，或到研究室找教授討論。

「那今天就先到這兒吧，剛剛說的，修改完再拿來給我，記得先跟助理預約一下，別每次都臨時跑來，這樣我很傷腦筋呢。」教授苦笑的說，不過，就算我臨時出現，嘴裡說著傷腦筋的他，從沒拒絕過我，這跟某人很像。

「嗯，如果我記得的話。」

「喂，妳好像沒打算預約，對吧？」

我只是微笑，因為我明白，若不一找機會就抓住教授打破砂鍋問到底，以他剛當上所長的忙碌程度，我絕對預約不到時間。

「唉，真拿妳沒辦法，早知道當初就不收妳了……」教授搔了搔頭，這動作跟某人也很像，他接著說：「不過下禮拜可別來找我，我要去美國開研討會，人不在台灣。」

「喔？去美國哪？」我問。

「哥倫比亞大學。」教授回答。

『那我跟你一起去吧。』這句話，我差點就脫口而出。

一轉眼，阿誠學長到美國也已經兩年多了，不曉得他過得好不好？

阿誠學長，你不是說過，若我得到真正的幸福時，就會回來看我嗎？那為什麼，兩年多了，你卻一次都沒有回來過？

而我現在，已經很幸福了。

「小冰，等會兒有空嗎？」小淇在電話中這樣問著。

「嗯，有呀。」

「那我們去喝下午茶吧。」小淇提議的說。

我和小淇最後都留在成大唸研究所，所以，直到現在，還能一起享受悠閒的下午茶時光。但一開始，我想考的是清、交的研究所，不過，因為考的科目和準備方向有些不同，所以沒能考上，當時，我感到很難過。

「沒關係啦！其實這樣也不錯。」記得，當時他笑著對我說。

「哪不錯了？這樣，我們就不能天天在一起了。」我不高興的說，歷經了千辛萬苦，如此長久的分離後，難道不想天天見到我嗎？還是，他並不像我喜歡他那樣喜歡我？

「我當然想每天都能見到妳，但現在已經沒辦法了吧，幸好，妳還留在台南，我只要回家，就能見到妳，這樣我會變得更喜歡回台南，因為有心愛的女孩在等著我。」他笑著對我說，然後緊握住我的手。

當時他握的那樣緊，讓我突然覺得，或許，我沒能考上清、交的研究所，他比我更加失望。不過，他那句「有心愛的女孩在等著我」，倒是讓我暗自竊喜了好些時候。

「小冰，妳這禮拜要回台北嗎？」小淇問。

我搖搖頭，微笑回答：「沒，他要回台南找我。」明明在一起快兩年了，只要一想到他，心裡還是小鹿亂撞，臉還有些發燙呢！

「呵，光是提到他，妳就打從心裡笑開了呢！」小淇揶揄的說。

「我哪有!？」我反駁的說。

「小冰，妳現在看起來真的很幸福。」小淇說。

「嗯，是呀。」我點頭。

「但最希望妳幸福的阿誠學長，卻不再出現了。」小淇說完，輕嘆了嘆，望著小淇，我突然有個想法，直到現在依然單身的小淇，是不是喜歡阿誠學長呢？

「或許，已經遺忘了吧？」我回答。

「希望，在美國的他，已經找到屬於他的幸福了。」小淇說。

是呀，我也這麼希望，不能只有我一個人幸福著，這樣太不公平了。

幾天後，我想念的人回到了台南。

「小冰！」剛從車站收票口出來的他，一見到我，便開心的朝我奔來，然後緊緊的將我擁入懷中。

「dj 學長，別這樣，很多人在看……」我害羞的說。

「喔，對不起！兩個禮拜沒見了，所以才……」dj 學長聽了，將我放開，但仍緊握著我的手。

「嗯。」我臉紅的點頭，不過心裡很高興。

「不過，小冰，我們都交往快兩年了，怎麼還叫我 dj 學長？叫聲親愛的，或是 dj 哥哥不行嗎？」

「人家就喜歡這樣叫嘛！」我回答，因為叫「dj 學長」會讓我憶起過往，提醒我要好好珍惜這分得來不易的感情。

「好好，妳喜歡就好。」dj 學長立刻投降的說，我就喜歡他這時的有趣神情。

「呦～～小倆口想打情罵俏，也得看場合吧？人來人往的車站可不太好喔。」有個熟悉的聲音這樣說著。

「咦？阿勝，你怎麼在這裡!?」我驚訝的說。

「呵，還有我喔！」從阿勝身後探出張漂亮臉蛋，微笑的說。

「啊!?小玟，妳也來了？」我又吃了一驚。

原來他們三個人早約好搭同一班車來找我，只有我不知道而已。

「dj 學長，你居然敢騙我!?」我生氣的說。

「冤枉呀！我只是配合小玟而已，而且，起先我也不願意呀。」dj 學長委屈的說。

「呵，小冰，是我強迫他的！你別怪他啦！他還可憐兮兮的說:『要是惹小冰不開心，揍我一頓怎麼辦?』」小玟取笑的說。

「齁～～人家哪有那麼兇?」我又好氣又好笑的望著一臉無辜的 dj 學長。

「唉，可憐的 dj 呀，想當初也是風靡萬千少女的純情美少年呢，如今卻……」阿勝惋惜的說。

「卻怎樣?阿勝，拜託你，別再火上加油了！」dj 學長哀求的說。

原本預期的兩人世界，多了阿勝與小玟，成了四人聚會，但我卻一點也不介意，因為多虧了他們，我和 dj 學長才能再次相遇。

「但不管何時想起，那都是讓人驚訝與讚嘆的巧合呀。」阿勝說。

「是呀。」小玟附和的說。

「要是早一點介紹，你們也不用多繞這麼一大圈，思念彼此這麼久。」阿勝感嘆的說。

「對呀，只要想起當時小冰的模樣，我就感到心疼。」小玟說。

「當時我有這麼糟嗎?」我不太認同的問。

小玟聽了微微點頭，接著緊握著我的手。

「不過，我倒覺得繞了這段遠路，並不是完全沒收穫。」dj 學長說。

「喔?」阿勝感興趣的應了應，我和小玟也好奇的望向他。

「一開始，我以為自己只是因為小冰很可愛，所以才喜歡上她，那只是一時的感覺，一段時間後，就會淡忘，而我也打算這麼做……但卻驚訝的發現自己怎麼也忘不了，在繞著遠路的同時，更加確定了喜歡小冰的心意，不管發生了什麼都無法動搖，所以，和小冰再次相遇時，我

才能毫不猶豫的抓住她，因為，我再也不想失去她了……若再早一點相遇，或許就沒辦法這麼積極……」dj 學長說。

　　我有些害羞的聽著 dj 學長說這些話，心裡有著類似的感觸，若不是繞了這麼遠的路，一年多前跟 dj 學長再次相遇時，依照我的個性，絕不可能放下身段，哭著投入他懷中的，一定會故作姿態，想辦法讓他來追求我，以他消極的個性與拙劣的追求技巧，搞不好得耗上更多時間……

　　或許，這是上天刻意替我們寫的劇本吧？

　　「總之，見到你們現在這樣，我們都感到很欣慰。」阿勝手環著小玫，微笑的說。

　　「不過，這也多虧了貝兒，不曉得她在美國過得好不好？」dj 學長表情有些憂傷的說，男朋友用這種表情提起其他女孩，女朋友總會吃起醋來，我也不例外。

　　「是呀，不曉得阿誠學長現在是否找到他的幸福了？」我立刻反擊的說。

　　「喂！怎麼可以在男朋友面前，大喇喇的提起以前追求妳的男生呢？」dj 學長不高興的說。

　　「你還不是一樣!?你提的是前女友耶！比我更嚴重！」我不甘示弱的說。

　　「呃……這樣說來，好像是我不對……」dj 學長很快的認錯道歉。

　　快兩年了，已經幸福的過了兩年，阿誠學長，你還不回來嗎？

　　然後，研二寒假的腳步聲，逐漸近了。

不曉得何時開始，BBS 和部落格變得不流行了，而我 BBS 上的暱稱，由「夜空」改成「月落」，小冰說，這兩個暱稱都有些晦暗。

我聽了只是微笑，或許，雙子座的我，某些部分是晦暗的吧，就像有光，必然會產生影子。

「不過，為什麼突然想改呢？不是用很久了嗎？」小冰曾這樣問我。

「因為，覺得『月落』更有美感。」我隨口胡謅的說，不過，小冰也沒再追問。

其實，我是因為某個女孩才改的，不過那女孩現在已經離開新竹，回台北工作了，雖然還有著聯絡方式，卻失去了聯絡的理由。

沒了彼此的訊息，我和女孩的情愫，悄悄的消失在百慕達裡，時間緩緩過了兩年。

不過剛升上博一的我，其實也沒空感傷逝去的過往，因為光讀原文 Paper 就夠我頭大的了。

我念博士班的理由，說來可笑，完全只是自尊心作祟。

因為小冰在我和阿誠學長之間選擇了我，所以比起在美國深造的阿誠學長，我至少也得念個博士，才不會差他太多。但這理由，只有我一個人知道，小冰以為我只是喜歡讀書。

雖然已經跟小冰在一起兩年了，我還是擔心，哪天若阿誠學長回來了，小冰會因此動搖，因為，小冰告訴我，當時若阿誠學長沒去美國，她應該就會和阿誠學長在一起，這樣的話，小玟和阿勝就不會介紹我們認識，我們可能就永遠無法再次相遇。

而且直到現在，小冰依然念著阿誠學長，常說她想讓阿誠學長看看

自己現在幸福的模樣……

我聽了有時微笑，有時「假裝」吃醋，但其實，我是真的感到不安，不曉得小冰發現了沒？

所以，在阿誠學長回來之前，我必須成為更好的男生才行。

十二月底，我奉老闆指示，到台北參加一個為期三天的研討會，因為有很多外國學者參加，所以，研討會中最常使用的語言是英文，這可真是苦了英文不好的我，光要理解大家說什麼，就已經很吃力了，更別說參與討論了。

研討會第三天中午，我溜了出來，想到附近的 Starbucks 喝杯咖啡透透氣，當我端著咖啡轉身想找位子時，不小心迎面撞上了個女孩，而且還是個正妹。

真奇怪，我要轉身時，還朝後頭瞄了一眼，明明就沒人的，這正妹是打哪兒冒出來的？但撞上正妹，這算是倒霉、還是幸運呢？

「對不起。」我立刻道歉的說。

「……說聲對不起就想了事，有那麼容易嗎!?」正妹語氣不善的說。

「呃，是我不好，哪您的意思是……」我自知理虧的問，連敬語都用出來了，唉，真拿女孩子沒辦法呀。

「請我喝咖啡吧。」正妹要求的說。

「啊!?」我驚訝的不知做何反應，居然有正妹主動搭訕我!?世界末日果真快到了嗎？

「呵，瞧你驚訝的！真的認不出我來了？真讓人家傷心呢！」正妹笑語盈盈的說，完全看不出任何傷心。

「妳……」我仔細的端詳著正妹，她的臉龐果然似曾相識，但一時之間又想不起來……

「dj，你還是沒變，認人的能力很差，與其說對女孩子溫柔，不如說拿女孩子沒轍，只要女孩們一不高興，你就馬上道歉，不過，已經不是冒失鬼了，因為，剛剛是我故意跑來給你撞的喔！」正妹微笑的說。

　　「小璇！」在正妹叫自己「dj」的瞬間，我突然認了出來，因為實在太驚訝，所以忍不住喊了出來，小璇也變得太漂亮了吧!?

　　「雖然我是故意的，但你還是要請我喝咖啡喔！」小璇一副吃定我的樣子，我只能無奈的苦笑，但周圍的男生則用輕蔑的眼神責怪著我，不該有這種被正妹搭訕的好運。

　　小璇照例點了最貴的特大杯香草拿鐵。

　　「反正有人請客嘛！」她說，記得有回在水木咖啡廳，她也這樣說。

　　「小璇，妳變得好漂亮，差點就認不出來了。」我找了個話題。

　　「你是根本沒認出來吧！要不是我故意讓你撞，就算和我擦身而過，你也不會發現，對吧？」小璇詞鋒犀利的說。

　　「呃……因為實在差太多了！小璇現在不戴眼鏡了嗎？」我趕緊轉移話題。

　　「嗯，去做了雷射，治好了我的大近視眼，摘下眼鏡後，也開始學著打扮自己，一方面因為在外商公司上班，對穿著打扮有一定程度的要求。」小璇解釋的說。

　　「原來如此，小璇，妳現在一定很多人追吧？有男朋友了吧？」我問。

　　「呵，你希望我回答『有』或『沒有』？」小璇微笑的反問。

　　「喂，妳又來了！」我苦笑的說。

　　「因為我也沒變呀。」小璇吐了吐舌頭。

　　「變得這麼漂亮還說沒變!?被旁邊的女孩聽到，可能會妒忌的跑來揍妳喔！」

「那只是外表啦！我的內心還是跟以前一樣純潔！」小璇說。

「內心一樣純潔，那就是外表不純潔了？不過，前提是，妳的內心以前純潔嗎？」我問。

「我要收回剛剛說你沒變的話，你學壞了！小冰到底有沒有把你教好呀！」小璇指控的說。

「呃，是我自甘墮落，跟小冰沒關係。」我挺身而出，不讓心中的女神受人批評。

「你真的很喜歡小冰呢……」小璇聽了，若有所思的說。

「是呀，有時候，連我自己也會覺得驚訝，怎麼能這麼喜歡她呢！」我微笑的說。

小璇若有所思的望著我好一會兒，接著開口問：「你真的覺得我現在很漂亮？」

「是呀，妳現在這樣子，『漂亮』應該是種共識了吧！」

「那以前的我呢？」小璇問。

「以前，也很棒呀，即使戴著眼鏡，也很有個性美。」我回答。

「那你後悔了嗎？」小璇沒頭沒腦的問。

「啊？」

「『早知道會變這麼漂亮，當初就不應該拒絕她』，你有這樣想過嗎？」小璇直接的問。

「呃，妳希望我回答『有』還是『沒有』？」

「齁～～居然學我！沒創意！」

「不好意思啦……但小璇，在我眼中，妳一直都是正妹，只是現在更漂亮而已。那時，我會拒絕，不是因為妳不漂亮，而是因為我心裡有小冰。」我認真的回答。

「唉，真沒意思呀。」小璇皺眉苦笑的說。

「啊？」

「其實，我想變漂亮還有另一個目的。」

「什麼目的？」我好奇的問。

「想用美色把你從小冰身邊搶過來呀！因為小冰實在太可愛了！」小璇說，她曾見過小冰一次，但也就只有那次，後來小璇就離開新竹了。

「啊!?沒搞錯吧!?」我驚訝的說。

「但若你是這麼膚淺的男生，會因為女生漂亮，就輕易動搖，那我也會變得看不起你，就算搶了過來，也很快的就會把你丟棄喔！」小璇侃侃而談的說。

「什麼嘛！又不是小狗、小貓，什麼丟棄的，真沒禮貌！」

「所以，我既想讓你喜歡上變漂亮的我，又希望你別那麼膚淺，很矛盾吧!?」小璇苦笑的說。

「小璇，我一直很喜歡妳呀，只不過，那是種超越朋友，卻未到戀人的特別情愫，處於那灰色地帶，讓我有很多話想對妳說，但已經有小冰的我，自認已經沒有資格再對妳說些什麼，所以，只能望著妳的號碼發呆，兩年多來，一次也沒撥出過。跟妳失去聯絡這事，一直讓我耿耿於懷，我還是那句話，難道，我們不能再像以前一樣嗎？」說完，我望著小璇。

「你 BBS 上的暱稱，還是夜空嗎？」小璇突然的問。

「已經不是了。」我搖搖頭。

「是嗎？說起來，BBS 好像沒什麼人在玩了……那麼，改成什麼了？」小璇問。

「月落。」

「月落，夜空上的月緩緩落下嗎？感覺有些哀傷呢。」小璇說。

「小冰也這樣說。」我苦笑的說。

「為什麼要改？」小璇問。

「因為，我希望女孩現在已經不用再仰望夜空了。」我回答，小璇望著我，一會兒後，輕輕嘆了口氣。

「關於剛剛的問題，我可以說謊嗎？」小璇突然的問。

「哪個問題？」我反問。

「問我有沒有男朋友。」

「如果可以，我希望妳說實話。」

「那我先問你個問題，你也要說實話。」小璇提出交換條件。

「好，妳問。」

「會不會在哪一天，你對我那特別的情愫，會轉變成愛戀呢？而且不是因為我的外貌，而是單純喜歡整個我？」小璇問。

最後，我和小璇都沒回答，因為，我們都不想說實話，但也不願說謊。

直到這一刻，我才明白，有些話一輩子都別說開，或許會更好。

與小璇在 Starbucks 前道別時，小璇給了我個帳號。

「這是我 Facebook 的帳號，是美國最近興起的一種社群網站，你也來玩吧！這樣你想找我時，就能找得到。」小璇這樣對我說。

「Facebook，臉書？」我疑或的問。

「中文名稱是這樣的，現在在台灣還不太流行，因為我在外商公司，跟美國的顧客有不少接觸，所以才會知道。」小璇回答。

「這樣呀。」我點了點頭。

不過，那時候我和小璇大概都沒想到，不久之後，Facebook 會迅速的攻占台灣、席捲全球。

「那麼，再見囉。」小璇微笑朝我揮了揮手，轉身離去。

我望著小璇離去的背影，心裡五味雜陳，這回說了再見，卻不知何

時會再相見。

若不是碰巧遇見，我和小璇還有再見的理由嗎？

應該不會再有第三次撞上小璇的機會了吧？不過，若還有第三次，我很好奇，小璇那時會是什麼模樣。

研討會結束回新竹後，老闆問我去台北有什麼收穫。

「收穫很大。」我回答，老闆滿意的笑了，但我的收穫是與小璇重逢，至於研討會，大概就是三天的英聽訓練吧。

12月底，阿勝和小玟陪我回台南找小冰，大家自然的聊起過去幾年寒假時發生的事，免不了許多感嘆，聽說感嘆是初老的症狀，這對才20多歲的我，可有點不妙。

「你這傢伙怎麼了？」阿勝問我，這時小玟拉著小冰一起去買東西，玫瑰園裡只剩下我和阿勝。

「沒什麼。」我搖搖頭。

「少來！想在阿勝大爺面前裝沒事，你還早一百年呢！」阿勝氣勢很強的說。

我苦笑，和盤托出幾個禮拜前和小璇相遇的事。

「真有這麼漂亮？」阿勝最關心的果然是這個。

「搞不好比小玟還正喔！」我挑釁的說。

「亂講！」阿勝立刻否決。

「幹嘛這麼激動？」

「呃，只是反射動作啦！」阿勝有些不好意思的說，接著問：「那你心動了嗎？」

「沒有。」我搖搖頭。

「所以，你喜歡小冰的心情並沒有動搖？」阿勝又問。

「當然呀！」

「這樣的話，你在煩惱什麼？」阿勝困惑的問。

「因為，我很在意小璇呀。」我回答，是的，雖然沒有喜歡，但卻很在意。

阿勝用副「你這個人怎麼這麼麻煩」的神情望著我一會兒後，才開口對我說：「這位大哥，你該不會還想追回往日時光吧？的確啦！大一時，你和小璇搞過一陣子曖昧，也開心的當過一陣子好朋友，不過那已經過去了，從小到大，我們周遭的人來來去去，你不可能把每個人都緊抓著不放，如果走到這階段，你的戲碼裡，小璇已經沒戲分了，就放開她吧，這樣對你和小璇都好，我這樣說，你明白嗎？」

我點了點頭，不過，一想到小璇會從此消失在我的世界裡，我就有些感傷，看來我和貝兒一樣，都很戀舊。

「而且，當初是你拒絕小璇，人家為了你變成絕世美女後出現在你面前，又問了你一次，會不會有機會喜歡她，你也不回答，這樣的你，還能用什麼身分說你在意小璇？」阿勝不客氣的說。

「說的也是……」我喪氣的說，心裡明白，該是讓小璇退場的時候了。

「不只小璇，你也很在意貝兒吧？」阿勝問。

「因為是第一個女朋友呀。」我回答。

「……有件事情或許該告訴你。」阿勝沉吟了一會兒後，這樣對我說。

「什麼事？」

「其實前不久，貝兒已經回到台灣來了。」阿勝對我說。

「什麼!?」我驚訝的問。

貝兒留給我的千紙鶴和貝殼手鍊，我一直小心的收藏著。

每當想起貝兒時，我都會望著鏡子微笑，心裡想著，現在的我，是

否能發自內心微笑了？

　　我覺得，大概可以了。

小冰

以往，寒假是學生休息充電，或呼朋引伴一起旅行的美好時光。

不過，對研究生來說，卻完全不是那樣。

「如果想在今年口試，趁著寒假好好努力吧。」教授在學期末最後一次 meeting，這樣對我說。

「好呀，那我寫論文有問題，隨時都可以來找您囉？」我抓住機會的問。

「呃，拜託，寒假耶，不能讓我休息一下嗎？」教授為難的說。

「是您要我寒假好好努力的，學生這麼努力，指導教授怎麼能偷懶呢？」

最後，教授只好答應我，他人在國內時，我隨時都可以去找他討論。

所以，寒假我準備留在學校寫論文，等到過年時才回台北。寫論文不是件容易的事，若全照自己的想法寫，教授會說沒有理論依據，若參考的太多，教授又說沒自己的想法，不曉得 dj 學長去年怎麼寫的，看他好像也沒特別辛苦就完成了，還升上了博士班，或許 dj 學長和阿誠學長一樣，都屬於天生就會唸書的吧？

算起來，在美國深造的阿誠學長，應該也正在攻讀博士吧？不曉得研究順不順利呢？

寒假到了，成大校園的學生明顯變少了，不過遊客卻變多了，校園呈現跟平時不同的風貌。我和小淇每天帶著筆電到圖書館，研讀著論文相關資料，若遇到問題，便相互討論或到期刊室查資料，有了小淇的陪伴，才沒感覺特別辛苦，不過，這大概是我這輩子最用功的時光了，然後，我下定決心，絕對不再繼續唸上去。

剛升上博士班的 dj 學長似乎也很忙，不過，他還是會抽空回台南，

陪我到處走走，品嚐下午茶。他說 12 月去參加一場國際研討會，整個研討會幾乎都講英文，讓他很傷腦筋。

「看來不加強英文不行呀。」他無奈的說。

「你可以的啦。」我微笑的說，因為我相信，只要他想做，就一定能做好。

「小冰，妳對我，比我對自己更有信心呢。」他苦笑的說。

「當然呀，你可是我看上的男生呢！」

「聽起來好像很驕傲？」

「是呀，為你感到驕傲，不行嗎？」我反問。

「當然可以，我很榮幸喔。」他微笑的說。

他還告訴我，他去研討會時遇見了小璇，但我和小璇只有一面之緣，所以，並不是很在意，直到他告訴我，他曾喜歡過小璇。

印象中，小璇是個美麗的女孩，dj 學長真是的！十足的外貌協會成員，看人家漂亮就喜歡人家，人除了外表之外，最重要還是內在！

雖然我是被 dj 學長整個人所吸引，但若他長得跟豬頭一樣，一開始我就不會注意到他吧？

「告訴妳喔，小璇變得超級漂亮呢！」他說，整張臉都亮了起來。

「喔？是嗎？但她本來就很美呀。」我冷冷的說。

「那倒也是，我只是想表達我的驚訝而已……」他尷尬的說，似乎有些後悔了在我面前提起小璇。

「喂，這位男友，你該不會是心動了吧？」我沒好氣的問。

「……照常理來說，身為視覺動物的男人，曾喜歡過的女孩變得如此美麗，多少應該會有些動搖，但我卻完全沒那種感覺，說起來還真不

可思議……」他認真的說，不管他說的是真是假，我聽了都很開心。

「喔？為什麼呢？」

「小璇的美麗只在我眼裡，而小冰，妳美麗的微笑與身影卻深植在我心裡，怎麼也沒辦法抹去。」他微笑的說。

「唉呦，說得人家都臉紅了啦！」我害羞的說，dj 學長什麼時候變得這麼油嘴滑舌了？

總之，有了小淇和他的陪伴，被論文填滿的寒假，才不至於太過無趣。

再幾天就過年了，先行回家的小淇，留下我一個人在圖書館奮鬥，讓我頓時覺得有些孤單。

打電話給 dj 學長，他說要明天才會回台南，我在電話中撒著嬌，想讓他馬上回來陪我，等他真的考慮缺席教授的 meeting，坐高鐵回台南，我才驚覺自己太過任性了。

「我只是撒嬌而已，dj 學長你不用樣樣都依我啦！這樣會把我寵壞的！」我責怪的說，但不對的人明明是我。

「呃，真抱歉，我不是故意寵妳的，不過，真的不用我回去陪妳嗎？」dj 學長道完歉，又確認似的問。

「嗯，你好好跟教授 meeting 吧！我會乖乖準備論文的。」我打起精神的說。

「若一直待在圖書館覺得悶的話，就到外頭走走吧。」掛電話前，dj 學長不忘叮嚀的說。

於是，下午時分，我暫時拋開論文，一個人信步在成大校園胡亂逛著。不久之後，我也要離開這待了六年的美麗校園了，出社會後，我一定會想念這裡的，畢竟，在這裡，曾經發生了那麼多事，遇見了那麼多重要的人。

我見到不遠處，一群遊客們正餵食著湖裡的魚，便走了過去。

　　對生物不好的我來說，魚就是魚、鳥就是鳥、樹就是樹，即使知道牠們有很多種類，但我從來不了解他們的分類。不過，有個人曾告訴我，成大校園湖裡的魚大部分是鯉魚，水鳥是天鵝和鴛鴦，最大的那棵樹是榕樹，但告訴我的那個人，卻已經不在成大校園了。

　　我在湖邊呆看著遊客們興致高昂的餵魚，回憶卻一下子通通冒了出來，在腦子裡跑來跑去，完全無法控制。

　　這是怎麼回事？我才剛是 20 出頭的妙齡少女，怎麼開始在做回憶這檔事呢？那是老人家才做的吧？這樣不行，身為擁有美好未來的青春少女，我一定要向前看，不能再停滯在回憶裡了。

　　我搖搖頭，想把回憶趕走，突然從我左方冒出隻拿著飼料的手，讓我嚇了一跳。

　　「想餵嗎？」有個聲音這樣問我，一個熟悉的聲音。

　　我順著聲音傳來的方向，別過臉去。

　　「嗨，小冰，好久不見。」那人微笑的對我說。

　　「阿誠學長!?」我驚呼。

　　「我來看妳了。」阿誠學長微笑的說。

　　「……」我望著他，內心激動的說不出話來。

　　「怎麼了？不想餵嗎？以前不是很喜歡的嗎？還記得我告訴妳的，這些魚是鯉魚吧……」阿誠學長自顧自的說。

　　我望著阿誠學長，內心百感交集，接著，阿誠學長的臉突然變得模糊了起來……

　　「怎麼了呢？誰讓妳受委屈了？」阿誠學長輕撫著我，兩年多來對阿誠學長的掛念，在這一刻全都隨著淚水宣洩而出。

　　「小冰乖，別哭了，沒事的。」阿誠學長像個大哥哥般安慰著我。

我終於明白，不管過了多久，我在阿誠學長面前，依然是大一時的那個任性、喜歡撒嬌的小女孩。

　　阿勝告訴我，他是無意間遇見貝兒的。

　　「在哪見到的？」我連忙追問。

　　「我們學校。」阿勝回答，那就是指台大了。

　　「什麼時候？」

　　「上個禮拜。」阿勝回答完，接著繼續說：「有場台大建築系主辦的國際交流學會，我被老闆叫去幫他們的忙。」

　　「貝兒看起來如何？有留她的聯絡方式嗎？」我急忙的問。

　　「被你拋棄的女生，好像都會變得更漂亮？貝兒現在改戴隱形眼鏡，所以，看起來更加明亮動人，重點是，好像變得成熟了，至於聯絡方式，我沒跟她要。」阿勝回答。

　　「為什麼!?」我責怪的問。

　　「因為我知道你一定會跟我要，而這是你和貝兒之間的問題，我不方便介入，若貝兒準備好要見你，應該就會出現。」阿勝說。

　　明知道阿勝說的沒錯，但知道貝兒回到台灣的我，卻沒法無動於衷，趁著連假，我跑到台大找阿勝和小玟，讓他們帶著我把整個校園繞了一圈。

　　「dj，你心情好像不太好？」小玟疑惑的問。

　　「沒有呀。」我回答。

　　「夠了嗎？還是再逛一次？」阿勝問，他明白我是為何而來，也知道我在找尋什麼。

　　「不了，或許，還不到時候吧。」我回答。

　　「什麼時候？」小玟不解的問。

　　「用餐的時候，我們去吃飯吧。」阿勝做了個現實的結論。

小玫眨了眨眼，似乎明白了什麼，便沒再多問。

研討會回來後，我開始努力讀原文 Paper，想盡辦法提升自己的英文能力，期望下次研討會時，我也能用英文參與討論。

寒假期間，留在台南寫論文的小冰似乎很悶，今天早上還打電話來，要我回台南陪她，我考慮過後，本想跟老闆請假回台南，但小冰立刻阻止我，說她只是想撒嬌而已，要我別太寵她。

但對我來說，那並不算寵，而是自然反應，只要小冰需要我，不管何時，不管身在何處，我都會立刻飛奔到她身邊。

但這樣喜歡小冰的我，為什麼又會如此在意貝兒呢？

今天一整個早上，實驗沒有任何進展，這讓我感到有些心煩。meeting 時，老闆似乎發現了這一點，他告訴我，不用太心急，我才博一而已，還有很多時間。

「比起其他人，你已經領先一大步了，這樣的你，到底在急什麼？」老闆不解的問。

對於老闆的問題，我只是苦笑，沒有回答。因為，人在美國的阿誠學長，已經領先我很多了。

我到 FB 註冊後，偶爾會在上頭遇見小璇，望著 FB 上小璇美麗的身影，和網友們替她成立的粉絲團，想到這樣的女孩居然會喜歡自己，虛榮心便油然而生。

meeting 後，同實驗室的夥伴提議去唱 KTV 紓解壓力，不擅長唱歌的我原本想拒絕，但擔心被認為性格孤僻而不合群，所以，抱著當分母的覺悟，微笑答應了。

到 KTV 後，碩士班的學弟妹們，開始瘋狂的點歌，博士班的老人們個個正襟危坐，彷彿誰先點歌，誰就輸了，感覺上煞是有趣。

貝兒和小冰都很喜歡唱歌，貝兒的歌聲很棒，小冰卻唱得不怎麼

樣。

　　大二那年，剛認識貝兒不久時，她曾在我的機車後座開過個人演唱會，後來交往的一年多，也時常會在後座哼起歌來，我總是靜靜聽著，感到溫暖而安心。

　　原來，貝兒留給自己的記憶，也是如此深刻。

　　命運之神安排我在大二那年寒假回台南打工，讓我在飲料店與小冰和貝兒相遇，從那一刻起，命運之輪開始轉動，若沒遇上當時的貝兒，就無法成就現在的我，因為遇見了貝兒，我才能成為更好的男生。

　　耳邊突然響起熟悉的旋律，一位學妹點了戴愛玲的《對的人》----貝兒曾在我機車後座輕聲演唱的歌曲。

　　或許，貝兒當時是想藉著這首歌告訴我，我是她心中那個「對的人」吧？在這一刻，我突然非常想回台南，回去我和貝兒相遇的飲料店和成大校園。

　　半小時後，我已經在開往台南的高鐵上，望著飛快閃過的景物，心裡充滿著懷念與期待。

　　我在五點時抵達台南，老媽對於我的閃電返家感到有些驚訝，但她望了我一會兒後，露出會心的微笑，笑著問我：「是為了女孩子吧？」

　　知子莫若母，還真被她說中了。

　　「呃，我的老爺機車呢？」我轉移話題的問。

　　「在車庫裡，問這個幹嘛？」

　　「還發得動嗎？」

　　「你老爸上個月還有騎去倒垃圾，應該可以。」老媽回答。

　　「嗯，那我要騎車出去一下。」

　　老媽望著我，微笑的說：「有些東西如果太舊了，總得丟的，人呀、記憶呀，也是一樣，我在認識你老爸前，也和很多男生交往過喔！但現

在連他們的長相都想不起來了，你這孩子呀，就是太念舊了……」

　　或許吧，但我不覺得這樣不好。

　　我打算在我懷念過往的儀式結束後，再打電話告訴小冰，我回台南了，正跟論文奮鬥的她知道了，應該會很高興。我回房間，找出貝兒留給自己千紙鶴和貝殼手鍊，把玩了一會兒後，帶著它們朝飲料店前去。

　　我把車停在飲料店附近令人懷念的停車場，緩步朝飲料店走去，飲料店還在，只不過招牌已經換了，熟悉的人、事、物也都消逝無蹤了。

　　現在想起，那段打工的寒假時光，還真令人難忘。

　　「歡迎光臨，請問要什麼？」店員禮貌的問。

　　「嗯，冰淇淋紅茶大杯，半糖、冰正常。」

　　「收您 40 元，請稍等。」店員說。

　　等待時，我仔細觀察換人經營後的飲料店，其實除了招牌之外，其餘幾乎都跟以前一樣，吧檯的位置、飲料封口器和茶桶的擺置也和以前沒兩樣，但這樣的情景卻讓我感到有些陌生，為什麼呢？明明都跟以前一樣呀？

　　因為，裡頭的人已經不一樣了。

　　「歡迎光臨，請問需要什麼？」又有顧客上門，店員反射性的問。

　　「嗯，好久沒回台灣了，那就來杯令人懷念的珍奶好了。」那人回答。

　　女孩熟悉的聲音，讓我不禁轉過頭去……

　　同時朝我看來的女孩，臉上並沒有半點驚訝神情，證明她早知道站在她身旁的人是我，但毫無心理準備的我，卻驚訝的大叫。

　　「貝、貝、貝兒!?」我驚訝的連話都說不好。

　　「呵，好久不見，怎麼這麼巧？」貝兒微笑的對我說，阿勝說的沒錯，貝兒變得更漂亮了，而且微笑的眼神裡，顯露出成熟的智慧。

「……我剛好想到飲料店來看看……」我回答。

「我也是。」貝兒微笑的說，為什麼她能這麼鎮定，相形之下，我顯得手足無措，分開前，不是貝兒比較喜歡我嗎？

「什麼時候回台灣的？」我問。

「上個月。」貝兒回答。

「為什麼，沒讓我知道，也沒來找我？」我問，語氣裡有責怪的意味。

「啊！飲料好了耶！」貝兒開心的接過飲料喝了起來。

跟貝兒當了一年多的戀人，我明白這是貝兒不想回答問題的慣用伎倆。

「好喝嗎？」我問。

貝兒用力的點了點頭，回答：「美國的珍奶完全沒得比，台灣製造的珍奶才是王道呀！」

我聽完笑了笑，接著望著貝兒發愣。

「討厭！幹嘛這樣看人家，我知道人家去美國之後變胖了啦！因為周圍的人都很豐腴，所以就覺得自己很瘦，不知不覺就胖了好幾公斤，你不可以笑我喔！」貝兒撒嬌的說。

好懷念的熟悉感，記得以前貝兒也常這樣對自己撒嬌，當時的我，聽了總能發出會心的微笑，心裡想著，貝兒怎麼能這麼可愛？

「貝兒，我完全看不出妳有變胖，倒是覺得妳變得更加出色了。」我微笑的說。

「呵，真的嗎？聽你這樣說，我覺得很開心喔，當初拋棄我的你，現在後悔了吧？」貝兒挖苦的說。

「冤枉呀！我哪有拋棄妳!?我可是千方百計的挽回呢！是妳拋下我，一聲不響的跑到美國當留學生，嚴格來說，被甩的人應該是我耶！」

我申辯的說。

「誰叫你不把我放在心上，還笨得被我察覺，聰明的我才不吃虧呢，只好在你拋棄我之前，先拋棄你呀！做這決定，人家也是很難過的。」貝兒氣勢很強的說，飲料店員感興趣的聽著我們的對話。

「呃，是我不好……不過，這些日子，妳在美國過得好嗎？」我很快的道歉，接著問。

「那個，你怎麼來的？」貝兒反問。

「騎機車。」

「那麼，載我一程吧！」貝兒微笑的說。

機車後座裡放著兩頂，我和貝兒還是情侶時，一起買的安全帽。

「哇！他還在耶！」貝兒見到我的老爺機車，開心的說。

「哈囉！好久不見！想不想貝兒姐姐呢？貝兒姐姐很想念你喔！」貝兒微笑的對機車說。

比起新車，貝兒更喜歡我的老爺機車，我原以為，只是因為貝兒喜歡舊東西，現在想來，或許沒我想得那樣單純。

貝兒熟練的戴好安全帽、坐上機車後座後，微笑的對我說：「dj 先生，我們出發吧！」

我和小冰成為情侶後，老爺機車正式退役，基於某種特別的情感，我不曾再騎著它載過小冰，因為，我希望它最後一個載的女孩，是貝兒，或許是因為貝兒很喜歡它，所以，我想讓它留著作為我和貝兒曾經走過一段美好日子的見證。

沒有說要到哪兒的貝兒，在我身後輕輕的哼唱著歌，這讓我憶起過往，貝兒的歌聲還是一樣好聽，而經過這段悠悠時光後，貝兒的歌聲裡似乎多了點不一樣的東西。

我非常仔細的聽著，終於發覺，那是種希望的光。

小冰

直到我不住滑落的淚水終於停止時，已經是半小時後的事情了。

「呵，我不是說過，已經厭倦老是得安慰哭哭啼啼的妳了嗎？怎麼一回來還是得扮演這樣的角色呢？我就這麼容易把妳弄哭嗎？」阿誠學長微笑的說。

「不關阿誠學長的事，是我自己愛哭！」我強調的說。

「是呀，都已經念到研究所了，怎麼還跟小女孩一樣，動不動就掉淚呢？」阿誠學長摸了摸我的頭。

「也沒有那麼容易掉淚啦！是因為見到阿誠學長所以才……」

「所以，真的是我把妳弄哭的？早知道妳一見到我就想哭，我就不來看妳了，但我又很想知道，這兩年多來，妳過得好不好……」阿誠學長說到後來皺起了眉頭。

「阿誠學長，我很高興你來看我，真的！我是因為太開心才忍不住掉淚的，你說過會回來看我，我把這話放在心裡，當成是我們的約定，但我等了又等，始終沒你的訊息，剛剛你卻一下子冒了出來，累積兩年的情緒一下子無從宣洩，才會那樣的。」我解釋的說，不想讓阿誠學長誤會我哭是因為討厭他。

「原來……我們之間還有著約定呀，因為從頭到尾都是我單方面喜歡著妳，我還以為，我們之間什麼也沒留下。」阿誠學長自嘲的說。

「阿誠學長，你留給我很多，真的！」我肯定的說，因為阿誠學長，我才認識了學校裡的鯉魚、天鵝、鴛鴦和榕樹，也才體會到，什麼是真正無私的愛。

「是嗎？那實在太好了。」阿誠學長爽朗的笑著說。

現在的阿誠學長，或許因為年紀增長，或是隻身在國外求學的關

係，比以前更顯得成熟穩重，穿著也更時尚了，最重要的是，他內斂的眼神裡，透露出種寧靜的力量。

「小冰，我想去個地方，能陪我嗎？」阿誠學長央求的問。

「當然好呀。」我很快的說。

當我和阿誠學長相偕走進玫瑰園時，熟識的店員見到我們，似乎感到有些驚訝，因為平常我總和 dj 學長一起來。

「這樣會不會讓 dj 誤會？」坐下來後，阿誠學長擔心的問。

「不會啦！他不是那種小鼻子、小眼睛的男生。」我說，我想 dj 學長不會在意這種小事的。

「一轉眼，就兩年多了。」阿誠學長說完，笑了笑。

「嗯，是呀。」我點了點頭。

「兩年多的時間，足夠改變許多事物了，不過，這裡卻沒什麼變。」阿誠學長環顧玫瑰園後，這樣對我說。

「嗯。」我應了應。

「不過，小冰，妳變得更可愛了，有妳這麼可愛的女朋友，dj 應該很擔心吧？」阿誠學長微笑的說。

「呵，他才不會呢！」我笑著說。

「他只是逞強吧，不想讓妳發現他會擔心而已。」阿誠學長說。

「是這樣嗎？」我懷疑的問。

「男生很愛面子的，換作是我，有小冰這樣的女朋友，我可能會擔心的睡不著覺，每天對妳奪命連環 call 喔！」阿誠學長笑著說。

「哇！這麼誇張！看不出阿誠學長是這樣的男生耶！」我回答。

「若當初我沒去美國，留在台灣和妳在一起，以我喜歡妳的程度，一定會像橡皮糖一樣整天黏著妳，妳很快就會因為受不了我，跟我提出分手喔。」阿誠學長微笑的說。

「我才不會那樣呢！而且，我也沒辦法想像阿誠學長會整天黏著我。」我不同意的說。

「呵，我也沒辦法想像，不過若能那樣，也是一種幸福吧？」阿誠學長苦笑的說。

接著，我和阿誠學長開始聊起往事和彼此的近況。

「在美國的研究順利嗎？」我問。

「還不錯，我真的挺適合作研究的。」阿誠學長回答。

「因為學長很聰明呀，像我，念完碩士後，絕對不要再念博士了！」

「呵，我只是傻傻的作研究而已，哪有什麼聰不聰明的？」阿誠學長謙虛的說。

「阿誠學長，那你這兩年在美國過得如何？」我關心的問。

「呵，我看起來如何？」阿誠學長反問。

「嗯……看起來挺好的，也變得更加成熟、帥氣了。」我稱讚的說。

「小冰，聽妳這樣說，我覺得很開心。但其實一個人在美國求學，並不是件容易的事，兩年多來，歷經了許多波折，也一直很想念台灣，不過，終究是挺過來了。」阿誠學長說的輕描淡寫，但我可以想像他在美國，一定碰到不少困難，才讓現在的他，看起來更加沉穩。

「既然想念台灣，為什麼不回來呢？為什麼，不早點回來看我呢？阿誠學長，你知道嗎？我一直……一直等著你回來……」我不小心說出自己心裡的話。

「一直等著我回來……為什麼？小冰身邊不是已經有了 dj ？不是已經跟喜歡的人在一起？這樣的妳，為什麼要等我回來？」阿誠學長困惑的問，但眼裡閃著異樣的光采，我才突然驚覺，自己是不是說了讓他誤會的話？

「因為，我已經很幸福了，想讓你看看我現在幸福的模樣。」我回答。

「是嗎？小冰，跟 dj 在一起的妳，過得很幸福嗎？」阿誠學長微笑的問。

我微笑點頭，接著回答：「正因為我和 dj 學長歷經波折才能在一起，所以，更能感受到幸福，也更能珍惜彼此。」

「嗯，是呀，你們都辛苦了。」阿誠學長點點頭。

「那段總思念著 dj 學長獨自神傷的日子，是阿誠學長陪在我身邊，聽我訴苦、陪我喝下午茶、約我看電影、哄著哭泣的我，直到我破涕為笑，最後，也是你告訴我 dj 學長一直把我放在心上，還有他和貝兒學姐分手的事情。阿誠學長，你在我心中，就跟 dj 學長一樣重要！」我對阿誠學長說。

「唉，真是傷腦筋呀……」阿誠學長苦笑的說。

「怎麼了？」我好奇的望著阿誠學長。

「原以為經過這兩年多後，我曾為妳起伏不定的心，已經完全平靜下來了，但聽妳這樣說，幾乎又快動搖起來……小冰，妳還是別對我說像這樣的話，萬一我舊情復燃，那就慘了！」阿誠學長苦笑的說。

「啊!?但我說的是認識阿誠學長以來，自己最真實的心情呀。」

「換作幾個月前的我，小冰，妳這樣的溫柔攻勢，我一定馬上淪陷，真是好險。」阿誠學長長長的吁了口氣。

咦？這樣聽來，代表這幾個月，阿誠學長身上發生了什麼重大的事囉？

「小冰，妳剛剛不是問我，為什麼都不回來看妳嗎？」阿誠學長問我。

「嗯，是呀，為什麼呢？我早就寫 E-mail 告訴你，我已經和 dj 學長在一起，也覺得自己過得很幸福，為什麼你不回來呢？」我困惑的問。

「因為，我擔心若我回來看妳，妳會為自己如此幸福感到歉疚 ----

若我沒讓妳見到自己過得很好的模樣。所以，我才一直沒回來。」阿誠學長解釋的說。

　　不管何時，阿誠學長總把我擺在最重要的位置，替我著想著。

　　「那現在回來了？」我好奇的問。

　　「小冰，還記得，我在美國遇見了貝兒嗎？」阿誠學長話鋒一轉。

　　「嗯。」我點點頭。

　　「我想，現在能讓妳看看我幸福的模樣了。」阿誠學長微笑的說。

「貝兒，想去哪兒呢？」我隨意的騎了一會兒後，才回頭問貝兒，因為我不忍心打斷貝兒的輕柔歌聲。

「嗯？一定要去哪兒嗎？」貝兒反問。

「啊？」

「我只是想讓你載我一程，沒有想去哪兒，我，只是懷念你機車後座的感覺。」貝兒回答。

「是嗎？」

「記得我第一次坐你的車是什麼時候嗎？」貝兒問。

「有一回大家一起去唱歌時，我們先離開那次，阿誠學長就在那天跟小冰表白。」

「記得還真清楚。」貝兒笑著說。

「因為是很重要的記憶呀，我還記得貝兒那天在我身後唱的歌。」

「呵，那可是我第一場個人演唱會，當時沒跟你收門票可真是虧大了。」

「現在要我付也是可以呀。」

「都欠了五、六年，加上利息，可不是一筆小數目喔。」貝兒笑著說。

「貝兒，妳到美國是去學建築、還是 MBA 呀？」

「呵，不過，感覺才一下子，卻已經過了五、六年……」貝兒突然感嘆了起來。

「嗯，是呀。」我贊同的說。

「如果可以，真想回到那天。」貝兒說。

「那天？」

「忘了跟你收門票的那天。」

「嗯。」我應了應，不管是誰，都有想回到過去的時候，明知道不可能，卻每個人都曾那樣想過。

「我很傻嗎？」貝兒問。

「怎麼會呢？根據愛因斯坦的相對論，理論上回到過去是可行的，只要粒子移動的速度能超越光速的話。」我回答。

「人類能超越光速嗎？」貝兒問。

「未來或許可以。」我回答。

「所以，人們只能把希望放在未來嗎？」貝兒問。

「嗯，只能這樣。」

「是嗎？可惜的是，我們，大概不會再有共同的未來了。」貝兒突然的下了個結論。

對於貝兒說的話，我聽完，沒有回答。

在傍晚的台南街頭騎著車，隨處可見我和貝兒的回憶，不曉得貝兒是否也想起那幾年的種種，所以，才會說出想回到過去的話。

「我想到去哪兒了。」身後沉默了一段時間的貝兒，這樣對我說。

「去哪兒？」

「我想回成大看看。」

「好呀。」

最後，我和貝兒回到擁有最多回憶的成大校園。

「感覺不出有什麼變化呢……」漫步在晚霞下的成大校園，貝兒喃喃說著。

「才兩年多嘛！」我說。

「但對我來說，這兩年多很漫長。」貝兒說。

「呃，對不起。」我道歉的說。

「呵，拿女孩沒轍，一下子就道歉，這點你也沒變。」貝兒笑了起來。

「是嗎？」我搔了搔頭。

「你一定也拿小冰沒轍吧？」貝兒問。

「呃，是呀。」我無奈的點了點頭。

「小冰對你好嗎？」貝兒問。

「嗯。」我點點頭。

「比我好嗎？」

「啊？這個……」沒料到貝兒有此一問，我一時慌了手腳，都已經念到博士了，怎麼還跟大二時一樣，在貝兒面前毫無招架之力呢？

「呵，尋你開心還是一樣有趣。」貝兒笑得很燦爛。

「貝兒，妳應該知道我的心臟不太好……」我說。

「跟我在一起一年多，你的心臟應該有變得比較強才是。」貝兒指了指我的胸口。

「也是啦，但這幾年疏於鍛鍊……」我找藉口的說。

「少來喔！」貝兒輕拍了拍我的頭，這動作真令人懷念。

我陪著貝兒信步在成大校園隨意逛著，直到天色完全暗下來。

「對了，貝兒，我今天帶了點東西出來。」我說。

「喔？帶了什麼呀？瞧你一副獻寶的模樣。」貝兒問。

「妳看。」我將貝兒送我的千紙鶴和我送她的貝殼手鍊從包包裡拿了出來。

「啊!?」貝兒顯得有些驚訝。

貝兒接了過去，呆看了一會兒後，逕自把手鍊戴了起來。

「好看嗎？」貝兒問我。

「嗯，很適合妳。」我回答，跟當時我送她手鍊時的回答一樣。

「你隨時都帶著它們？」貝兒疑惑的問。

我搖搖頭，回答：「今天剛好帶著。」

「這麼巧？」

「是呀，我也覺得很巧。」

「這代表什麼？」貝兒喃喃說著。

「或許，是要我交還給妳吧？」我猜測的問。

貝兒聽完，沉默了一會兒，回答：「可惜，我已經沒辦法接受它了。」

「啊？」

「dj，離開你之後，我原以為，已經沒辦法再對任何男生動心了。」

「嗯。」我應了應，心裡卻不希望貝兒會變成那樣。

「不過，或許我沒自己想像的那樣戀舊吧。」貝兒微笑的說。

「所以，貝兒，妳有了另一半？」我問。

「呵，你說呢？」貝兒賣關子的說。

「呃……」

「你是覺得我有？還是希望我有？若我有了另一半的話，會覺得可惜？還是替我感到開心？」貝兒連珠炮似的問。

「應該……都有吧？」

「都有？」貝兒困惑的望著我。

「我覺得妳應該有了，也希望妳找到了妳的幸福，這樣我會替妳感到開心，但不曉得為什麼，明白妳有了另一半，心裡卻也有些失落……」我老實說出自己心裡的複雜感覺。

「哇，好矛盾的感覺喔。」貝兒說。

「是呀，因為貝兒對我來說，永遠是個特別的存在。」

「dj，你對我來說也是。」貝兒點點頭。

我聽完貝兒說的，長久以來糾結的東西，似乎一下子解開了，於是我發自內心的笑了起來。

「終於看到了。」貝兒微笑的望著我，整張臉都亮了起來。

「看到了？」我困惑的問。

「看見了你發自內心的微笑了。」貝兒回答。

「是嗎？」

「是呀，這個笑容，我等了好久。」貝兒點頭。

「對不起。」我習慣性的道歉。

「呵，你這壞毛病還真改不掉呢。」貝兒笑著說。

「呃，抱歉……」意識到時，道歉的話語已經說出口了，於是我硬生生的改口問：「那貝兒，現在的妳幸福嗎？那男生對妳好嗎？」

「嘻，你說呢？」貝兒把問題丟還給我。

「貝兒，饒了我吧！」我求饒的說。

我和貝兒，走到大榕樹下旁的椅子上坐了下來。

「呼，好累喔！」貝兒說。

「沒事吧？」我關心的問。

「沒辦法，因為負擔增加了。」貝兒回答。

「啊？」

「就是變胖了嘛！」貝兒沒好氣的說。

「對不……」又要道歉的我，硬生生的把話吞了回去，改口問：「那它們怎麼辦？」我指著千紙鶴和貝殼手鍊。

貝兒望著紙鶴和手鍊，一會兒後眼裡閃著異樣光采，我知道貝兒心裡已經有了主意。

「呵，我有個提議……」貝兒微笑的說。

「喔？」

小冰

我望著阿誠學長，想著剛剛他說的話。

在美國遇見了貝兒學姐，能讓我看他幸福的模樣了⋯⋯

這表示，阿誠學長跟貝兒學姐⋯⋯

大概是我的神情突然變得驚訝，阿誠學長像是見到什麼有趣的東西，微微笑著。

「小冰，妳好像猜出來了？」阿誠學長微笑的問。

「所以，我猜想的沒錯？」

「嗯。」阿誠學長點點頭。

「多久了？」

「幾個月前的事。」

「該說突然嗎？好像也沒那麼意外⋯⋯你和貝兒學姐，從高中就認識了，又念同一所大學，連去了美國，都還能遇上，想想還真不是普通的有緣。」

「呵，但剛遇見貝兒時，我是真的很意外，還以為自己看錯了。」阿誠學長說。

我聽了，只是微笑。

「我和貝兒高中時是學長學妹的關係，因此，我很習慣聽她叫我阿誠學長，所以，當在美國遇見貝兒時，她那聲『阿誠學長』讓我感到既熟悉又親切，讓剛到美國不久，心裡還不踏實的我，有種安心的感覺。」

「嗯。」

「高中時，我和貝兒很要好，她什麼事都問我的意見，連男友也是，但我覺得當時追她的男生，沒一個像樣的，只好老實告訴貝兒，沒想到貝兒真的全都拒絕了，但那時我只是覺得驚訝，沒多想別的。」阿誠學

長說到這兒看了看我，繼續說：「直到小冰妳告訴我，或許，貝兒當時有著其他想法。」

「呵，是嗎？那我是你和貝兒學姐的契機囉？」我笑著問。

「算是吧。」阿誠學長微笑點頭，接著說：「後來，我仔細思考，才發覺當時的我好像真的忽略了一些事，關於我和貝兒之間的事。不過那時，我心裡只有妳，所以，雖然感到有些遺憾，也只是默默把當時的記憶，收藏在心裡。」

「那，後來呢？」

「或許因為人在異鄉，特別需要朋友，和貝兒相遇後，我們自然而然的依賴著彼此，彷彿回到了高中時代，那樣關心與在意對方，但雙方卻都不說破，維持著知心朋友關係的巧妙平衡，似乎擔心著，若有人越過了臨界點，一切都將會發生巨大改變。」阿誠學長說到這兒停了下來。

「但阿誠學長，你跟我告白時，就沒這麼多顧慮呀？」

「所以，我學乖了呀，不然老被拒絕，我都不曉得自信要怎麼寫了。」阿誠學長苦笑的說完，接著說：「而且，我們都在等待。」

「等什麼？」我好奇的問。

「等著有一天，我們都能將自己一直放在心上的身影抹去，而一開始，我和貝兒都沒把握。」阿誠學長說完，朝我笑了笑。

那現在，阿誠學長已經將我的身影，從心底抹去了嗎？想到這兒，我感到有些難過，雖然不能對阿誠學長的感情有所回應，但我依然希望自己在阿誠學長的心中，有著某種地位。

這樣的想法，太自私了嗎？

「我和貝兒在美國都沒什麼認識的朋友，所以，經常一起吃飯聊

天，偶爾也會一起出去玩，貝兒還抱怨高中時，我這當學長的從來沒帶她出去玩過呢！唉，當時的我，滿腦子只有電腦，從沒想過戀愛這回事，貝兒聽我這樣說，妳猜她怎麼回答？」阿誠學長說完，興味盎然的望著我。

「這根本猜不到，快告訴我！」我催促的說。

「『不管高中還是大學，這麼聰明的我，為什麼老會喜歡上遲鈍的木頭男生呢？唉，這大概是命中註定吧！』她這樣說，我聽完還傻傻的反問：『貝兒，妳高中有喜歡的男生呀，是誰呢？』讓貝兒氣到不想再跟我說話。」阿誠學長自嘲的說。

「哇！阿誠學長，你還真不是普通的遲鈍耶！」

「或許我就是因為遲鈍，才能喜歡一個人喜歡的這麼久吧？」阿誠學長說完，無奈的看了看我。

「……」我沒有回答。

「但就算我再遲鈍，與貝兒相遇後，回想起高中時的點點滴滴，我漸漸察覺當時貝兒的心思，還有自己遺忘的心情……小冰，妳想，為什麼我會覺得追貝兒的男生沒一個像樣的嗎？」阿誠學長又問。

「那是因為，當時的你，也喜歡貝兒學姐吧？」我回答。

「是呀，但當時我卻沒察覺自己的心情，就是因為喜歡她，才會覺得除了自己之外，其他男生都配不上她，那時有些朋友也看出來了，我卻不承認有這回事，一個人逃進了電腦的世界裡，就這麼一路逃進成大資工系，沒想到一年後貝兒居然也出現在成大校園。」阿誠學長說。

「這麼說，貝兒學姐是因為你才……」

「我可不敢往自己臉上貼金，不過，那已經不重要了，經過一年多的相處，我逐漸找回以往喜歡貝兒的心情，而妳在我心裡的身影，也變得淡了。」阿誠學長說到這兒，望了望我。

「一年多嗎？」我喃喃的說，原本以為阿誠學長得花上更長的時間，為什麼我會這麼自私的想著？

　　「是呀，從喜歡貝兒到喜歡上妳，接著拋開對妳的眷戀，再重新喜歡上貝兒，足足花了十年，真是好長的一段路呀。」阿誠學長說。

　　阿誠學長果然已經拋開了我……明知道這樣對阿誠學長最好，但在我心裡還是有種莫名感傷冉冉升起。

　　「確定了自己的心意，剩下的就是貝兒了，我不曉得貝兒是否已經淡忘 dj，只好默默待在她身旁等待契機，直到幾個月前。」

　　「喔？發生了什麼？」我好奇的問。

　　「我和貝兒逛街時，她在一家飾品店賞玩一條手鍊很久，看起來似乎很喜歡，但最後卻沒買下來。」

　　「咦？為什麼？很貴嗎？」我好奇的問。

　　「還好，25 塊美金。」阿誠學長說完，接著說：「那時我也問了類似的問題，貝兒她略帶感傷微笑的說：『看久了，發現其實也沒那麼喜歡，而且就算買了，大概也沒辦法再戴上它了……』」

　　「什麼意思？」

　　「當時我也不懂，但我覺得貝兒應該很喜歡那手鍊，所以偷偷繞回去將它買下，送給了貝兒，沒想到貝兒見到手鍊時，什麼也沒說，只是用悲傷的神情望著我，眼眶變得濕潤，然後流下了淚水，我被嚇得不知所措，傻站在貝兒面前好一會兒後，才想到自己該安慰貝兒。」

　　「為什麼貝兒學姐要哭呢？」

　　「因為 dj 也曾送她一條幾乎一模一樣的貝殼手鍊。」

　　「原來如此。」

　　「那天，貝兒放肆的哭泣著，她哭得那樣傷心，我難過的心都快融化了，最後她沒有接受我送的手鍊，只留下了一句『對不起，請讓我一

個人靜一靜』後，便不再出現在我眼前了，直到去年的耶誕節……」

「耶誕節……」我喃喃的說，去年耶誕節，我和 dj 學長在玫瑰園共度了個愉快的耶誕夜。

「而消失了一個月的貝兒，耶誕夜那天晚上突然出現在我面前。

『學長，聽說你今天晚上缺舞伴？』貝兒微笑的問，穿著合身小禮服的她，顯得更加出色。

『啊？但我沒想去參加舞會呀？』我傻傻的回答。

貝兒沒理會我的回答，逕自的說：『還記得高中時，學校也舉行過耶誕舞會，那時學長邀請過某個學妹，但後來那個學妹因為生病發燒，沒能去參加，還記得嗎？』

『嗯。』我點點頭，那學妹就是貝兒，記得我還跑去貝兒家看她。

『現在，只要學長答應我一個條件，學妹我就替你完成高中時的心願喔！』貝兒說。

『什麼條件？』我問。

『把那條手鍊送給我吧！』貝兒微笑的說。」阿誠學長說完，微笑了起來，笑容裡滿溢著幸福。

阿誠學長，因為你已經能這樣幸福的笑著了，所以，才回來看我的吧？

「阿誠學長，我很高興你能回來看我，更開心，能見到你幸福的模樣。」

「是呀，原以為錯過了小冰，大概很難再喜歡其他女孩了……」阿誠學長說完頓了頓，接著說：「對了，告訴妳一件事。」

「嗯？」

「其實，貝兒也回台灣了。」

「啊？真的嗎？」我驚訝的問。

「嗯，而且，她去找 dj 了。」

「啊!?」

「呵，擔心嗎？」阿誠學長問。

「才沒有！」我立即否認，但其實心裡有點擔心。

「是嗎？但我卻擔心的要命呀……」阿誠學長苦笑的說。

　　我陪著貝兒在成大校園的某個僻靜角落，尋找著合適地點。

　　「這樣好嗎？」我再一次確認的問。

　　「有什麼不好？」貝兒疑惑的問。

　　「好好的東西幹嘛埋起來呢？」我不解的問。

　　「因為，用不著了呀。」貝兒理所當然的回答。

　　「話是沒錯，但總覺得很可惜……」

　　「你可惜的是這些東西，還是它們所承載的記憶呢？」貝兒回過身來，微笑的問。

　　「我想都有吧。」我不太確定的說。

　　「原來，你會覺得可惜呀……」貝兒說完，淡然的笑了笑。

　　「怎麼了？」我問。

　　貝兒搖搖頭，微笑的說：「就還滿高興的呀。」

　　「啊？」

　　「你在我的心中一直是個特別，所以，知道你也在意我們過往的記憶，讓我覺得很開心。」貝兒解釋的說。

　　「嗯。」我點了點頭，接著問：「所以，還是要埋？」

　　「明白你也在意著過往，那就夠了，這些東西還是別留了，否則哪天小冰到你房間突擊檢查，發現了它們，你可就慘了！」貝兒笑著說。

　　「這樣呀……」我戀戀不捨的望著玻璃罐裡紙鶴和貝殼手鍊。

　　「若你還是覺得可惜，就把埋的地點記熟，哪天想它們時，再來找它們敘舊呀。」貝兒邊挖，邊這樣對我說。

　　人家說睹物思人，一點也沒錯，不論是否還喜歡著對方，只要見到與她有關的東西，就會自然而然的想起她。這幾年，因為紙鶴和貝殼手

鍊，我經常想起貝兒，而特地回來找我的貝兒，卻執意要把這兩件會讓我想起她的東西埋藏起來，這是為什麼呢？

「呼，好累喔！接下來交給你了，我去前面把風喔。」貝兒說。

我接手繼續挖洞，沒把問題問出口，因為，有些問題的答案，永遠不知道，才是最好的。

半小時後，我們結束了藏寶事業，雙手沾滿泥土的我，在一旁的洗手檯清洗著，身旁的貝兒微笑的望著我。

「幹嘛呀？」我奇怪的問。

「還覺得可惜嗎？」貝兒問。

「埋都埋了……」我唸唸有詞的說。

「呵，那這樣好了，要是哪天你被小冰甩了，就把它們挖出來，再來找我吧！或許，貝兒姐姐會考慮給你一個機會喔！」貝兒笑著說。

「真的假的？那妳男朋友怎麼辦？」

「當然，你得贏過他才能抱得美人歸嘛！」貝兒回答。

「抱得美人歸……」

「怎樣，有意見嗎？」貝兒臉色一沉。

「呃，我只是覺得這句話很貼切，所以不由自主的複述了一遍。」我見風轉舵的說。

「事情辦完了，那我們走吧！」貝兒催促的說。

「走？去哪？」我問。

「去見見你未來的競爭對手呀！」貝兒笑著說。

「未來的競爭對手？指的是……妳男友!?」

「Bingo！」

「咦？他也到台灣來了？是外國人還是台灣人？貝兒，我的英文不好耶……」

「呵，見了就知道，走吧！」貝兒拉著我朝車庫的方向前去。

貝兒的男友會是什麼樣的人？希望，是個配得上貝兒的好男生。

「對了，接下來的寒假，你要做些什麼？」在後座上的貝兒這樣問我。

「嗯，寒假嗎？」我喃喃說完，接著反問貝兒：「那貝兒呢？有計畫嗎？」

貝兒微笑的搖搖頭，回答：「不，不計畫了，因為寒假，總會發生許多出乎預料的事。」

「呵，好像是那樣。」

「但即使那樣，我還是喜歡寒假。」

「喔，為什麼？」

「因為沒有寒假，我們就不會相遇。」

「啊？貝兒，那是什麼意思？」

但我身後的貝兒卻開始唱起歌來，她美妙的歌聲在我耳邊輕輕的流轉著，好似又回到了大二那年的寒假……

那年寒假，我回台南的飲料店打工，遇見了小冰、貝兒還有阿誠學長，然後我們……

〈寒假──之後〉（完）

by dj

2012/5/7・於台南家中

2014/6/22・於甜在心咖啡館修訂完成

說，故事（40）

寒假

建議售價・280元

國 家 圖 書 館 出 版 品 預 行 編 目 資 料

寒假／dj 著．—初版．—臺中市：白象文化，
2014.11
　　面：　公分.——（說，故事；40）
ISBN 978-986-358-069-0（平裝）

857.7　　　　　　　　　　　　　　103017154

作　　　者：dj
校　　　對：dj
專案主編：黃麗穎
編 輯 部：徐錦淳、黃麗穎、林榮威、吳適意、林孟侃、陳逸儒
設 計 部：張禮南、何佳誼
經 銷 部：何思頓、莊博亞、劉承薇、劉育姍、焦正偉
業 務 部：張輝潭、黃姿虹、莊淑靜、林金郎
營運中心：李莉吟、曾千熏
發 行 人：張輝潭
出版發行：白象文化事業有限公司
　　　　　402台中市南區美村路二段392號
　　　　　出版、購書專線：（04）2265-2939
　　　　　傳真：（04）2265-1171
印　　　刷：基盛印刷工場
版　　　次：2014年（民103）十一月初版一刷

設計編印

白象文化｜印書小舖

網　　址：www.ElephantWhite.com.tw
電　　郵：press.store@msa・hinet・net